网络文学名家名作导读丛书

第六辑

怀愫与《庶得容易》

王玉玉 著

肖惊鸿 主编

作家出版社

网络文学名家名作导读丛书

主　　　编：肖惊鸿

第六辑编委：肖惊鸿　　桫　椤　　许苗苗　　王文静
　　　　　　李伟元　　王玉玊　　黄艳明　　胡慧娟

序

20世纪90年代以来,文学与这个伟大的时代一道,经历了巨大的发展变化,其中一个标志性的现象,就是网络文学的兴起。以通俗大众文学之魂,托互联网与媒介新革命之体,网络文学如同一个婴儿,转眼已成为青年。网络作家们朝气勃发,具有汪洋恣肆的创造力,架构了种种可能的和不可能的世界。科技与商业裹挟着巨大变革中释放的青春、激情和梦想奔腾向前。时至今日,作者是有的,作者群体大到过千万人;作品是有的,作品总量已逾两千万部;读者就更多了,读者群体数以亿计。

网络文学是新生事物,也是一片充满活力的文化热土,是中国特色社会主义文学生机勃勃的组成部分。习近平总书记高度重视包括网络文学在内的网络文艺的发展,勉励广大网络作家加强精品创作,以充沛的正能量满足人民群众特别是青年一代对美好精神文化生活的新期待。

所以,这套《网络文学名家名作导读丛书》生逢其时,它将有助于探索网络文学艺术规律,凸显网络文学的艺术价值和社会价值,推动网络文学的主流化、精品化;同时,它也是精确的导航,通过这套丛书,我们将能够比较清晰地认识网络文学的重要作家和重要作品,比较准确地把握网络文学的发展历程和发展前景。

这套书的入选作者是目前公认的网络文学名家,入选作品是经过一段时间检验的代表作，而导读部分由目前活跃的网络文学评论家群体担纲。预计这套丛书的体量将达到10辑至20辑、全套50册至100册。无疑，这是一项浩大的工程，但也是值得耐心地、持续地做下去的工作。网络文学必须证明自己不是即时的快消品，它需要沉淀、甄别、整理，需要积累经验，逐步形成自身的传统谱系，需要展开自身的经典化过程。这套丛书就是向着经典化做出的努力。

这套丛书的主编肖惊鸿长期从事网络文学相关的研究和组织工作，她的眼光和能力值得信赖。尽管网络文学的理论建设近年来已经取得重大进展，但是，将理论落实为面对作品的、具体的分析和判断，实际上仍然是艰巨的课题，也是网络文学理论评论工作的薄弱环节。希望肖惊鸿和其他评论家们深入学习贯彻习近平新时代中国特色社会主义思想，以习近平总书记关于文艺工作和网络文艺的重要论述为指导，自觉运用历史的、人民的、艺术的、美学的观点评判和鉴赏作品，向现在的读者，也向未来的读者交出一份令人信服的答卷。

李敬泽
2019年3月7日
于北京

目录

导读

第一章	怀悰其人与创作历程	\3
第二章	架空历史中的家宅与市井	\12
第三章	浮世绘与群芳谱	\30
第四章	由闺阁而见天地	\46

选文

第一章	\65
第二章	\70
第三章	\76
第四章	\82
第五章	\87
第六章	\92
第七章	\97
第八章	\102
第九章	\108
第十章	\113
第十一章	\118
第十二章	\124
第十三章	\129
第十四章	\134

第十五章	\ 139
第十六章	\ 144
第十七章	\ 149
第十八章	\ 154
第十九章	\ 159
第二十章	\ 164
第二十一章	\ 169
第二十二章	\ 174
第二十三章	\ 179
第二十四章	\ 184
第二十五章	\ 189
第二十六章	\ 195
第二十七章	\ 201
第二十八章	\ 207
第二十九章	\ 212
第三十章	\ 218
第三十一章	\ 224
第三十二章	\ 230
第三十三章	\ 236
第三十四章	\ 242
第三十五章	\ 248
第三十六章	\ 254
第三十七章	\ 260
第三十八章	\ 266
第三十九章	\ 272
第四十章	\ 278
第四十一章	\ 284
第四十二章	\ 289
第四十三章	\ 295
第四十四章	\ 301

第四十五章	\ 307
第四十六章	\ 313
第四十七章	\ 319
第四十八章	\ 325
第四十九章	\ 331
第五十章	\ 337
第五十一章	\ 343
第五十二章	\ 349
第五十三章	\ 355
第五十四章	\ 360
第五十五章	\ 366

导读

第一章
怀愫其人与创作历程

怀愫是晋江文学城著名言情作者,从 2011 年左右开始在晋江文学城发表小说,2013 年完成了第一部原创小说《四爷正妻不好当》,作品曾多次登上晋江销售金榜,《凤凰台》(2017)、《惊蛰》(2019)等六部小说获选当年晋江年度盘点小说。

宅斗宫斗类型是怀愫创作最多、成就最高的类型。作为怀愫的第一部原创小说,《四爷正妻不好当》就是一部宅斗宫斗类型的作品。小说选择了清穿文的热门穿越年代——康熙年间九子夺嫡时期作为故事发生的背景,然而穿越为四爷正妻的女主人公周婷却并未如她的大多数穿越前辈那般,在诸位阿哥之间辗转腾挪,利用历史的"后见之明"趋利避害、影响历史,以女子之身参与到九子夺嫡的风云历史中去。属于周婷的世界是庭院深深的府邸后宅,各怀心思的侧室、复杂的妯娌关系、婚丧嫁娶,样样都要操心。没有轰轰烈烈的爱情,也没有改变历史的壮阔人生,周婷必须学着处处思量、步步盘算,不是为了成就什么事业,只是为了顺顺当当地活下去,为了尽可能让那些受她庇护的人有个好一点的活法。

周婷穿越的原身那拉氏的幽魂曾来向周婷拜别:

> 那拉氏抹干了眼泪,竟然朝她盈盈一拜,嘴巴没有张开但周婷却能够清楚地听到她的声音:"垂髫之年与他结缡,这许多年,在他眼中也不过是孝顺端方。"

> 接下来的话周婷听得模模糊糊,想要安慰她吧又不知道该说

点什么，只能她说什么周婷就点点头表示知道了。最后那拉氏说了一句："再未有留恋缠绵之意。"

（《四爷正妻不好当》第七章）

这是那拉氏给自己短暂一生的断语，也奠定了此后怀愫笔下宅斗文的基调。那拉氏大概也曾幻想过两小无猜、举案齐眉的爱情，幻想过她的丈夫会爱她、护她，与她一生相伴。但对于她的丈夫而言，那拉氏存在的唯一意义就是"孝顺端方"，伺候公婆，管理后宅，所谓恩爱和睦，也不过是丈夫为了后宅稳定而赏赐的"体面"罢了。那拉氏在死后才看透了真相，洒然而去，再无留恋。周婷和此后怀愫笔下的身处后宅的女主人公们，则必须要带着这一份残酷的清醒活下去。这为怀愫的宅斗文增添了一份悲凉而沉厚的底色，区别于其他大多数同题材的作品。

2012—2018年间，怀愫共创作了《四爷正妻不好当》（2012）、《春深日暖》（2014）、《庶得容易》（2015）、《月待圆时》（2015）、《凤凰台》（2017）五部宅斗宫斗题材的小说，故事中的女主人公，有高门庶女，有王府正妻，有市井女儿，也有底层女性，再加上怀愫本来善写群像，每个故事中，除了主人公外，总是还有一众女性角色令人印象深刻，因而可以说是写遍了封建社会被困于家宅之中的女性，将她们生命中的酸甜苦辣鲜活地呈现在读者的面前。

尽管宅斗宫斗是怀愫写得最多的题材，但她也并未将自己局限于此，而是不断尝试创作各种类型、各种风格的作品，灵异向如《阿娇今天投胎了吗》（2018）、《惊蛰》（2019）、《纸活》（2020），现代言情如《涅槃》（2014）、《苗小姐减肥日记》（2016）、《苏小姐爱情日记》（2018）、《我的安眠药先生》（2018），异世幻想类如《丛林生活物语》（2014）等。写什么像什么，是怀愫创作中的一大特色，无论是宅门市井、都市言情、民国怪谈还是异域风情，在怀愫笔下总有着独属于那个时代、那个地域的鲜明特色。

这种特色一来得益于语言上的讲究：《我的安眠药先生》将故事发生地选定在当代都市上海，叙述间便会自然而又随意地出现几句地道的上海话;《丛林生活物语》的男主人公是西方人,故事也有较强的西方背景,于是整体的话语风格都带着点欧风翻译腔的味道;《庶得容易》讲的是中国古代社会,语言上便效法《红楼梦》等中国古代白话小说,官宦小姐说话文气,市井丫头也能泼辣地讲一口市井白话。二来得益于在资料搜集上下的功夫,读怀愫的小说,便能感受到她的前期准备工作非常扎实,故事中总有依托于史料的详实细节,风俗人情更是信手拈来,读之令人仿若身临其境。《庶得容易》中写的中国古代社会,虽是架空,其间吃穿用度、风俗节庆却都有据可查,特别是详写的穗州、江州与成都三地,分别大致对应于今天的广东广州、江西九江、四川成都,各地风貌之不同在怀愫笔下体现得淋漓尽致,从食物着装、说话声调到人物性情都能看出差异,读来颇有些近古中国地方风物志的趣味。

《庶得容易》写饮食尤其精致,每一章的标题便是一道菜名,文中提到的每样吃食也都自有讲究。比如第六章写鸭肉包子:

> ……一小竹屉包子,打开来一团白雾,一屋子香味,明沅使着短箸去夹,筷子尖一戳,皮就叫她捅了个洞出来。
>
> 喜姑姑跟纪氏一般卸了手环给她夹起来,说是包子,更像汤包,还皱了眉头:"怎的上了这个来,烫着了姑娘可怎办?"
>
> 拿筷子挑开来,夹了里头的肉吹凉了送到明沅嘴边,不是猪肉,也不是牛肉羊肉,嚼吃了一块,再吃一块,才吃出来,像是鸭子肉的。
>
> 皮全掀开,里头的汁儿也不许她喝,单夹了酱鸭脯子切的丁给她送粥,比起那些清淡小菜,明沅更喜欢这些,就着鸭肉吃了一碗粥,吃得浑身冒汗。
>
> (《庶得容易》第六章"鸭肉包子")

这一餐明沅不是在主母纪氏房中吃的,而是在自己屋里吃的,所以不会那么精致,这道鸭肉包子也是偏于家常的风格,但却不妨碍它好吃。上来先是远观,热腾腾一团白雾散开来,接着就是满屋香气,最传神的莫过于筷子一戳皮便破了，就这一句，油汪汪的汤汁溢出来的画面几乎已在眼前。明沅就着包子馅喝了一碗粥，胃口大开，一身是汗，看文的读者也情不自禁地随着明沅食指大动。

待到明沅、明洛、明湘春日办花宴，则又是不同的风情：

银屏上了个小盒儿，打开里头摆了四个橄榄核形的蒸饺，皮子薄透透的，明湘指了皮子里透着茵茵绿色的蒸饺道："是挑了小螃蟹肉做的馅，这两只放了芫荽，也不知道六妹妹吃不吃，便各蒸了两只。"

……

采茵便道："吃这个须得配些醋姜呢，里头可是搁了螃蟹肉的。"不是河蟹，而是海蟹，颜家吃法却改不过来，便是吃海蟹也得用姜醋。

采薇抿了嘴儿笑："哪里好这样吃的，我去寻一套好瓷碟儿来，采菽去掐两枝花，给姑娘们摆个小花宴。"

……

连明洛也使了人去张姨娘屋子里，要丝兰做了酪来，张姨娘是北面人，跟的丫头也是北边的，奶子点心数她房里做得最好，寻常也常备着奶酥，不一时便装了一只食盒来，打开来一碟是奶油饽饽，一碟是刻丝玫瑰饼儿。

三个小姑娘一人掐了一朵花戴在头上，像模像样地吃起宴来。琼珠还送了一水晶瓶的玫瑰饮来，进门便笑盈盈地道："这是太太特特赏下来的，姑娘们浅着吃两杯，六姑娘便只能沾沾唇儿。"

配着玫瑰饮还有一套水晶杯子，光是倒在里边就漂亮，拿舌头一碰甜滋滋的，琼珠见听了她的话都不敢伸手拿杯子，冲她们眨眨眼儿："这比那库里的又不同，是又蒸过的，姑娘们吃便是，再不醉人呢。"

……

厨房里知道是姑娘们办花宴，还是纪氏开口要的菜，手脚也快，桃花烧卖菊花小饼，还有春日里炸玉兰片，一桌子能吃的花，几个小姑娘做大人事,说着孩子话。

(《庶得容易》第十一章"芫荽蟹肉饺")

这一场小花宴便没有那么多烟火气,胜在玲珑精巧又应景,用当季春花做了菜,再加上点心甜品玫瑰饮,既有巧思,显出富贵人家在饮食上的讲究,又能衬出颜家几个女儿青春年少时贪甜喜闹的可爱一面。

《庶得容易》中写饮食,并非凭空想象,而是多有所本,《红楼梦》《金瓶梅》《儒林外史》等古代小说,《随园食单》《调鼎集》《随息居饮食谱》《山家清供》等古代食谱随笔都是怀愫写饮食的灵感来源。

除了饮食,怀愫写节庆民俗也是一样信手拈来、热闹有趣。七夕要开乞巧市,用人形彩帛贴鬓,要设乞巧楼供摩诃罗娃娃,彩泥捏的娃娃描金饰玉,还要设上果子香糖,乞美貌与灵巧;中秋要在家中摆鲜桂花,做桂花饼子,家中拜月,出门走月亮、过三桥;重阳要摆菊花宴,元宵节要提灯赏烟火……桩桩件件娓娓道来,便将读者真真引入到了书中之境,与角色们感受着相同的节日氛围。

《纸活》则聚焦于民国时期的大上海,开篇便以评选"花国美人"所引发的案件,将读者带回了那个纸醉金迷、十里洋场的旧上海,掀开表面浮华的一角,略略透出下面的贪婪与险恶。随着故事的展开,又借着"八门"带出当时的民间技艺、市井江湖,除了男主人公白淮所在的七门做纸扎、游走于阴阳之间,其余七门都是在码头街面上讨生活的:

一门算卦相面,二门卖药看病,三门古彩戏法,四门走镖杂耍,五门六门评书相声,八门高台唱戏。

(《纸活》第六十五章"脸红了")

无论是八门献戏还是三门斗彩,都将真实的民俗技艺与传奇幻想出色地叠合起来,共同造就了亦真亦幻的民国奇境。后来又讲到民国时期的电影拍摄与电影演员,将用纸扎代替实物道具以节省成本等真实存在过的历史细节化作故事中的具体情节,都能让观众在被情节吸引的同时，对于那个时代与社会保持一份好奇心与新鲜感。

怀愫行文，并不靠情节的曲折离奇、跌宕起伏取胜，她的文字细腻散淡、娓娓道来，有一点散文化的风格，相比于专注于单一主人公的人生故事，她更擅长群像式写作，这种风格在《庶得容易》中体现得最为明显，叙事中常有枝蔓和闲笔，线索繁多却不凌乱。譬如女主人公颜明沅与纪舜英定亲后，纪舜英在书院求学，恰逢端午，明沅便包了粽子随着家里的节礼送到书院，纪舜英于是招待同窗秦易、陆雨农吃粽子：

> 陆雨农三两口把那甜粽子吃了，又捡了个白线的，这回却是肉粽了，他专挑一块油肉下口，肥滋滋的肉油浸在米粒里头，又是连说三声好，他不论说什么，前头总得加上三回叠字儿，又且生得粗相，别个也不叫他的名号，只叫他作陆三声。
>
> 吧唧了嘴儿吃了一个，还冲纪舜英比划起来："你媳妇疼你，看这里头的肉裹得多足，这哪里是米包肉，是肉包米了。"一面说一面又去拆了一个。
>
> ……
>
> 再有两年便是考举了，中了举再考进士，若能博个两榜是最好不过，若不成，依着家里也只能往外头去补官，先得了官位，填补家里的开销，这才好接着往下读。
>
> 陆雨农却压根儿没想着要往上考，他只想中个举人了事，举人就能免赋，他家那个小镇子，多少年只出得他这一个秀才，若真中了举人，那也不必补官了，开馆就是，一家子不愁吃喝，挖得半亩塘有个两进院，想吃肉便割上一些，想喝酒就打上两角，比在外头当官钻营且不知道逍遥多少。
>
> "我不比你们，你们都有大志向，我那点子不值一提，将来要是做官了路过我那镇子，记得收了姓陆的帖子，别当火引子烧了就好。"陆三声原来已经吃饱了，一闻着这黄鱼香，又饿起来，干脆舀了一碗，吃了汤还不够，拿汤浇了饭又吃下一碗去。
>
> 秦易跟纪舜英两个对答，陆三声就卧在凉床上，敞了肚皮晒

食,偶尔听见他们说得两句,便插上一句,手上还摇一把蒲扇……

秦易实在看不得他这模样,觉得他有辱斯文,这样子倒像个街边闲汉,哪里像个读书人,可架不住纪舜英同他有话说,两个竟很能论到一处去……

(《庶得容易》第二百一十一章"酸菜黄鱼豆腐汤")

这一段情节与故事主线关联不大,主要刻画的人物陆雨农也并未在此后的关键情节中发挥过重要作用,但写得极生动有趣,特别是陆雨农这个人物,胸无大志、不拘小节,一身"有辱斯文"的市井气,却活得自在、通透、明白。寥寥数笔间,这样一个市井狂生的形象跃然纸上。正面写陆雨农,其实侧面也是在写与陆雨农格外聊得来的纪舜英,写纪舜英脱离出纪家环境后在书院的生活,也写他不以门第论交的心性品质,以及他所向往的没有家族负累的简单生活,这些都是他能够与明沅相知相爱的重要原因。看似闲笔的一节,略略荡开去便妙趣横生,实际上又并不真的是凭空生出,仍是换了个角度在补充着主线故事。

这样的写法与怀愫本身清雅闲淡的文笔相得益彰,又使得那些通过查资料、下苦功得来的风俗民情细节有了更加充分的施展余地,可谓形散神凝,自有章法。

怀愫写人物,用的也是细描功夫,并不靠大喜大悲、强烈的情感冲突给读者留下深刻的印象,而是在一点一点的举手投足、言谈应对中慢慢使人物立体起来。怀愫最擅长写独立坚韧的女性,强大立得住、果敢有担当、聪慧知进退、善良重情义。《庶得容易》中的高门庶女明沅、《我的安眠药先生》中的职场精英叶秾、《丛林生活物语》中的留学生林薇固然身份、地位不同,性情、举止不同,人生目标也不同,但却有着相似的精神内核,这种精神内核,或许可以被理解为作者对于当代女性理想人格的勾勒,怀愫设定天马行空的作品序列,也因而具有了鲜明的当代意识。

即使是在以男性为主人公的《纸活》中,也成功塑造出了陶咏华这样一个颇有亮点的女性配角。陶咏华的表妹苏茵因嫉妒陶咏华父母慈爱、家境富裕而伙同孙仙娘暗害陶咏华，给她配了阴婚。当晚，陶咏华便在梦中见到纸人要她拜堂成亲。倘若婚礼完成，陶咏华身死，苏茵便能李代桃僵，顶替陶咏华，过上优渥的生活。陶咏华自梦中醒来，并未被与苏茵的亲情所迷惑，很快便意识到了事情的真相，找到能通阴阳的白准寻求帮助。

  陶咏华诚恳地望着白准："我要做什么，才能摆脱这些呢？"
  白准出手，向来是揪其源头："新郎是谁？"
  苏茵从未说过，她一口咬定自己不认识那个男人，陶咏华昨天想看牌位的，但没看清就被拍醒了："我没看清楚。"
  "那就有些难办，不知姓名生辰，就不知是谁家在办喜事。"
  "如果我今天再做梦，是不是只要看清楚牌位上的名字，就有办法？"陶咏华虽然害怕，但依旧想办法。
  "你敢？"白准对她有些另眼相看。
  "我敢。"陶咏华紧紧握着双手，只有这样才能彻底摆脱，"我先回去，问问母亲，苏茵是不是在乡下定过亲，若能问出对方的姓名，就打电话来告诉大师，若不能，我就……"
  就再入梦一次。

（《纸活》第四十章"一把剪刀"）

  陶咏华刚做了会危及性命的恐怖噩梦，若无母亲将她拍醒，此时已是一缕亡魂。如此劫后余生的时刻，陶咏华却能够迅速冷静下来，分析出凶手，同时向最有可能帮助到她的人求助，这样的果断与清醒已是难得；待得知必须弄清新郎姓名后，她主动提出要再入梦一次，看清新郎牌位，这样的勇敢连白准都忍不住赞叹一声；事情解决后，陶咏华还能顾念与苏茵的亲情，并不对她赶尽杀绝，而是将她送到寄宿学校，既惩罚了她的贪婪，也保证了她无法再伤害自己与家人，同时还给了她一个改过自新的机会，这样公允的处理方案再次让读者感受到了陶咏华的胸襟与能力。
  作者对陶咏华这个人物着墨不多，但就这寥寥几个情节，便相当精练地刻画出了陶咏华的根骨与秉性,这份对叙事的剪裁取舍,是很见功夫的。对于小说中的主要人物,怀愫当然着墨更多,人物不仅要性格鲜明、逻辑丰满,还要有合情合理的成长与变化。比如《我的安眠药先生》中的女主人公叶秾,出场便是个干练知性的职场女性,相恋八年的男友在结婚前夕精神出轨,有太多人建议叶秾选择原谅,理由也很充分:你再也找不到一个像他这样合适的了;他不过是和别人搞暧昧,还没到肉体出轨那一步;你与他合开的公司放弃了太可惜;你们都在一起八年了,他也不是没爱过你。但叶秾选择了分手,一刀两断,不留余地,狠下心就不反悔,先分婚房,后分公司股权,断得干干净净。叶秾分手,不是为了赌气,也不是在胡闹,她只是认清了对方,也认清了自己,对方会背叛她一次,就一定会背叛自己第二次,而自己忍不了,也没必要忍下这样的不干不净、不清不楚。叶秾从头再来,独立创业,有人脉、有才华、有拼劲儿,很快便风生水起,完美展现了一个当代都市职场女强人的飒爽风采。但叶秾也不是没有弱点,八年的恋爱一朝烟消云散,不伤心是不可能的,叶秾开始失眠,也不敢再敞开心扉接受新的追求者。这是叶秾的起点,却不是终点,《我的安眠药先生》是一个关于治愈的故事,也是一个关于自我成长的故事。叶秾最终会鼓起勇气,接受新的爱情与新的挑战,不是因为淡忘了曾经的伤痛,而是因为她已然变得更强大、更独立、更成熟,她可以成为自己的底气,去爱,去相信,去争取她自己的理想人生。

《庶得容易》是怀愫写女性群像最出色的一部作品,颜家的一众嫡女庶女各有自己的艰辛与不易。她们都不完美,做不到让所有人都满意的"贤良端庄";她们生活的环境太逼仄,只能与同为女性的姐妹们去争、去抢;她们犯过错,彼此伤害过,也怨过也恨过,却终究能够明白让彼此活得如此艰难的并非血脉相连的彼此,而是这个男尊女卑的封建社会。她们注定无法拥有最好的人生,却也从不肯放弃有尊严地活着,并都在决定自己命运的关键时刻为自己做出了正确的决断。并不是每一个人都有能力挣出后宅的狭小天地,她们用尽力气也不过勉强度过平凡安稳的一生,但她们身上那股不灭的韧劲与狠劲儿却像是星辉,渺小微弱,却执着而纯粹,令人念念不忘。

第二章
架空历史中的家宅与市井

一、从穿越言情到宅斗宫斗

自《四爷正妻不好当》起,怀愫便有意识地在进行反套路的创作,《四爷正妻不好当》首先便是对此前特别兴盛的穿越言情小说,特别是清穿小说的一次反叛。

21世纪初,在商业化的网络文学初具规模的时候,穿越一度是网络文学中最热门的题材之一,无论是男频还是女频,大量的穿越主人公携带着当代的思想与文化、当代的科学知识与技能,穿越回中国古代社会中的某一个时代。此时的穿越故事往往洋溢着乐观的情绪,穿越主人公无论男女,总能在穿越后的历史朝代中活得风生水起,不仅造玻璃、造舰船,完善"科技树",而且向古人普及民主、平等等现代思想,甚至以一己之力改变历史走向,带领古代中国"弯道超车",提前实现现代化,改写近代中国的百年屈辱。特别是,在女频小说中,女主人公除了抄诗搞发明外,还会遇到一个或几个各具风采的古代美男子,收获一段刻骨铭心的真挚爱恋。现代化史观、启蒙理想,再加上爱情神话,这三者共同构成了那一时期穿越小说的共同主题和情感基调。

清穿,也即女主人公穿越回清朝的小说,是女频穿越小说中格外发达的一类,进一步细分,又有穿越回清初多尔衮摄政时期、穿越回康熙年间九子夺嫡时期等几种亚类型,其中又以九子夺嫡时期的故事最为流行。纷繁复杂的朝堂斗争,以及一众阿哥的倾心相许,为发生在这一时段的穿越故事带来无穷的传奇色彩与戏剧张力。提起清穿,最著名的莫过于 2005 年前后的"清穿三座大山":金子的《梦回大清》(2004)、晚晴风景的《瑶华》(2005)、桐华的《步步惊心》(2005)。这三个故事无一例外,都发生在九子夺嫡时期,女主人公在四爷、八爷等皇子间进行爱情抉择,并试图凭借身为现代人的"后见之明",为了爱情扭转历史。

其实在清穿小说身上,已经或多或少地带上了对于此前穿越小说中那种乐观豪迈的改造世界的激情的反思——骤然进入全然陌生的封建社会的当代女性,真的能够如此简单地突破社会的性别束缚与阶级壁垒,战天斗地、改变一切,并获得理想中的爱情吗?《步步惊心》既是清穿小说中知名度最高的一部,实际上也是终结了清穿文的一部。拓璐在《"穿越文—清穿":"反言情"的言情模式——以桐华〈步步惊心〉为例》中便断言:

> 《步步惊心》在情节设计上建立的从穿越到"反穿越"、从言情到"反言情"、从追求戏剧性到回归庸常性的叙事方法成为穿越文近十年在网络中发展的主要轨迹。①

穿越与言情相结合,《步步惊心》之前的女频穿越小说,写的是波澜壮阔的浪漫传奇,是超离现实、不关心可行性的美好幻想,而《步步惊心》的故事却充满着挣扎、无奈、屈服、绝望、一地鸡毛。就像拓璐所说,来自小时代,操心着房租与加班的平凡都市女性张小文忽然穿越到了九子夺嫡时期波澜壮阔的历史大时代中去,久违的历史纵深使她情不自禁地投入其中。但成长于小时代之中的若曦本身并不真的拥有构想一个宏大时代的能力,她纵然步步惊心,却既无力掌握历史的走向,也无力把握自己的命运。在爱情方面,若曦放弃了注定在夺嫡斗争中失败的八爷,选择了身为胜利者的四爷,这一"爱上胜利者"的情节,与其说体现着若曦对爱情的追求,不如说体现着她对于

---

① 邵燕君主编:《网络文学经典解读》,北京大学出版社 2016 年版,第 184 页。

权力的臣服，言情故事因此走向了它的反面。①

　　属于穿越小说的天真时代自此落下帷幕，代之而起的，就是不相信爱情的宫斗与宅斗小说。无论是宫斗小说中的后宫，还是宅斗小说中的后宅，都被刻画为等级森严、人际关系复杂而恶劣的封闭世界，这样的后宫／后宅想象，既是对当代职场斗争焦虑的折射，也是对当代女性生存困境的极端化表达。故事中的女主人公失去了获得爱情的机会，也失去了相信爱情的能力，她们把老公当老板，在全部由女性构成的逼仄世界中进行着你死我活的斗争，拼尽全力想要获得的，也不过是自己性命无虞、衣食无忧的小日子。后宫／后宅外面的世界或许存在，但对于这些女主人公而言已经失去了意义，她们不被允许，也没有精力走向那个更广阔的大世界，属于曾经的穿越女主人公的种种特权都被证明不过是虚无缥缈的白日梦，大历史消隐，永不止息的宿命般的日常给宅斗、宫斗小说染上了一层暗淡的灰色调。

　　以宫斗小说的集大成者《后宫·甄嬛传》为例，女主人公甄嬛在残酷的宫廷斗争中，凭借智谋与手段走上后宫权力的巅峰。在这一过程中，甄嬛对于皇帝玄凌的爱情幻想破灭，昔日朋友安陵容成为不死不休的敌人，又失去了挚爱玄清与挚友沈眉庄，从一个向往爱情的单纯少女，变成了一心复仇的绝望妇人，虽然最终登上太后之位，却觉得自己一无所有。

　　怀抱着"愿得一心人，白首不相离"的信念寻找纯洁之爱的甄嬛，遇到了只有权与欲而无情与爱的帝王玄凌。玄凌英俊潇洒，有才华，也有智谋，如同以往一切女性向穿越小说中曾让女主人公爱得不能自拔的完美男主。讽刺的是，这样一个男性却是没有爱的能力的。甄嬛最大的痛苦莫过于一次次渴望着从玄凌那里获得真爱的回应，但得到的却只有帝王恩宠，而没有夫君爱怜。爱情彻底为权力所取代。流潋紫让无一处不符合爱情故事男主角的玄凌将自己的爱交付于已经死去的纯元皇后，然后任凭时间关闭通往过去的大门，与那个爱情至上的时代永别。玄凌与纯元之间的爱情模式，恰恰是以往穿越言情小说最

---

① 邵燕君主编：《网络文学经典解读》，北京大学出版社2016年版，第184—192页。

经典的模式——专情的帝王与无法断绝的真爱。纯元已死,玄凌失去了爱的能力,我们再次看到《步步惊心》中发生的故事:纯粹的爱让位于权力与生存,爱情神话跌落王座。

甄嬛曾在甘露寺向玄清讲述白娘子的故事,白娘子对许仙全心全意,却仅仅因为自己是妖便要永镇雷峰塔底,万劫不复。甄嬛说:"我是白娘子,我必定后悔。我情愿从来不要遇见他、不要认识他,老死不相往来。"① 这一回答,正式开启了此后相当长时间内宅斗、宫斗小说女主人公的基本爱情观,她们总是害怕受到伤害,因而不敢相信爱情,对她们而言,动情往往意味着"做傻事",而在严苛的环境之中,每一步谋划都可能事关生死,她们错不得,所以爱不得。

二、反"白莲花"式女主人公

《四爷正妻不好当》就是在这样的创作潮流中产生的作品。这部作品的最大特征,是让众多穿越者各自携带不同时期穿越作品中女主人公的不同"成功经验",在几位皇子府中"同场竞技",从而戳穿此前穿越小说中那些过分浪漫和理想化的桥段——唱唱流行歌、跳跳现代舞就能赢得男性的青睐,抄抄唐诗宋词就能成为举世公认的才女,或者凭借一身现代技术就能在古代社会功成名就、如男性一般出将入相,等等。

所有试图靠着前辈经验走上人生巅峰的穿越女无一例外都遭遇了失败,只有努力适应古代社会规则、低调谨慎做好"本职工作"的女主人公周婷成功过完了她富足平安的一生。周婷遇到的第一位穿越女是八爷府的新月格格。这位与琼瑶小说同名的格格确实继承了琼瑶剧女主的典型特征,用当代网文术语来概括,就是"白莲花"。

20世纪90年代,琼瑶作品《新月格格》中的新月、《梅花烙》中的白吟霜等都是最为典型的"白莲花"式女主人公。她们柔弱善良,逆来顺受,对于爱情忠贞不渝,实际上是"男性向"视角下理想女性

---

① 流潋紫:《后宫·甄嬛传(叁)》第五十章"丁香结",浙江文艺出版社2011年版,第172页。

的化身。《新月格格》与《梅花烙》的故事非常相似，《梅花烙》中的白吟霜是沦落风尘的穷苦女子，而《新月格格》中的新月是失去双亲的忠臣遗孤，两位女主人公都处在绝对弱势的地位，又都被出身贵族、已有妻室的男主人公搭救，并且与男主人公产生了真挚的爱情。她们进入男主人公的家庭，受到各式各样的误解欺辱，却始终对男主真爱不渝，并且以温柔善良、谦和孝顺、逆来顺受的态度最终赢得了男主妻子的认可。两个故事都以殉情悲剧收场，印证着男女主人公同生共死的伟大爱情。

这种在现下很可能会被理解为"第三者插足"的故事，为什么会在当时得到大陆观众的喜爱呢？我们必须要回到那个特定的时代背景中去理解。改革开放以来，"新时期文学"开始如雨后春笋，蓬勃发展。在这些作品中，平等、自由、理性等启蒙价值开始重新得到高度肯定，对于人性的歌颂，对于个人价值的肯定成为了许多作品的主题。而对于自由恋爱与理想爱情的追求，则成为了一个"大写的人"的理想人格的体现方式。比如说"新时期"著名作家张洁发表于1979年的小说《爱，是不能忘记的》，便讲述了离异女作家钟雨与一位老干部之间持续一生的柏拉图之恋，老干部因为报恩与责任感，与一个因救他而牺牲的老工人的女儿成婚，但却始终深爱着钟雨，两人之间沉默而克制的爱无声地控诉着被世俗的伦理道德保护着的没有爱情的婚姻关系。爱情神话就这样成为了启蒙理想的重要一翼，在文艺作品中具有了超越性的价值，真爱是无价的，是人性的灿烂光华，是人的自我实现与自我解放，可以冲破任何束缚与阻隔，可以超越世俗伦理的禁锢，将人们带向神圣而美好的自由王国。《新月格格》与《梅花烙》的故事就是在这样的文艺环境下被接受的，"白莲花"式女主人公也是在这样的文艺环境中流行起来的。

在早期网络言情小说中，这些集真善美于一身的、充满理想主义色彩的女性形象几乎占领了所有女主人公的席位。她们是人们在现实生活中难以实现的完美道德在文本中的投射，寄托着人们对理想人格的向往和追求。

然而，随着古代言情网络小说的大量创作，这些作品中的女主人

公便日益脱离她们原本赖以存身的社会环境,并开始呈现出高度模式化的特征:

> 她们有娇弱柔媚的外表,一颗善良、脆弱的玻璃心,像圣母一样的博爱情怀,是那种受了委屈都会打碎牙齿和血吞的一类无害的人,总是泪水盈盈,就算别人插她一刀,只要别人忏悔说声对不起,立刻同情心大发,皆大欢喜地原谅别人。①

"白莲花"这一明显带有贬义的命名由此产生。

特别是在宅斗、宫斗小说中,"白莲花"几乎成为了代表性的反派女性人设,频繁出现在不同的作品之中,成为女主人生道路上的丑角与绊脚石。爱情神话的失落是造成这一结果的重要原因之一。在宫斗、宅斗小说中作为帝王或家主的男性不是,或至少不主要是爱情的对象,而是生存资源的所有者。获得其宠爱是占有更多生存资源的一种并不牢靠但有用的方法,有时甚至能决定一个女性的生死。在这样的前提下,新月格格绝不可能与努达海的正妻雁姬达成真正的和解,因为她们之间唯一的关系就是竞争关系。

于是,穿越而来的新月格格便在《四爷正妻不好当》中化身为一朵反派"白莲",不仅手段愚蠢,竟还相信爱情,注定不会拥有幸福的结局。《四爷正妻不好当》代表了宅斗、宫斗小说故事最逼仄压抑时期的典型风格,一众穿越女的失败关闭了此前穿越言情故事中所有的真爱无敌与热血传奇,怀愫在对这些穿越套路的有意识清算中找到了自己笔下女主人公的生存之道:

首先是清醒,看破封建婚姻的本质是权力关系,不被虚幻的情爱冲昏头脑;然后是自立,可以借势,但不能真的依赖另一个人来生活;最后是持正,固然不做无底线的原谅敌人的"白莲花",但也绝不主动害人,知恩图报,心怀善念,活得磊落坦荡,才能知足常乐。

这样的生存之道,也延续到了《庶得容易》中一众女性身上。颜

---

① 引自百度百科"白莲花"词条。

连章的正妻纪氏，连同几个姨娘都曾或多或少对颜连章有过爱恋与期望，盼着与颜连章真心相待、携手白头。但她们吃过的苦，也全都来自这份期盼。一度得宠的程姨娘有了头生子，还是被送进了庵堂，抑郁而终；之后抬起来的苏姨娘也曾恃宠而骄，风光快活过，一朝见弃，险些在庄子上断送了性命；张姨娘与安姨娘一辈子没过过几天安生日子，日日仰人鼻息，还难免行差踏错；正妻纪氏也并不能幸免，眼看着丈夫一个接一个往宅子里抬姨娘，甚至为了升官发财，企图将嫡女明潼葬送在宫闱之中。

她们人生中最重要的正向转折，无一例外发生在对颜连章死心的瞬间。颜连章的宠与爱都无非是逢场作戏，终究镜花水月一场空。其实谁都知道，"大宅门里头，妾不过是个玩意儿"（《庶得容易》第九十二章"四喜饺"），就算是入了太子府，也并不真的比外面的妾室尊贵多少，对此，二度为人的明潼看得清楚：

> 太子确是知情识意了，待她也称得上一个好字儿，可他就是良配了？他也不过拿她当作灵猫细狗，喜欢她那样的性子，一只猫儿嘛，纵是亮起爪子来挠人，也是惹人喜欢的，可若挠了主人，便不那么美了。
>
> （《庶得容易》第一百零三章"清酱小松菌"）

正妻固然比妾地位尊贵，相比于男子也终究是下等人，对外要端方和顺有体面，在家宅之中又要操劳持家，面对丈夫要温柔小意，出了屋门还得宽和大度与一众妾室共享丈夫。

颜连章在官场上有能力，会钻营，官运亨通，势头正旺，在家中也从不曾宠妾灭妻，始终给了纪氏足够的"体面"，在旁人看来，已是难得的好丈夫。纪氏等人也曾幻想过颜连章的真情真意，却终究看透了他的自私与冷漠。正妻如奴仆，妾室如玩物。"要知情识意要略通文墨，还得温驯漂亮，古往今来，男人喜欢什么样的女人都差不多"（《庶得容易》第一百一十二章），这样的标准本来就无关爱情，无非是要养眼、合用、省心，和挑选器物、奴仆都是一样的道理。就连亲生的女儿,在颜连章看来也不过是钻营的工具,他可以把嫡女明潼送给有恋童癖的残暴太子,也可以让庶女明洺嫁去满门男丁都被斩首的詹家,换一座忠烈遗孀的贞节牌坊。就是颜连章对这两桩女儿婚事的决定,让纪氏彻底寒了心。再到颜连章外出做官不过半年,便养了个外宅回来,纪氏便对他只觉得恶心,"原来离得那么近的丈夫,不过分开半年,也就远了"(《庶得容易》第一百一十二章"白酒杨梅")。

明沅的生母睐姨娘也是一样,自庄子上死里逃生后,就不再对颜连章心存幻想。"睐姨娘渐渐以儿女为重,颜连章又是两年不曾到她院子里来,连见面都难,知道他是个薄情的,更不摆到心上。"(《庶得容易》第一百一十九章"野鸡锅子")自此之后,睐姨娘一心一意看顾儿女,反倒比之前活得安宁得多。

相比于纪氏这一辈,明沅及几个姐妹是更好,也更幸运的一代,早早在父亲颜连章身上便看明白了不能依赖丈夫的宠爱过日子的道理,明白了真正能够倚仗的东西只有两样——子嗣与财产。她们为自己买田庄保证出息,还会合伙做生意,将各地丝织物借着颜连章管理的海运商船卖往海外。她们要学管家与算账,守好家产不让旁人盘剥,在那个女性被困在后宅的时代,财产成了最大的底气,明潼嫁入郑家后,早与丈夫、公婆撕破了脸,然而讲究高门排场却又内里空虚、只剩了一个花架子的郑家却又不得不仰仗明潼的出息维持体面,明潼攥住了郑家的经济命脉,所以纵然丈夫公婆恨她恨得咬牙切齿,也不敢真的把她怎样。

颜家姐妹的另一个优势在于从未放弃过守望相助的姐妹之情。明沅、明洺、明湘三个庶女身份、年纪都相仿,是最常在一处的。明沅聪慧温和、明洺憨直大气、明湘清高内敛,明洺与明湘吵架,常是年纪最小的明沅居中劝和。三人生母不同,生母间的明争暗抢,显然不可能完全不影响三个女孩儿间的情谊,特别是明湘的生母安姨娘与明洺的生母张姨娘,两人争了一辈子,心里的委屈和盘算,除了对着女儿,还能对谁说?于是三个姐妹之间总是分分合合,吵了又好,好了又吵。每当读者觉得她们之间天真稚嫩的情谊终究还是抵不过后宅残酷复杂的人际关系,她们却又能重归于好,固然心中的那根刺儿一旦扎下根，就再不可能一点疤痕不留地恢复如初，但她们依旧是这个世界上为数不多的能够真正理解彼此、真正互相帮助的血缘至亲。这并非真的因为血脉连接会在冥冥之中发挥什么化干戈为玉帛的奇妙作用，而是她们从小就懂得，她们彼此之间归根结底不是敌人，而是盟友，她们共同承受着来自封建制度的禁锢与压迫而无力反抗，但在这个遍地荆棘的艰难世间，她们越是团结、彼此依靠，就越能活得好一点。

三、《庶得容易》对宅斗、宫斗类型的超越

对比《四爷正妻不好当》与《庶得容易》，便能看到怀愫这些年在创作中的惊人成长，不仅在笔法上更加成熟，结构布局更有章法，更开始在已成定式的宅斗、宫斗类型中寻找突围之路。

《四爷正妻不好当》是最典型的宅斗小说，几乎所有的故事都被限制在后宅之中，以女主人公周婷的处境与行动为绝对主线，周婷如何坐稳四爷正妻的位子，如何化解后宅女人间的勾心斗角是小说最大的看点。

但《庶得容易》并不将故事彻底局限在家宅之中，家宅斗争背后广阔的市井生活、风云诡谲的残酷政治斗争都有了更多的呈现，使得整个故事有了更厚重的底色，更阔大的格局，写闺阁而见朝堂，更在深宅家事之外见一层世态炎凉。

故事中最惊心动魄的两次政治事件，一个是湖广叛乱，一个是贯穿全篇的成王与太子争夺皇位，都与颜家女儿的命运息息相关，国事家事相互扣合，更加触目惊心。

湖广叛乱，太平乡被叛军占领，此时明洛已说亲给在太平乡为官的詹家。纵然山高水远无法知道详情，然而身为地方官的詹家只有附逆或者身死这两条道路可选。原本让明洛满意的一桩亲事也忽然就成了头上悬着的利剑：

> 这一等就等到了四月里，外头传得沸沸扬扬，纪氏着了人出去打听，抄得份邸报回来，上头赫然写着詹家的名字，说是已经

附逆了。

纪氏差点儿一口气没提上来，这便是死罪了，她赶紧着人找着詹家退亲，詹家却大门紧闭，门上还贴了封条，一家子昨儿就叫抓走下了狱，那一家子办了事，京中的族人可怎么活。

（《庶得容易》第二百六十五章"清明粿"）

便是原来不知道的，也俱都知道了，抓起来也不止一家子，本家不在京中的，也着各县府捉拿，附逆就是造反，这时候要么自个儿死，要么外头的亲人死，落到哪家都一样。

（《庶得容易》第二百六十五章"清明粿"）

詹家附逆，颜府自然退亲，断了关系，这事本该了了，然而作者偏偏又多写了一笔，真真让人感叹世事无常：

事情到得退亲原是该了了，偏偏圣人欢喜劲儿过了，又气恼起来，他一向反复，可这回下令把抓着的人都推到菜市口去斩了，连着砍了几天，血流了一地，这时节又不下雨，打水出来往地上浇也洗不干净那血迹。

詹家人还只排在后头，到提出来杀了一半儿了，这才送了信来，原来邸报里头说是附逆的，有三家实是拒逆身死，一家子一个也没活下来，女眷投井自杀，男人是叫割了首级分尸的。

这三家里，就有詹家。

（《庶得容易》第二百六十七章"独占鳌头"）

"三家里，就有詹家"，短短七个字，背后却是一个原本繁荣风光的官宦之家突如其来的死亡与衰落。政治风云的血腥残酷，同时还关联着颜连章的龌龊心思：

纪氏原还想先把救急的银子送上去，聘礼慢两日再抬过去，做得这样急，脸上可不难看，谁知道这头才放了詹家人，那头颜连章的信就来了,他头一桩问的就是亲事退了没有,纪氏捏着信纸冷笑,还只封好了作没看见,立时叫人把库房里头理出来的东西退回给詹家去。

亲都已经退了,这时候说什么都晚了,颜连章打的主意是什么,纪氏门儿清,他年轻的时候也去过徽州当个芝麻绿豆的官儿,那一座座的牌坊立起来是光宗耀祖,苦的却还是女人。

(《庶得容易》第二百六十八章"血馒头")

无论詹家的惨祸,还是明洛的前程,在颜连章心里都无法挑起半点同情,他想的永远是自己的仕途和利益。正如拒逆身死的詹家人无力挽回家族的悲剧,远在叛乱地区之外的明洛也无法将自己从命运的漩涡之中拉出来。家事与国事就这样被联系起来,我们看到的是高高在上的暴君凭借冷酷强大的国家机器碾压过治下的臣民,以及一心为己、不顾亲情的男性家主肆意利用着作为他的附庸的女性,践踏她们的如花生命。家国一体的封建社会结构呈现出了它最凶残狠毒的一面,在这样的社会中被剥夺乃至吞噬的,绝不仅仅是女性,事实上,每一个人,只要还有人比他更富有、更强大、更位高权重,他就随时有可能被牺牲、被放弃。

整个社会与政治体制对生命的漠视体现在许许多多细节之中。比如哭灵这个前后出现了三次的场景。宫中贵人殡天,有品级的命妇,无论是老态龙钟还是怀有身孕都要到宫前哭灵三日。太后殡天哭灵时,恰好是天降大雪的寒冬时节:

哭灵头一日,先倒下去一片,纪老太太倒无恙,前头报的消息却说,明萱跪了半日,晕过去了,等抬回去已经有了落红的症状,怕是小产了。

(《庶得容易》第一百八十二章"红枣胭脂粥")

梅氏心头万分挂念女儿,可才哭了一日,后头还有两天要哭,她自家且脱不开身,跪得这一日,手冻脚冻,思善门外倒下去一片,冬至的日子偏偏落起了大雪。

便是下雪下雹也得照样哭,张皇后带头在太后宫里哭,哭得几欲昏死过去,余下的人连妃位嫔位俱都老老实实待着,别个还敢有什么托辞。

梅氏听说女儿昏了过去,急得无法,倒是有歇的,宫里头抬出大桶来,里头是滚热的姜汤,怕这些个老大人老夫人又冻又哭,身上受不住,每回国丧哭灵总要跟着哭几个过去。

先帝那会儿就是,还给安了个好听的名头,说是跟着去侍奉先帝去了。

(《庶得容易》第一百八十二章"红枣胭脂粥")

活人给死人哭灵,活生生冻死在宫前,已然是极端的荒诞,更何况帝王家原也没有半点情深义重,皇后尸骨未寒,皇帝就心心念念要册封贵妃。就是这个圣眷极隆的贵妃也同样不得善终。关于这位贵妃的死,宫里的说法是太子逼奸母妃,导致贵妃自缢身亡,然而:

元贵妃哪里是个好死,说是缢死的,都不必验伤的嬷嬷来看,脖子上头那么一条青紫,指甲全都断裂,手腕都是脱了臼的,这哪里是自缢,分明就是被缢死的。

……

圣人过得几日才有力气坐起,成王就近侍疾,见着他手背上一道道指甲划痕,有的连肉都刮了起来,知道元贵妃这一回竟是死在他手里的,心头冷笑,只听见圣人道:"活着没叫她穿上皇后的冠服,如今她薄命去了,追封一个皇后吧。"

(《庶得容易》第三百三十三章"鸿门宴")

皇帝最喜爱的贵妃就这样被皇帝亲手扼死在了政治斗争之中。活人性命比不上帝王私欲、政治倾轧,礼法无情,其实无非彰显帝王权势。有品级在身的官员命妇尚且如此,平民百姓,乃至于差役奴婢,便更是命如草芥。

成王与太子的党争，则关系到明蓁与明潼两人的两世命运。延续了《四爷正妻不好当》中穿越者、重生者扎堆出现的独特设定，《庶得容易》中也出现了五个穿越、重生者：穿越者文定侯郑天琦（男）、穿越者颜明沅（女）、穿越者元贵妃（女）、重生者成王（男）、重生者颜明潼（女）。

这五人间的对照关系设置本身就非常有趣，后文将有详细叙述，与党争直接相关的，是成王与明潼的重生。成王与明潼的重生，并没有改变党争的结局，两次都以成王获胜、登基称帝而告终，但明潼与明蓁的命运却发生了巨大的改变。重生前，明潼被选入太子宫，从太子婕妤一路升为太子嫔，然而随着太子被废身死，曾经风光的明潼也与太子妃一起被打入冷宫，孤苦无依地过着劈了凳子当柴烧、冷风透过窗缝钻进骨头里的凄苦日子。直到成王继位，成王妃明蓁才将明潼救出，可身份尴尬的明潼却终究无法过回正常的日子，在青春正好的岁月里郁郁而终。明蓁与成王固然是琴瑟和谐的眷侣，然而一世的担惊受怕、辛苦操劳，以及长子的早夭仍旧夺去了明蓁的生命，未来得及与成王长长久久地携手天下。倘若不曾重生，这就是明蓁与明潼的结局，无论是温柔大气的明蓁，还是果决要强的明潼，本都是世上极出挑的女子，终究被命运埋葬在最好的年华。无论她们自身有多强大，只要不跳出宫闱与家宅的院墙，便永远无法主宰自己的生活。这种飘零无力之感成为了重生后的明潼毕生与之战斗的东西，固然艰险重重，她都要自己改写自己的未来。其实颜家其他的女儿们，明沅、明芃又何尝不是如此，用尽办法，也要越过高高的院墙看一眼外面的世界。她们追求的东西其实很简单，无非是免受欺压冻饿的安全与不被肆意左右的自由。整个世界的冷漠逼仄，与颜家女儿们的坚韧顽强形成了鲜明的对比，也构成了整部小说的根骨与精神。

《庶得容易》的另一个超越一般宅斗文的特质在于突破了单一主角的写作模式，以出色的人物群像，呈现封建社会中不同身份、性别、地位的人的生存境遇。着墨最多的是颜家几个女儿，明潼与明沅几乎占了同等的分量，其次是明湘、明洛、明芃、明蓁，接下来就是颜家的主母纪氏，以及几位姨娘，再往下是颜府几个有头脸的大丫鬟。不仅女性,纪家的纪舜英、纪舜华,颜家的澄哥儿、沣哥儿等几个与明沅同辈的男孩儿也得到了较多的描写。

《庶得容易》中的人物总是复杂的,有缺点,也有高光之处,无论是怎样的人物,作者总是抱着一份同情在创作、书写他们。比如说纪家正妻黄氏的儿子纪舜华,刚一出场时绝对是个惹人讨厌的孩子,作为纪家正妻黄氏唯一的亲生子,被惯得无法无天,纨绔又霸道,几次三番欺负明沅,抢澄哥儿的糖葫芦,把池子里养的锦鲤捞出来干死,活脱脱就是个典型的"熊孩子",招猫逗狗讨人嫌。

然而纪舜华遇到黄氏买给纪舜英的官奴青梅后,却仿佛一夜之间长大了,心里有了牵挂,便就有了担当,再不似从前的混世魔王。青梅本姓徐,是布政司参议家的庶女,闺名蕴宜。徐家受谋反案牵连获罪,后来虽平了反,家中男丁已死了个干净,青梅充为官奴,这才被卖进纪家。纪舜华想娶青梅,母亲黄氏自然不肯,先是将青梅发卖出去,想断了纪舜华的念想,可纪舜华偏偏又找到了青梅,给她租了个小院,买了个丫鬟大丫过日子。

青梅也是个立得住的好姑娘,带着大丫做些女红活计,不靠着纪舜华接济也能过活。后来徐家平反,纪舜华又向黄氏求娶青梅不成,青梅便回了早已败落的徐家,守着年迈糊涂的嫡母徐夫人过日子。每天陪徐夫人念经、做针线,披麻戴孝料理徐家丧事,收礼还礼、大小事务都处理得妥妥当当,硬生生一个人把徐家撑了下来。便是替纪舜华送信的纪舜英,都忍不住在心里赞叹一声。

纪舜华为了青梅绝过食、关过禁闭,能想的办法都想过了。后来因有了与青梅的三年之约,才想明白,只有自己有了立身之道,才能给自己做主。于是纪舜华离了家去书院读书,几年不回,只寄信给纪舜英,除了问些功课,便是问青梅的消息。

> 若是一味跟家里伸手,这辈子也立不起来,只要还伸手一天,就得看一天的脸色,自家的亲娘自家知道,恨不得割肉喂他,可等他真娶了徐姑娘,黄氏只怕得割她的肉。

"我想请嫂嫂代为一问,若是她肯,这一科不中,我便去行商。"小本经营的本钱还是拿得出来的，有了进项，不必再跟黄氏伸手，婆媳不在一个屋檐下，便是苦也有限。

纪舜华心里还惦记着那个小院，浅浅两间房，搭了藤萝架，井台灶头样样齐全，圣人说一箪食一瓢饮，比住着他那大屋子，睡着高床软枕食着金莼玉粒，那个简陋的屋子叫他安宁得多。

纪舜英原来不懂得，心里还诧异过，他求而不得的，纪舜华竟是身受其中却不觉得甜。可成了家，他倒懂了一点，守着这么一个人，高官厚禄也再不肯换。

明沅低了头想笑的，可却忍住了，纪舜华又开了口，说得窘迫，却字字真心："她同我约定了三年，我知世上无易事，便是行商也不容易，若是这科不中，就到铺子里头学着当掌柜。"

（《庶得容易》第三百四十九章"烤腰子"）

纪舜华不管受黄氏多少打骂，都再没松过口，终于能够如愿娶了青梅。纪舜华说过要娶青梅为妻，说过"只要她心里愿意，我再不会叫她吃苦"（《庶得容易》第三百四十八章"乌玉珠"），旁人都不相信，没想到却真的让他做到了，这样的痴情与担当，足能胜过天下大半的男子。在这桩曲折的婚事中，读者也渐渐感受到纪舜华看似平顺人生中的许多不易，自小便被与处处出挑的哥哥纪舜英比较，一出生就被母亲规划好了前程，要如何读书科举、要娶怎样的女子为妻，全都不能自己做主，自小张扬跋扈的纪舜华，却是越长大便笑得越少，最后娶青梅为妻，也是托了嫂子明沅，才好歹完成三书六聘，其中艰辛可想而知。

"哥哥觉得这个家没什么好待的，我也这么想，没什么好待的。"纪舜华说得这话，想到那个小院轻轻笑了一声："我想求哥哥一件事，若是方便，替我看看她去，她没了我也活得好，可我不能没了她。"

（《庶得容易》第三百一十六章"羊肉水晶饺"）

纪舜华对纪舜英说的这几句真心话，伤感又无奈。"黄氏待这个儿子恨不得挖心掏肺，叫她割了肉喂给纪舜华，她怕也是愿意的，她待儿子这么好，可纪舜华竟然不想要。"（《庶得容易》第三百一十六章"羊肉水晶饺"）然而黄氏待纪舜华"好"，是把纪舜华当倚仗，当靠山，当成与纪舜英赌气的工具，当成后半辈子的盼头，却唯独不曾把他当成一个独立完整的人。黄氏想要纪舜华活得像个木偶，一切都按照她的意愿行动。

其实黄氏初嫁进纪家的时候，也是个"很拿得出手"的媳妇，"品性温柔，相貌亲切，行事得体，说话举动一眼看着就是大家子里出来的"。当时纪氏还没出嫁：

> 她同纪氏两个最要好，纪家上一辈儿女少，她俩便成了闺中密友，倒似小儿女般相待，相约着睡在一床，只为着等早上一道看初开的玉兰花。
>
> 春寒里头裹了薄袄，拿细竹竿儿把花打下来，拖面糊糊下锅炸着吃，沾着玫瑰蜜，呈上去送给纪老太太，老太太那时候最喜欢的就是这个孙媳妇。
>
> （《庶得容易》第五十四章"茶油浸腊梅"）

可后来纪氏出嫁，黄氏久无身孕，"一年年的磨搓，明珠成了鱼眼睛，再不复闺中女儿那些闲情"（《庶得容易》第五十四章"茶油浸腊梅"），渐渐竟变成了那副贪婪丑陋、自私善妒的模样。算起来黄氏这一辈子，"开心的日子没过多少年，进了纪家门，也只快活了一年不到"（《庶得容易》第二百九十八章"竹鸡锅子"），往后"这十几年来，就没一日开怀过"（《庶得容易》第四百一十五章"甜咸汤圆"），最后因纪舜华娶青梅，大大违背了她的心愿，竟被活活气死，固然有可恨之处，却也着实是个可怜人。纪家的后宅将那个曾经天真烂漫的女孩儿扭曲成如今这个浅薄又刻薄、无一日开怀的可悲夫人，这份扭曲又沿着血脉，继续延伸为纪舜英与纪舜华的不幸，只要这样的社会制度一日不止，新的悲剧便会代代不断地如此重演，每一个人，无论男女，最终都会成为受害者。这是《庶得容易》一书中相当可贵的地方，它写的是性别不平等的社会之下的婚姻悲剧，但却并未将怜悯的目光只投向居于弱势的女性，而是以更深广的同情展现出扭曲的社会制度实际上最终带来的是所有人的不幸。

不同于嫡子出身的纪舜华，过继来的纪舜英与澄哥儿、庶出的沣哥儿处境便更是尴尬。澄哥儿本是程姨娘生的儿子，程姨娘进了庵堂，澄哥儿自小就养在纪氏名下，很得纪氏喜欢，以为自己就是纪氏的亲生儿子。然而等纪氏生了嫡子官哥儿，亲疏立判。澄哥儿忽然知道了原来自己还有生母程姨娘，忽然就懂了眉高眼低、人情冷暖。好在纪氏到底是个称职的主母，与澄哥儿也到底是有日日的情分在，一力促成将澄哥儿过继给长房做了承业的嫡子，也算是一条好出路。可那时澄哥儿已经懂事，长房又怎会真心待这个养不熟的过继子，里面自然又是一番搓磨。同是过继的嫡子，纪舜英只怕比澄哥儿更加艰难，毕竟黄氏本就不堪，后又自己生下了正牌的嫡子纪舜华，于是一心想把纪舜英养成个纨绔，偏偏纪舜英争气，从不曾行差踏错顺了黄氏的意，黄氏对纪舜英就更是处处使绊子，半点不肯让他安生。

沣哥儿是明沆生母睬姨娘诞下的儿子，幸得明沆庇护，才能勉强过得安稳。一桩发生在沣哥儿与纪氏嫡子官哥儿之间的关于狗的小官司，以小见大地呈现出府中下人的势利与沣哥儿的委屈。

沣哥儿养了一只小狗，起名叫黑背将军，非常喜爱，每天吃饭睡觉都不肯离手，还日日带着出去跑圈儿。

> 这一日竟撞上了官哥儿房里的丫头养娘抱着官哥儿出来玩耍，养娘抱了官哥儿在亭子里头歇息，小丫头结香穗香两个又是编花篮又是掐花朵，眼睛一溜，见着这小黑东西窜来窜去。
>
> 拍了巴掌把它引过去，那丫头眼见着是沣哥儿的，却一把抱起来，连一句话都不曾说，转身就抱回去讨官哥儿的喜欢。
>
> 沣哥儿怔怔停住，想追又不敢，他知道那是上房的弟弟，一气儿跑回来，到了屋里才忍不住了，扒着明沆的脖子哭个不休。
>
> （《庶得容易》第一百一十章"烧鹅"）

沣哥儿不过是几岁大的小孩子，若在今天，定然是什么都不用理会，只管随心所欲的年纪，却已经知道了上房的弟弟不能得罪，知道了要忍到姐姐屋里才能放心地哭出声来。如此懂事都是生活所迫，着实惹人心疼。后来明沅想办法将事情捅到纪氏面前，纪氏二话不说处置了那个挑三唆四的丫头，狗的事却只字不提——狗已经归了官哥儿，纪氏又怎肯为了一个庶子惹自己的亲子难过？黑背将军到了官哥儿处，改名叫哮天，刚来的几天吃不下睡不好，一心想找沣哥儿，时间一长也就忘了，整日围着官哥儿打转，倒比跟着沣哥儿的时候过得更威风。

这段官司的收梢，是个颇为伤感的细节，沣哥儿偶然遇见官哥儿带着黑背将军散步：

> 将军俯下身子，冲他呼呼两声，沣哥儿咬了唇儿，满是傻气地又喊它一声："过来，将军。"小狗一下子立住了，左右踱上两步，像是认出了沣哥儿，呜了一声，小心地靠了过来，伸了舌头去舔他手上的肉，沣哥儿才要笑，前边喊了一声："哮天！"
>
> 将军的耳朵一竖，扭头跑了。
>
> （《庶得容易》第一百一十二章"白酒杨梅"）

黑背将军只是沣哥儿在这个家中不得不放弃的无数东西中无足轻重的一件，但作者前面写足了沣哥儿对黑背将军的喜爱，后面的转折便格外引人共情。小狗无心的"背主"之举却成了世事炎凉的最佳写照，懵懂无知的小狗尚且会顺应时势择"良主"，更何况是人呢？

第三章
浮世绘与群芳谱

一、穿越、重生与性别差异

若说《庶得容易》中写得最好、着墨最多的两个人物，当属明沅与明潼。自现代社会穿越而来的庶女明沅，与对上一世的悲惨人生心怀不甘的重生嫡女明潼，虽都有着再世为人的经验阅历，却因为身份地位不同，而有了截然不同的性情与处事风格。相同之处则在于，同为女性的她们，都不得不受制于时代的局限，困在后宅之中，从女儿变成妻子和母亲，除此之外再没有第二条道路可供选择。

为了凸显明沅与明潼身上这种悲剧性的一面，《庶得容易》还塑造了另外三个穿越者和重生者与她们形成鲜明的对比。

第一个是与明沅同为穿越者的初代文定侯郑天琦。郑天琦是个典型的男频历史穿越文男主，凭着现代技术立下累累功勋，靠着抄诗得了才名，封侯拜相，迎娶长公主，一辈子妻妾成群，富甲天下，诗酒恣意：

> 郑家的后院里，有一个酒泉，文定侯一生爱写诗吃酒，说甚个斗酒诗百篇，一时是铁马冰河，一时又成了小桥流水，他自家酒醒也要揉搓了去，后人还有收录诗集的，里头真有佳作，说是喝得好酒才能有好诗。
>
> 太祖便赏了他一个酒泉，还说天下酒曲尽归郑，郑家初时还真开得酒场，里头出的名品叫作千日醉，如今市井乡里只要卖酒，

俱得挂个千日醉的幡儿，便是此间有好酒的意思了。

光是卖酒这一样便日进斗金，各色秤砣，最大的那个总有二十两一锭的，那俱是用来称金子用的。

只他身死这酒方便也佚失了去，再也造不出那千日醉来，再往后一代连酒场都变卖了去，也只有御赐的千日醉三个字还留在郑家。

那酒泉里原是自上往下倾一坛千日醉的，这酒倒将出来，满宅子都闻得香味儿，文定侯便在此间拿了酒爵吃酒，醉倒了就卧在大石上午睡。

便是他吃的酒也有几样讲究，甚翡翠杯配梨花酒，犀角杯配千日醉，古藤杯配百草酒，光是酒器便盛得一屋，当中这八件到如今还藏在宅中。

不独酒场，还有个船厂，造了战船出来，又兴练海军，便到此时圣祖封了他个文定侯，圣祖既无开拓疆土之心，他纵有一腔热血也无处可洒，这才办起酒场来了，日日大醉高卧，再不问朝堂事。

（《庶得容易》第一百零二章"龙须牛肉"）

固然历经三代，文定侯府已然没落，只靠往日荣光撑着最后的光鲜外表，天一楼里留下的万卷手札藏书写尽现代文明的馈赠，却已无人能懂，但郑文琦依旧是市井话本中的常客，他的传奇依旧散布在天下四方。穿越者的身份无疑是郑天琦最大的"金手指"，帮助他达到了无人可以比肩的成就，度过了风流快活的一生。

第二个穿越者是元贵妃于氏。十三岁穿越而来，才知什么叫做天生丽质难自弃。于是凭借这天生绝色得到皇帝垂青，摆脱了家后宅，进得宫闱。也曾惊鸿一瞥初相见，也曾三千宠爱在一身，独步后宫，宠冠天下。元贵妃没有郑天琦那样的宏图大志，她想要的不过是入主后宫、永葆帝王垂怜。她的骄傲、张扬、跋扈，不仅是对自身美貌的自信，也是对自己所拥有的现代记忆的自信，她相信她拥有的这些"金手指"会帮助她得偿所愿，就像所有穿越言情小说中那些终得与心爱的帝王携手天下的穿越女前辈一样。

然而就是这一点点骄傲和并不过分的奢望，却足以要了她的命：

  元贵妃说，她是天人，与文定侯是来自同一个地方的人，是天上的星宿，是注定要站在顶端的人，自她十来岁入宫起，她就是金笼子里养的一只金丝雀儿，她进宫之初连字都识不全，还是进了宫才学了起来，怎么会是天人。

  元贵妃一日有一半儿是疯着的，圣人就专挑了这半日去哄她，想听她嘴里究竟能说出些什么来，越听越觉得真。

  她初识得字就会作诗，写出来的诗句却有许多同文定侯相同，圣人当时还当是小女孩子作戏玩笑，可她那副懊恼的模样实作不得假，此时想起来，她便是恼怒有人先她一步，把她嘴里"天上"的诗给说了出来。

  ……

  听得越是多，圣人就越发心惊，郑家的东西，高深无人懂，也确有人戏称过郑天琦写的书是天书，可从元贵妃的嘴里说出来，却只是九牛一毛。

  若是旁人只怕就当元贵妃是叫鬼上了身，疯子的精气弱，叫鬼压住了拿狗血点额，任意一间道观的道士都会干这事儿，可圣人却信了。

  一旦信了，元贵妃在他眼里就是异类，比那志怪里的狐精鬼怪且还不如，这是个把自己看作高他一等的女人，可却依旧在博他的宠爱，要在他的宠爱之下才能享受这富贵荣华。

  ……

  可圣人却从她说了这话之后，就没想着要再留她的活路，她是个怪物，她的脸上几乎看不出改变，近四十岁的人了，还似双十年华。原来是得天独厚，如今天不容她了，那就把这二十年的宠爱偿还了来。

  （《庶得容易》第三百三十六章"金谷酒"）

其实元贵妃说的话太过离奇，皇帝也未必全信，但只要信了一分，元贵妃就不能活，因为哪怕只有一点点可能，皇帝也绝不会允许自己枕边的女人，来自比他更高的世界。

只因性别不同，元贵妃注定不可能复制郑天琦的成功，她为自己的"不知天高地厚"付出了生命的代价。同为穿越者的明沉断不可能步元贵妃后尘，走这条必死的路，她的自知之明与谨小慎微中，带着前辈血的教训。

与明潼同为重生者的成王，第一世就是政治斗争的胜利者，赢过太子与其他皇子，登上了皇位，唯一的遗憾是妻子明蓁早逝。于是成王重生后，既要一统天下，也要佳人长伴，党争之事上一世已然做过一遍，此时重来，只会更加驾轻就熟，成王更关心的，是如何保护好明蓁。从初见起就一心一意待她好，送最精心的礼物，亲自驾车迎亲，宫里贵妃刁难要赶过去护着，宫前命妇哭灵也要找借口免掉，终于如愿以偿保下了长子，也留住了与明蓁的长长久久。

明潼这一世想要改变的，也是自己不幸的婚姻。然而与成王的诸事顺利不同，明潼这一路处处艰难。为了躲过选入太子府的命运，急匆匆嫁给了文定侯世子郑衍，明潼自己也知道郑衍绝非良配，却也没有更好的办法可想。把同房的丫鬟抬成妾，也拦不住郑衍一房一房的新欢往家里摆，宠妾灭妻，流连烟花柳巷。明潼再懒得与郑衍虚与委蛇，只守着儿子、攥着银子过日子，劳心劳力还得防着婆婆发难，防着郑衍讨好太子引来杀身之祸。熬到二十三岁，才终于定了主意要和离，还好有已是帝后的成王与明蓁一力促成，才断干净这段孽缘。论起来，明潼再世为人，也是世上少有的出色女子了，自小就一身从宫里带出来的气派与气度，与寻常女子一比，高低立现，骑上马背英姿飒爽，管家理账也是一把好手，处事果决又有经济头脑，以至于文定侯阖府都靠着她挣的钱开销。比起只有金玉其外的草包郑衍，明潼着实是太过优秀。可或许就是因为这份优秀，还因为少了点男人都喜欢的小意温柔与小女儿情态，明潼便熬了这么多年的苦日子。这样艰难的一条路，也硬让明潼蹚过来了。这让人不禁去想，如果明潼本是男儿身，她的人生是否会全然不同，她可以去经商、去从政，甚至当个横刀立马的威武将军，可以像成王一样去成就自己的功业，她的世界本不该这么小，只容得下高墙围起的庭院深深。

同为穿越者的郑天琦与明沅，同为重生者的成王与明潼，他们的人生却从起点开始就有着不同的难度模式。这并不是因为明沅与明潼天生资质就比不上郑天琦与成王，而是因为身为女性的明沅与明潼，从一开始拥有的选择就更少，面对的枷锁就更多。而《庶得容易》就将视线投注于这些在封建制度之中生而带着沉重枷锁，却不肯放弃自己的尊严与底线、不肯随波逐流，总要想尽办法走一条更好的路，过更值得过的人生的女性身上。她们活得并不快乐，迫不得已地过早成熟，处处谨小慎微，一次行差踏错就可能万劫不复，有太多事要思量筹谋，但随便是谁的一个无心决定都可能让这些思量筹谋满盘皆输。但你能看见，她们的心里始终有光，撑住了一口气从来都没认过输、认过命。她们在浮世的角落无声绽放，也有属于她们自己的独特色彩。

二、庶女明沅

明沅刚刚穿越过来时便面临着尴尬的处境，生母睐姨娘还在，却被抱到正妻纪氏身边养着，成熟的灵魂进入不到两岁的孩童的身体里，半点也不敢托大，既要想办法讨纪氏喜欢，又要防着被恃宠而骄、拎不清轻重的生母拖后腿，还有重生的明潼，从一开始就对这个重生后才突然多出来的六妹妹充满警惕。

明沅在颜府学的第一课，就是"乖巧"：

> 颜明沅是老实，可是她不蠢，她来了上房之后，喜姑姑说得最多的就是姑娘要乖巧，既然要在正院讨生活了，她就把这两个字嚼了又嚼，嚼碎了再咽下去。
>
> （《庶得容易》第四章"水梨汁"）

真心待明沅的忠仆喜姑姑喜欢夸明沅乖巧，纪氏也喜欢夸明沅乖巧，乖巧俨然就是庶女明沅最该拥有的优良品质。"乖"是好理解的，

就是听话、守本分:

> 别的穿越女要么就是光芒万丈,要么就是藏拙于巧,到她这里既没有巧好露,也没有拙要藏,唯一的一条路大概就是老老实实安分守己。
>
> (《庶得容易》第四章"水梨汁")

明沅深知自己作为庶女,前面有嫡姐明潼,还有养在纪氏身边的庶长子澄哥儿,就算是两个庶出的姐姐明洺和明湘,她们的生母也比自己的生母更得纪氏喜欢,拔尖要强的事情是万万做不得,凡事不争不抢,低调老实乖顺,才能被接纳。但"巧"这个字,明沅却参悟了很久。一直到睐姨娘犯错被关在院子里,喜姑姑教明沅为纪氏吃粥用的燕窝盏子挑毛,明沅才开始明白这个"巧"的含义。通俗点来讲,就是拍马屁要拍在点子上。

> 明沅没想到后宅里面还有这样的手段,喜姑姑只叫她挑了一会儿,就把盏儿交给采薇,采薇在纪氏屋里便是做这个的,坐在几案前不一会儿就挑好了。
>
> 等第二天明沅跟了澄哥儿去给纪氏问安,纪氏便道:"今儿那燕窝子,是六姑娘挑的?"喜姑姑应了声是,纪氏便在里头轻笑:"倒是个有孝心的孩子。"
>
> 明沅筷子用得好,还得过纪氏称赞,握了她的小手说过句"倒是合适学琴的",虽然那干燕盏先拿镊子挑过毛,泡开了再送到她手边,可说是她挑的,纪氏便知道定是出了力。
>
> 等明沅回了西暖阁,正房里就赏下来一套小衣裳,明沅自从睁开眼睛,在这里也见识过许多好东西了,她原来去古镇旅游,见着小店里面卖的那些素面的手绣的旗袍裙子,标价贵得离谱,可在这里不过是小丫头们上身穿的,得些脸面的仆妇都不能穿那样的料子。
>
> 可这套裙子明沅却不知道是用什么料子做的,花样图案一闪

一闪，还是喜姑姑摸了料子告诉她："这原来是三姑娘穿过的呢，到年节时才穿的出客衣。"

（《庶得容易》第八章"燕窝盏"）

此时生母眯姨娘被关，明沅肯定会受牵连，难免被人说闲话，正是微妙艰难的时候，但同时却也是向纪氏表态的最佳时机。明沅给那燕窝盏子挑毛，一来是向纪氏尽孝，证明自己只认纪氏这一个母亲，绝不会因为眯姨娘的事情而与纪氏心生嫌隙，二来也是借着纪氏的夸奖和赏赐，堵住旁人的议论和猜测，证明自己并不会因为眯姨娘的过失而在纪氏面前失宠。如此一箭双雕，才能得一个"巧"字。

其实纪氏也知道那燕盏的毛不可能全是明沅挑的，也知道明沅此时的孝心是为着什么，但纪氏是满意的，说到底她需要的也不是明沅全心全意的爱，而是她拎得清、明事理，知道该站在哪一边，懂得什么该做什么不该做，而且能把该做的事做巧、做好，不让人觉出刻意与尴尬。这出母女尽欢的戏，更像是她们二人心照不宣的合力演出。

给燕盏挑毛的事，明沅一做就做了十多年，一天不落。而"乖巧"则自此以后成为了明沅在颜府生活的根本准则。无论是习字还是学账都很认真，但永远不抢风头去做那个最出挑的；行事周到谨慎，甚至看起来略显温吞木讷，但总能明白纪氏的心思，很快就成了几个庶女中最得纪氏喜欢的。

与其说这是明沅的性情，不如说这是明沅的自保之道，她要保护的还不仅仅是她自己，还有她同母所出的弟弟沣哥儿、妹妹明漪，乃至于她的生母眯姨娘。眯姨娘地位低下，沣哥儿与明漪尚还年幼，全靠明沅庇护，因而明沅更是必须谨小慎微，断不能出半点错，一旦被纪氏嫌恶，自己难有好出路不说，沣哥儿与明漪也必然会受牵连。所以，我们便在《庶得容易》的前几十章，看到了一个几乎无所作为的女主，与寻常穿越文、宅斗文大相径庭。明沅并非真的什么都没有做，她在学习那个陌生世界中的生存法则。如果说穿越者明沅也有"金手指"，那么也绝不是她记忆中的现代文明，而是一个成熟灵魂的学习能力和理解能力。

明沅的本性中也有凌厉和强势的一面,只不过一直被她小心掩藏。故事中一个颇能展现明沅性情的高光段落发生在纪氏带明沅等几个姑娘回纪家做客时。纪舜华拐走了沣哥儿,想借机把明沅骗出来捉弄一番,结果导致沣哥儿走失。明沅闻讯在院子里找沣哥儿,正撞上了纪舜华:

明沅拦在他身前:"沣哥儿呢?"

这一句正中心事,纪舜华挥挥手:"我哪知道他在哪儿,我又不是老妈子!"明沅把他从头到脚看一眼,还道是他不肯说,手往后头一挥:"采菽守了门。"

采菽一怔,明洛只当明沅要问话,把采桑一推:"你也去。"话音还没落,眼睛一眨的工夫,明沅已经上前一步拎了纪舜华的领子,往前一拖一带把他摔在地上。

明湘惊叫一声,瞪大了眼儿看着明沅,明洛也跟着发怔,眼睛看着明沅打人,自家嘴巴还大张着没合拢,却结巴着道:"叫什么叫,噤声。"

纪舜华叫这一下子打蒙了,他兀自不信叫个小姑娘摔在地上,明沅占着先机,往他身上狠狠砸了两拳头。

自来不曾同他计较,他就越发蹬鼻上脸,今天这事若不打他,黄氏定又回护了去,再没有他受罚的时候。

眼见得后头无人再忍不住,明洛明湘受气颇多,明湘还怔在原地,明洛怕明沅吃亏,快步上去就是一脚,正踢在腰上,她鞋尖儿上缀了珠儿,这一下把纪舜华踢着了,他哪里正经打过架,叫明沅一把抓住了头发动弹不得:"说!你把沣哥儿藏哪儿去了?"

一拳头又要砸下去,前面一个声音细细地传过来:"姐姐。"明沅一抬头,沣哥儿正叫纪舜英抱在怀里,扒着纪舜英的脖子,瞪大了眼睛看着明沅。

(《庶得容易》第一百五十六章"鹤年酒")

这并不是纪舜华第一次捉弄明沅,之前几次也都甚为过分,但明沅都忍过去了。唯独这次，波及了明沅最心疼的弟弟沣哥儿，所以绝不能再像往常那样息事宁人。况且若是再放任纪舜华这样胡闹下去，说不定会出更大的乱子，必须要给他一点教训。明沅对纪舜华出手，不仅摔蒙了纪舜华，也让身边的明洛、明湘大为震惊。这一摔还不算完，继明洛大着胆子一脚踢在纪舜华腰上后，明沅又用膝盖"顶在纪舜华的脖子上"，扯住他的头发，吓得纪舜华"哭都哭不出来"。（《庶得容易》第一百五十七章"藕粉糕"）等看见纪舜英抱着沣哥儿过来，明沅安了心，也没有就此放过纪舜华：

> 打都打了，还能怎么办，小霸王要是去告状，她们也只有受着，明沅到这时候反而不害怕了，纪氏还能怎么罚她，顶多这门亲事黄了，总归别人又不知道，面子里子都不伤，黄氏要是敢到外头去宣扬，纪老太太头一个就饶不了她了。
> 想到此节，明沅干脆也不站起来，见纪舜英怔着没说话，抬头对他道："大表哥，还烦请你遮一遮沣哥儿的眼睛。"
> 纪舜英怔得一下，抬手挡住沣哥儿，明沅松开膝盖，趁着纪舜华挣扎起身的时候，又给了他一拳头："你记着，下回再办这样的事儿，便不只这几下就能了结的。"
> （《庶得容易》第一百五十七章"藕粉糕"）

明湘也镇定下来，想办法支走了前来寻人的下人。

> 纪舜华此时再叫已是不及，他抽抽着要哭，才叫了一句"来人……"叫明沅一把堵了嘴，眯起眼睛冲他冷笑一声："明洛，照着腰再踢。"
> 明洛是不敢的，可让明沅这一叫胆气却壮了，她也是破罐子破摔，打都打了，一样要受罚的，不如打个痛快，把先前的仇给报了再说，明沅下手去掐他胳膊上的软肉，明洛一脚又踢上去，这回却不敢像先前那样用力了。
> 纪舜英先是惊，而后又是笑，沣哥扒着他的指缝往外头看，

见着一向好脾气的姐姐这样发威，怔怔盯住了看。

明沅知道再打下去不成，松开他往后退一步，提了灯往地下照："采菽，来看看可失落了什么没有。"采菽脑子里头嗡嗡乱响，她只晓得姑娘打人了，打的还是黄氏的心尖尖纪舜华，可明沅这样镇定，她竟依言瞧了一回。

明沅已经理了衣裳，抻一抻裙子上的皱褶，把头发首饰俱都理过一回，走到纪舜英跟前，伸手抱过沣哥儿，沣哥儿迟疑了会儿，把手一伸，勾住明沅，明沅拍他一下："你以后，还敢不敢了！"

（《庶得容易》第一百五十七章"藕粉糕"）

明沅一个庶女，竟打了黄氏最宠爱的亲儿子纪舜华，这份胆量中倒着实显出几分当代女性的风采来，怎能不让明湘、明洛等几个"土著"古代人震惊。但明沅又不是真的莽撞，打人前便叫亲信的下人守好了门，早已将风险得失算得清清楚楚。事后伙同明洛、明湘一口咬死是没打，毕竟就算纪舜华再怎么委屈哭闹，也很难让人相信他一个大小伙子，竟被几个姑娘打成这个模样。再加上料定纪氏定然会偏袒回护颜家的几个姑娘，只有黄氏一个，又是理亏在先，绝不可能真把她们几个怎么样。所以明沅与黄氏对峙的时候也是极有底气，驳得黄氏哑口无言，最后只能吃了这个哑巴亏。

等离了纪府，到了纪氏面前，便又是另一番模样。纪氏一问，明沅便抢先认了错。纪氏与黄氏到底身份不同，面对黄氏时，明沅要保的是颜家的脸面，纪氏当然会帮着明沅一起对付黄氏。但到了纪氏面前就是颜府的家事，纪氏不可能真把明沅对着黄氏的那套说辞当真，此时再嘴硬说谎不可能糊弄得了纪氏，也没有任何好处。反倒是诚恳认错，听纪氏一顿教训，还能得着个勇于承认错误的好印象。纪氏明白明沅是为了保护颜家的儿子沣哥儿才教训了纪舜华，虽然手段粗鲁了一些，但却说明明沅是真心护着颜家的兄弟姐妹的，而颜家子女间的团结友爱，向来是纪氏最看重的，所以明沅这番举动，纪氏固然要责骂，心里却实是满意的。

明沉这一番行事，处处都有道理可讲，但唯独对沣哥儿的护短是真心实意，没有半点作伪的。这也是明沉这个人物特别可爱的地方。她守着她的乖巧活得小心翼翼，但却从来没有丢掉自己的真心，变成一个彻头彻尾的假人。她永远有自己的锋芒和底线，也懂得爱与牵挂，能用真心回报真心，是个能与他人分享光与温暖的人。世事如此，明沉无力真正去改变什么，但她身边的人，总能得她看顾爱护，活得比旁人稍微幸福一点点。只为这一点点，明沉付出的努力就值得被赞美。

三、嫡女明潼

明潼与明沉像是两个极端，明沉总是守拙，而明潼锋芒毕露。在明洛心里，"明潼会什么都不稀奇，她们才刚读女四书的时候，明潼已经会看账理家了，一个才学步，一个倒会跑了，当中差的这许多，明洛打小就知道这个姐姐是极厉害的"（《庶得容易》第九十九章"桃花鱼"）。骄傲与强势，是嫡女的地位赋予明潼的特权，颜家作为政治新贵的权势与财富，以及纪氏无条件的爱都是她的底气，她不用刻意掩藏自己的才华，相比明沉便有另外一种风采。但明潼又不是一味的骄纵跋扈、不谙世事，恰恰相反，上一世的悲惨境遇也给了她看清时局变化与真情假意的能力，相比于明沉，她有更开阔的视野，也在更加积极主动地筹谋自己的人生。

最能凸显明潼特点的，当属她为了躲避进宫的命运，想方设法嫁入文定侯府的情节。文定侯世子郑衍，是个除了长得好看一无是处的纨绔子弟，整日守着家产坐吃山空，是烟花柳巷的常客，政治上蠢笨无谋，只知道一味巴结太子。这样的男人，明潼自然是看不上的。但她将门第合适的人家反复思量一遍，能抢在父亲将她献给太子之前结亲，又能让太子不好插手的，也只有郑衍了。明潼只能选这条路，既然选了，就要做到万无一失。明潼太知道郑衍这样的男人会喜欢什么样的女子，于是她与郑衍的每一次会面，都经过了精心的设计。

第一次见面是在庄子上踏青时，其他女孩子也不过放放风筝聊聊天，而明潼选择骑马。这里面也有讲究，圣祖皇帝时，大长公主酷爱骑马，骑射功夫了得，这位大长公主便是嫁给初代文定侯的那一位，所以郑家的女儿有个传统，"女红不会做不打紧，马却是一定得会骑的"（《庶得容易》第九十九章"桃花鱼"）。有这一点渊源在，读者便知明潼是冲着郑衍去的。踏青当天，明潼盛装打扮，她本就生得艳丽，也适合穿正色鲜艳的衣服，只见明潼：

> 上边是黑底元缎的绣花短衣，下边是桃花红色的撑裙，阔面马面裙，裙褶处用纸片金挑线，立住不觉得，举动中恍若流光，头发高高盘起来，旁的首饰俱不用，只插一支盘金丝嵌红宝石的大金蝶钗儿，骑在马上如何不引人注目？
>
> （《庶得容易》第九十九章"桃花鱼"）

明潼着意打扮，"眼睛点漆也似，眉画新月唇点丹砂，姐妹几个全叫她压了下去"。到了山下，明潼便叫小厮去打听郑家，果然郑衍是在的。明潼之前早已与郑衍的妹妹郑辰搞好了关系，骑着马见郑辰与郑衍在一处，就驱马过去，"到得溪边一扯缰绳，头上的金蝶翅膀微微扇动，两根长须上嵌的珍珠莹莹生光"，"她骑在马上侧脸一笑，红唇似火"。（《庶得容易》第九十九章"桃花鱼"）

> 明潼这一眼，倒似柳梢儿轻拂，点水般沾一沾就又收了回去，却含珠带露地打湿了郑衍的心，马蹄一动，她把背一直，头发上那只金蝶儿跟着晃一晃："我哪儿知道你要来，走，跟我作耍去。"
>
> 她不再看了，郑衍的目光却收不回来，他往前两步，踩进溪边软泥里，玉色袍子沾得湿泥，一脚踩进水里，鞋子都湿了，明潼瞧在眼里"扑哧"一笑。
>
> 别个女儿家笑起来总掩了口，可她却不是，一笑得见齿似编贝，郑衍也怔怔跟着笑起来。
>
> （《庶得容易》第一百章"桃心蜜意团"）

细细品味，明潼设计的这次初遇，从服饰妆容到一颦一笑，全都是精细考虑过的，定要美得出挑，与旁的女子不同，又不能过分示好，自损身份。郑衍纵然是莺莺燕燕见过不少，但又何曾见过明潼这般明艳又英气的女子，果然一见便上了心，不多时就亲自往颜家的帐中送了礼来。郑衍想的是明潼，明潼想的却是文定侯府：

> 明潼料着果然不错，郑家真个来了人，还是送了攒盒儿来的，明潼听见是郑衍亲自送来，嘴角一勾，推了郑辰一下："倒好了，怕咱们吃了你了。"
>
> 八样细巧果物，红殷殷的菱角，白糯糯的荸荠，金灿灿的香橼丝，绿莹莹的嫩柳芽儿，底下的更妙，切丝江瑶，蜜酿蜡蛘，酒浇琵琶虾跟清酱小松菌。
>
> 纪氏看着便先笑了："不过来玩的，何必这般客气，倒扰了人了。"
>
> 明潼知道这是郑衍已经上了心的缘故，可这么点子工夫就能细备下这些来，除开心里叹这是侯府之家，又哂道，怪道文定侯夫人要讨个家财丰厚的儿媳妇回家去呢，统共还有多少产业，这么个花销法，撑着脸皮寅吃卯粮，不说卯粮，只怕辰粮都叫破费光了。
>
> 这么个花架子了，她还偏得钻营进去，只为着逃了那金笼子，心神一敛，举得金杯同郑辰一碰："这小松菌这会儿倒还少见的，难为得来。"
>
> （《庶得容易》第一百章"桃心蜜意团"）

郑衍生得确实好看，"锦衣玉冠，眉目秀雅"（《庶得容易》第九十九章"桃花鱼"），连明洛见了，都忍不住生出点绮思来，但在明潼这儿却仿佛全然没看在眼里，她面对的是生死攸关的问题，考量的是郑衍娶她的可能性，文定侯府的家底，嫁过去后可能面临的情况。这是一桩没有半点浪漫柔情的婚姻，因为明潼根本没有余裕去理会这些。

光有这份大方明艳还不够，明潼深知男人终归还是喜欢温柔娇俏的女子，于是第二次见郑衍时，明潼就换了一番做派。郑辰拉着明潼赏花，明潼分明看见郑衍在花树后面偷看，却也并不说破，反而借着机会做戏给郑衍看：

> 明潼偏脸过去，面上一红，伸了食指在唇中间一放，做了个噤声的动作，那藏在花密处的人眼见得这些心口怦怦直跳，只听见他思想了千百回的人，原来大方明艳的，这会儿却娇羞起来。
>
> 粉腮桃眼，贝齿轻咬朱唇："我告诉你，你可不许告诉别个。"明潼故作娇意，声音里带了几分甜，郑辰叫她挑起来了，也顾不得哥哥藏在后边："你说，我再不告诉别个。"
>
> 明潼先是笑，又把脸颊凑过去，说得几句往后一退，郑辰恍然："你原是……怪道呢。"在哥哥跟前谈这个，郑辰到底羞的，明潼却绞了衣带子，咬了半边唇："我娘说，这就是大了，能许人家了。"
>
> 这一句话说得百转千回，绞着衣带低眉敛目，眼睛里头泛着波光，只一瞥就到了花丛里，她似是不好意思，往前又走了两步，伸手去掐一朵木槿花，细指尖儿伸到花枝里头，转来拨去地去挑一朵中意的。
>
> 郑辰赶紧喊住了她："咱们还回去吧，别把指甲染了。"她都瞧见那密枝底下露出来的绸衫子了。
>
> 明潼偏了头，头上戴的排珠簪儿跟着她的动作一晃："偏不理你。"她这会儿娇声娇气很不似她，可郑辰却顾不得这个，才要上前两步，明潼就似挑好了，伸出手去，露出雪白一段手臂，摘了一朵木槿，正要掐另一朵，花丛里露出半张脸来。

（《庶得容易》第一百一十八章"秋荷叶"）

若说之前骑马，还多少有些明潼本来的样子，那这一场花间的娇媚，就完完全全是演出来的了。郑衍一颗心都被明潼勾了去，明潼心里想的却是郑衍果然是个轻浮的，可若不是如此轻浮，也没这么容易上手，以后进了门做了正妻，只怕少不得千娇百媚的妾室，不过"她倒不怕这个，只进门捏得中馈，没有银子男人也就不折腾了"（《庶得容易》第一百一十八章"秋荷叶")。

如此一来二去，明潼果然成功嫁入了文定侯府。但明潼过得并不好，嫁人前如此，嫁人后更是如此。她凡事看得太清楚，没给自己留一点儿做梦的余地。

> 明潼知道她自己是什么样的人，也知道别个是怎么看她的，她不是个讨人喜欢的人，温柔这样的词够不上，硬要往她身上加些女德，也只有端方这一样，可她深知，端方是决计讨不了男人喜欢的。
>
> （《庶得容易》第三百八十三章"枇杷蜜"）

她在郑衍面前的温柔娇痴全是装出来的：

> 郑衍每回来之前，明潼都要修去眉毛的棱角，把自己描画成个画中佳人，对着郑衍使小性子是成的，偶尔恣意一回也是成的，可他骨子里爱的，还是顺从的女子。
>
> （《庶得容易》第二百零四章"软米饭"）

装一天两天尚可，装一辈子却绝不可能。况且郑衍这样的人，总归是吃着碗里的，看着锅里的，就算明潼一辈子小心迎合，也不可能让郑衍始终把她放在心上。所以明潼干脆就不装了，反正捏住了文定侯府的财政，就坐稳了正妻的位置，任凭郑衍与文定侯夫人对她恨之入骨，也不敢真的休了她。这真的是明潼才做得出的事，她的骄傲既是摆在明面上的，也是刻在骨子里的，她过够了看人脸色的日子，所以无论在怎样的处境中都要掌握主动权。太子倒台，成王登基，明潼心中的担忧彻底放下，便下定决心与郑衍和离，又嫁了自己真正心仪，也真心喜欢她的男子吴盟。便是如此，明潼也仍旧是自己经商赚钱养活自己：

> 明潼和离之后生意没断，丝坊越办越大，走的货也越来越多，

> 颜连章将要升盐课,海运一路又自来是他管的,蜀锦有明洛,云锦有明潼,江州家中自来就产宋锦,三锦一道贩到海外去不说,明潼还请明芃替丝坊画花样子。
>
> (《庶得容易》第四百二十一章"早生贵子")

不管是上一世的太子,还是这一世的郑衍,都想让明潼做笼子里的金丝雀,但明潼不是金丝雀,也不肯做金丝雀,她要靠自己的翅膀飞起来,自己做自己的主人。

除明沅、明潼外,《庶得容易》中还有许多写得生动的女性角色,比如明湘、明洛、明蓁、明芃,还有明沅身边温柔忠诚的喜姑姑、泼辣直率的采薇、天真稚气的九红等,她们都有各自的艰难不易,却也依然勇敢地面对自己的生活。即使是杨惜惜等反面角色,作者也还是带着同情去描写她们,并不一味谴责她们的自甘堕落或者鼠目寸光,而是同时揭示了她们的困窘与无奈,她们做错了事,但同时首先也是那个时代中的弱者、受害者。

《庶得容易》就这样将一幅封建时代的女子群像栩栩如生地展开在读者的面前,既是群芳谱,也是借身份地位不同的女性折射社会图景的浮世绘。难能可贵的是,《庶得容易》并没有如一般的宅斗小说那样,彻底将这群如花女性圈禁在家宅之中,她们在重重围墙之中过着乖巧、端方、循规蹈矩的日复一日,却从未真正放弃对外面世界的向往,这是《庶得容易》对于宅斗类型题材的又一重反叛。

第四章
由闺阁而见天地

一、市井、宫闱与后宅

最极端的宅斗、宫斗小说，将所有的戏剧情节都集中后宫／后宅之中，以后宫／后宅之中女性间的关系为戏剧矛盾的生发点。而当我们回顾这种小说类型的诞生之时便会发现，它的形成是以对后宫／后宅之外的市井社会的放弃为代价的。

在琼瑶家喻户晓的古装言情作品《还珠格格》中，我们能够看到一个清晰的市井—宫廷二元结构，宫廷与市井呈现出良好的互通关系，故事在宫廷与市井场景的不断转换中展开。在小燕子等人追逐爱情与自由而不断碰壁的宫廷生活中，市井成为了一片宽容而淳朴的应许之地，主人公们不断从宫廷逃向市井，虽然也吃了不少苦头，但那里终究有着无限广阔的可能性，可以实现她们在宫廷之中无法获得的自由与爱情。平民出身的小燕子阴差阳错成为还珠格格，并以自身魅力征服乾隆皇帝的故事，实际上也是市井征服宫廷的故事，小燕子以来自市井的强大生命力感染了乾隆皇帝，主人公们有情人终成眷属，以皇后为代表的宫廷恶势力受到惩治，后宫也变成了一个更加温柔宽和的世界。

可以看到，在这一时期古代言情小说的设定中，后宫便是一个"先天不足"的世界，它严苛而教条，践踏个性、自由与真爱，需要在"民间"之力的不断感召之下"改过自新"。《梅花烙》《新月格格》等故事中的王府／将军府后宅作为后宫的简化版本，具有与后宫相似的性质，后宅空间中的森严秩序迫害着来自外部空间的白吟霜与新月格格，并在同时或多或少地被她们感化而发生改变。在网络小说诞生之后，这种关于后宫／后宅世界"先天不足"的设定也被继承下来，但那个本该提供自由与宽容，提供反抗性力量和更多选择的市井空间却消失了，于是，以后宫、后宅为背景的古代言情小说，从后宫／后宅—市井的二元结构，转向了后宫／后宅一元封闭空间，空间中的等级秩序、规矩法度也开始变得精细化、严格化、绝对化。故事中的女主人公往往不再充当后宫／后宅秩序的挑战者与反抗者，她们无力改写规则，只能顺从规则、利用规则，挣扎求生。

我们同样可以从故事的现实指向性这一维度来理解这种变化。在琼瑶言情流行的年代，《还珠格格》《梅花烙》等古代言情类作品的真正价值内核是爱情，是恋爱自由中包含的人性解放、社会平等等启蒙价值，而这样的爱情神话本质上是一种乌托邦构想，它必须在故事中无往而不胜。拥有爱情的主人公们要成功跨越一切艰难险阻、阶层鸿沟，生死与共，矢志不渝，并且这种爱情要在任何时代、任何地方、任何群体中都具有同样强大的能量，爱情与其中包裹的启蒙价值才能作为一种普世价值在故事中被成功建构起来。但我们知道，无论是启蒙价值，还是自由恋爱，都不是自古如此的存在，它们在现代文明中诞生，并成为了现代文明的重要组成部分。当这样的现代价值必须在故事中去征服古代世界时，这个古代世界就一定是一个经过变形的，包含了现代文明要素的世界，换句话说，它也是一个具有乌托邦色彩的理想世界。当后宅／后宫在这样的故事中被指认为一种反现代的、压迫性的力量，那么就必须有一种更加强大的力量去对抗它、战胜它，这种力量被赋予了市井，而爱情也自市井之中生长出来。

但宅斗、宫斗小说的价值内核从来不是爱情。如前所述，宅斗、宫斗小说的兴盛恰恰建立在爱情神话的衰退之上。这当然不意味着宅斗、宫斗小说中书写的就是原汁原味的古代社会，只不过人们的叙事兴趣不同了，想要表达的情绪与观点也不同了，对于作为故事舞台的世界的塑造也就不同了。

宅斗、宫斗小说中后宫、后宅世界的基本特征是无处逃离。在

《后宫·甄嬛传》中,甄嬛一己的生死牵连着整个家族的命运,因而完全失去了逃离后宫的一切可能。对于甄嬛而言,这样一个封闭、复杂、完备、彻底取消了退出机制的后宫世界就是她的全部生存空间。在《四爷正妻不好当》等宅斗小说中,也存在同样的情况,整个世界就像一张密不透风的网,将女性牢牢固定在她们的家庭之中,要想活下去,就必须接受这一切。如果说《还珠格格》等古代言情小说中内含的是一个现代性的逻辑结构,也即以现代文化和启蒙价值反抗封建社会的阶级压迫,将人从不平等的人身依附关系中拯救出来,那么宅斗、宫斗小说指向的就是对现代工业、后工业社会的反思。当代人从封建的人身依附关系中解脱出来,却进入了一个机器宰制的时代,身处科层制的工业秩序之中,作为一颗庞大机器上的螺丝钉,日复一日处理着供计算机读取的表单与数据,难以在无限细化的专业分工中找到自身劳动的明确意义与价值,同时也看不到另外一种更理想的人生选择。特别是对于当代女性而言,除了在社会晋升体系中接受与男性一样的规驯和考验外,还要在婚姻与家庭场域中被要求扮演贤妻良母的角色,兼顾事业与家庭。对于"剩女"的污名化嘲讽,以及将家务劳动的主要职责归于女性的社会习俗惯性,所有这些遗存至今的性别不平等都不是通过自由恋爱的浪漫想象就可以简单解决的现实问题。每个人都依旧或多或少地被束缚在某些异化的社会规驯网络上,对于这样的生存困境的认知,通过文学想象的加工,形构了宫斗、宅斗小说中密不透风的宫闱深宅。

现代文明冲破封建社会结构,是有既存的成功经验可供文学作品复制的,那就是近代以来风起云涌的资本主义革命与社会主义革命。革命的浪漫主义浸透在曾经的通俗言情小说之中——我们知道我们该反抗什么,也知道我们的武器是什么,我们该如何反抗,以及我们将要创造一个怎样的未来。但对于现代性本身的反思却是人类如今正在面临的问题,它没有固定的答案,也不曾被克服和超越。所以将这种困境推向极致的宅斗、宫斗小说便给不出一个解决问题的答案,于是我们看到的,就是如《后宫·甄嬛传》这样没有出路的、困顿而压抑的故事,在这样的故事中,所有的"爽点"都来自以牙还牙的报复,来自在与实际上同病相怜的"敌人"的生死搏杀中获得的微不足道的胜利。

但是这样的故事是不可能长久讲述下去的，人们总是更愿意在故事中看到改变、希望、救赎和光明。这样的叙事动力的内在缺乏，使得最典型的宅斗、宫斗小说在短暂流行之后就必须向其他的思想资源或叙事资源寻求帮助，寻找一条本类型的破局之路。

《庶得容易》就是这样一篇有破局意识的小说，它重新将宫墙／院墙之外的市井维度拉入了故事之中，不仅仅是作为主人公们立身行事的宏观外部环境，而是直接成为了主人公们生命经验的一部分——尽管是很小的一部分，却成为了她们人生转折的关键所在。这种家宅—市井的二元关系并不是对琼瑶式古代言情小说的简单复制，不同于《还珠格格》中那个本身拥有着无穷变革力量的市井，《庶得容易》中市井的出现意味着生存空间的扩大，意味着更多的人、更大的世界从此与我有关，意味着主人公开始从一个更广阔的视野出发，思考自己的来路与去向，思考自我与他人的关系，同时向内探求，寻找自己真正在乎的东西、真正想走的路。

于是我们发现，穿越者明沅身上那似乎并没能成为"金手指"助她"打脸逆袭"的现代思维与现代记忆实际上早已融化在明沅的骨血之中，成了她的骨气与底气，她从一开始就有一个超出所处的狭窄的家宅世界的视角，从一开始就明白嫡母、姨娘、同父异母的姐妹都不是真正的敌人，这个世界的陷阱就是让女性们彼此争夺、孤立无援，最终只能彻底依附于男性，而明白这一切的明沅绝不肯去做万千帮凶与牺牲品中的一个。她身上携带着鲜明的当代女性意识——要求最大限度的独立自主，并且认同女性间的关怀互助。

比明沅的现代意识更加可贵的，却是明潼、明蓁、明芃这几个生于斯长于斯的古代女性，也各自在不同程度上获得了这种超越家宅局限的视角，因而或多或少地不肯安于社会为她们安排的"最完美"的人生道路——在高门大户中坐稳正妻的位置，相夫教子，管理后宅，侍奉公婆。这种视角的获得，总是得益于她们对家宅之外的世界的认知，无论她们领略到的是朝堂风云、市井人生还是自然山水。

二、春蚕自作茧，钻破亦在我

"我原来以为，最美不过是化为春蚕自作茧，哪里想到一朝眉羽成，钻破亦在我。"(《庶得容易》第三百一十六章）

明芃对明沅说的这句话，标志着明芃从此走上了与以往迥然不同的人生，也让明芃成了整个故事中最特别的女孩子。

明芃的母亲梅氏，来自陇西百年大族，家中立得书院，远近闻名。故而梅氏自来风雅，善书画。这份家学也传到明芃身上，不仅诗词了得，还能画一手好工笔。到了读书的年纪，梅氏便将明芃送去了梅家，几次在陇西与江州间往返，水陆兼程，外加行游山水，使得明芃成了几个姐妹中见识最广的：

"一只只的船儿都排在港口出不去，打得官船旗号也无用的，一船人的衣裳都要换，街铺店坊里头，连白布都卖空了。"明芃是姐妹里头去的地方最多的人，说起路上的见闻，把明湘明洛都给听住了。

不独明湘明洛，连明沅明潼也没出去过，坐船自穗州到金陵是多少年的事了，明芃在陇西也跟着许氏去过好些个地方，或是到乡下收租子，或是办学会时女子一道跟了游玩，把她养得明媚娇艳，自带着一股天真气，眼睛一弯就是满面笑容。

"我打后舱的窗户看出去，官兵都在街上逮人呢，民人也穿素衣的，大家都不敢犯忌讳，有个馄饨摊子卖的鱼肉馄饨，可了不得了，连家伙什都叫收缴了。"明芃一说，明湘先可怜起来："罚他回去便罢了，收了东西要怎么糊口。"

明芃转转眼睛："后来我便听说，这是些个当差的想吃馄饨了，特意拣最有名气的一家，把那一天千只馄饨都给包圆了。"明芃在陇西待得久了，说话却有些苏杭口音，全是跟着许氏学来的，声音落珠儿似的响，一屋子都是她的笑。

……

"这一幅是咱们去西山画的，那水涧里头有那么小的鱼，表哥非说要捞些来烤,一烤就糊了,一林子焦味。"每一张画,都有一件故事,光是看画还不算,明芃一面说一面笑,引得明洛也向往起来。

(《庶得容易》第一百八十五章"豆腐脑")

这些看似寻常的见闻,对于自小养在深闺之中的女孩儿们来说,却是新奇又陌生的世界,明芃见识过这些,便知道世界之大,许许多多的人有许许多多种活法,一辈子困守后宅、相夫教子也未必是女性最好的活法。

明芃与表哥梅季明青梅竹马,定了婚约,于是情窦初开的年纪,便都花在了与梅季明赌气斗嘴上,满是小女儿的嗔与娇,许是明芃一生中最无忧无虑的时光。明芃把满腹情思都给了梅季明,而梅季明也未必就不喜欢明芃,两人兴趣相投又自小相处,一起爬过山、摸过鱼,梅季明自己在外面游山玩水的时候,看见新鲜东西都会想着带给明芃,有时是块石头,有时是雪洞里的冰凌子。旁人看来都是不值钱又莫名其妙的东西,但是明芃懂梅季明的心思,也喜欢他送的礼物。若是梅季明当真娶了明芃,说不定也是一番夫妻恩爱的佳话,可惜对于梅季明而言,这个世界上总有太多比明芃更重要、更有趣、更值得去经历的东西。于是"梅季明扔下明芃不成亲,跑出去游学去了"(《庶得容易》第二百二十四章"红豆饼")。

梅季明走了,明芃的情思都化作相思,同心结打了一整匣,一门心思要等梅季明回来。明芃四处收罗梅季明的游记,"按着路线划分,从何地至何地,上面都写得详细,有笔误处还一一纠错"(《庶得容易》第二百二十四章"红豆饼")。

> 明芃写得一手好字,又擅山水,她做得一本大册子,先誊写上小记,再配上山水图录,里头总画的一个人,或是援石而登,或是缠藤而下,或是逆水行舟,或是平原走马。
>
> 原来整日无聊,如今有了事做,只觉得同他身处一地,见他写登山遇雨避之不及,索性剥了衣衫洗个天浴;又看他说夜宿石

洞，腹如雷鸣只得伸手接了雨水解渴，心里不住向往，便似置身天地，把这一幅幅都描出来画出来。

（《庶得容易》第二百二十四章"红豆饼"）

《庶得容易》将明芃这一段相思写得极尽唯美温柔，半点不沾俗事，与其他几个姐妹的婚事全然两样。那份义无反顾的痴情，会让读者情不自禁地被卷入进去：

> 明芃先只是画画册，接着便是配诗作文，还为着梅季明的那本劳什子的仙域志写序，等开了年，她又想着要为这本仙域志出绣件，还一绣就是九尺。
>
> 明芃倒不是见天儿地把梅季明挂在嘴边，她每日里有做不完的事，原来跟梅季明在一处，这两个就没停的时候，一个出主意另一个应和，两个人在后院闹个不住，如今只留她一个了，她也还有冒不完的念头。
>
> ……
>
> 梅氏也指望着女儿能把梅季明抛到脑后去，她要干点什么俱都依了她，哪知道她玩归玩，心里还惦记着那本游记。
>
> 梅季明是越写越少了，市面上也有许多印成册的，却往往只是按篇收录，里头还夹带私货，明芃一看就知道哪一篇不是他写的。
>
> 明陶眼见她走火入魔了，这才把诗集拿出来给她看，谁知道她才看得第一眼，便咯咯一声笑出来，手指头点得两句词："文贼，倒把这个写上去了。"面上不但不见一丝愠色，反而眼角眉梢都是笑意。
>
> 明陶一呆，明芃便红了脸儿："这是梅表哥作耍呢，你怎么竟跟外人似的，不知道他的脾气了？"这两句不是旁人写的，而是明芃作的。
>
> 她还记着是那一天雨点儿铺天盖地，说好了爬山的，梅季明还给她削了一根新竹杖，上不得山便派不了用场了，她噘了嘴儿

守在窗前看雨帘儿，梅季明过来哄她，跟她两个赌诗。

让丫头小厮把书都翻出来，两个扔色子，第几本的第几句，把这一句摘出来，以此作首句，往下继写，明芃抽到的竟是一本书肆里头淘换来的花间集，说是花间集也还抬举了，她看得一眼就捂了脸。

梅季明也不知道这本是怎么混进去的，怕她告诉母亲，便激她可是认输，明芃跟他是争惯了的，哪里能肯，真个依韵和得一首，写完了往梅季明眼前一晃，叫他知道自个儿作得了，再揉作一团，往窗子外头扔去。

那张撒金的海棠纸也是明芃做的，把海棠花儿捣出汁来浸在纸中，这样晒出来的纸笺，天然带着淡红色，上头再撒上金粉，收来一箩儿海棠也只做得半刀来。

此时叫雨一打全失了墨色，糊成一团再瞧不清原来写的什么，明芃也只当他不记得了，哪知道他印诗集竟还把这个当作头一篇。

"怪道他说往后没饭吃就去卖酸诗了。"明芃喜滋滋地把这本集子收拾起来，月明灯昏拿出来看一回，那上头的朱批且不是朱砂，是她拿画眉用的刷子，用新淘的胭脂膏子调了水，蘸着一笔笔写上去的。

明陶吃了姐姐的教训，他张口结舌说不出话来，等听见明芃告诉他这不过是写着玩闹的，看着他的一双眼睛满是光华："我还怕他在外头缺吃少穿，原是拿这东西结交，打发些俗人倒也尽够了。"

（《庶得容易》第二百三十五章"梅花双窨"）

眼前的诗与远方的人，曾经的回忆都成了念想，越是快乐明媚就越是伤人至深。明芃就这样给自己做了茧，把自己牢牢地陷了进去。后来梅季明行至蜀地遇到叛军，传言被叛军所杀，明芃本存了为梅季明守节的念头，好不容易被梅氏劝得转圜，愿意退婚再嫁，却又接到消息梅季明没死，因附逆被梅家除名，如此兜兜转转便是许多个年头，梅季明总是不肯来娶明芃，明芃也总是不肯忘了梅季明，事情若是就此打了死结,明芢的一生大约便在这相思做成的茧里度过。

然而明沅却看得明白:

> 明芢只怕更喜欢她画册里头那个梅季明,眼睛里只见着他的好,半点没想着他的坏处。
>
> (《庶得容易》第二百二十四章"红豆饼")

明芢对梅季明的爱自然不是作假,倘若两人真能拜了天地做夫妻,这份爱意便是明芢生命中最珍贵、最真诚的宝藏。但如今梅季明早已离开了明芢的生活,走过漫漫时光与千山万水,也早已不是明芢熟悉、喜欢的那个梅表哥。明芢把爱守成了执念,守成了虚妄的念想,就像是把自己的人生停在了原地,描着话本中那些痴情女子的模子作茧自缚,这与其说是爱,不如说是自我感动。

好在,明芢人生中的转机实际上早已存在,存在于她早年的游历生涯中,也存在于栖霞山上,她与拾得和尚的奇妙因缘。

拾得和尚是同类小说中极少出现的一种人物,天生不会说话,又似痴傻疯癫,不争、不贪、不执,随性而为却暗合着自然之道,一手郑笔出神入化,似是天生慧根、未入红尘,又像是返璞归真、吐纳天地。明芢与拾得的初遇,便显得与众不同:

> 明沅几个头一回来栖霞寺,这儿树木年深日久,掩去大半天光,一呼一吸俱是清泉绿草:"这么个好地方,怪道菩萨都得在山上证道呢。"
>
> 后头跟着的丫头一人手里拎着个篮儿,里头装着鲜果,见着石佛就在底下供上鲜果,还有蒸的糖糕,专是拿素油做的。
>
> 那小沙弥便道:"这些个供着不是人吃了就是鸟兽吃了,总算是件功德。"他这里话还没说完,那头就来了个和尚,僧衣草草套在身上,跋着僧鞋,踢踢踏踏往这头过来,眼睛也不看人,一时看天一时看树,一时又停下来抬头仰望,顺着他的眼睛,看见树上有一只正在嗑果子的松鼠。

他在树下手舞足蹈几下，那松鼠竟扔了一个松果给他，他笑嘻嘻地拾起来，往僧衣上蹭蹭，放到嘴边咬开来就吃。

等见着石佛前供着东西，眼睛里似没有这一群人，拿了糖糕就啃，明湘明洛不由得往后退了一步，明芃却咯咯一笑，问他："这位师父怎么称呼？"连松鼠都肯饶一个松果儿给他，这个和尚倒有趣儿。

走得近了才看出这人十分年轻，说是年轻，看着就跟明湘明洛一般大，他好似听不见明芃说话，只去啃那果子，明芃便把篮子整个儿递过去。

他这才抬了头，双手合十谢过，还是一句话没有，双手拎了篮子就往回走，走到刚才那棵树下，从枣糕上抠了个核桃仁下来，冲树上挥着手儿，那松鼠竟真跳下来拿了。

明湘明洛愕然，面面相觑不知说甚好，连丫头们都齐齐抽了气儿不说话，明芃又是一声笑，立在原地，一路看着那个和尚慢悠悠走到远处，跳进密林里头，还有一只鹿探出脑袋来拱他手上拎的篮子，叫那和尚拍了一下角，口里呼呼咻咻，那鹿便低了脖子。

小沙弥叹一声："叫他喂的，原来吃草的也会来石佛前啃果子啃糕了。"他又念得一声佛，听见明芃问，小沙弥道："这原是来挂单的和尚，咱们寺前有韦陀像的，偏他似看不明白，进了门就吃喝，要赶他，他也不走，如今就住在山上的石洞里。"

说着摸摸光头："他大概是个哑巴，自来不曾听见过一句话，给吃给喝一句谢也没有，也不念经。"

听见这和尚是个哑巴，几个小娘子倒都可怜起他来，明洛叹一口气："早知道该叫他把这一篮子也拿去的。"

明芃却笑："他倒是自在。"

（《庶得容易》第二百五十三章"罗汉果"）

这哑巴和尚便是拾得。和尚不与人言，倒似与草木动物交流无碍，颇有些天生天养、和光同尘、万物与我为一的味道。明沅几个知道拾得是哑巴，只觉得他可怜，明芃却能道一声"他倒是自在"。这份与众不同的理解便是明芃的缘法。

后来明芃与拾得熟悉起来,才发现拾得竟还能画一手绝妙的郑笔,于是便开始向拾得学画,在栖霞山上一住就是一年,吃的是山间采来的菌菇竹笋,日子简朴却不单调,山中画中都有大千世界,明芃总能自得其乐。开始时不过是为了完成她为梅季明游记做的画册,为了填补梅季明不在时的寂寞相思,后来却渐渐学得入了迷,等到梅季明"死而复生",却并未来寻她,明芃终于看破了这一腔情痴本是错付,先前的执念尽皆放下。她既不会再苦等梅季明,也不会听从母亲另嫁别人,而是重回栖霞山上,这一次"不为着别人,为着我自个儿修行"(《庶得容易》第三百二十六章"榛子松仁")。

这一回明芃真的铁了心,任谁来劝也不改了,就算是后来梅季明又能平反、肯娶她了,甚至亲自去见她,明芃也再不动心,不过一杯清茶招待了梅季明,算是彻底了断这桩少年情事。至此才有了那句"一朝眉羽成,钻破亦在我",破茧而出、羽化成蝶,是真的找到了自己喜欢的那条路。明芃随拾得学画,作了画也卖掉一些,自己挣出山间小院里的吃穿用度,"黑了瘦了,身上粗衣麻布,头上饰物全无,扎着的腰带上还别了好几条秋天开的红花"(《庶得容易》第三百五十三章"烤柿子片"),早已不是当初那个娇生惯养却也困于一隅的大家嫡女。画中自有山川草木、万籁同声,也有这山中小院,烟火人间。明芃选的路,梅氏不懂,一心想跟明芃学画的明湘也不懂,还是明沅能懂:

> 明沅坐在这个院里,不由得不笑,嘴角含了笑意,把这一瓦一石都看一回,觉得这里满是活气,连她看了都觉得明芃过得好,尝过自由的味道了,还怎么肯回到笼子里。
>
> 她自忖做不到明芃这样,眼前有选择的时候,她总是选择相对好的那一条路,可明芃却是硬生生自己开了一条路出来。
>
> (《庶得容易》第三百五十五章"清泉白石茶")

在这个处处都是规矩礼法的故事里,明芃成了唯一一个彻底跳出尘网,自己为自己开山辟路的人。明芃注定不是关在闺阁中的女儿,甚至小小的栖霞山也不可能长久地留住明芃,世事流转,这次反轮到明芃自梳不嫁、奉旨作画、云游天下,把梅季明留在了身后。不知不觉间,明芃早已走到了梅季明够不着的高处。明芃还在穗州开了学馆,专门教女子读书、习字、作画,久而久之,声名日显,慕名而来的女子越来越多,"穗州那条女儿街,倒真成了女人天下"(《庶得容易》第四百零一章"山药糕")。明芃不仅找到了自己的路,还让天下更多的女子见到了另一种生活的可能,给了她们自力更生、不做他人附庸的人生选项。出闺阁、见天地、入众生,这样的明芃可羡亦可敬。

三、爱,仍然是不能忘记的

不仅明芃,《庶得容易》中明沅、明潼、明蓁等几人人生中关键性的积极转变,也都和她们与外部世界相接触的经历有关。特别是明沅,她的市井经验还与她和纪舜英的爱情联系在一起。

明沅与纪舜英的婚事,是纪氏等长辈做主定下的。明沅对纪舜英这个表哥,虽有欣赏感激,但最初也未见得有什么男女之情,逢年过节尽心尽力为纪舜英准备节礼,更多是出于道理而不是情谊,或许也多少有点要和纪舜英搞好关系,以后才能搭伙过日子的盘算在。

然而纪舜英在栖霞山上说的话,却让明沅真的动了心:

> "贡院外头的孔庙,这样的豆花加热的肉酱是十文一碗,东边曹婆婆的肉饼最有名气,一出锅就有人争着去买,得赶清早才能买着,西边吃的更杂更多,咱们吃黄羊肉烤鹿肉,那儿有卖鹿肉羊肉的包子,有切碎了作馅的,也有整个一块大肉夹在包子里头的。"明沅听他这么没头没脑地说了一长串,嘴里的豆花也咽不下去了,这些个街景也不知道她这辈子能不能见着。
>
> 纪舜英一只手端了碗,一只手拿着勺子把自个儿碗里的香菇挑到她碗里去,隔得这样近,她的眼睛这么清明,都能看得见他的脸:"我往后带你去吃。"

(《庶得容易》第二百六十二章"素豆花")

纪舜英历来不会说那些风花雪月的动人情话，与明沅说得最多的，就是街上各种各样的小吃。然而让明沅动心，却不真的是这些吃食，而是纪舜英那句"我往后带你去吃"。这个真诚的许诺意味着纪舜英从未打算将明沅关在家里，他真的想与明沅分享他的人生，不仅仅是家里的柴米油盐，还有外面的世界。纪舜英许诺给明沅的，是尊重与自由——尽管并不彻底，但在那样的时代中已经弥足珍贵。对于来自现代社会的明沅而言，那些被她死死封印在心底、以为一辈子都不可能实现的愿望——到院子的外面去，自由自在地走在街上，用自己的双眼去看人流与街景——因为纪舜英的一句话重又涌动起来，这大概就是明沅真正爱上纪舜英的瞬间。

  明沅再没想着他会在栖霞寺里说出那番话来，原来见他既不期待也不雀跃，纪舜英是她该见的人，料理他的杂事，是她该办的事。
  可打他说得那些之后，她便不似过去那样了，听见他来，心里也会觉得高兴，他伸手过来，她竟还有些含羞。
（《庶得容易》第二百六十三章"梅花饴"）

自从纪舜英住进了明沅心里，明沅便过得与之前有些不同，偶尔也能顺着本心做一点之前不敢做的事，比如违背纪氏与梅氏的意愿，将梅季明还活着的消息告诉姐姐明芃。这事对明沅没有半点好处，她只是为了不让明芃蒙在鼓里，只是相信明芃并没有大家想象的那么脆弱，她有能力也有权利在知晓真相的前提下为自己的人生做决定。

  明沅的手在暖手筒里曲了起来，指甲在掌心掐出个月牙，她自来了这儿就没冒过险，顺着纪氏才能替自己替沣哥儿挣个体面，在这后宅里头活得舒服些。
（《庶得容易》第三百二十二章"实心果"）

这一回，明沅却是为了明芷冒了险，尽管没有明言，但明沅突然生出的这点义气与勇气，大概确乎与纪舜英有关。不仅仅是因为除了颜府外她又有了一个可以回去的地方，也不仅仅是因为有了一个人可以保护她、让她依靠，而是因为她相信有一个人可以懂她、理解她，尊重她的决定，和她站在一起。

果然，纪舜英并没有让明沅失望。明沅因为这件事被纪氏罚了禁闭，沣哥儿向纪舜英说明了前因后果：

> 沣哥儿急得满头是汗，纪舜英来拜年，久等不见明沅出来，纪氏更是提也不提，他心里就已经起了疑，等沣哥儿拉了他面带急色，纪舜英的眉毛已经皱了起来，等知道了缘由，他竟笑了一声。
>
> 把沣哥儿笑呆了……这会儿他急得冒汗，姐姐不上心，不想着怎么叫太太软一软，还裁起衣裳来……姐姐不上心就罢了，姐夫竟然也不上心，还笑起来，这事儿哪有可笑之处。
>
> 纪舜英伸手就摸了他的头："你姐姐心里有数，姑母也是在谱的人，过得这一向就好了。"看沣哥儿还唉声叹气，面上满是笑意："你又不是不曾见过你姐姐意气的样子，也没什么好惊的。"
>
> 说得沣哥儿愣住了，这才想着不独他见了，纪舜英也看见了，心里暗叫一声糟糕，姐姐原是个母老虎，还算拿个纸糊的温柔模样骗过了表哥，这下成了惹事精，以他来看，这两种最惹人厌，沣哥儿以己度人，表哥要是不喜欢她可怎么办？
>
> 纪舜英来了一回没见着明沅，知道纪氏是真打算罚她了，他也不往纪氏跟前说破，总归是年节里头，只没交际总来坐上一刻。
>
> 他也不提叫纪氏放了明沅出来的话，街市上办些个年货，或是瓜子生果类的炒货，或是路过鼎香楼买些鹅肉包子水晶糕点，拎着就过来了，门上见他来得多，知道不是正经拜年，干脆也不通报，由着他自个儿到二门上。

（《庶得容易》第三百二十五章"称心糖"）

就算是明沇一手养大的沣哥儿，也不懂明沇的心思，还担心纪舜英识破了明沇的"母老虎"本质便会讨厌她。但纪舜英却懂明沇的决定，也明白她行事的章法和分寸，未曾见面却能心有灵犀。当初郑衍被明潼的温柔假象迷得晕头转向，纪舜英却不会，毕竟他对明沇的初印象，便是明沇为了沣哥儿暴打纪舜华并在黄氏面前成功脱罪的全过程，让他喜欢的，就是这个有棱角、有脾气、有热血，却又同时聪慧狡黠，能够把自己保护得很好的女孩儿。

明沇能够遇见纪舜英，当然也有运气的成分，这份运气，就是作者的温柔。怀愫给《庶得容易》中的每个女孩子都安排了一次获得幸福的机会，等待她们靠自己的勇气、坚韧与努力推开那扇走向美好未来的门。

颜府中的女性，经历了纪氏那一辈人的清醒与绝望，却在明沇这一辈人身上重新看见了爱情的模样。这份爱情或许不像言情小说中那般光芒万丈、无所不能，无法席卷寰宇、改天换地，甚至不能让相爱的男女主人公从此过上无忧无虑的幸福生活，但它却仍旧温暖而美好。这份爱总是起于微末，细水长流，它源于尊重、理解与欣赏，源于在成为彼此的丈夫/妻子之前，先将对方视作一个平等而独立的人；世人皆要你温柔又端方，可我知那不是你，我只愿你做回你本来模样。

或许恰恰是因为爱情卸掉了那些本不属于它的重担，不再成为一个女性一生中唯一的传奇或者救赎，不再充当她生命中的至高价值与唯一荣耀，爱才能美得如此亲切可爱，才能让质疑着爱情神话的当代人再一次由衷地想要去相信，爱，是不能忘记的。

《庶得容易》的故事，构建了最残酷严峻的故事世界，封建制度的重重束缚中，如花的女孩儿们却总在悬崖的边缘挣扎，属于她们的天地如此狭窄，步步惊心。但她们却始终抬着头、站在这逼仄的天地之间，不肯与世沉沦，无论怎样被束缚、被剥夺，她们还是努力过出了属于自己的人生。那些她们始终不肯妥协的东西，点亮了故事中理想主义的微光，也使《庶得容易》打破了宅斗小说的固有格局，不再将家宅斗争中的胜利视作主人公的最高成就，由闺阁而见天地，以一种可信可感的方式，重新将宅斗文中困于家宅的女性，与无限广阔的世界、无限丰富的人生可能连接起来，也让现实中的读者，看到了属于女性的力量——温柔而强大。

选文

第一章

鎏金宝鸭炉里点了梅花饼，落地罩旁垂下妃红绉绸帘，暖阳透过菱格玻璃窗，暖融融夹了丝丝冷香气，明沅身上盖了大红刻丝薄被，只觉得屋子里炭烧得旺，伸了胳膊张开手，掌心里密密一层汗。

靠南边大窗的罗汉床上，两个穿了绯衫儿白绫裙的丫头正打络子，一个拿手撑着线，一个抓了满把的丝绦翻绕过去打双燕结，丝绳儿穿过半圆扯紧了打个结子，抬头看看床上睡的小娃压低了声儿："六姑娘真抱到太太身边养了？"

冰纹格的窗子开了半扇，窗边种了两株叶片肥厚的芭蕉，靠着廊边夹道种了三株粉杏花，叫熏风一漾，飘了落花进来，零零星星撒在丫头们的白绫裙儿上边。

两个都松不开手去抖落，一个手指头还绷紧了丝绦，用手肘去捅捅另一个，见她还低头翻弄彩绦不抬头，凑过去轻声问："你姐姐在太太屋里当差的，可听说甚了？"

那丫头只顾低头做活计，叫问得急了，眼睛往屋外头看，静悄悄半点人声也无，先发问地道一声："太太歇晌呢，外头哪还有人，喜姑姑是不是带了采薇姐姐往眯姨娘院里收拾东西去了？"

叫采菽的丫头抿抿嘴儿点了头："是三姑娘说要抱来，便是老爷也无话说，那一个再闹也没法子。"

先头那个说话的点点头道："眯姨娘再得宠，怎么比得过三姑娘去。"两个说着彼此眨眨眼儿，又看看睡着的明沅，见她没有要醒的样子，放下手里活计探头一看："六姑娘倒乖巧，睡了半日也不吵呢。"

"来那日也只睁了眼睛四处看，哭都没哭一声。"采苓把络子打了结摆在细竹筐儿里，伸手掸一掸裙子上的花瓣，见明沅还闭着眼，"怕是得摇醒吧，再这么睡夜里得闹觉了。"

颜明沅适时睁眼，打个小哈欠，腿儿才动了一下，两个丫头立时笑着迎过来看她，见她醒了笑问她："姐儿可睡饱了？"

颜明沅点点头，被两个丫头抱起来，见她一脑门儿是汗，赶紧绞了温毛巾，一面擦还一面伸手到衣裳里摸她后背有没有汗，一摸是湿的，赶紧拿了软布给她擦。

"拿蜜卤子调水来给姐儿吃，再不能着了风。"颜明沅乖乖趴在床上，由着丫头自后背塞了软巾进去，她本来不喜欢别人碰她，可看看两个丫头不过十三四岁就要做侍候人的活，要真的有点不好，还得受罚，也就由着她们摆布。

擦了汗，又漱了口，采菽端了个梅花小盅儿上来，水里搁了玫瑰卤，冲泡开来上边还浮着细碎花瓣，蜜滋滋带着玫瑰香，明沅一气儿喝尽了，接着就呆呆坐着，不知道要干什么好。

她是从姨娘院子里叫抱过来的，生下来混混沌沌，直到将要两岁了，脑子里还迷迷蒙蒙的，别的娃儿已是会说话了，她还张不开口，看见什么觉得似曾相识，却只是说不出来。

连她这辈子的亲娘，都觉得她是个傻子，好不容易怀上了孩子生下来，是个女儿也就罢了，总还能教得讨人喜欢些，哪里知道竟是个傻子，看东西听东西都慢一拍，颜家可不缺女儿，若是个傻子，她这辈子便出头无望了。

把这事儿瞒得死死的，不叫小丫头出去乱说，只说女儿还小不会学话，身子也弱，吹了风就要生一场病，连上房也没去过几回。

颜明沅哪里知道自己的处境，二十多年的记忆还没理清楚，脑仁生痛，每天睡醒了就是呆坐在窗前，跟塞了一团毛线似的，却怎么也扯不着线头。

等她想起那场车祸，想起自己已经死了，把过去跟现在串联在一起，这才一点点知道自己的处境。

她没那么好运投胎到千金明珠身上，她是个庶女，亲娘是个丫头，家里还有好几个姨娘,她也被抱出去见过几次亲爹,却没拿她当一回事,女儿在古代不吃香,认清楚现实她下定决心要好好过的时候,那边亲妈又怀上了。

她再想伸手要抱要亲,撒娇作痴装个小女孩模样出来,亲妈捧了肚皮当作凤凰蛋,怕她傻子力气大,把肚里头的哥儿弄没了,叫人不许再把她抱到屋里去。

明沅本来就没办法把这个女人看成是她的亲妈,等她生出儿子来,一时之间小院里热闹得翻了天,母凭子贵,从三间堂屋的靠墙屋子,挪到小院里去,比原来的院子大得多,还有花有树有暖阁,屋子里流水一样地抬进东西来。

这下她这个头生女更不惹人眼,明沅初时还当是真不拿她当回事,后来才知道,姨娘身边配多少人是有定准的,这个儿子怀得艰难,生下来虽然换了大院子,又给添了人,人手还是不够用,把女儿身边的养娘要去了侍候。

剩下两个丫头哪里懂带孩子,冬天就怕她冻着,屋子里炭倒是烧得足,哪知道真把她热出汗来,小孩子骨头软,两层被子一压根本挣不脱,她烧得脸上通火背过气去,大病了一场,这条命差点又一次断送。

嫡母就是捏住了这个,狠狠踩了亲妈一脚,派来嬷嬷拿小斗篷裹了明沅抱出来时,她哭的是女儿,口里叫的却是男人,哭天抹泪,一句句地哽咽,就是没来看看明沅。

她闭了眼睛不愿看这番做派,叫抱到上房的时候,那个抱她来的嬷嬷却道:"都说六姑娘呆,我看她心里门儿清,走的时候都合了眼不看睬姨娘呢。"

她只作懵懂,等嬷嬷让她叫太太,才学舌叫了一句太太,嫡母伸过手来抱一抱她,明沅两只眼儿盯住她看,见她生得端正大气,长眉毛鹅蛋脸,还对着明沅点点头。

明沅把头一歪,抿出一个笑来,让她勾脖子抱人她做不到,也只能笑了,谁知道这个笑却讨了纪氏的欢心,摸摸她的头发,细细嘱咐了吃食,又把她安排在西暖阁里住,原是说等病好了再回去,可她一直到病全好透了,也没有被抱回去的苗头。

听丫头们的口气，她多半儿是要留下来了，可进了上房也不一定就是铺开了青云路，她原来也看过几本宅斗小说，都是看了一半没下文，太费脑子，一个计谋转上七八个弯，她看了后边就忘了前边，从来也没仔细看全过。

可她却看过《红楼梦》，庶出的抱养是个什么样子？过得好了是个探春，过得不好，只怕是个迎春。

她心里感慨，两个丫头却怕她气闷，拿了一小箩筐东西出来逗她："六姑娘，咱们玩贴花儿好不好？"

明沉还是点头，带着肉窝窝的手指从箩筐里拿出绣好的花，有牡丹有山茶，小朵的、大团的，女孩们的游戏就是认这些花，看得多了，下笔描时心里有个样子。

她乖乖翻着那几块花片，两个丫头却守着她，一时又问她要不要喝蜜，一时又问她要不要吃饼子，明沉自从在亲娘那里撒娇卖萌没讨着好，就再不肯做这些了，她安静着听话，这些丫头还待她更好一些。

调过来侍候她的嬷嬷三令五申地叮嘱："六姑娘性子静，有甚事须你们先想着，渴了饿了不等她说就该先问。"

她睡觉睡得热出汗，这两个丫头才这般急，虽说是在嫡母这里养着，这一个多月也不曾见过几面，可到底没有亏待她。

明沉生了一场大病，吃药吃饭都听话，屋子里一个嬷嬷四个丫头见她这样乖，小小的人儿皱了眉头还自己捧药碗，俱都可怜起她来，对她倒都很关照，喜姑姑还抱了她，说她是个能吃苦的。

采薇、采茵不在，却叫两个小的看着她，也不知道是为着什么，明沉又埋头翻了翻花片，听见夹道上有脚步声，伸了小细脖子站起来扒着窗往外看，见是喜姑姑，身后还跟着采薇、采茵两个，扔了花片，冲喜姑姑张手要抱。

她这些日子也算回过味来，她不过才三岁大，学孩子撒娇做不来，却能对人笑要人抱，托了亲娘的福，她生得不坏，屋子里有面小镜儿，照见她脸尖眼大，眉毛细绒绒的，头发虽然还短，却长得密，连喜姑姑都说她是个小美人坯子。

说明沉看见了不高兴是假的，可静下心来一想，她看的所有的书里，嫡女是主角，那庶女就是反角，庶女成了主角，那嫡女嫡子就都是坏蛋，她不想在夹缝里生存，而几乎所有的小说，长得越是好看，以后招惹的是非就越是多。

喜姑姑一把抱住了她，问她睡得好不好，吃了点心没有，闷不闷。感情都是处出来的，明沅对喜姑姑也比对自己这辈子的亲娘要更有感情。

见她一直点头，喜姑姑细细摸了摸她的头发："姐儿往后，便住在正院了。"明沅话说得少，却是个心里明白的孩子，一句说完见她点两下头，就知道她晓得意思，转身吩咐起衣裳物件来。

到纪氏歇好晌午觉还有些时候，喜姑姑亲自给她梳头，换过新衣裳，短头发扎了两个小鬏，还掐两朵杏花插在发间，又教她说："我们姑娘这样乖巧，太太一定喜欢的。"

明沅抬头看看她，咧嘴一笑，半边梨涡儿打着小旋，趴在喜姑姑身上，叫她轻轻拍背，听见对面有丫头出来取热水，嘱咐采薇一句："去瞧瞧，可是太太起身了？"

第二章

明沅叫喜姑姑牵了手往正房里走,四五个丫头正围着纪氏,拿一套十二式的牙梳给她挽头发,明沅就站在大软毯上头,隔了水晶帘,看着纪氏被侍候着梳妆。

临窗的罗汉床上铺了猩红色毛毡垫子,靠背引枕都是鸦青绸子的,绣着她叫不出来的纹样,只晓得气派非凡,梅花洋漆小案上头摆着水晶碟,纪氏身边的丫头低语一声,就见她调开了人冲着明沅笑一笑:"抱了六姑娘上床玩,拿些点心给她吃。"

自有小丫头过来招呼,明沅捏了块玫瑰花糕,糯米白粉里头缀着点点桃红,咬一口里头分明是玫瑰花酱,还是温的,抿了嘴吸掉花酱汁儿,小口小口吃着。

她坐在榻上,纪氏却在镜子里头看她,见她乖巧,笑一笑,侧过头去问喜姑姑:"六姑娘的东西可挪过来了?"

明沅微微一怔,叫纪氏同喜姑姑两个都看在眼里,见她一怔之后又只吃糕,喜姑姑便道:"哪里有什么东西,睬姨娘只不肯,连姑娘的门都没叫咱们进。"

纪氏听见连眼梢都没动一下,"嗯"了一声:"那便罢了,旧东西带了来也用不上,给她做个念想便是,叫针线上的紧赶着做新的,大囡那里倒有些东西好给沅姐儿用,先收拾出来用上。"

纪氏身边的丫头琼珠拿了靶镜递过去:"三姑娘回来可怎么说?总有些爱物在呢。"

纪氏指了琼玉,琼玉开了大红描金海棠妆匣儿,拣出一根金嵌青石寿字玉簪儿出来,插在发间,前后两面镜子对照着发髻,伸手扶一扶簪子:"我的大囡什么时候是个小气的。"

明沅装着吃糕,耳朵却不曾停,她原来弄不明白,后来才知道,她行六不是因为家里有那么多女儿,而是颜家排行是把三府里的人一并算上了,所以采苓、采菽口里的三姑娘,就是纪氏嘴里的大囡,是家里最大的嫡女。

她排行是六,其实却是颜家四女儿,除了嫡女颜明潼,还有两个一年里头生却不是同母的明湘跟明洺,小丫头们说闲话也不过是家长里短,嘴里说得最多的便是纪氏三姑娘、二少爷跟那几个姨娘了,她听得脑子里头一团乱,这么些个人名,时不时从丫头嘴里蹦出来,一时东一时西,到如今还没能理顺关系。

纪氏打扮得很是明艳,她看着也不过二十出头,凤眼长眉,拿酥油调了珍珠粉,搽得脸盘更显细腻,坐到榻上,对着明沅招招手,她把手里的糕点放下,伸出手去,喜姑姑赶紧抽了帕子给她擦,擦干净了,才趴到纪氏身边。

纪氏笑看了一眼喜姑姑,喜姑姑却想着自来不曾教过,想是看会了的,觉得明沅聪明,又处出了情谊来,虽则眯姨娘叫人可厌,这个孩子倒是个可教的。

纪氏见她乖巧也笑,问她两句吃了什么睡了多久,明沅都老实说了,一句话说得顺溜,也没打磕巴,纪氏越发觉着什么病不病的全是眯姨娘的小把戏。

两人正说着,外头忽地一阵喧闹,先是有妇人叫:"澄哥儿慢着些!"再后头便是琼珠琼玉急急掀了帘子,明沅才抬头就看见一个穿着大红衣裳的小男孩冲进纪氏怀里,一把扯住了裙子,扒住腿往上蹭:"抱!"

纪氏刚才还慈和浅笑,这会子笑得合不拢嘴,弯腰抱了澄哥儿,拍了一下屁股问:"姐姐呢?"澄哥儿咯咯笑着倒在纪氏身上,扭股糖似的把纪氏刚穿的织金衣裳都磨皱了,纪氏却半点也不生气,笑盈盈问一声:"见着你姨娘了?"

澄哥儿还没答,两边丫头就掀了水晶帘子,进来个穿着桃红织金琵琶裙的女孩儿,梳的双丫髻,一边别了一朵金花,鹅蛋脸长眉毛,进门就先接了毛巾子擦手，回了一声："见着了，还给磕了头，说好住两日的，他怎么也不肯再待，这才回家来。"说完了自自在在地往榻上坐，两个丫头托了茶盏来捧到她手上。

她眼睛一扫，瞧见乖乖坐着的明沅，眉毛一舒："这是六妹妹吧，病好些了？"明沅在上房待了一月有余，一直病着，纪氏怕过了病气给两个孩子，到今日才头一回见着颜明潼跟颜明澄。

便是纪氏说话也是轻声细语的，可她一开口倒似落玉，一个字一个字吐得干脆爽利，澄哥儿听见姐姐说他，背转身子吐吐舌头，又扒住纪氏的脖子，偷眼去看明沅，拿手指头点点她，怕羞似的低了声音："六妹妹。"

明沅一下子笑了，不必喜姑姑教她就道："三姐姐，二哥哥。"她是团了手摇一摇当行礼，纪氏见了心里点头却还是提点一句："还该教教她规矩才是，倒是知礼的。"拍拍澄哥儿："去，跟你六妹妹玩儿。"

说着把他们俩人抱到大软毯子上头，颜明潼往对面一坐，两个闲话起来，明沅要陪小孩子玩耍，什么七巧板儿，玉连环，澄哥儿低头自个儿玩乐，明沅也不同他搭话，要是吃亏了，哪有地方诉苦去。

她手里假作拆着九连环，耳朵却在听母女俩说话，颜明潼不过八岁，说起话来头头是道："清心居士抄了经书来，还摘了一筐自家种的菜，庵里各处都打理得好，只是山上到底冷些，咱们这儿开了春，上边还需穿夹袄，我做主叫下边的庄子又送一车炭去。"

纪氏竟也把女儿当作大人待："她看着精神可好？"

"面上有些病色，说是感了风寒。"明潼说了这两句又道，"太太让平姑姑拣两个人出来到庵堂去，清心居士身边的丫头到了年纪要发嫁呢。"

纪氏抬抬眉毛，明潼正剥橘子，撕掉白衣剖成两半，分了一半儿到纪氏手里，脸上笑盈盈地道："总不好在庵堂办婚嫁事，山下边庄子里头倒有两个相衬的，我已是叫人说定了，就在刘庄头家里发嫁，叫下头备四匹缎子两套头面送过去就是了。"

明沅原来以为抱自己过来是三姑娘要个玩伴，或者说是这个嫡出的姐姐想要个洋娃娃玩，可听她这两句话就知道全不是这么回事。

里头的关窍她不懂得，有些话也听不明白，清心居士身边还有丫头，丫头又要出嫁？可她却知道明潼一开口，事就定下来了，纪氏还道："这便是了，也免得回来了再嫁过去，一来一往费了工夫，玉簪，你开了箱子拣两支簪子，说是我给的。"

明沅耳朵伸长了，手上却没停，心不在焉地摸着环儿，澄哥儿一把扯过去："看我的！"纪氏的目光投过来，明沅本来也不生气，她生就一副好脾气，澄哥儿又是小孩子，便点点头，还往他身边坐过去些，看着他解。

纪氏便又同女儿说些杂事："你爹要做生日，这些日子府里忙乱，这两个小的你来看着。"说到把明潼小时候的东西给明沅用的时候，明潼只摆摆手："总归在库里，娘使了人去抬便是。"

明沅悄悄松了一口气，她知道自己往后大概就要在这个姐姐手里讨生活了，大方总比小气好相处得多。

澄哥儿一早坐了车回来，又撑着玩了这么些时候，吃了糖酥喝过牛乳，叫养娘抱下去哄觉，明沅却还不累，纪氏插了寿字头簪便是丈夫将要生日，儿子又出去住了一天，今儿必是到她这里歇的，明潼指了丫头把明沅抱到她屋子里去。

明潼就住在纪氏院子的东暖阁里头，纪氏的屋子花香富贵，这里却干干净净，月白帐子宝蓝缠枝花的绣幛，也不挂水晶帘子，屋里连香都不点，开了两面窗，供着一对黄蜡玉石的佛手，博古架子上边摆了牙雕座屏，还挂着一幅山水卷，一屋子能看见的地方都摆了书，连妆镜边上还放着几册。

看样子也不是抱了她来玩的，却把她放到东暖阁的床上，开了小匣子给她玩玉雕的猫儿狗儿，见她玩上了，叫了喜姑姑过来："那边院子里可有甚事？"

喜姑姑看看明沅，照直说了："太太吩咐咱们去把六姑娘的箱子拿了来，睐姨娘没叫咱们进屋子。"

明潼却不似纪氏，她先是抬眼看看喜姑姑，眼梢微微挑起，跟着又垂下眼睑，声音淡淡地道："知道了。"

身边几个丫头侍候着她换了衣裳，穿了家常半旧衫儿，拿了卷书挨在小几边的大迎枕上边，一屋子人都不敢再说话，明沅看了眼书封，繁体字一个也不识，到底还是小孩子身体，小脑袋一点一点的，撑不住想睡。

那边书翻过一页，一手托了腮，眼睛都不曾扫过来："小篆，抱薄被子来，六姑娘累了。"明沅被脱了外头的袄子，散了头发，就隔了一张小几睡在明潼屋子里。

一睡就睡到傍晚，等醒过来，只看见屋里已经上了灯，琉璃荷叶枝子的座灯，叶心当中插着白蜡，照得一室光明，明潼却不在屋里，明沅坐起来，采芩见她醒了逗她两句，拿小被子裹着抱了回去。

喜姑姑正在归置东西，看见明沅进来，连声叹了好几口气，摸摸她睡得粉扑扑的小脸："作孽，怎么就有那么一个娘。"

明沅全不明白，却有婆子抬了东西进来，采薇指点她放下箱子出去，脸上还带着喜色："姑姑，眯姨娘这回倒不拿乔了，姑娘屋里的东西都收罗了来。"说是都收罗了来，不过也就一只箱子。

打开看了只有穿的鞋子衣裳，器物却是一件都无，喜姑姑皱皱眉毛，采薇看着也有些尴尬，声儿低低的："姑娘屋里实没什么用得上的。"

喜姑姑一挥手："不急，太太那里定然预备下了，先把这些衣裳翻拣出来，我看着，可用的也少。"进了正院就是养在太太膝下了，明面上衣裳首饰都是一样的，可料子花纹却有讲究。

喜姑姑不上夜，明沅中午睡足了，夜里睡不着觉，便宜爹来了上房，院子里点的火灯，半夜里又有人抬水进来。

采薇采芩两个披衣起来吃一回茶，又抱了明沅起来喝水，问她要不要尿，披了衣裳躺下去时说了几句闲话："程姨娘还是头生子，那么个宠法，还不是把自个儿作到了庵堂里，眯姨娘也是老人了，怎么还敢起这份心思。"

"左不过是生了个哥儿便骨头轻起来，打量着太太好性，三姑娘又怎么会饶她。"采芩打了个哈欠，明沅听得分明，可她再想听，采薇却道："再不能论道这些个，叫姑娘听去了可怎么好。"两个不开口，不一会子睡得熟了。

明沅心里一百个问号，却没半点头绪，这一句半句拼不出事实来，只知道亲娘吃了大亏，还是八岁的小姑娘出的手，她想想那个小院，又想想自己难得被抱出去的那几次，回回都拿她当借口，把男人留在屋子里。

明沅翻个身，冲着墙壁皱眉毛，她知道一荣俱荣，一损俱损的道理，也晓得自己身份尴尬，探春那么精明要强，因为那样的兄弟亲娘，还不是让人背地里笑话。

可已经摊上了，又能怎么办。那边刚生了儿子难免翘尾巴，纪氏自己没有亲生子，看着也不是个软弱人，她那个张狂模样再不吃亏受教训，更不知道什么下场。

第三章

明沅在正房的生活是从第二天正式开始的,自今天起她便算是正式养在太太身边了,她想了半夜也不明白纪氏干吗要走这步棋,她是个女孩,既然是想抱就能抱来,又为什么不把儿子抱了来。

才出生的奶娃娃,哪儿知道什么叫亲妈,看看澄哥儿,他也知道自己是姨娘生的,却浑然没把这当一回事。

想到澄哥儿,明沅隐隐明白过来,许是因为有了一个,不必再要另一个?可不论是哪一样,她都不明白纪氏的意图,借了女儿的口抱个庶女过来,想拿个在亲妈那里都不受宠的女儿当质子?

她脑子里转了一个又一个念头,却没有答案,迷迷糊糊睡了过去,等醒过来天已经大亮,只有一个采苓守了她,侍候她穿衣擦脸,拿马毛细刷子给她刷牙,明沅只要张了口,再含了花露吐出来就行。

她擦了脸,采苓从小瓷盒里拿银勺子挑出一团油脂,在手上推开了给她抹脸,这东西也不知是拿什么做的,香得舒服,抬眼就看见屋子里堆满了东西,采苓抱了她指给她看:"姑娘快瞧,这些俱是原先三姑娘用的,好不好看?"

西暖阁里大变模样,泥金描花草蝴蝶的围屏摆在门口当作隔断,两边挂起了珠帘,一边垂一道绣幛,也是蝴蝶花样儿的,采苓也不管她懂不懂,指了那些蝶儿告诉她:"太太说了,姑娘屋子里很该活泼些,等会子连毡垫、引枕、靠手都是要换的。"

地上还有一箱子小孩衣裳,明沅昨天玩的玉雕猫狗也都摆在小几子上,狮子狗滚绣球的绣屏,彩纸扎的小风筝,还有几副花牌,嵌宝石的小牙盒摆满了小儿。

明沅心里咋舌，脸上却懵懂，采苓还当她不懂，摇一摇她："姑娘进上房请安，可得谢谢太太跟三姑娘。"

这跟明沅想的全不一样，她以为自己是来当质子的，可现在一看，纪氏养她的办法恐怕跟养澄哥儿的办法差不多，澄哥儿连亲娘都不认了，是想把她也养活得只认嫡母不认亲妈？

她心里揣摩这些，面上却点头，喜姑姑快步进来，一见明沅就笑，说句姑娘醒了，又吩咐起采苓来："你也去帮手，把东西都归置起来，衣裳原便是按着身量收拾的，拣点些姑娘能穿的，用不着的还封起来抬回去。"

采苓应了声是，喜姑姑抱了她拍拍也跟采苓说的一样，叫她到了正房里好好请安，摸了她一头细软的头发，抱到门边才放她下来，一路牵了手带她到正房去。

纪氏今儿气色比昨日更好些，脸上带了红晕，头发松松挽在脑后，头上簪了支珠钗儿，耳朵眼里扎了翠玉小葫芦，清爽爽一身挨在大迎枕上边看账，明沅规规矩矩立住了，两只手抱在胸前，细声细气道："请太太安。"

纪氏抬了头冲她招招手："屋子可归置好了？"喜姑姑应上一声，又低头去问明沅："新屋子安置得可好？"也不等着明沅回她，跟着吩咐起来："琼玉你带了采薇去库里挑四幅瓷屏，嵌到六姑娘屋子里去。"

颜明潼跟颜明澄两个都到馆中读书，两个庶出的姐姐也在学中，只有明沅还未开蒙，因着身子才好，也不叫她早起请安，只待她睡足了才抱到纪氏这里来。

等小桌子抬上来，明沅就知道这是单给她留的，甜白瓷的小碗拿玻璃盖儿罩着，梅花攒心小盒子盛了五味小菜，红白黄绿各色齐全。

纪氏晓得她会自己吃饭，点头赞赏，拿过小银勺儿放到她手里，自己卸了手环戒指，拿了牙箸夹小菜搁到粥上。

睬姨娘那里吃的还是大米粥，到纪氏桌上却是黄米，里头还搁了赤豆薏仁，炖得起了一层油衣，黄的是笋脯，白的是虾茸，红的是鸭蛋黄儿，绿的是酸汁儿瓜齑，中间的原当是肉松，还是纪氏问了，明沅才知道是鸽肉松。

梅花攒心盒子边上还摆了一盅儿热牛乳，跟切成对半儿的鸽子蛋。纪氏是真心想教养她了，看着她用了一碗燕窝粥一个鸽子蛋，再配些炒鸽松，漱过口抱到身边来，拿了字牌儿教她识字，不是什么一二三四，却是天地玄黄，纪氏念一句，她跟着学舌念一句，八个字念完，就教她认。

明沅心里拿不定主意，装着不懂，半日才认出一个天来，纪氏脸上带笑，伸手摸了她的头："原是早就该学起来了，倒耽误了她，大囡三岁那会子，都会背一本千字文了。"

琼珠给纪氏续上茶，笑道："姐儿这样聪明，早晚学得会。乐姑姑带了小丫头来给太太挑拣。"四采原来是纪氏这里的二等丫头，调过去照顾了明沅，自己这里便得补人上去，她身边四个大丫头，这些日子还是由着洒扫的小丫环子打水铺床。

纪氏把字牌一放，几个十二三岁的丫头一字排开立在下首，她挨个儿瞧过去，点了里头四个："便是这四个吧，起了名儿没有？"

乐姑姑叫个乐字，人却严肃，绷直了背回纪氏话也是一板一眼的："回太太的话，已是起了名的，留下的这四个挨个儿叫六角七蕊八宝九红。"

纪氏点点头，嘴角一弯笑了，很是满意的样子，转头看了琼珠："这几个就在我屋里吧，你先调理起来，采薇几个俱是当过差的，总归牢靠些，六姑娘那头若没个得力的，也不周全。"

琼珠应了声是，带了小丫头下去训话，走到门边明沅还听见一句："乐姑姑调理的人儿，再没什么不放心的。"

纪氏指了那个天字，明沅念出来，又念了一句天地玄黄宇宙洪荒，纪氏抿嘴一笑，摸摸她的脑袋："沅姐儿真乖，琼玉，拿了酥糖给她吃。"

一上午不过就学这一句，等摆午膳的时候，明潼带头，领了一串弟妹来给纪氏请安，明湘明洛两个手拉了手儿，明潼牵着澄哥儿，进来了先一字排开："请太太安。"

纪氏倒没把澄哥儿揽到怀里，挨个儿问了功课，两个庶女已是在读《女诫》，便随口问了两句："女行有四，何也？"

明洛答得快些："妇容，妇言，女功，女德。"

纪氏却不点头，只笑眯眯看了她："女行有四，德字为先。"明洛皮子雪白，叫这一句说得面上通红，明湘却是一味老实，叫妹妹抢了先也不恼，见她叫纪氏挑了错，还转头看看她，两个庶女也能看得出出身来，明湘的姨娘是纪氏给抬的丫头，明洛的亲娘却是别个送进来。

澄哥儿急着等纪氏问他，这时候已经耐不住了："娘！我说！"纪氏睨了他一眼，这才又垂了头，盯着鞋尖儿，偷偷抬起来打量她，冲她露个讨好的笑。

明湘明洛是不在纪氏这里用饭的，纪氏问完了功课便挥了手："陪你们姨娘用饭去吧，歇了晌午再去绣房练针。"

两个女孩又手牵了手出门去，这时候澄哥儿才不讲规矩了，扑上来就抱住纪氏："我新背了诗，娘怎么不听！"

当着人面都叫太太，急起来撒娇便喊起娘来，见屋子里头没了别人，手脚并用地爬到纪氏身上去，外头饭桌儿抬了来，澄哥儿才想背诗，便叫香酥鹌鹑勾住了，炸得酥脆脆的，皮子金黄，他伸手就要抓，叫纪氏一拍这才擦过手，拿竹签儿串起来吃着。

又分了一只到明沅碗里，澄哥儿在庄子上就馋这个，春日才播种，菜籽儿一撒下去，成片的麻雀鹌鹑便飞扑下来啄了菜籽儿吃，那乡下的小娃，在田地里头张开网，等鸟飞下来落了地，两边一拉，跟捕鱼似的把鸟网起来，带回去或是炸或是蒸，加些山薯进去便是一锅子肉汤，极是美味。

纪氏见儿子吃得嘴儿油乎乎嗔了女儿一眼："便是你这样惯了他。"明潼只是笑，抽了帕子去给弟弟擦嘴角，若不知道内情，还真当这是一家子了，明沅眼睛盯着炸鹌鹑，拿小手撕了肉吃，吃了半只便伸手要湿毛巾。

纪氏看她一眼，等撤了饭桌便叫明沅跟澄哥儿一处睡到碧纱橱后边去，这里是澄哥儿住的地方，纪氏待他倒真似亲娘了。

澄哥儿不一时便睡了，隔了一道纱罩还有什么听不清楚，里头琼珠守了，外边却是纪氏在同女儿说话："你也太意气了些，这副脾气甚个时候能改？不过枝上麻雀吱喳两声，她是哪个牌位上的人，也犯得着教训她这一场？"

睐姨娘不肯把箱子搬过来，有几分是舍不得女儿不好论道，若算到十二分，里头只怕十一分是为着到颜连章面前讨好处。

哪知道这副如意算盘还没打，就叫上房看穿了，纪氏是真不屑同一个姨娘计较，这些个只当生养过了便有了立身的根本，可那些大宅门里的正室，拿捏妾的法子多得便是，但凡丈夫是个清楚的，再生养过又如何，发卖不得便全送到家庙里头念经去。

她不欲跟个姨娘较真儿，养得她心气儿高了，不必她出手，自个儿就要跌跤，哪里知道女儿气性这样大，夜里颜连章来的时候，抱了一匣子东西说是给六妹妹的。

又是衣裳又是围屏，珠帘香料件件都想得周全，颜连章越听越笑，觉着女儿有长姐风范，夸了两句道："你六妹妹哪里就少这些，她那儿有呢。"

女儿台子都搭起来了，纪氏哪里会不接这个茬："睐姨娘舍不得她，那些个便留了给她作个念想。"脸上收了笑意，淡淡一句话便叫丈夫皱了眉头，问明白了便派人去训斥，说沅姐儿抱过来，是太太给她脸。

颜明潼是头生女，若不是隔了将两年还没儿子，纪氏怎么也不会给丈夫抬通房，便是生了儿子出来，这个嫡女也是当作掌上珠来看的。

颜明澄便是她给抱到上房来的，阖家都只当她是小女孩儿稀罕弟弟，非要同吃同睡，颜连章见她竟然耐心细致得很，原说留上三四日，后头便成了三四月，再往后，便是程姨娘也知道，这个儿子是要不回来了。

纪氏回过味来，都养熟了，哪里还会还回去，把儿子看得牢牢的，程姨娘叫她软硬兼施挤得站不住脚，若不然后头的睐姨娘又是怎么抬起来的。

索性咬了牙往庵堂里头去带发出家，纪氏大面上做得好看，炭火丝绸自来不曾短少，月例银子还更厚一倍，每到了年节里头还着女儿带着澄哥儿去看他亲娘。

这个儿子是真心当作亲生来教养的，她生女儿的时候头怎么也出不来，亏了气血一直怀不上，自然把澄哥儿贴心贴意地养起来，若往后能生出哥儿来，大的这个便是助力，若往后生不出来，后头那些也一个都越不过他去。

抱了庶女过来也是一样，再多一个庶子便显不出澄哥儿来，由着眯姨娘作大，还不如把庶女养在身边，纪氏是大家出身，庶子长大了读书考举也好，打理产业管着庶务也好，总得得用，庶出女儿也是一样。

一样的教养一样的规矩，往后才能寻一门好亲事，真把庶女当作物件，半卖半送折腾的嫡母，哪一家子能看得起，还是那句话，教养得好了，自是个助力。

第四章

颜明沅上辈子就是个十分普通的人，普通的长相普通的学历加上普通的工作，扔在人堆里都挑不出来，没有多大的才华，安守本分不惹事，一路老老实实读到大学毕业，唯一的运气大概是工作了两年后跳槽进了家大公司，还一进去就是人事总监的助理。

她拿到offer的时候都高兴傻了，这只是海投的一份，根本没想到会有这好事，更别说这样的好事还落到她头上，结果上班头一天却出了车祸。

颜明沅还记得那一天见到人事总监，她就问她，职业规划是什么，不怕她有野心，就怕她干不好，于是颜明沅带着这个问题上了车，又带着这个问题到了这里。

夜里她躺在床上，反复思考着这前半辈子该怎么过，以她不多的小说阅读量也知道，纪氏或许愿意抱一个庶女养在跟前，但绝不允许她比嫡女更耀眼，看看颜明潼说话行事，就知道纪氏教养她花了多少心血。

纪氏说是让女儿管着两个小的，可办寿宴这样的事，却还是有一半儿落在颜明潼的身上，明沅看看自己再看看八岁的小姑娘，又一次认识了当中的差距。

熟悉是一回事，管理又是另一回事，这跟策划举办一场公司年会也没什么差别了，颜明潼却是条理分明，不论哪一件拿出来，都能说出一二三四，明沅拿着字牌坐在窗边听了几句就彻底歇了"出色"的心思。

别的穿越女要么就是光芒万丈，要么就是藏拙于巧，到她这里既没有巧好露，也没有拙要藏，唯一的一条路大概就是老老实实安分守己。

颜明沅是老实，可是她不蠢，她来了上房之后，喜姑姑说得最多的就是姑娘要乖巧，既然要在正院讨生活了，她就把这两个字嚼了又嚼，嚼碎了再咽下去。

可对纪氏来说，怎么样才算是乖巧？

她现在不过是个三岁的娃娃，身份还尴尬，一堆人在一起的时候不觉着，可当一屋子都是孩子的时候，颜明潼是嫡出，生下来就地位不同，澄哥儿是庶长子，更不一样，明湘明洛两个就不大搭理她了。

坐在一起分点心的时候尤其明显，她们两个是坐在一处的，两人私下里许还争先，到这个时候却一条战线，挨在一起坐了，两个人分饼子吃。

明沅初来乍到，原来被眛姨娘拘在房里，这两个姐姐都没见过几面，更谈不上熟悉，好在一处吃喝了几天，澄哥儿早已经习惯了，见她不拿饼子，抓了一块藕粉桂花糕塞到她手里，自己又拿一块，就着梨子炖汁吃起来。

光看这一样，就知道纪氏不是个恶毒的人，颜明潼见了只笑一笑，还指指明湘明洛两个："你给了六妹妹，给了四姐姐五姐姐没有？"

纪氏在贵妃榻上看着几个孩子笑，见澄哥儿吃了一碗梨汁又要一碗："六角，拿一吊钱赏了厨房。"昨日里吃了炸鹌鹑，今儿一天给澄哥儿喝的都是水梨汁。

"吃食上头，平姑姑向来是精心的。"颜明潼搁下笔，把纸笺拿起来吹一会儿，招了六角过来，"把这个一道送了去，叫平姑姑掌掌眼，哪样要添要减的都来报给我听。"

六角接了纸应一声，一路往厨房去，到仪门边正遇上颜连章身边的管事高源，也不问皂白，拉了六角就道："老爷送了信来，赶紧给递进去。"

高源是颜连章身边得力的管事，可没纪氏吩咐，他也进不得二门，六角只好又折回去，纪氏见她回来得快，问一声："怎的了？"

六角手里还捧着托盘回道："才遇见高源管事，说前边老爷送信过来。"

这句一说便更奇怪，颜连章就在衙门里，有甚个话不好说，非得即刻送了信来，琼玉接过来递送上去，纪氏一见是家信，先自弯了嘴角，她同大嫂梅氏一向处得好，妯娌两个办事从来有商有量，还当是梅氏写过来的。

拆开一看，才扫过两行便面色大变，眉头立时皱了起来，六角原想着送了信再去厨房，见这模样连脚步都不敢挪动，几个大丫头自来不曾见纪氏脸色这样难看，俱都面面相觑。

原还在说小话的孩子更是立时安静了，明洛低着头抽了荷包上的绦子给明湘看，忽地一室静寂，抬头四下里看看，张着嘴要说话了，还是明沉对她摇摇头，她这才缩到明湘身后去。

纪氏这口气似是缓不过来，颜明潼搁下茶盅立起来，挨着纪氏坐下："信上写了甚？"说着把信抽过来，眉头一拧随即松开，脸色倒好，还笑一声："娘还忧心这个，便是去了，也不能选中的。"

纪氏听见她说这话，转过头就剜她一眼，使个眼色让婆子抱明湘明洛回去，伸手就捶了女儿一下："你这没心肝的，娘哪里是怕你选了去，便是未选中的，也得进宫受三个月的磨搓，这一来一往，可不得大半年。"

屋子里没了旁人，纪氏便不再端着，明潼却大大方方的："上边还有两个姐姐呢，哪里能落到我头上。"

澄哥儿不明所以，明沉却听懂了，看了那么多的清宫辫子戏，还能听不懂这个，她只是诧异怎么颜明潼才八岁就要送去选秀。

纪氏打不起精神来，两个小的到了时候就抱到碧纱橱后边午睡，纪氏却在前头搂了女儿不放："你晓得落不到咱们家，可那地方岂是人去的，也不知道是抽了哪门子的风了，怎自八岁到十六岁都要进宫去，这也太混账了些，自孝敬皇后没了，上头这位做事真是愈来愈没个章法，言官竟也不管么。"

"娘不如去信问大伯母，这一封是大伯发来的，想也是急件，大伯母那里恐怕还能知道得细些。"明潼还只宽慰亲娘，心里却明白这回还是得去选。

84

纪氏叫明潼劝着喝了些茶，屋里点了清心香，可她歪在榻上哪里睡得着，还是明潼陪了好一会子这才宽了心，自立朝以来，也没有八岁就去选秀，颜家也只有大房的颜明蓁到了岁数。

采选一改再改，太祖时是功臣女儿俱要入选，当不得太子妃的，还能当王妃，开国那些个绕了一圈儿女亲，排起辈分来更是乱，朝中关系错综复杂，牵得一发便动了全身，到得孝宗皇帝才重新定制，只选那些个平民出身的好女儿，各地都要择姿色端正的送选。

也并没有定例是三年一选还是五年一选，皇帝想充后宫了，皇子要挑媳妇了，便下了旨意自下往上一层层地送上来，自改元至今，统共选了两次。

也就是这两次，才有官女子入选的，当今改了制，下旨官家女儿也要参选，为的便是给元贵妃于氏大开方便之门。

她是官女子出身，若按着祖制，不当在选秀之列，当今同朝臣扯了半天皮，最后定下个五品官员以下方可入选，头一日才颁布了圣旨，第二日元贵妃的父亲便降了官儿，刚好够格让女儿参选。

张皇后倒是平民出身，可皇帝却只偏爱元贵妃，有文官压着，元贵妃一系倒没抖起来，倒不是不想抖，只是元贵妃一直子嗣艰难，进宫十载独宠后宫，却连个女儿都没有，捧个无子的宠妃，便是元贵妃的娘家人虽依仗了宠爱捞些钱财，到底不敢过分。

也还需细细思量，过得这一朝，下一朝便不活了？哪里知道她到二十七岁了，竟有了孕，还生下个儿子来！

如此一来后宫失衡，所幸此时皇帝早就过了而立之年，张皇后生的虽不是头生子，却是正统，他再不愿也架不住那许多朝臣劝立，看着元贵妃肚皮没动静，便把这个嫡子立了太子。

后宫里便是一摊子烂事儿，这一回怕是给太子选太子妃的，这个太子坐得稳不稳还得另说，不说痛惜女儿，便是思量一回往后大位上坐的不知是谁，也不能轻易婚嫁，这一嫁却是把自个儿捆在了太子身上。

元贵妃也不乐意，若真选个出众的，家族势力大的，岂不是给太子添了助力，她自己的儿子不过五岁，往后的路还长着呢。

明潼这边安慰过母亲，回到暖阁里头便吩咐丫头理起东西来，云笺怕她心里难受，看见大篆小篆两个收拾起衣裳书册倒了杯茶来："姐儿也太急着些了，哪里就立时要走的，说不准儿是传错话。"

明潼只笑一笑："先把贴身的东西备上，等真的来人接也不必忙乱。"想想还是怕纪氏忧心："别惊动了太太。"说着往罗汉床上一歪，也不看书了，只合了眼睛，松墨上前给她盖上薄毯子，轻手轻脚收拾起她日常要用的东西来。

阳光透过花窗映到她脸上，照见鼻梁挺直，两道长眉不经修饰往上斜挑，听见衣裳声音细细一蹙，又再松开。

重活一回，依旧还是走到了这一步，她这一回不曾被选进后宫中，而是轮到下一回才进了宫。靖元二十年颜家三个姑娘里也只有颜明蓁一个选作了成王妃。

她自己则是靖元二十五年选到了太子宫中，从太子婕妤一直爬到太子嫔，还是太子亲口指了她的，风光也确是风光过了，可风光过后等着她的却是太子被废，说是病死了，可谁知道是个什么死法。

先伸手的元贵妃一系引来反噬，荣宪亲王也没能活过第十个年头。明潼跟太子妃太子嫔原来还分上下，到了西宫寿昌殿里却一样过着清苦日子，冷得没了柴烧，把凳子都给劈了烧火，两个人挨在一处，宫里的冷风还是透过窗缝钻进骨头里。

明潼怎么也没想到，会是长房这个一向不出挑的姐姐救了她出去的，那一日忽地便吃上了肉菜，还有衣裳脂粉热水送了来，却不是抬到正殿去的，而是抬到她的偏殿来。

明潼还自奇怪，寿昌殿的总管太监却觍了脸笑："娘娘，赶紧梳洗了，收拾收拾好离了这晦气的地儿。"明潼这才知道，竟是成王渔翁得利，登上大宝，而自家那个温柔和顺的堂姐，当日便接了皇后金册。

第五章

颜家原来不过是从五品官儿，再往上一点儿便不能选秀了，可祖上这一支却是自太祖开国时便跟着打江山了，也不是他想参军，而是揭竿起义，容不得你不干，只好拿了大刀长枪一手一脚地拼出来。

颜家太祖有些机智，原也想过战场上边装死出脱，可那敌军杀人，先是劈死，这还能抹了血浆充过去，可到清战场的时候，却是一刀子把头割下来抵数的。

这哪里还能躲得过去，只好出力气厮杀，当兵的一半儿是流民，还有抓住了俘虏，穿上衣裳上了战场，不战也得战，别人见你一身对方阵营的兵丁服色，管你心里想战想和，一刀就先砍了上来。

好不容易到了镇子里头，先是掏土洞找吃的，大户人家是总兵将军去的，他们这些大头兵轮不着，想想将军服色上有护心镜，他把烧菜的锅子砸成几瓣，给自己也弄了件甲衣，有多的还分给兄弟。

还收了些渔网，缠得密密的，似那些渔家女子补网似的做成一件短褂，连睡觉都不脱，却比铁锅更管用，护着要害没伤着，这才一直活下来。

这一队跟的将军厉害，先打进了都城，先抢了一票好东西，轮到圈地的时候，那将军麾下都分着了好地，颜家太祖却不要地，只管搜罗金银，那些个抢急了眼的，俱往大宅子里头去，他却独往丝绵街去，那儿都是织丝的人家，还没人同他争。

等那些个兵丁抢完了大户来争这些小肉，颜家太祖连老婆都抢着了，原是织丝人家的女儿，一家子倒还安好，藏在地下小小一口地窖里，家里六岁的弟弟挨不过饿哭起来，叫他一进门就寻着了地方。

颜家太祖一身兵服，身后又扛了那么些个叮当作响的东西，两个老的一看见他就跪下来，那小娃儿连哭都忘了，一噎一噎差点儿抽气背过去。

颜家太祖饶他们一命，护了他们周全，又抢些食水过来，等他要扛着东西走了，那家人把女儿配给了他。

将军抢大户人家的妻妾女儿当老婆洞房，兵丁做了那小门小户的"上门女婿"，只有颜家太祖，正正经经地点上花烛拜了堂。

他还依旧当兵，把那包东西藏地窖里，别个见他讨了娘子，却不曾去圈地，还从自家抢的东西里头拣一两件出来扔给他，颜家太祖也只是憨笑，他打鱼出身，大鱼吃小鱼，小鱼吃虾米的道理最明白不过。等别的队伍进了城，便是比谁胳膊大腿更粗的时候了。

颜家太祖藏着掖着，那些金瓶金盆砸碎了一小块一小块地用，等到新皇帝上位了，城里又次平定下来，他才敢带到远点的地方去买地，又回了江州老家，家里人死得一个都不剩了，置了大宅买了良田，真个做起富家翁来。

颜家靠着这点巴结抠搜的劲头，虽不似那些有军功在身的公府人家显赫一时，却也一直老实到了今天，再看那些开国功勋，到如今还有几家存世。

颜家祖上那一辈儿，便只得一个儿子，到了孙辈，还只一个儿子，连个女儿都不曾有过，颜家老爷便道是造的杀业太多。

老妻两个信了佛，日日抄经念佛，又是捐油添灯又塑金身捐门槛，连带着把儿子也熏陶起来，到如今江州祖宅里头最气派的还是佛堂，那可是花了大力气造的，梁柱俱是金丝楠木，飞罩落地罩一应俱是上好的楠木雕的，供的佛像非金非玉，是拿一整个檀香木的根雕出来的，不必上香，只走进佛堂便一室香气。

颜家是兵祸起的家，到第二代却不许儿子从武，只拘了读书，一代代读下来，倒有些诗礼传家的意思在，那些个以武传家的，太祖初年还排开来入百将宴饮宴，越来后头越诸般忌惮，到得第二第三的传下来，太平治世，武官的地位便一落千丈，也只有读书考举才是振兴家业的道理了。

颜家传到如今已是第五代了,到得第三代还是子嗣不丰,祖辈也不知在菩萨面前求了多少回,还是个游方僧人说,要颜老太爷日日在菩萨跟前磕头,磕足九九八十一个。

颜老太爷为着儿子还有甚不肯,真的跟妻子两人磕头,二十九岁才得了头一个儿子,接下去连着地结果,颜家到这一辈儿,总算有了三子。

成王莫名其妙地被捧了起来当皇帝,细论起皇后的出身来,才晓得这一脉存了五代。明潼舒舒吐出一口气来,这辈子她再不能同原来一样。

太子喜欢她,是喜欢她身上这股子劲儿头,到太子死了,太子妃成了个泥塑木胎,日日守着大殿佛像念经,她身上这股子劲儿也依旧没磨掉。

太子宫里那些个充容昭仪,原来明里暗里不和睦的,俱都成了一根绳子上的蚂蚱,靠着她周旋才能在冰冷宫室里头不饿死冻死。

这样的日子过了两年多,颜家便来人把她接了出来,她在那儿没死,可在家里却没能活下去。

亲娘纪氏为着她一双眼睛都快哭瞎了,她只这一个女儿,自她进了宫跟着提心吊胆,等接了她出来,搂着她痛哭一场,家里给她安排了院子,吃食用度比纪氏自己都更高,可明潼却一日日地没了生气。

她这样的身份想再嫁也不能,一辈子都只能在家里度过,比之寿昌宫,湖心院不过是又一处囚笼,不过双十年华,她便再无生趣。

谁能想到还能再活一回,她睁开眼儿那一天,就打定主意不会再走老路,纪氏无子,那就先给她抱养一个来,做了两辈子母女,明潼知道纪氏是甚样心性,只要教养得好了,便是庶子也当作亲儿子来疼,有了这个依仗,便是她不幸再入宫廷,纪氏也有了依靠。

明潼进宫时十三岁,回来的时候二十岁,七年似是过了几辈子,颜家往下一串的庶子庶女,她跟前没人敢说什么,背后却哪一个不说她们母女命苦。

如今不过五载,因着庶长子在后院坐大的程姨娘,在庄头上的清心庵里当了清心居士,得了次子又占着宠爱的睐姨娘这回也定不能爬上来。

她知道纪氏的脾气,宽和中正,庶出子女,不论生母如何,总是一般地教养,明澄明沣两个,俱叫她请了严师执教,到了年纪又送到书院里去。

她的心是正的,可旁人的心却偏了,庶子大面上规矩不错,也敬重嫡母,可越是有了出息了,又怎么不想着让生母更体面!

底下人弄些小鬼,纪氏也只睁一眼闭一眼,可明潼眼里却揉不得沙子!旁人便罢了,睐姨娘再不能饶!

只没想到,原该是头胎生了儿子的,这一回竟先生了女儿!明潼这才把明沅抱过来,看看这个上辈子根本没有的妹妹,是个什么来头。

颜明潼睁开眼,怔怔看着白墙顶,半晌长长舒出一口气来,守在落地罩边的松墨见她醒了:"姑娘可要吃茶?"

颜明潼挥了挥手:"把镜子拿过来。"

等夜里摆饭的时候,明沅一眼就看出不同来,她手里握了筷子,八宝给她盛汤,抬眼一看颜明潼那两道长眉,细细修成了柳叶状。

她原来看着英气勃勃,说话又干脆利落,办起事来绝不拖泥带水,如今只不过修了眉,剃去了眉峰,修弯了眉梢,人便显得温婉起来。

纪氏还未平复过来,别个都吃饭,只她跟前摆了一碗胭脂红米粥,厨房里还专做了煎虾肉饼子给她送粥,她只吃了两口就不再吃了,倒是澄哥儿,见着自个儿碗里没有,拿小勺子去纪氏面前的碟子里挖。

纪氏原见他这副精怪的样子定然要笑,却只扯扯嘴角,把碟子往他面前推一推,豆青瓷碟儿盛了一字排开几块虾肉饼儿,煎得边缘金黄,晶莹粉白,还看得见里头的虾肉块,澄哥儿自个吃了一个,又分给明潼明沅各一个。

他还是跟明潼更亲,把着小牙箸夹到她碗里,再把碟子推到明沅面前,纪氏这里用饭没有食不言的规矩,今儿却没人开口,还是明潼用完了饭,拿香茶漱了口道:"娘看我这眉毛,我自家动的手。"

纪氏抬手摸一摸:"确实修得好,跟柳叶儿似的。"澄哥儿放下牙箸伸头过去看,学着纪氏的样子伸手去摸,还摸摸自个的:"我没有。"

纪氏叫他一岔,脸上才有了笑影儿,丫头便来说老爷回来了,纪氏心里挂着心事,立时收了笑意,叫仆妇把饭桌儿抬到明沅屋子里。

只剩澄哥儿跟明沅两个用饭,明沅就是再想探听,耳朵也伸不了那么长,澄哥儿吃完了就摆弄起明沅桌上的小玩意儿,他头一回进明沅的屋子,新鲜得很,明沅便把那些玉雕的猫狗拿出来给他玩。

几个丫头都守住了嘴,下边人都已经传遍了,只不能在主子面前说,上房规矩最重,更没人敢轻易开口,屋子里落针可闻,便是澄哥儿也知道不一样,他玩了会子,托着下巴,眉毛皱起来,叹了一口气。

白白嫩嫩的脸儿,看得明沅想要掐他一把,又忍住了,伸手在小笋筐里翻了会儿,拿花牌出来递给他,澄哥儿摇摇头不接,往明沅身边凑几下,歪着头问她:"三姐姐哪里去?能不能带我去?"

明沅张不开口说孩子话,她也不知道三岁的娃娃要怎么说话,可看着澄哥儿很是忧愁的样子,拍拍他的手安慰他,心里还在想,要是颜明潼去选秀,那她是不是也要选秀?

第六章

　　宫廷就是虎狼窝，明沅想想就害怕，被戏称出墙传的那个电视剧，同事一到中午午休就开着公放，一集一集地追，一个办公室六个人都在看，于是明沅也被迫看全了。

　　一会儿下毒一会儿陷害，好人坏人都有两面，她连一个七人的办公室都混不好，更别说进宫了。

　　一想就忍不住跟着一起愁起来，借着澄哥儿叹气，也长长叹一口气，两个丁点儿大的人挨着叹息，澄哥儿伸手搂了明沅的头，拍拍她的肩，很像当哥哥的样儿。

　　喜姑姑见了抿抿嘴角，明沅跟澄哥儿亲近是她喜见的，她原来是澄哥儿的嬷嬷，纪氏指给澄哥儿的，哪里知道明潼事事不肯假手于人，盯着他吃，盯着他喝，还似模似样地吩咐事体，她这个嬷嬷倒没了用武之地。

　　等澄哥儿搬到纪氏碧纱橱后边住，就更是担了虚职，这回明沅抱过来，纪氏才把她调过来，当了明沅的嬷嬷。

　　眼见得明沅跟澄哥儿处得好，她只有高兴，两个挨着说小话叹气，便逗引起他们来："哥儿姐儿可要瞧瞧厨房前边新下的小鸡崽儿？"

　　澄哥儿一听便抬了头，也不必问明沅了，他一点头，采苓赶紧往前头去了，拿了只细竹编的篮子装了五只来，一只只捉住了放到地上，五只小东西晕头晕脑摇摆了两下，两只凑在一处相互蹭毛，两只头对头地顶着嫩黄色的喙，还有一只撒开细红爪子四处走。

　　毛茸茸一身黄毛，嫩生生的啾啾声，澄哥儿一看见就忘了那些烦恼，明沅心里还担心着选秀的事，既然颜明潼要去，等她大了，是不是要跟着进去当丫环？

她被某妃传引导得以为所有女人都是要进宫选秀的，嫡出的选宫妃，她们这些庶出便得跟着去当宫女。

澄哥儿支着两条胖乎乎的腿，伸头去看这个小东西东啄西啄，嘴巴尖尖去碰地毯上边的黄绿色纹样，还当是在吃食，澄哥儿把玫瑰饼子揉碎了喂它，它又不吃。

"小鸟不吃！"澄哥儿发急，采葰掩了口笑："它不吃饼子，它吃虫。"

澄哥儿转过头去，又想摸又怕，手指头翘起来，拿指尖去碰碰鸡崽子的一小撮尾巴毛，叫那小鸡崽儿回头啄了一口。

一点也不痛，他却冲着明沅直摆手："咬人呢！"把手背在身后，又要看，又有些怕，围着鸡崽子蹲得累了，索性一屁股坐在地毯上。

屋里霎时便欢快起来，明沅倒不怕，却也跟着他把手藏起来，陪着澄哥儿玩，也不觉得装小孩子有多累，总有个模板在。

西暖阁里松快，上房却一室寂静，纪氏的屋子外头站了一溜丫头，个个都不敢往前凑，不说刚调过来的六角几个，便是琼珠、琼玉、卷碧、凝红四个大丫头，也都在落地罩外立着，隐隐听见里头纪氏饮泣声，轻手轻脚地往外退两步，招手叫过六角，叫她去拎壶热水来。

"怎的这样竟落到咱家来？"纪氏眼圈通红，想想要把女儿送到宫里，心就一跳一跳地痛，"她自落了地便没离开过我身边儿，出嫁我还想留着两年的，怎么这一回，竟把岁数压得这样低？"

颜连章坐到纪氏身边，重重叹一口气，搂了她的肩，拿了帕儿给她拭泪："原想着五年里头老爷好往上升一升，咱们家的女儿也好免了选，哪里知道这回竟下了这样旨意，咱们又不是寒家小户，要送了女儿去选宫女。"

宫女确是打小开始教的，早早就往民间收罗了女孩子进去，调理起来好往内宫送，运道好能侍候主子，运道不好便一辈子都是杂役。

颜连章是从五品官儿，虽不大，却是实缺，都转运盐司的运判，还是在穗州这样靠海的地方，若不是颜家几代积攒下来的银子给他疏通，也坐不到这个位子来。

"这一回便是哥哥家的两个姐儿也一并要选的,潼姐儿年岁小,我心里猜度着,怕是俱都相看一回,往后好给诸王婚配的。"颜连章也才二十七八,这个头生的女儿自来宝贝不过,想着要送她去选秀心里也舍不得,搂了妻子抚她的背,嘴里还叫起了乳名,"阿季,再往上我会打点,你放宽了心便是。"

纪氏靠在丈夫肩上,捏了帕儿抹泪:"哪有这样的道理,自打孝敬皇后没了,坐上台的那个,行事哪里还有章法可言!"说着狠狠啐了一口:"天杀她个小妇养的!"

元贵妃却不是嫡女出身,也不知道是怎么叫皇帝看中了,自此念念不忘,她进宫时恐怕名头不好听,上边示意把她记在嫡母名下。

于家出了这么个女儿,进宫就是妃子,还得了个元字,势头直逼皇后,哪里有不应承的,可于家另几个姐妹并不买她的账,满金陵城哪个不知道,贵妃娘娘是小妇养的,亲妈连个侍候笔墨的丫头都不是,是于大人吃醉了酒,如厕的时候拉进去睡了,哪里知道能养下女儿来。

可这些话也只在闺阁里头说一说,纪氏哭一会子抹了泪,便听丈夫说:"也只去的三五个月罢了,不独我大哥在,舅兄也在,哪里会不帮着照应。"

纪氏原是想跟了去的,可舍不得女儿,也舍不得澄哥儿,家里这摊事更是放不下,男人哪个不是饭来张口衣来伸手,家里再没有个能理事的人,她走了,管家事又能交给谁?

还是颜明潼站在门边听了,接过丫头手里的银匜,卷碧打了帘子让她进去:"娘,哪里就得你陪着去,我不过往宫里转个圈儿,看看景儿就又回来了。"

说着把银匜里的热水倒进银面盆里,绞过毛巾递上去给纪氏擦脸:"娘再不必忧心我,若是要走如今便得上船去了,给大伯捎了信,叫他往渡口接我便是,我好同两位堂姐一道进宫。"

纪氏原已经收了泪,听见她说这些忍不住又掉起泪来,颜连章见女儿持得住,点点头道:"你倒还不如明潼了,哪里是相看她,看那些适龄的且不及。"

纪氏当着女儿的面不好再骂元贵妃小妇,心里却怎么也舍不得她，揽了女儿到跟前，细细看她的模样："我叫平姑姑跟着你去，老爷再派上高源高庆两个，我明儿便去寻刘千户夫人，能派些兵跟船也安心些。"

"哪用得着这么麻烦，本就有官船相送的，只大哥的信儿来得早，我看，不如跟着宫里的船去，有宫女侍候，又有教养嬷嬷在，一路上也更方便些，总能听些规矩，不可冲撞了贵人。"

颜连章还有些话不好开口跟妻子女儿说，家里未曾有人上到中枢，却因着身在盐道又坐镇穗州，常见那些京中来的采办，知道今上的身子骨是一日不如一日了，这才急着采选，想把儿子们的婚事都预先定下来。

纪氏嗔了丈夫一眼，拉了女儿的手，她此时也宽慰下来，只当是女儿出门走亲戚，明潼点了点头："还是爹爹思虑的是，我总该跟了官船去。"

纪氏夜里也不留丈夫，拉了女儿一道睡，她是十二分地不舍得，只把女儿当成小娃，留她一道睡，还要给她散头发擦脸。

明沉还睡在西暖阁里，琼珠把澄哥儿带了回去，母子三个睡在一处，明沉心里有事，夜里便睡不踏实，第二日早早就醒了，喜姑姑见她坐起来抱着被子等穿衣，拍了她道："姐儿再睡会子，太太还没起呢。"

外边天已经亮起来，明沉不知道纪氏什么时候起，她觉多睡得沉，正院地方大丫头手脚轻，从来吵不着她，在亲妈院子里却知道她一大早就起来了，要到正院去请安，催热水催点心小食，等到她又怀上二胎，这才借口不去。

明沉睡不着了，挨着枕头又躺了会儿，眼睛盯着帐子看那花样，还是喜姑姑怕她饿着，先给她洗漱起来，叫仆妇去抬了小桌进来。

在她自个儿屋里吃，便不如在纪氏屋里吃得那样精细，却有一小竹屉包子，打开来一团白雾，一屋子香味，明沉使着短箸去夹，筷子尖一戳，皮就叫她捅了个洞出来。

喜姑姑跟纪氏一般卸了手环给她夹起来，说是包子，更像汤包，还皱了眉头："怎的上了这个来，烫着了姑娘可怎办？"

拿筷子挑开来，夹了里头的肉吹凉了送到明沉嘴边，不是猪肉，也不是牛肉羊肉，嚼吃了一块，再吃一块，才吃出来，像是鸭子肉的。

皮全掀开，里头的汁儿也不许她喝，单夹了酱鸭脯子切的丁给她送粥，比起那些清淡小菜，明沅更喜欢这些，就着鸭肉吃了一碗粥，吃得浑身冒汗，喜姑姑便又给她重新擦脸，外边渐渐有了响声。

却是等着请安的几个姨娘发出来的，纪氏最规矩不过，甚个时候请早安都是有定准的，这些个姨娘若有晚的，还要叫身边的嬷嬷去重新教过规矩，可今儿却一直站到这时候还不曾叫她们进去。

她们站着无事，两个姐儿却不能这么干站着，喜姑姑往外头一张就知道情由，叫过了采茵去把两个姑娘请进来，她们是主子，不能在外头干等着。

明洛明湘不一会儿就手牵着手进来了，穿着一色的薄锦袄，梳了双丫髻，也是一边别了一朵金花，两人年纪相仿，又是一样打扮，看着倒似双生子。

明湘还好，明洛却转了眼睛看个不停，从泥金描花的大座屏一直看到墙上嵌的瓷画，喜姑姑咳嗽一声，她才把目光收回来，挨坐在罗汉床上，两个都要请过安才能用饭，一屋子没散的香气勾人馋虫，连颜明湘都去看桌上的剩菜。

采薇端了点心进来，一碟子果馅蒸酥，一碟子黄米枣儿糕，倒都是热的，又给点了蜜茶来，两个女娃儿一人拿了一块吃起来。

吃了糕两人都活泛起来，明洛叫一声："六妹妹，你的屋子真好看。"

明沅不知道要怎么答，先嗯了一声，又说："是三姐姐借给我的。"这些东西喜姑姑俱都造了册子，说不定往后还要还回去的。

明洛拧了细眉："不给你？"她眼睛一转："上房好东西可多，你这是老鼠掉到白米缸里了。"

明沅更不知道要怎么回话，幸好明湘开了口，因着有嬷嬷在，她不似明洛高声，只轻问："三姐姐是不是要进宫去？"不过一夜，家里都传遍了，安姨娘张姨娘两个住在一个院子里，一串门便知道消息。

明沅不愿答，只好摇摇头，正不知该说什么，上房里要了水进去，两个女娃儿立定了走出去，明沅也跟在身后，她刚走到耳房，便叫人一把抱住，抬头见是眯姨娘，她这辈子的亲妈，眼泪扑簌簌地掉下来，哽咽着唤她："六，六姑娘！"

第七章

明沉吓了一跳,她整个人叫眯姨娘搂到怀里,脸搁在她领口别的那对金打花叶上垂下的细米珠上,嫩脸立时就叫掐出个印子来。

眯姨娘浑然不觉,她只顾落泪,抱了女儿哭道:"娘日日等着,好容易才见着你了!"一句话越说越是哽咽,声儿却没低下去。

喜姑姑一时不防,等她上来抱过明沉,又说出那番话来,脸都沉了下来,开口便是训责:"姨娘也该自重身份才是,在太太屋子外头大呼小叫成什么体统。"

站着一院子人,到底没有嚷出来,若是乐姑姑在,怕要问她哪一个是姐儿的娘了,她这开口一句,便够关起来思过了。

眯姨娘是丫头出身,她在颜家是正经从小丫头就一路训练上来的,比之安姨娘张姨娘两个不同,喜姑姑开口这一句,听到她耳朵里,便似当小丫头时被训斥了一般。

眯姨娘觉得这一句扫了她的面子,脸上红白变色,伸了手去摸明沉的脸蛋,她这么直通通地过来,明沉不自觉地便往后退,眯姨娘见她一退,眼泪落得更凶。

她得一个眯字,却是颜老爷酒后失言,说她明眸善眯,一句戏言叫她当了真,也不要本姓了,恨不得嚷得全家都知道老爷爱她这双眼睛。

纪氏皱了眉头想派教养嬷嬷去训导她,教教她怎么当妾,可明潼却拦了,由了她折腾,这样轻佻的名儿,往后问起沣哥儿的生母,又怎么拿得出手去。

如今她嚷得响,是为着年轻颜色好,依仗了这副皮囊才敢张狂,等这双眼睛浊了浑了，再叫一个睐字，可不引人耻笑，她却浑然不觉，真当纪氏好性不同她计较了。

按着纪氏的性子再不肯乱了规矩，可既是女儿开了口，她虽还是派嬷嬷去了小院，却不曾让她改回来。

睐姨娘确实生得好，比张姨娘还更美貌些，明沅同她活脱一个模子里头刻出来的，大眼翘鼻尖下巴，还生着一只梨涡，平心而论，便是明沅见了她哭，也得心软几分，真个是梨花带雨。

可冷不丁这样跳出来，明沅还蒙着，她知道亲娘不肯把东西抬过来，原来心里认定了她是拿乔，见她哭又想着，她是不是真的舍不得女儿了。

她脸上还没显出什么来，喜姑姑已经大皱眉头，连明湘明洛两个都站住了，耳房里张姨娘还探出头来，目光闪闪烁烁地来回在睐姨娘跟明沅之间打量。

喜姑姑一把抱过明沅，把她抱过来拍哄两下，怕她在纪氏房门前哭闹起来，惹了纪氏不快，往后吃亏的还是她。

屋里出来个嬷嬷，喜姑姑见了叫一声姐姐，抱着明沅往后退了一步，只见那个姑姑笑得和顺，一上来便拉了睐姨娘的手："姨娘怎的了这是？可是身上不好？那便免了请安回去吧，哥儿还在姨娘院儿里住着，可得保重才是。"

明沅眼看着她立时收了泪，原来那大颗大颗往下掉的泪珠儿全都咽了回去，平姑姑又是一句："睐姨娘便歇息几日吧，等身子好了，再来给太太请安。"

明沅忽地明白过来，原来纪氏示意丫头们让她睡足了再去请安，并不全为了她年纪小，又大病初愈，为的是叫她看不见亲娘，小孩子哪里记得事，这个年纪正是健忘的时候，不必一年半载的，只怕三四个月就再不记得亲娘了。

明沅蒙了，喜姑姑见她这副模样皱紧了的眉头倒松了下来，想是一个多月，对亲娘记不真了，抱了她便往正房去，睐姨娘胆子再大，也不敢闯纪氏的屋子。

明沅慢慢回过神来，闷头不知在想什么，里边纪氏散了头发还未梳妆,明潼已经挽好了双丫髻,手里拿了牙梳给纪氏通头发,听见外头闹,母女两个半点也不上心。

纪氏一门心思都扑在女儿身上,听见外头吵闹,也不耐烦过问,自有安姑姑出面,不仅打发了睐姨娘,还摸准了纪氏的心事,既不耐烦她,便停了她请安。

明潼给纪氏上了桂花油,放下牙梳这才回转身子吩咐一句:"把《女诫》给睐姨娘送去,叫她抄一本,甚个时候抄好了,甚个时候才许来上房请安。"

明沅低了头,她记得睐姨娘并不识字。

纪氏一句话都没说,琼珠立时便去办了,明潼拣了一支赤金红宝石攒心花钗给她簪到头上,拿了靶镜儿给她照:"娘还是戴这些好看。"

"大囡哪里学的这门手艺。"盘发却不是一夕便能学得会的,力道适中,花式也是时兴的,大家子姑娘俱有一门妇容的功课要学,学上妆学梳头,不必自个搽粉戴花,却得会看。

她原想着再等两年请了人来教,没承想女儿的手竟这样巧,连眉砚都磨得正好,浓淡得宜,胭脂纸儿浅浅上了一层色,妆不重,却透着气血好,面上用手掌推出红晕来,把她因着忧愁泛出来的疲色全掩了去。

纪氏生得端庄,戴这样大气的首饰,再穿上重色衣裳,显得不怒自威,明潼这一点便是像足了她,倒是颜家几个庶出的女儿,个个都有股子体态风流的味道。

纪氏勉强一笑,握了女儿的手摩挲着,等看见明沅了,才分神伸手抱抱她,澄哥儿还在床上,他许久不曾跟姐姐一起睡,夜里咯咯笑着怎么也睡不着,闹猫儿似的从被子头拱到被子尾,再探了头出来吓她们一跳。

夜里折腾久了,早上怎么也不醒,趴在褥子上,睡得脸蛋红扑扑,听见响动了,眼睛强撑着要睁开,睁了一线又合上了,纪氏便叫放了帐子由着他睡。

自澄哥儿开了蒙,纪氏一日也不曾放松他,不论是下雨还是落雪珠子,日日都是晨起往书房去,巳时回来用饭,歇了晌午再去练字。

今儿倒松快起来，也不叫人去吵他，还使了丫头去学里同先生告一日假，免了姨娘们请安，两个庶女也让回去歇着，只是明沅不好抱走，她昨儿夜里跟女儿说了大半夜的私房话。

既是要选秀，那便不忍也得忍着，往宫里走一遭，再不能初选就叫刷下来，那样回来的姑娘名头不好听，往后说亲也艰难。

纪氏自个儿不曾进过宫，这些个却也听说过，她未出阁时的教养嬷嬷便是宫里出来的，握了女儿的手告诉她，往大殿上站了不要慌乱，不要畏缩，规规矩矩，大大方方便是，嬷嬷们唱了名儿，要看要闻要验，也只管由着她们来，花些银钱让手脚轻着些便是。

明潼一一应过，这些事她不只经过一回，她经过两回，头一回因着是女童，下面只看了一眼，第二回，却是仔仔细细查验，还有嬷嬷闻味儿，不洁者便是处子也不得入选。

上一世她进宫时，纪氏便是这样叮咛的，长到二十岁，纪氏没过过几日安生日子，一向是在为着她操心，这一世定要娘亲安安稳稳。

母女两个腻在一起说话，别个都插不进口去，纪氏见明沅呆呆坐着不动，指了喜姑姑抱她回去："六姑娘怕是叫吓着了，抱了她回去歇着。"

明沅也不想待在上房里，原是该自己走的，既说了抱着，便由喜姑姑抱了她，趴在她肩上回了西暖阁。

喜姑姑心疼她，抱着她坐下就拍哄她："姑娘要不要再看看小鸡崽儿？"

明沅是该点头的，装着不记得，装着没心没肺，可她实作不出好脸来，见了亲娘一回，直想叹气。

喜姑姑摸摸她的头，怕她是因着听见明潼处置睐姨娘心里不痛快，叫采菽去抓些果子干仁来给她吃，自己抱了明沅："太太这是疼六姑娘呢，再闹下去，可不是伤了六姑娘的脸面。"

跟个三岁的孩子谈什么脸面，明沅有些明白又有些不明白，到了这个地方她反而听不懂话了，一句话里面藏了七八句，非得一句话一句话地揣摩，一个字一个字吃透。

喜姑姑又说了一回让她乖巧的话，明沅这回有些明白过来，除了乖，她还得巧，那纪氏想要的又是怎么个巧法呢？

原来她在公司里就不会讨上司的喜欢，现在到了这里也是一样，过年一大家子聚在一起，她也不是最受宠爱的那一个。

明沅知道自己处境尴尬，不是到了正院就麻雀变了凤凰，她还是庶女，更惨的是她这个庶女要在大老婆手里讨生活，她原来没把自己代入庶女这个身份。

可睐姨娘今天这么一闹，明沅立马就意识到，她在纪氏眼里，只怕就是个小三养的私生子。

只是私生子在古代合法了而已，可女人天性的嫉妒，难道还真的就能"视如己出"？将心比心，换作是她，她也不会这么想。

她这时候又想起探春来，她那时是不是也是一样的处境，有亲娘认不得，嫡母又隔着肚皮隔着心，看纪氏对自己的女儿，澄哥儿还是男孩儿，她又算什么？

老实老实老实！明沅在心里默念三遍，深吸一口气，又吐出来，丫头们偶尔也说起前程，说她进了正院，前程便不一样，她那时候还以为是吃的用的，现在想想，小时候是吃用，到大了就是婚嫁。

就算她挨过了选秀，还有婚配，迎春被半卖半送出去，连个丫头都能爬到她头上，探春算是精明要强，可在父母之命面前还不是被外嫁，从此生死不知。

明沅打了个冷颤，喜姑姑还当她是冷了，采蓣刚端了瓷托进来，里头盛了枣子核桃花生七八样的干果，接过来又便吩咐："去厨房要一盅儿牛乳，六姑娘身上冷，把帘子放下来，炭盆再烧起来。"

等屋里头没了人，才抱了她摇，声音也低下来："姑娘可是吓着了？"见明沅不应，叹了口气，拿帕子托了些小核桃仁儿，吹掉细皮拣给她吃："姑娘要懂得道理，太太才是姑娘的娘，那一个是姨娘，认得准了，往后才能少了麻烦事儿。"

明沅抬头看看她，喜姑姑见她一双清澈大眼直盯盯地瞧过来，分明一副懵懂模样，把桃仁送到她嘴边，明沅张口接了，嚼了满口清香，喜姑姑又捡起一个，面上带着宽慰她的笑："等姑娘再大些，这些事自然就明白了。"

第八章

还没等明沅想好要怎么当这个庶女，那边大房已是预备起了颜明潼选秀要带的东西，纪氏连丈夫做寿都交给了下边两个姑姑打理，把女儿的事提起来摆在首位。

选宫人跟选宫妃自不相同，选宫人不独随身的东西不能带进去，连宫外头的尘土也不能带进宫去，选上来的女孩们在当地官衙就先洗干净了，在船上还得剪发修指甲，先到偏殿，更有一次大洗。

一个个脱光了往大池子里洗澡，用香汤洗干净陈垢，头发上撒了灭虱子的药粉，女孩子们互相拿箆子筛，筛得满地白粉末末，再进池子泡，等身上泡得起皮，拿石头刮，一层层的老泥刮干净了，才能住进宫室里。

选宫妃因有了平民女同官家女的分别，连花费也比原来多出一倍去，官家的女儿不同平民女儿一道送选，一样来的两只官船，民女是睡大通铺，管你往后是不是妃子，如今也还是麻雀，官女子便能两人睡一间。

这些事明潼都经过，知道在船上还能带些东西，进了宫一人只能带一只包袱，留下的俱都便宜了嬷嬷太监们。

有个出身到底不同，初选时衣裳首饰都该是一样的，可什么东西经得人手便有不同，大到衣裳料子上的绣纹图样，小到绒花花叶有几瓣，全都有讲究。

住的宫室自然也有高下之分，明潼记得她初进宫时，她是跟大房两个姐姐住在一处的，她们在入选女子里头算是父辈官儿当得最大的，嬷嬷明着一视同仁,却还是给了她们仨一间朝南的屋子,虽没旁人住得大,好在朝向好,日日都晒得到太阳。

"带这个作甚,进不得宫去,还不是便宜了宫女儿姑姑们。"纪氏怕明潼睡不好,想把那一套三件的青金石的香炉给她带去,"又搁手又麻烦,还是留着我回来使吧。"

说不能带多少东西,理出来还是有一箱子,明潼知道这是亲娘一片心意,也不再推,看看里头只是些家常旧衣,也没出挑的金首饰,一只贴贝锦盒里装了两朵小小金花,很衬她女童的身份,便又叫松墨云笺两个预备起小荷包来。

这东西小巧又不惹眼,比首饰更适合赏人用,她也带不进多少首饰,其实到了初选便已经穿一样的衣裳了,一只箱子里装的俱是常用的衣裳,还带了几本书,也只是《诗经》《楚辞》,怕落了人的口舌。

等官船一到,那些个太监嬷嬷先是连吃几回地方上办的宴,把油水抽得足足的,穗州这样的地方,便是小官也富得流油。

靠着海岸呢,朝廷的官船都往海外做生意去,靠山吃山,靠海吃海,不说那些流落出来的洋货,只鱼虾蟹这些个海产,便享用不尽了。

没了尘根的太监眼睛里看到的头一样便是银子,荷包里头塞得满满的,还有小船只装了东西跟在官船后边,算是地方官员们的孝敬,这才抹过满嘴油,拿了册子出来,一家家地去请。

平民的女儿便没那许多讲究,容色端正,看着不蠢不笨的,就拣了算在队伍里,由着官府花销添置衣裳,打扮干净了,一路行到渡头踏上船只。

多数还是官家女子,此地太阳盛,海风又刺人,平民女子要下地劳作,生得粗手大脚,便是有脸盘长得漂亮的,那采选的太监也打着一口官腔,嫌弃人家生得黑。

颜连章跟纪氏两个跟了女儿的轿子,一路跟到渡口,官家女儿便是由着小轿抬到船边,戴了围帽儿上船去了。

那个太监捏着厚厚的红封,笑得眼睛都瞧不见,一径儿同颜连章点头:"运判大人放心,一定把府上的小姐给关照好了。"说到关照加了重音。

纪氏在轿子里便提不过气来,回到家中病了一场,颜连章不住宽慰她,生日宴往后推迟了,明沅还听见过他叹息,是看着澄哥儿叹的,说只恨明潼不是男儿身。

主母病着,几个女孩儿却不能免了请安,既睐姨娘叫禁了足,明沅便也日日跟着姐姐们一道请安,大些的明湘明洛两个还得在纪氏跟前侍疾。

说是侍疾,活儿全是丫头干的,两个女孩儿也不过六岁大,懂得什么照顾病人,不过多问两句渴不渴,自有丫头奉了茶上去。

澄哥儿再没心思读书了,下了学便来纪氏屋子里,他就睡在后头的碧纱橱,纪氏怕过了病气给他,叫他先住在明潼的屋子里。

这时候便看出男孩女孩的差别来,庶女要在跟前侍疾,这是孝道,澄哥儿却能因着纪氏的偏爱不踏进房门,隔着帘子问一声:"母亲可大安了?"就能由丫头领了下去擦手擦脸吃点心,全是怕过了病气给他。

明沅因着年纪实在小,连学都个必上的,也跟着澄哥儿一起,早中晚三回,到厚帘子外头给纪氏请安,纪氏的声音从帘子后边传出来,病中还在问澄哥儿的功课,让他把写好的字拿过来给她看,接着才问到明沅,也是问喜姑姑多些,都是些吃喝上的事。

知道澄哥儿没心思,还让他教明沅千字文:"娘如今病着,你姐姐又不在,你是哥哥,她不懂的,多说两回,能背便是。"

澄哥儿头一回当先生,很有兴头,下了学请过安再写几张字,就叫明沅坐在小杌子上边,他自个儿背了手,摇头晃脑,学足了先生样儿,一句句地教她背。

明沅便只当是逗家里的小侄子玩,学上两句,再装作不会,每到这时,澄哥儿就一脸得意,她若是不问,他还要问:"你可都懂了?"

等再去给纪氏请安时,他就点着指头数自己说了哪些,纪氏还会问一问明沅,澄哥儿不过五岁的小儿,可学问却很扎实,一句一个典故,他都能说得上来,明沅算是领会了纪氏的意思,她是想让澄哥儿有劲头,不因为娘病着姐姐不在就松散下来。

澄哥儿这个小先生当得很认真,原来先生是怎么教他的,他就怎么教了明沅,每日都要背诵,背完了还得告诉她一句话里说了哪些人哪些事。

明沅觉得有意思，背起来就跟念诗似的，夜里无别事，采薇采菽守了她做针线，她洗干净了便躺在床上背《千字文》，字虽然对不上号，大概却是知道的，连采薇采茵听她背了两三回，也能跟着念出几句来。

"渠荷的历，园莽抽条。枇杷晚翠，梧桐蚤凋。"这一段是说园林四时事，明沅翻个身，两个丫头笑看看她，就听见她又接着往下背，今儿该是轮到她们俩守夜的，怕小丫头不知轻重，一个大丫环搭着一个二等的。

喜姑姑手里拿了个百子婴戏小瓷盅儿进来，还远没到睡的时辰，只白天下雨，晚上便暗得更早些，她把小盅儿往小几上一搁，冲明沅招招手："六姑娘来。"

明沅坐起来，采薇给她穿了鞋子，喜姑姑开了盅盖，里头盛着血燕盏，泡在水里已经是泡得软了，松散开来，看着倒像是明沅原来吃的那种南瓜粉丝。

喜姑姑手里拿了双扁头的小银箸，递到明沅手里，手把手地教她："姐儿看见没有，把这上头的细毛夹起来。"

明沅不明所以，却还是依言做了，她怎么也不是三岁小娃，筷子用得很好，不一时便在绢手帕上擦了好些个细碎的燕毛。

喜姑姑见她挑得专心便道："这是给明儿太太吃粥用的燕窝盏子，姑娘亲手挑出来，足见得孝心了。"

明沅根本就没想到这个，喜姑姑这话一说，几个丫头都点头称是，明沅手里还拿着银箸儿，她这是被教导着拍马屁呢。

喜姑姑只怕是为她挽回面子来了，眯姨娘到如今还关在院子里，却没因为她生了个儿子，就真能鼻孔望天，纪氏想要拿捏她，有的是法子。

纪氏管院子严得很，总归眯姨娘那个儿子还在吃奶，连个名儿都没起呢，在屋里待着再平常不过，便是颜连章知道她在上房闹了一出，叫纪氏禁了足也没二话。

她倒是想要叫丫头婆子传信出去的，可过了仪门才是正院，便是管事进来都得纪氏首肯，眯姨娘这点把戏，院里哪个不知道，只等着纪氏缓过神来再料理她。

有个这样不安分的亲娘,明沅在上房听不到闲言碎语,外边又怎么会不传,统共就只有那么大点的地方,前边吹风后边就跟着下雨了。

明湘不多口舌,明洛却露出些意思来,她原来羡慕明沅屋里这许多好东西,等明沅说是借的,不归自个,她就抿了嘴儿不说话。

这回后宅有这样的事,她看明沅总有些可怜她的意味,有一回还问她:"沅姐儿,你甚个时候回你姨娘的屋子里?"

喜姑姑皱了眉头,纪氏病着不好多思多忧,这些事便收按下来不报上去,若按着原来,不独张姨娘该罚,明洛也要罚着思过的。

明沅倒没把这句当真,把她抱过来又花力气教养了那么些日子,就因为睬姨娘冲撞就把她贬回去,谁也不会干这么吃力不讨好的事。

明沅没想到后宅里面还有这样的手段,喜姑姑只叫她挑了一会儿,就把盅儿交给采薇,采薇在纪氏屋里便是做这个的,坐在几案前不一会儿就挑好了。

等第二天明沅跟了澄哥儿去给纪氏问安,纪氏便道:"今儿那燕窝子,是六姑娘挑的?"喜姑姑应了声是,纪氏便在里头轻笑:"倒是个有孝心的孩子。"

明沅筷子用得好,还得过纪氏称赞,握了她的小手说过句"倒是合适学琴的",虽然那干燕盏先拿镊子挑过毛,泡开了再送到她手边,可说是她挑的,纪氏便知道定是出了力。

等明沅回了西暖阁,正房里就赏下来一套小衣裳,明沅自从睁开眼睛,在这里也见识过许多好东西了,她原来去古镇旅游,见着小店里面卖的那些素面的手绣的旗袍裙子,标价贵得离谱,可在这里不过是小丫头们上身穿的,得些脸面的仆妇都不能穿那样的料子。

可这套裙子明沅却不知道是用什么料子做的,花样图案一闪一闪,还是喜姑姑摸了料子告诉她:"这原来是三姑娘穿过的呢,到年节时才穿的出客衣。"

明潼的东西抬过来,箱子里头就有这件衣裳,因着太华贵,采薇不敢留下,又还了回去,便是她留下来,喜姑姑也要送回去,再不能留给明沅穿,这样价贵的衣裳,一套上裳一件下裙,光是造价便值七八十来两银子,寻常人家吃喝几年还有富余的。

明沅才来上房,不好立时就跟明湘明洛两个分别开来,表面上东西还是一样的,只里子功夫做得更足些。

可这么一件裙子赏下来立时又不一样,采薇拎起来给明沅比了比,还是大了些:"裙子得收一收才能穿呢。"就是收一收明沅也得到五六岁才能穿,纪氏当着人赏了,心里却还是有谱的,过两年她可不就是上房里养大的姑娘了?

喜姑姑微微笑:"咱们姑娘有孝心,太太只有疼你的。"明沅第一次明白了乖巧的意思。

第九章

纪氏的病有一多半是心病,安姑姑几个老人连番劝了她,就是颜连章也一直睡在外院书房里,几个姨娘先还有心思活动的,见着风向不对,又都老实起来。

等春意一浓,颜明潼自金陵写了信来,纪氏便慢慢好起来了,原来吃不足睡不稳,接了女儿的信,倒是叹息着吃了一整碗的燕窝粥,明沅动了一回手,就不必喜姑姑再教,每天都有小丫头捧了盅儿来,她挑上几箸,再由着采薇接手。

进了春日,一天比一天热起来,纪氏病中食欲不振,人瘦了一圈,等院子里各处换春衫时,明沅便听见琼珠叹气,说纪氏腰身细了两指,去岁做的裙子都要改。

一院子丫头都换上了春裳,纪氏那屋里总吃补药,开了窗味儿也不散,便趁着天气晴好,打开朝南的八扇镂花窗,把屋里的绣幛绣坐褥引枕俱都换过,连着帐幔地毯也都一并撤了出来,拿百合沉香从里到外地熏上两回,再铺设上新的。

丫头们收拾屋子,她便来了明沅这儿,针线上的人正给明沅量身,说她比旧年长得高了,原来的旧衫子有的要放长,有的要重做,又拿了几块花样子问她喜欢哪种。

能送到上房来的料子俱都是拣了最好的,颜家在江州自祖辈起便是丝织大户,家里上好的那些妆花缎子、纱罗绸缎每季都翻新,一只托盘里放着一绺,喜姑姑先挑过一回,再把拣出来的几样让明沅选自个儿喜欢的。

有素面的，有暗纹的，小姑娘家该穿得活泼些，俱是些颜色明艳的，花纹也多是瑞兽花鸟，料子看上去也相仿，她还辨认不出里边的区别来。

上房因着纪氏抱恙，院子里丫头们都还穿着夹袄，不曾换过春衣，几个姨娘院子里却早早就换上了春衫，跟着张姨娘来请安的绿腰，身上那条绦带把腰掐得细细的，紧窄窄的小袖包住腕子，早晨这样冷也不曾披件薄衣，叫乐姑姑拿眼睛看了好一会儿。

明湘明洛两个来请安时总穿着一样的服色，便是颜色不同，料子也是相差无几，明沅挑选的时候便有意避开那些织金的，只拣了看着跟两个姐姐差不多的，挑了一块桃花红一块丹纱碧的。

喜姑姑挑给她的大多比明湘明洛两个穿在身上的要贵气些，团花更多，花纹也细致，她拣了这两块就再挑不出来。

纪氏坐在她身边看着她挑，看她犹豫，伸出手去，翻拣了一块大红百蝶穿花的："这一块好，做了上裳下面的裙子便拿素面的裁了，镶一道闪缎边儿，若是做裙子，就拿素面的做衣裳，压得住。"

纪氏自个儿穿了身宝蓝的绸衣裳，珍珠做的扣子，两边对襟绣了幅玉兰图，俱是黄豆大小的金珠，正落在玉兰花心上，头上是杭州攒的一窝丝，脸上搽了淡胭脂，看着气色好了许多。

明沅本来以为纪氏病着，便宜爹肯定要去睡小妾的，哪里知道自纪氏一病倒，颜连章便停了往后宅去，除开在书房，便是来上房看纪氏，有一回，明沅跟澄哥儿两个还瞧见他给纪氏喂药。

她心里感慨，纪氏这样持得住也是因为丈夫给足了她面子，眯姨娘被关在屋子里那么多天了，颜连章愣是没给她说情，明沅咬咬嘴唇，觉得男人又薄情，却又长情，心里可能只有主次，没有恩爱。

明潼虽然去选秀了，可纪氏照样给女儿裁了新衣，是预备了她回来穿的，衣裳裙子都比着原先的放长了两指。

家里人的尺寸年年都记在册子上，纪氏说了两指，卷碧便道："三姑娘正抽条的，我记着上一年便比旧年高出这许多。"说着拿手比了一比。

纪氏看了便笑："她生得倒像我们家人，年轻还小，便这样高了，说不准儿将来高过我去。"纪氏在南边算得上高挑的，明潼便像了她，想到女儿纪氏还是牵念："除开衣裳，待她回家来，也用得上大首饰了，把我库里存的那一匣子红宝石送到银楼里去，叫打一整套来，再取些珠子做轻巧些，好给她家常戴。"

童女至多戴一对金花，颜明潼屋子里那么多好东西，却没什么首饰，也不过手串铃铛之类，她也不常戴，倒有一串珍珠手串常捋在腕子上，衬着她爱穿的那些重色衣裳，腕上一抬就是一片珠光，纪氏吩咐完了看见明沅抬头看过来，笑一笑道："沅姐儿那《千字文》，可背会了？"

《千字文》印成册不过薄薄几页，又是不求甚解囫囵吞枣，她早早就会背了，澄哥儿不独教了她这个，还把《三字经》也拿出来教她，这个更容易上口，听了两天，一气儿背下来再没有错的。

若觉得这便启了蒙，那还差得远，蒙学十三经，越到后面越是难学，澄哥儿到如今也才学到《幼学》，这些东西不独要背要写还要说得出道理来。

明沅坐着把两篇俱都背会了，纪氏含笑点头，等她背完了，琼珠端了点心上来，是厨房里早上刚裹出来的桃花烧卖，皮子不知拿什么揉成桃花粉的，开口捏成个桃花盛开的样子，里头的东西却跟烧卖无异，只是料更多些。

纪氏跟颜连章俱是南边人，厨房灶上的人也都是南边带过来的，到得穗州，又学了些时新点心样子，各取所长，蒸出来的点心也有许多是纪氏都没吃过的，这一个便是平姑姑知道纪氏身子好了，特意嘱咐人做上来的。

纪氏果然看了便笑："皮子这样粉透透的，倒难为她想着了。"说着夹起一个来给明沅，细巧巧跟朵花儿似的，放到嘴里两口就嚼没了，却能尝得出是拿虾肉春笋拌米做的馅，明沅秀秀气气地吃着，这时候该吃点了，可她每餐都吃得饱足，倒不太饿。

"这穗州的菜色也只这些点心还能入口，每回往外饮宴，那上来的汤盅儿又不能一动不动地撤下去，再没见人吃着荔枝还喝凉汤的。"纪氏也夹了一个，见明沅吃得香，跟着食了两只烧卖，"沅姐儿这吃相倒是个好福气的,看着都馋人。"

明沅吃东西是真吃,明湘明洛两个在纪氏面前总归拘束,便是留她们用饭,也都端着不敢下筷子,纪氏这才放了她们回去跟姨娘一道用,怕她们吃得不足,长不好身子。

明沅却不一样,她筷子勺子用得好不说,吃起饭来特别有劲头,教了她细嚼慢咽,她也还能吃一碗稻米蒸饭,还配着小菜跟汤,纪氏看着她吃,自家也觉得有味。

她拿帕子抹了嘴,含过香汤漱口,卷碧便笑:"太太不常往下边去,我还听下边小丫头说,厨房里杀过猪,那猪肺便叫厨娘收拾起来,她们加了山药红枣儿炖汤喝呢。"

上房的丫头俱是从家里带了来的,倒是下面那些个杂役俱是本地人,此地方言难懂,会说官话的更不好请,鸡同鸭讲攀扯不清,请了人牙子慢慢寻访,这才安置得齐全了。

明沅心头一动,她到现在也不知道自己穿到了哪一个朝代,她的古代知识有限,纪氏有几件衣服还有点像棒子电视剧上穿的,可发髻首饰好看得却不止一点半点,这也不奇怪,棒子眼里什么不是他们的,照搬照用很正常。

她倒是借着往澄哥儿屋里去玩的机会,翻看过他的那些书,可澄哥儿年纪还小,看的书也不过那几本,更不会说到朝代,她手里捏了书翻看,一多半的字认不准,丫头们还得哄着她松手,怕她把纸给扯烂了。

到现在她也不知道自己在什么地方,连姓什么都是送颜明潼出门的时候,一家子听那个内监模样的人说了一句,才知道自己是姓颜的。

听见纪氏跟卷碧两个说起猪肺汤和鲜荔枝,心里隐隐约约猜测这里可能是广东,可听地名却又不是。

不过二月底,春风才吹起来,院子里就开满了花,按说是才该换春衫的,可纪氏已是连夏裳都预备着发下去了,还特意叮嘱喜姑姑:"这时节最是多雨的,别叫六姑娘受了凉,叫丫头们该添该减的都勤快着些。"

明沅少见纪氏看书,倒是在她屋子里坐了会儿,便拿了时历出来,算算还有几日明潼能回来。

明沅装着孩子气好奇，伸头去看一看，却没能看出个门道来，上边也没有朝代，她便息了再想探究的心思，恐怕得真的去读书了，才能从西席嘴里听说些。

明沅开始几日还想趁着纪氏生病打听些东西出来，再后来就又丢开手去，知道了朝代又有什么用呢？在这里她的命运恐怕就是从一个后宅，挪到另一个后宅里去了。

纪氏身子好了，精神看上去也好了许多，等着澄哥儿下学这点工夫，不光抽背了《千字文》《三字经》，还问明沅："沅姐儿往后想学哪一样？"

明沅知道她说的是琴棋书画，她想了想，纪氏曾说过她的手有力道，该学琴，就期期艾艾开了口："学琴。"

她挑这个，便是知道明潼写得笔好字，澄哥儿那里还有用她的字做的字帖，飞扬意气倒不似女娃儿写出来的。

纪氏一听果然笑了，余下两个女孩子，明湘学画，明洛却也是学琴的，她摸了明沅的头："去把原来三姑娘用过的小琴拿出来，在屋子里置个香案，虽不是立时就学，也叫这屋里染些琴韵。"

不时那张小琴就抱了过来，却是琼珠抱过来的，她把琴匣交到采薇手里，除开琴还有一匣子琴谱，几个丫头抬了梨花木的几案，把琴跟案置在北面窗下，纪氏看了就点头："后头夹道正好种了竹子，配着这冰纹裂的窗倒也有些意趣。"

既然给了明沅新东西，另一个也不能少了，纪氏思量了会儿指着卷碧："把那只秋叶笔池找出来，拿漆盒盛了送给四丫头去。"

四丫头说的便是明湘，卷碧应了声是，一屋子只有明沅觉得奇怪，等纪氏屋子里收拾好了，琼珠扶了她往上房去，明沅就摸着小琴问喜姑姑："四姐姐有，我有，怎么五姐姐没有？"

喜姑姑见她问得明白，也不拿词搪塞她，却不正面答她："下回五姑娘再来，瞧见了这张琴，姐儿可再不能说是借的，三姑娘拿出来就没有收回去的道理了。"

明沅这才知道，纪氏这是身体好了，有精神要收拾人了，她头皮一麻，敲打了庶女，接下来是不是就要发落睐姨娘了？

第十章

要说担心，明沅是担心的，可她担心的不是睐姨娘，她担心的是自己，她在上房还没立住脚跟，亲妈却在不停地拖着后腿，要说纪氏心里一点都不硌硬，明沅自己都不相信。

不管是喜姑姑还是房里这些丫头们，流露出来的意思都是太太很重规矩，明沅只要规矩本分了，就有跑不了的好处。

可她再规矩，做事再合纪氏的心意，等她的亲妈做这些别人嘴里"下脸面"的事时，纪氏心里又会怎么看待她？

采茵拎了食盒进来，打开来是一碟松仁粽子糖，采苓伸头一看，就扁了扁嘴儿："哪儿来的？怎么巴巴地就送了这些来？"

采茵嗔她一眼，把糖端出来搁到梅花小朵上："是四姑娘身边的彩屏送来的。"她说着往墙边努努嘴儿："太太送了东西过去，独五姑娘没有，借着送糖来问问六姑娘得了没？"

采苓吐吐舌头，才要说话，喜姑姑便咳嗽一声："赶紧着轮班领衣裳去，等府里都换了，看着你们身上还是夹袄，成什么样子。"

喜姑姑训完了小丫头，捡了两颗粽子糖给明沅吃，自个到下房去量身，似她这样得脸的管事姑姑也是量了身做的，小丫头们或是领了布料自做，或是领了现成的自己改，采薇去领料子，采茵见着采菽拿了东西回来，便抽身也去取衣裳。

采菽领了药粉药丸子回来，怕明沅好奇当糖粉糖丸吃了，牢牢锁到柜子里头："这雨一下四处就长霉生虫了，到时候各处都要用的，我便先领了来，搁在柜子里了，别叫六姑娘碰。"

明沅乖乖应一声是，采菽回头屋里就只有个小丫头九红在，挥了手让她也去领衣裳，见明沅摸着琴，赶紧上去把琴拿开："这才寻出来的，还没上油呢，姑娘仔细割了手。"

说着又叫采苓，明沅回过神来，仰脸看着她："采苓往前头领衣裳了。"采菽便叫她坐着别碰，到上房去领了琴油来，明潼虽然少弹，这些东西却是时常备着的，不一时取了个瓷瓶儿回来，倒在绒布上，给琴弦上油。

明沅托了腮看着她，脑子里却还在想着喜姑姑的话，越是在上房待得久，她脑子就越是清醒，颜明洛那一句话差不多是一个月前说的，这时候发落却又是为了什么？

是因为当场发作了，会让明洛没脸？就像喜姑姑说的，睬姨娘在上房外头哭，没脸的就是她，不是睬姨娘自己。

可能在纪氏眼睛里，这些姨娘是不需要脸面的，就像等着请安，明湘明洛能进屋子里待，三位姨娘就只能往耳房里等着，那里是下人待的地方，烧水看茶用的。

采菽细细抹过琴身，见她乖乖不动，把那琴上刻的花字给她看，明沅摸了小琴上边刻的篆字，她又拿了三束青色丝绦进来："我给姑娘打个结子，串到琴上。"

采苓捧着衣裳拿了针线笸儿进来，往罗汉床边一坐："你的衣裳我帮你一道领了，还大着些，裙子得收一收。"穿了针捻上线，碰碰采菽："你可听说了没？张姨娘院子里的采桑，叫罚了一个月的月钱，连着今儿发的衣裳都没领呢。"

领衣裳的时候也一并领了月钱，因着纪氏生病，厨房里日夜不断地有人给煎药，还每个人都多领了一个月的月钱。

采苓是四个丫头里边年纪最小的，说话也不似采薇采茵两个柔顺，性子活泼，张口就来："这可闹了好大的没脸，我看她一路捂着脸哭了跑回去的。"

能在这上头发落她的，自然是纪氏，明沅坐着看采菽打双钱结，串上小珍珠，见她抬头看看采苓，咬咬唇儿道："快别说了，姐姐刚还告诫了我，叫我仔细着口舌。"

这却是采苓不知道的，采菽的姐姐便是纪氏屋子里的卷碧，采苓一听立时衣裳也不收了，扔了笋儿就往她身边坐。

采菽见明沅伸了手去摸梅花瓣，手指头还拨拨琴弦，发出"铮铮"声响来，往采苓身边挪了挪，压低了声儿："太太发了好大的脾气，说哪个再敢把姐儿调唆坏了，也不给留脸了，扒了裤头打板子呢。"

采苓一听吓得"啊"一声弹开，采菽点点她，她才又低了声，脸上满是敬畏："太太到底是太太，从来就抓得严，还敢什么都往外吐，叫姑娘学出来，可不遭殃呢。"

真的扒了裤子打板子，叫一院子人看了去，那真是什么脸都没了，纪氏这句说出去，张姨娘都落不着好，安姑姑就当着她的面，把张姨娘安姨娘院子里大大小小的丫头都拎出来训了一回话。

"我看哪，还是安姨娘摸得准太太的脾气，她带了四姑娘也站在廊下听呢，还说是好道理，该一并听了。"采菽说起来平平的，采苓却一惊一乍，又是瞪眼儿又是吐舌头："那可不，安姑姑可是安姨娘的姑妈，她们本来就是亲戚。"

采菽说完了，一把捏了采苓的鼻子："要不是你这个性子，我再不说的，姑娘正是学话的时候，出了口，你自家没脸便罢，还得连累了采薇姐姐们呢。"

明沅听得认真，连张姨娘这样的小过失，都这么大张旗鼓的，那眯姨娘得关到什么时候才能出来？还是说，这辈子都出不来了？

明沅对这辈子的亲娘感觉非常复杂，她毕竟在姨娘身边待到了三岁大，虽然原来不知事，可等记忆回笼了，原来的那些也能回想起来。

她刚落地时只知吃睡，眯姨娘也曾看顾她，悠车就摆在她房里，明沅哼哼一声，她便起来喂奶喂水，从不假手于人，还拍了她哼唱歌谣，是一支听不懂乡言的南方小调。

明沅现在想起来，还会哼哼两声，头先几个月，是待她真好，直到发现明沅可能是个傻子，她的态度才慢慢变化了。

眯姨娘也不过十五六岁的年纪，后院里边安姨娘跟纪氏身边得脸的姑姑是亲戚，张姨娘是颜连章在北边当官的时候上峰送的，只有她，原来都该放出去配人了，走在夹道上叫人拦住了让她送一盏汤，被颜连章醉中收用了。

睐姨娘是家生子，娘在厨房里头当差，整治的一手好汤水，一家子跟着颜家来了穗州，她怕得发抖，没等颜连章醒过来就卷了衣服跑了，躲到亲娘屋里，叫她看出端倪来，亲娘告诉她这才是好前程，留在宅子里，往后的银米比那冬天的落雪都多。

她先还哭，后来见着颜连章人品斯文，生得又好，自家又已经破了身子，还不如安心当个妾，哪里知道会生下个傻女儿来。

明沅那时候刚刚想起自己的来历，眼睛前面就要迷了一层雾，耳朵也像是堵着，只知道她的养娘不住宽慰睐姨娘，大事小事都帮着参谋，等能做半个主了，就开始往她耳朵里吹邪风。

睐姨娘的亲娘还不安分，不住口地在女儿耳朵边上念叨，她便真觉着这个女儿是来讨债的，还不定能长得大，只要把债还完了，自然就去了，到时候多烧两件小衣裳多飘些冥纸钱便是。

依了养娘把明沅从她的房里挪出来住，抱到房里的时候越来越少，一日要去三回的，改成了一回，再往后，两日一回，等她怀上了哥儿，亲娘说求了符必是生个儿子的，她就更是一门心思都只想着儿子了。

明沅还记得养娘姓沈，看着圆团团的脸，见面就先是三分笑意，和人说话做事都客客气气，别人不知道，明沅却能记得，自打她来了，便把她屋子里纪氏调下来的丫头给挤走了。

说是把她捂出了痱子，睐姨娘好一顿地发落，那个丫头百口莫辩，原是这个沈氏已是在睐姨娘面前指摘了她许多不是。

明沅不傻，她只是心软，想不起来的时候心里头清明，跟着上辈子的回忆一道顺了，她就能想起自己不是一开始就被抱到偏屋子里的，吃过她的奶，受过她的哄，肉贴着肉地睡在一起快一年，若真是三岁小儿不记好恶，现在也没这许多烦恼。

睐姨娘蠢，身边又实在没有可信的人了，那个养娘怕是看见她生了儿子出来，想到捡了高枝往弟弟那里当差，这才在她耳边不停地吹风，男孩跟女孩当然不一样，不说纪氏赏下来的东西份例都不一样，便又是一个女儿，也总好过跟着个傻子姑娘。

睐姨娘月子还没坐完，明沅就叫安姑姑抱来了上房，穗州冬日也不落雪，不比明沅记忆里的冬天，风刮到身上有些寒意，睐姨娘的房间叫密密地围起来，窗户缝也都填满了。

明沅听不清楚里边的沈养娘说了什么，只看见亲妈披了斗篷，戴了大风帽，出来就一面哭一面喊老爷，平姑姑皱了眉头，叫跟着的婆子丫头把她带回去。

明沅是后来知道那个沈养娘叫纪氏发落出去了，她是照顾明沅的，明沅病了，头一个吃挂落的就是她，她还只当作了小少爷的养娘便不必受罚，哪里想得到纪氏最计较这个，理由都是现成的，出过差错的奴婢，怎么好往少爷面前放。

睐姨娘怎么也没想到女儿还能好，明沅初来上房的那一个月，她先是怕事发，后来又想，便推说烧坏了脑子，她也只是失职，还能赖到纪氏身上，讨些好处，再把女儿要回来。

可等远远看见明沅，她眼睛也亮了，脸上笑眯眯的，叫澄哥儿牵着手，从花厅走到暖阁里去，她那一口气没缓过来，这才觉得心口跟刀割似的痛，在花园子里便持不住要哭，还是丫头扶了她，不住口地安慰她还有哥儿呢。

等在上房里看见明沅，眼泪更加止不住了，她想求着纪氏把女儿还给她，又想喊两声让颜连章听见，可她这一哭，却把安姑姑招来了。

就在明沅以为纪氏要出手教训睐姨娘了，她却偏偏又不伸手了，明沅不能问，她希望这回睐姨娘能受到教训，心里还曾想过，总归她原来就当这个女儿是要死的，还不如撕掳开了，两边没有关系要更好些。

明沅皱了两道弯眉盯着窗外枝头上落着的两只画眉鸟。一只把头藏在翅膀里，一只凑过去帮着梳毛，不一会儿工夫又有七八只落到这根枝条上，挨着个儿地排起队来，压弯了枝上的红杏花，你蹭我我蹭你，唧唧啾啾唱个不住。

明沅眼睛投向春光，耳朵听着鸟唱，心里那点烦躁忽地消了下去，她的身份已经不能改变了，不如落个干干净净，谁也不受谁的牵累，谁也不沾谁的富贵，不管睐姨娘怎么想，起码在纪氏眼里得是这样！

第十一章

明洛因着没得东西,又受了那么一场教训,觉得委屈,等到明沅这里看见那张琴,她就更委屈了。这琴如何先不论,姐妹两个都有,独她没得,便知道是纪氏有意为之。

明洛脸上不好看,明湘也不说旁的,略笑一笑道:"姨娘身边的银屏倒有几样拿手的点心,上回吃了六妹妹的黄米枣仁儿糕,这个是我让银屏做的,妹妹也尝一尝吧。"

银屏上了个小盒儿,打开里头摆了四个榄核形的蒸饺,皮子薄透透的,明湘指了皮子里透着茵茵绿色的蒸饺道:"是挑了小螃蟹肉做的馅,这两只放了芫荽,也不知道六妹妹吃不吃,便各蒸了两只。"

她说得又得体又温柔,倒是明洛见屋里没人理她,自个先觉得没意思,到底是在上房里,不敢使性子,原一个人坐着生气的,借着有吃的挨过来,看见了明沅,也不敢像上回似的说话,只巴巴地看着。

明沅哪里会跟个小姑娘计较:"采薇姐姐拿小鱼碟来,拿那个盛出来更好看的。"说着又回头对明湘笑:"我吃芫荽呢。"

几个丫头俱都忍了笑,见六姑娘小小的人儿似模似样地招待客人,又都跟着凑趣儿,采茵便道:"吃这个须得配些醋姜呢,里头可是搁了螃蟹肉的。"不是河蟹,而是海蟹,颜家吃法却改不过来,便是吃海蟹也得用姜醋。

采薇抿了嘴儿笑:"哪里好这样吃的,我去寻一套好瓷碟儿来,采菽去掐两枝花,给姑娘们摆个小花宴。"

到底还是小姑娘呢,一听见这些立时就高兴起来了,连在上房的纪氏听见都笑:"既是花宴,叫她们也别回院子里头用饭了,让厨房整治一桌子菜送过去。"

她说着抚掌微笑,耳边明珠一晃一晃,漾出珠光:"便该这样,一家子姐妹,还争个什么长短。"

连明洛也使了人去张姨娘屋子里,要丝兰做了酪来,张姨娘是北面人,跟的丫头也是北边的,奶子点心数她房里做得最好,寻常也常备着奶酥,不一时便装了一只食盒来,打开来一碟是奶油饽饽,一碟是刻丝玫瑰饼儿。

三个小姑娘一人掐了一朵花戴在头上,像模像样地吃起宴来。琼珠还送了一水晶瓶的玫瑰饮来,进门便笑盈盈地道:"这是太太特特赏下来的,姑娘们浅着吃两杯,六姑娘便只能沾沾唇儿。"

配着玫瑰饮还有一套水晶杯子,光是倒在里边就漂亮,拿舌头一碰甜滋滋的,琼珠见听了她的话都不敢伸手拿杯子,冲她们眨眨眼儿:"这比那库里的又不同,是又蒸过的,姑娘们吃便是,再不醉人呢。"

也就是加了玫瑰的蜜糖水,明沅知道纪氏这是高兴,她慢慢摸到了一点纪氏的心思,纪氏心里是乐意看见她们姊妹和乐的。

她是东道却是妹妹,让着明湘明洛两个再举杯子,浅浅吃了一盅儿。厨房里知道是姑娘们办花宴,还是纪氏开口要的菜,手脚也快,桃花烧卖菊花小饼,还有春日里炸玉兰片,一桌子能吃的花,几个小姑娘做大人事,说着孩子话。

明洛贪杯,多吃了几杯,脸上红霞似的蒸腾起来,直叫丫头拿冰帕子给她贴脸,解了衣裳,就睡在明沅床上,三个人一起睡了午觉。

夜里纪氏就赏了明洛一套玫瑰红遍地金的绣花琴罩子,明洛喜欢得不得了,请安时先跟纪氏谢了赏,再告诉明沅那上面绣了满地花,罩沿上围一圈儿边,缀了许多小米珠儿。

她话没出口,意思却明白得很,她的东西,比明湘跟明沅两个得的都要华丽富贵得多,明湘只笑不说话,明沅不能装着听不懂,伸了手指告诉她:"我就喜欢琴。"这话一说完,便看见纪氏捏了杯子勾出个浅笑来。

这回就是喜姑姑不说,明沅也大概知道两个庶女,纪氏心里更看重哪一个，或者说，两个姨娘纪氏更喜欢哪一个了。

安姑姑是管着纪氏房中各样杂事的，安姨娘又是安姑姑的侄女，那秋叶笔洗看着不惹人眼，却是官窑出的好东西，自己得的这张琴是明潼用过的，意思又不一样，独明洛得了个绣花琴罩。

虽说是织金缀珠的，可明沅在上房那些日子，见识的东西多了，也知道对颜家来说，这不过就是寻常物品罢了。

赏下来的东西还有这样的差别，那以后的呢？再大些的婚嫁呢？

纪氏也大可安排一个看着一团锦绣的人家，反正只要大面儿上不错，罚她罚得有理，赏她也赏得有份，哪个都不能说纪氏这个当嫡母的不慈。

张姨娘未必不知道，可她这回却不敢再说什么，安姑姑也给她带了一本《女诫》，乐姑姑特意调了个识字的总角童儿，每日请了安，明洛去学里的时候，那个童儿便到院子里去，立在廊下大声读出来。

张姨娘臊得躲在屋里不出来，一院子鸦雀无声，一本《女诫》读完了，她还躲在屋里，还是安姨娘拿二十几个大钱赏了那个童儿，又叫丫头送他到仪门外，不许他在院子里逗留。

明沅原来还以为这些受宠的姨娘在颜连章那里总能说得上话，这样一看，全是假的，当家主母对这些妾侍有着绝对权力。

纪氏不独发落了张姨娘，还发落了眯姨娘，这一关就是一个月，等她再出来，人都瘦了一圈儿，原来那些骄纵意味全收了去，进了上房请安的时候，也不似过去又说笑又凑趣，无事就要提上两句儿子的事。

她自叫颜连章收用过后，一直没吃什么苦头，纪氏待妾侍们一向客气，她便把这份客气当作是好性儿，这回受了磨搓吃了苦头，才知道什么叫作大妇。

她那日哭，有一半是真为着女儿，另一半是想哭给颜连章听的，她还当颜连章定然在上房里呢，她的院子跟另两个姨娘的院子门对着门，那边有个响动，怎么也瞒不过她的。

既不在姨娘这里，自然是在上房，可她哭了半日，颜连章的影子都没见着，还受了这样的惩罚，关起来头一两日还想着老爷能来救她，一日一日地等，扒着大门瞧见对面院子都打扮齐整地去送颜明潼选秀，她才知道颜连章待她也不过就是个妾。

睐姨娘是得宠的,十日里头颜连章总有三日歇在她这儿,余下的安姨娘跟张姨娘一人分得一日,她觉得她是妾里头第一个得宠爱的,不承想拿这副身子去碰了硬壁。

她身边的丫头便劝了她,抱个姐儿去又有什么相干呢,儿子才是要紧的,没有儿子便似安姨娘张姨娘似的,宠爱没有,东西也没有。

睐姨娘叫关了一月,咬牙认了,没有女儿她还有儿子!等到上房嬷嬷来的时候,连椅子都不敢坐满,安姑姑和和气气的,半点没说她做了错事,只说她身子既养活好了,就该往上房请安去了。

睐姨娘第二日早早就在耳房里垂手等着,眼看着小丫头拎水进去,金盆银匜说不尽的富贵,把头垂得低低的,心里想着等张姨娘来了,必要刺她两句,哪里知道张姨娘一进来,同她是一般打扮。

两人都穿得素净,素面的褙子,银打的首饰,睐姨娘最爱戴镯子的,一边腕上能戴七八只,今儿也规规矩矩地只戴了一对银的,妆也素净得很,两个这样打扮,倒把安姨娘显出来了。

彼此看一眼,知道一样是受罚,张姨娘也没了讽笑旁人的心思,垂手立在耳房里,听见里头声儿重起来,整整衣裳,等着叫请。

安姨娘是头一个,往后是张姨娘,最后是睐姨娘,明沅抬眼看看她,就又似寻常般低下头去,挨在纪氏怀里,澄哥儿坐在她另一面,纪氏问她一句,她就答一句,明沅已经学到《弟子规》了。

睐姨娘的眼睛在女儿身上打了转,把眼眶里那点湿意忍了回去,跟着另两个行了礼,纪氏还挨在榻上,眼皮一抬冲她们点点头。

明沅跟澄哥儿两个俱都立到地下去,两人一般行礼,问了声姨娘好,日日都是如此,礼数上边,纪氏是一点都不肯错的,就算是澄哥儿的亲娘不在,也一并要同这三位姨娘问安。

她一招手把明湘明洛招到身边来,问她们:"妹妹学得好不好?"

明洛垂了眼睛,她知道姨娘受了教训,也不敢再争先,点头说了声好,纪氏便道:"等你们六妹妹过了生日,就同你们一道去蒙馆了。"

明沅早就知道,她屋里的罗汉榻叫挪了个位置,临着窗摆出一张写字的桌子来,已经铺上纸,除了一套文房四宝,还给她一个荷叶形的青瓷笔插。

她才来上房两个多月,就已经是个小富婆了,登东西的册子上面细细写了两页,倒有一多半儿是颜明潼用过的东西。

纪氏让她先习柳体,送来的也是柳体字帖,给她布置了功课,怕她骨头软,叫每日先习三张大字。等到十月她过了生日,字也写得像样了,再送她进学,总不能甚都不懂就去了蒙馆。

明沅回去乖乖练字,她的手稳,虽然力道不足,描出来的字却不曾出框,头一日她还写得差些,到第二日第三日,便很能看了,偶尔才因为力气不足,甩出些墨来。

纪氏看着满意,特意拣了一幅出来:"这个就算作是给你爹爹的寿礼吧。"颜连章的寿宴自然不会不办,几个女儿早早就预备起来,只有明沅因着实在年小,倒没想叫她备上什么,有一张字已是有心了。

明沅却不这么想,她得更好一点,起码不能比另外两个庶姐差得太远,她回了屋就坐在了小机子上叹气,喜姑姑过来问了,就皱了眉毛噘嘴巴:"姑姑,四姐姐五姐姐送得好。"喜姑姑正诧异,就看她叹一口气,低了脑袋摇摇头:"我的不好。"

澄哥儿要送什么明沅不知道,他瞒得死死的,连纪氏都不说,可两个庶姐却知道的,明湘自己画了一幅画,明洛预备了一支琴曲,到她这里就是样样都不显了。

喜姑姑敛敛眉头,觉着今儿话音不对,可明沅自来不掐尖,只怕是五姑娘在她面前说了甚,走上去摸她的头:"姐儿才练了几天字,就写得恁般好了,老爷看见了,只有高兴的。"

经着明沅提点她也思量起来,只一张描红字确实太薄了些,明沅自己想不出办法来,可她知道喜姑姑一定有办法,果然夜里她就拿了只小箩来,自里头翻出两条大红的丝绦,笑眯眯地问明沅:"六姑娘想不想学打结子呀?"

明沅有时候写字久了,也会有丫头逗她玩一会儿,或是抱着她去看看院里的花,或是给她贴贴花片,打结子也学过一些,只会最简单的两边对穿。

采菽就是好手,喜姑姑叫了她进来:"你教姑娘打个结子,当中缀上小葫芦,再挂两个玉蝠,取个好意头。"

采菽一听便明白过来:"可是给老爷的生辰礼?"拿出来看了便道:"那就打个双钱结吧,福禄财都有了,意头好,还不费事儿。"

明沅仰了脸笑,她不懂的东西有很多,没有现成的老师,她还可以自己摸索,她是比明潼差,可不能比所有人都差。

第十二章

接下来的几日,明沅就又多了一样功课要做,采菽先起个头,编了一个给明沅看,她编起来双手翻飞,轻巧灵活,到了明沅这里这根红绳却乱成了一团。

这个看起来不难,可真的动手了,明明才看着采菽穿过,可她就是看着眼前的四五个洞,不知道绳子该往哪一个里面穿。

只好从最小的那个穿结开始学起,采菽做一步,明沅就跟着做一步,两人磨了一个下午,打出一只手掌大小的红结子来。

喜姑姑看了点点头:"姑娘头一回打也算学得快了。"

明沅看过了以后那种式样的中国结,却觉得这个样子是巧了,可在丝缘上还能动动脑筋,等她再往上房对书的时候,看见琼珠箩筐里头有给纪氏做鞋子的金丝线。

她伸了手就要,琼珠笑道:"这可不敢给六姑娘玩,都是有数的。"这些金丝线是真金拉出来的丝,不论多少,都能拿出去卖,纪氏治家甚严,便是这些小处,也都看得牢。

琼珠这两句,叫纪氏听见了,明沅自来了上房,还是头一回讨要东西,她嘴角抿了笑,知道这是孩子开始跟她亲近了,却还是问一句:"沅丫头要这个做甚?"

"打结子。"明沅指着那半片绣花云头,拿金线勾了边儿,绣了一朵富贵牡丹,才半朵花已是又密又闪,这遮在裙里的都做得这样精致,她倒有些没底气了。

纪氏一听来了兴致,采薇便回屋里把明沅打的那只给纪氏看,哪里知道纪氏看了便笑："想不到沅丫头还会懂得做这些了。"摸了结子觉着配上去的玉色不好，还指点起明沅来："这个红的自然喜庆，可爹爹常穿甚色的衣裳？"

明沅一下抬了头，她只想到送给颜连章当贺礼，没想到这个真能派得上用场："青色。"纪氏立马便笑了，叫丫头拿了石青色的丝绦来，又给了明沅一对白玉蝙蝠，葫芦也配上一样的，捡了两根金线放在她的小竹箩里。

喜姑姑回来瞧见了，笑得合不拢嘴："看，太太就喜欢乖巧的姑娘。"又叫采薇拣两件衣裳出来，连纪氏送来的裙子都试过了，只是收的地方太多，穿在身上不成样子，这才又搁下，拣了一套红的出来："那一日怕是大家都穿红，咱们姑娘皮子嫩，穿红的显得出。"

一水儿三个女娃，哪一个皮子不嫩，大家小姐连房门都少迈，春日里太阳才出来，前后两个丫头跟着打伞，明沅就见到过明湘明洛两个撑了伞去外院蒙馆读书。

可喜姑姑这么说也有道理，四个女孩里面，生得最好的确是明沅，明潼是神采飞扬，明湘是温柔娴静，明洛似了张姨娘，有些北人模样，很是明艳，可要论起五官，明沅才是最美貌的那一个。

喜姑姑亲自给她梳头，把短短的头发梳成小鬏，一边一只通草金螟虫，对着镜子又给她在额上点上一团红，白嫩嫩喜洋洋的，采苓拿着靶镜给明沅照："我们姑娘生得真是好，跟观音娘娘座下的龙女儿似的。"

明沅自己也笑嘻嘻地摸了头，趴在喜姑姑身上，喜姑姑心里软成一团，拍拍她的背，徐徐呼出一口气来，这个姑娘乖巧再加上点聪明，往后的前程便差不了了。

等到了家宴那一天，明沅穿了大红遍地金的衣裙，三姐妹都是一样打扮，全是大红遍地金的衣裙，明湘明洛都戴了金花，便显得明沅头上那只金螟虫儿有意思得多，澄哥儿起头，三姐妹跟在后面行过礼，一人说了一句吉祥话。

明沅早就被教导过，两只手抱在胸前行过礼，说了句大俗话应景，跟在澄哥儿后面，依次入了席。

既是寿宴，自然有寿面，依着老家江州做寿的规矩，给压了两颗蛋，一根面连着不断头，颜连章酒菜只些许沾沾口，倒是把一碗面都吃了。

每个孩子也都分到一碗，人小碗小面也少些，汤是拿老鸡炖出来的，里边还加了干贝，澄哥儿吃了一碗，又要一碗。

几个妾一一持了杯子上来祝寿，一个个都打扮得出奇，这样的日子是由着她们穿戴的，安姨娘还在谱上，看着只比到上房来请安时华贵两分。

张姨娘却梳了高髻，戴着赤金大花，到了睐姨娘这里，她却穿了一身天水碧素面褙子，想是才刚禁了足，不敢过分，身上也没戴什么贵重首饰，只把腰掐得细细的，两根长穗蝴蝶宫绦垂在细褶裙上，脚微微一动，那蝴蝶就跟要飞起来似的。

再怎么打扮也压不过纪氏去，她穿着玫瑰红二色金的衣裳，斜斜挽了个髻，簪着一支丹心海棠流苏花钗，一举一动间海棠花心里缀着的那颗红宝石熠熠生辉，映得脸上平添几分妩媚，姨娘们争奇斗艳，她竟也含笑看着，指了孩子们一样样地把自己的东西捧上去。

颜连章端坐在堂上，先听了儿子作的祝寿诗，再看了女儿的画，明洛又弹了一曲琴曲，到明沅的时候，他也觉着拿不出什么东西来，接过贴贝的螺盒还问了一声纪氏："六丫头送了甚？"

纪氏只笑不说话，打开来一看，却是个石青色的结子，里头编了只白玉葫芦小瓶，杂着金银双股线，拎起来下面还有两个白玉小蝙蝠，很是富丽华贵。

"这可是六丫头自个做的，想着等暑气重了，这个玉瓶里头好搁些生津滑舌的仁丹备用。"纪氏冲明沅一招手，她就挨过去紧紧贴了纪氏，一说完这句，明沅跟着点头。

颜连章对明沅点了头，还伸手拍拍她的头，面上带笑，心里知道一半儿是纪氏的手笔，很给面子地取出来就挂到腰上。

连最小的儿子也被睐姨娘抱出来，睁了眼睛骨碌碌地转，盯住颜连章就不动，咧开嘴笑得衣襟全是口水。

颜连章逗逗儿子，想到还没给起名，叫拿了文房四宝出来，写了个"沣"字，纪氏因着沣哥儿得名，拿了一套金手镯脚镯出来赏给儿子。

等几个孩子都献上了礼，纪氏才道："明潼往京里去时，也有贺礼留下的。"

等她的东西拿出来，明沅就吁了一口气，幸好她又打了一个结子，明潼写的草书，软裱起来，展开来一看，却是半篇的福字，下面半幅只打了格子，还没写进字去。

颜连章看了半晌不语，纪氏也红了眼眶："明潼早早就写起来了，才只写了半幅，我想着总是心意，该给裱起来的。"

着意打扮了的姨娘们一个也没捞着好处，颜连章不独那一日宿在了正房，往后一个月里，便是纪氏身上来红，也宿在正房没往后院里去。

颜连章同纪氏两个大概算得上是古代模范夫妻了，颜连章不去后院，一直宿在纪氏房里，上房的丫头连走路都轻快起来。

丫头们虽不能议论主子的事，可上房这些天里日日夜里要抬水进去，这却是瞒不过人的，明沅还听见喜姑姑同安姑姑两个私下里念佛，说要是太太再怀上一个就好了。

明沅是到了上房才开始真正接触这些规矩礼教的，这些约定俗成的事，她都要自己揣摩，一句话一个动作，别人理所当然，她却得想一想，一句话在嘴里滚两回，才能问出口。

幸好借着是孩童的便宜，要不然还不被人当成精怪。可有些事，就是她再疑惑，也不能问出口。

颜连章爱纪氏吗？如果爱她，为什么还有三个姨娘？还生了四个孩子？如果不爱，那天天待在她房里又是为了什么？

明沅只能试着去理解，她知道就是这样，她看的那些电视剧文学作品，哪个有钱人家不是三妻四妾，争宠发疯的也有，你死我活的也有，可她知道在这里是正常的，心理上却怎么也接受不了。

她是独生女，上辈子的爸妈是普通职工，没有大富大贵，也过着小康生活，柴米夫妻，拌拌嘴吵吵架，高兴的时候再一起去逛逛超市，生日的时候能出去吃顿饭，买件衣服就很高兴了。

这些就是明沅对于幸福的全部理解了，这里的一切从一开始就超出她的接受范围，直到现在她还没有完全适应。

她替纪氏不值，又替几个姨娘觉得心酸，接着才想到，她根本没资格为别人难过，她自己还自身难保呢。

她此时年纪尚幼，便是喜姑姑，在她来到上房的头一天，还对四个丫头说过"姑娘还小，便是此时不好，往后也能教得好了"。

没有经验可以汲取，她只能靠自己一点点摸索，想到年轻时看的穿越文就觉得可笑，普通姑娘真要穿越了，还能一张口就套出来历身份，既抱得了大腿，又杀得了强敌，简直成了战斗机，她不是战斗机，她连翅膀还没长出来。

除了每天读书写字，到上房跟纪氏澄哥儿联络感情，她想得最多的就是以后怎么办，喜姑姑已经给她指明了方向，扒着纪氏才是硬道理，已经开了一个好头，她就要把这条路长久地走下去，越走越宽敞！

第十三章

等明沅再在纪氏那里歇晌午的时候,就爹着胆子问:"太太,我还想要个白玉葫芦。"小玉蝠她那里还有,那样好的羊脂玉却没有了。

纪氏听见挑挑眉毛,搁下账册问她:"六丫头要那个做甚?又要打结子用了?"丈夫连宿了一月,纪氏消瘦下去的脸盘又渐渐丰腴起来,脸上不搽胭脂也透着好气色,对明沅更是越来越和气。

明沅觉得这些话说不出口,配着她这副小身子,显得说起来很是羞涩:"我想给太太,也打个结子呢。"这句讨好的话说出来,她先不好意思抬头了。

纪氏立时便笑了,很有兴致地叫人开了箱子,把一匣子小玉件拿出来挑,光是白玉的就有一盒,有雕蝴蝶的,还有雕成刀币模样的,葫芦这样的吉祥样式更多,明沅拣了一枚出来,觉得这个玉色最温润,形状也比颜连章那个更小巧。

纪氏赞赏地看了喜姑姑一眼,喜姑姑也跟着笑,孩子嘛,想一出是一出最寻常不过了,也不疑有它,还当是明沅让她教了出来,真的知道尽孝了。

给颜连章的是石青色,纪氏就不能用这么重的,明沅捡了桃红丝绦出来,又像模像样地理好了金线,打起双钱结来,等葫芦串了进去,琼珠见纪氏有兴致,也跟着凑趣儿:"这下边该垂上八条串珠儿才是,这个挂在身上才好看呢。"

说着又去拿了一盒珠子来,她帮手串了一条青玉的,一条石榴石的,四条绿四条红夹着花排开来。

这样复杂的结子，就由着琼玉收尾了，等一个打完了，她又看那枚刀币："给哥哥也打一个。"纪氏脸上的笑意更深，握了她的手："打这个伤眼睛，明儿再给澄哥儿做，先拿这个馋馋他。"明沅抿着嘴巴笑了，大眼睛一弯很是讨喜。

明潼自小便是小大人，自会说话起便没撒过娇了，到养了澄哥儿，纪氏才觉出些当娘的乐趣来，如今有了明沅，跟养个男娃儿又不一样，她伸手摸摸明沅，逗她道："咱们沅姐儿，想不想出去玩？"

明沅一下子怔了，瞪大了眼儿，葡萄仁似的黑眼睛瞪得圆圆的，她自来了这里，连上房的院落都没出过。

这副模样把纪氏逗乐了，她以手作梳帮明沅把散在额前的头发抚平，正要说话，澄哥儿下学回来了，他先是行了礼，因着跟明沅熟了，也不等她下来，自个儿甩脱了鞋子爬上榻去，身上还挂了书袋，喜滋滋地叫了一声"六妹妹"。

又叫了一声娘，脸上得意扬扬地笑，纪氏见着他这副模样，眼角眉梢都蕴着笑意，故作不知问道："澄哥儿今儿在学馆里，可用功了？"

澄哥儿本来就受了先生夸奖，早就忍不住要告诉纪氏，此时听见她问，下巴都要翘起来了，伸手拿出一方砚来："先生说我字写得好，送我一方砚。"

纪氏看得严，澄哥儿早就养成了习惯，便是冬天下雪也一样练字："先生说了，这是暖砚，就是冬天写字，墨汁也不会结块了。"

明沅忍不住要笑，穗州的冬天连雪珠儿都不曾下过，外边池子的水都冻不住，纪氏院子里的大缸一样养着活鱼，墨汁儿怎么会冻得住，她冲澄哥儿刮刮脸皮。

连纪氏听了都忍俊不禁，澄哥儿还不明所以，捧着那方砚宝贝似的看，纪氏拿过来一看："是个蟾宫折桂的，倒是好意头，给咱们澄哥儿摆到书桌上，日日看着，想想先生的教导，日后真中个状元回来。"

澄哥儿昂着小脑袋神气得不行，听纪氏这样说一点也不羞："嗯，我做状元，娘就是诰命！"

这些话他打小就听丫头们说，半点也不觉得不好意思，倒是纪氏听见他说这个，一把搂了他："好，我们澄哥儿有孝心。"说完了又看看明沅:"沅丫头也有孝心。"

澄哥儿屋子里的好东西多得很,光是砚台,明沅就见过一匣子装了七八块,里边各式各样,圆的方的钟形的还有八卦的,都是描金雕花的,寻常也不拿出来用,只摆在案上赏玩,他却独独把这一块当宝贝。

明沅伸头去看了,他还缩缩手:"只许看看!"不许明沅拿手去摸,明沅就真的只伸头看看,纪氏伸着手指点点澄哥儿的脑门儿:"我们澄哥儿可不是小气的。"

澄哥儿叫戴了这么顶高帽子,噘了嘴巴充大方,还不舍得叫明沅拿着,伸手出去,偷睨着纪氏道:"就摸一下。"

明沅抿了嘴摸了一下,他飞快地抽回手去,急着要回房里把这方砚摆到案上去,拿绸帕子包了,都不许琼玉接手,自个儿走到暖阁里头,把这方砚压在了那一锦盒的砚台上边。

一屋子乐意融融的,颜连章却在这时候回来了,纪氏见他脸上神色有些不好看,心里先是一跳,澄哥儿牵了明沅站起来给颜连章请安,吱吱喳喳告诉他先生赏了一方砚。

颜连章对这个养在上房的儿子很是看重,冲他点点头:"既这么着,把爹爹那方雪纹石的镇纸也给你。"

澄哥儿眼睛都亮起来,纪氏心里怕是京中有事,打发了丫头带两个孩子下去吃点心:"今儿厨房备的玫瑰鹅油酥饼儿,叫烫两张来给哥儿姐儿用,吃完了好去习字。"

澄哥儿也瞧出颜连章气色不对,他伸手就牵了明沅的手,两个孩子彼此看看,澄哥儿觑着颜连章看不见冲明沅吐吐舌头,排在一起说句告退,手牵了手回暖阁里去。

纪氏自家走上去给颜连章绞了帕子擦汗,软声软语地问道:"老爷今儿怎么下衙恁般早?"

颜连章重重叹了一口气:"才接着家信,大伯只怕不好。"

纪氏一听就皱了眉头:"是三弟来信了?"嘴上说话,手上不停,把颜连章的外袍脱下来,替他解了官服腰带,挂到架子上。

颜连章坐下连着喝了两杯茶才缓过气:"大哥那头的差事倒不紧要,做学问嘛,翰林院又不少了他,便是在江州也是一样做,我这头的差事若是搁下,再拾起来可不容易。"

穗州地界好比肥肉,不说在任的,就是挨着过一遭那也是沾得满身油,颜连章好不容易得了盐运司运判的职位,为的却不是往盐引上边动脑筋。

盐引自然是最暴发的,可沾着手难免不叫烫出泡来,颜连章心里明白,家里有些产业,可官场上却无能人,他上任后跟着盐运司使和几个同知运判做了两回卖盐引的勾当,再往后便收了手,由得他们去发那不义财,自家还是老老实实地做起了丝绸生意。

穗州守着口岸,他自家不去担那海船出海的风险,只贩货,把江州收的那些绸缎纱罗绢布卖出去,再收了洋布洋玩意儿贩到富贵地去卖,回回船都是满着来,再满着回去,本大利大,当职这几年,虽不比卖盐引利厚,赚的却是安心钱。

可若是大伯没了,便要回去奔丧,一来一回少说也要半年,寻常职位好说,盐道的位子,人在上头坐下,下面就有一群人虎视眈眈,等他守完了孝,差事只怕也叫别个担了去,横竖等他回来也只有三五个月的位子好坐,不如赶紧谋划条出路。

纪氏一听这话心头一跳,拧了拧眉头,接过颜连章擦汗的巾帕挂在盆边,不动声色地问道:"三弟信里可写明白了?"

纪氏想的跟丈夫又不一样,颜家上一辈还是只有两个儿子,颜大伯娶亲之后一直盼着生子,女儿倒有两个,却就是没有儿子,便从自家弟弟这里,过继了一个。

颜丽章虽是老小,却是大房,因着颜大伯身子一日比一日差,他到现在却又没个儿子,只刚得了个姐儿,夫妻两个日日给菩萨上香磕头,蒲团都不知磕破了多少个,后宅里就是没个动静,这回写信来,只怕是想在颜大伯闭眼之前,还过继一个到大房名下。

上头的大哥颜顺章倒有一子,可他自个儿只有一个儿子,没道理把颜明陶过继过去,而颜连章这里,刚得了第二个儿子。

颜连章摇一摇头:"大伯的身子你知道,吃了多少年的药也不见好,春秋里总要犯一回,三弟写信来,叫咱们先有个底。"

纪氏听见信里没提,便把心头这点疑惑咽了回去,既是没提这一茬，怕是还没露出这个意思来，纪氏心里这样猜测是因着弟妹袁氏在她面前露过口风，说不独谁家先有了第二个，也总算能有条后路。

颜顺章娶的是恩师的女儿，成亲之后恩爱甚笃，家里别说小妾姨娘，连个正经通房都没有，两人连着生了两个女儿，好容易才得着儿子，也算是有了后。

纪氏自家虽没生养男孩出来，抬的妾却有儿子，也算是有后的。独独只有颜丽章，妾跟通房都不少，他那个院子都快住满了人，可就是没个儿子生出来，袁氏自个儿也没曾生养，只有一个庶出的女儿，夫妻两个当作眼睛珠似的养着，还打过招赘的主意。

丈夫不先开口说这些，纪氏只作不知，眯姨娘发动的时候，她就想到这个，等下边婆子报说是个男孩，她嘴角再松不开，这件事就一向压着，推说孩子还没满月，不曾写信回去报喜。

纪氏脸上无异，心里却翻了起来，若是安姨娘所出，倒也还罢了，偏偏是个不肯老实安分的眯姨娘，她的儿子要是承了大房，颜家一半儿的产业便算在沣哥儿的头上，到时候，眯姨娘一家子还不尾巴翘上天。

纪氏起身往外吩咐一声："卷碧，煎一壶凉茶来，天燥了，给老爷下下火。"她一边说，手一边攥紧了拳头，打定了主意，绝计不能叫沣哥儿承了大房。

第十四章

颜连章还没想到过继的事情上来，脑子里还盘算着生意，若真个回去办丧事，那一家子就都是要去的，须留两房人家在此地，他同那些船商货商都是旧识了，做生不如做熟，生意不怕做不下去，可这口袋肯定不如原来满当。

在位的地方官儿，还能压一压，等他离了穗州，这摊子事却该由谁来接手，家里人丁若是再旺一些，便没这许多烦恼，可若人丁旺了，也不会攒下这许多家财来。

颜连章用手指蘸了杯子里的水，在黑漆贴贝的梅花小朵上写起字来，丝绵生意归了谁管，那采买进货的生意又由着谁来管。

"我看高庆高源两个倒还妥当，高源跟着我进过货，两边通了声气，虽不比如今做得大，这门生意也不能断了，长做才长有嘛。"颜家兵祸起家，第二代是收租的田舍富翁，第三代开始行商，虽则代代都读书，却是到了这第五代，才有两个儿子做到了从五品的官儿。

他正打算着，外边琼珠端了托盘上茶来，纪氏接过来，琼珠便又退到落地罩外面，跟琼玉打了个手势，两人把帘子放了下来。

纪氏拎了壶把往杯里倒茶，端到丈夫面前往他身前推一推："别喝那个了，瞧你急的，喝杯凉茶静静心。"

丈夫待睐姨娘宠爱，一半是为着这个儿子，纪氏心里自然也是难受过的，不醋不酸不是女人，可她明白轻重，她自小到大，看的听的知道的，便是怎么做好当家主母，要持得住，要端得起，要平得了后宅。

可要压着睐姨娘，她却半点也不会手软，她往上爬的手段就不干净,原来的程姨娘跟安姨娘都是她抬起来的,先是通房丫头,等有了孕再抬起来当姨娘。

张姨娘是上峰送进宅子里的,也是一般无二,生下姐儿来,这才摆了一桌席面开脸。可这个眯姨娘却是自个儿爬了主子的床,这就是不规矩,没把正室放在眼里,就该整顿,就该让她知道怎么当妾。

纪氏自然是知道那个小院里都有些什么事,可她不想伸手的时候,便不伸这个手,这个女人如此短视,她心里怕什么,纪氏也很清楚,她怕明沅是傻子,她的这个姨娘就当不成了,不独当不了姨娘,府里也没了她的立足之地。

纪氏一看见她就跟咽了苍蝇一样恶心,因着这件事她把书房里的小厮挨个儿换过来,连眯姨娘的娘老子也停了差使,打发回了老家,可梗在心里这口气却怎么也咽不下。

明沅大病一场,纪氏是知道的,她等了几日,到底不忍心,她下不了脏手,既然知道了,就不能不问,这才差人把明沅抱过来,又把眯姨娘身边那些人心浮动的奴才都换过一回。

姓沈的养娘头一个该杀,若这个还生了女儿,留着她倒无碍,可这一胎生了儿子,就不能让哥儿身边留下这样的人来。

只恨她自个儿没有儿子,若她自己有子,下面就是孙猴子大闹天宫,她也能八风不动稳坐钓鱼台,纪氏缓缓吸了一口气,坐到丈夫对面:"上回送去的高丽参,不是说吃着好些了?明儿叫人再送些去。"

颜大伯自三十岁上便一直病着,三兄弟从小听到大的都是大伯又吃了多少药,一年怕不要花销个千把两来吃那些人参补药,原来家中就富贵,就是金玉药丸也吃得起,等到顺章连章两兄弟当了官儿,更是有什么好东西就往家里送。

一向康健的亲生爹娘早早没了,这个药罐子伯父,却每每看看不好,以为他要撒手了,那一口气儿又吊了回来。

家里有福的老寿星棺材板上要过几十道漆,他却是早早置下一块桃花洞板,传说切开来那日,满堂都是木料香,这副板子如今都上过三十多道漆了,三兄弟人前不说,背地却常猜测着,说不得这副板儿就要上六十道呢。

纪氏见丈夫还在盘算生意，抽了帕子抛过去，一下遮住了桌上的水渍，丝帕吸饱了水，皱皱地贴在漆案上，颜连章叹一口气，抬头笑看了妻子："三弟这回来信又是不同，说得比原来凶险好些，咱们还该早谋打算才是。"

纪氏听见丈夫嘴里说着"咱们"，眉梢攀上些笑意，嘴儿一抿，话里却是埋怨："叫别个瞧见了，还当你是巴不得守着孝呢。大伯虽久病，却也有惊无险地过了这许多年，盘算这些太早了。"

"也不算早了，明岁开了春，我这头的差事就要卸下来，这儿的生意利大，再不能扔，我看着是不是支个铺子起来，等咱们离了这地儿，倒没么些讲究了。"颜连章摆摆手，还只皱了眉头思索。

颜家发家靠的就是谨慎，这两个字算是刻在了骨子里头，当官的不许经商，那是给上面看的，到有力道置产做生意，哪里还用自家出面，有门客有陪房，还有捧着产业来投靠的商户，管着庄园地产铺子，得利的还是主家。

"我看高安家的便不错，倒是老实人。"颜连章才说这话，纪氏就笑了："你打量的主意我也明白，可我身边哪里就能离了她，若要回去治丧，人手调派更离不得她，总得办得像样儿才是。"

她这话一说，颜连章也皱了眉头，大嫂梅氏是个十指不沾阳春水的才女，你让她画山水长卷四季行乐图，她是行的，你要让她操持家事，那是半点都靠不住。

三弟妹袁氏更是不堪用，她因着没生养，只觉得比别个矮一头，连大房主事都办不下来，族里每每有事，都是纪氏顶上去，若大伯真有个好歹，还真离不开身边这些人。

纪氏垂垂眼眸，心思立时就转到了人选上边，开口先是回绝，再把因由点了出来，高安就是安姑姑的丈夫，后宅要平，略抬一个打一个便是，台子搭得越高，可不是自个儿给自个儿寻敌手。

安姨娘自然是老实的，后宅里一个老实一个短视还有一个是愚钝，偏是这个老实的最有眼色，既然老实了，就得让她一直老实下去。

颜连章听了这一句也不再说话："那成，你想想，总得挑一房你的陪房出来，两边看着才是。"

纪氏抬起袖子掩口笑："你倒好，把这差事落到我头上，叫我唱白脸儿，还晓得制衡了。"说着伸着玉葱一般的手点点他。

纪氏少有这样娇的时候，颜连章见着上房里无人，挨着她坐下去，凑上去就香了一口，握了她的手，看着涂了红蔻油的指甲搓了两下："我是想着，把这洋行生意，就给你身边的人来管着。"

纪氏一惊，洋行看着才兴起来，可利润却不比丝绵少，穗州出船运出去的，多是瓷器丝绸，运回来的东西却是千奇百怪，颜连章一向是拣贵重的好东西进，珠子宝石在本土价贵，在外头却是能用丝绸瓷器茶叶来换的。

那样一匣子一匣子的红蓝宝石金刚钻，三成不到的价儿就能换了回来，纪氏到了此地头一样收的就是这个，放到别的地方稀罕，在穗州连小官员妻室头上，也能戴得起小指甲盖大的红宝石首饰。

收这样的贵货，自然不能在本地卖出去，颜家在江州金陵俱有铺子，这些贵重东西，不单卖出去，或是嵌成套件，或是由着宫里头收罗了去。

颜连章到得此地两年，颜家闷声不响的，在江州可又置下田地茶园来，靠近两京地不好买，江州的上乘水田也不易得，颜家攒下千亩良田就费了几代之功，有田才是真的有了立身的根本。

田地茶园的出息是老三在打理，丝绸生意就都交给了颜连章，三人里边大约也只有大房除了公中开支再没别的进项，各房里边有些打算寻常得很，又不是啃了公中的钱，年年都要对账，还年年都分得比旧岁更多些，谁也没有二话。

可颜连章一开口还是把纪氏给吓着了，她才要开口，就叫颜连章搂住了："你这些年辛苦我都瞧在眼里，别样生意动不得，只好单把洋行拎出来，往后这一份儿，就是给明潼的。"

纪氏吸一口气，还是忍不住红了眼眶，她抿了抿嘴儿，到底没有忍住，伏在颜连章肩上抖了身子啜泣，颜连章拍了她的背："你心里有些苦楚，我也知道，咱们但凡有个儿子，往后那些我再不看一眼的，唉。"

纪氏听他叹这一口气，心里更是难受，颜连章拿袖子给她拭了泪，哄她道："咱们有个明潼也了不得了，若是个似她这样的男孩儿，我再不作他想。"

　　琼珠先还在外头听，到得后来听见里边声音轻下去，再响起来又不同以往，臊红了张脸，拉了琼玉退到门外边，又吩咐烧水备着，两个丫头彼此笑看一眼，俱都抿了嘴儿笑起来，看着老爷的脸色还当要不好呢。

　　暖阁里边澄哥儿吃了玫瑰鹅油的酥饼子，一口咬下去起了七八道酥，他有什么都先想着纪氏跟明潼，问明沅要了只碟子，小心翼翼地拿了两张摆在上边，想拿去给纪氏吃："等爹吃了饼，就不生气了。"颜连章脸色难看，他也觉出来了。

　　明沅跟在他后面，抬眼看着琼珠琼玉两个脸上变色，再一看都退到了门外边，知道里面定然在说重要的事，等澄哥儿走到门边，明沅也听见那声儿了，两个丫头拦了澄哥儿："好哥儿，太太正困午觉，等会子再来吧。"

　　一面说一面侧了耳朵，从来也没闹得这么响，今儿也不知怎么了，澄哥儿还不肯依，明沅却拍了巴掌："我刚从太太那里得了刀币，要不要看？"

　　澄哥儿立住了，把碟子交到琼玉手里，还嘱咐她等纪氏睡醒了就要送给她，伸了手拉住明沅，去她房里看玉刀币，两个丫头松口气儿，又不禁红起脸来，往廊下挪了点，这倒真像是闹猫儿了。

第十五章

纪氏穿了件浅湖蓝染烟霞色的软绸长衣挨在榻上,头发一把挽在脑后,留出一束来,扣了朵水滴红宝的金花搭在胸前,长衣下摆那染就的氤红色映得她满面春意。

她自个儿不动筷子,一只手撑在引枕上,一只手掩了口懒怠怠地打个哈欠,琼珠舀了碗汤出来:"太太喝个汤吧,这鸡是才从庄子里边送上来的,皮子可脆呢。"

酸笋鸡皮汤,鸡皮拿热水冷水反复焯过,焯的每块鸡皮只有指甲大小,又脆又鲜,明沅吃了一碗,又指丫头再给舀一碗。

卷碧拿过汤碗:"六姑娘吃得真香。"可不是香,她饭量不知比明湘明洛两个大多少,那两个年纪比她大一倍,只吃小儿拳头似的一团饭,全靠点心补足。

明沅不挑食吃得多,端上来什么都吃得香,引得澄哥儿也吃得多,纪氏同她一处吃饭,每每都能多用小半碗。

"倒是跟大囡一个样儿,光看着就馋人。"纪氏到底点了头,拿着汤碗拿勺儿舀了小口小口咽着:"四丫头五丫头两个,还不如小猫吃食,似沅丫头这样倒好,圆脸盘儿有福气。"说着伸出手,捏捏明沅的脸蛋。

明沅原来瘦歪歪跟棵豆芽菜似的,她病着,厨房不住给她上清火的东西,素的不见一滴荤油,满眼都是青白两色,人越是饿越是没精神,到上房养了两个多月,尖下巴还在,两边面颊却生得圆润,红扑扑像喜果似的讨人喜欢。

颜家一日三餐除外，还有一顿早点心一顿午点心，每餐吃七八分饱，夜里便不再上点心，却得喝一碗杏仁茶，这倒是穗州做法，去了皮，拿杏仁磨出浆子来煮过了再滤，还是明潼先爱上了，夜夜都要点一碗，澄哥儿也跟着一样吃，明沅来了，厨房便多上一碗。

搁了麦芽糖，喝了一肚子热气，身上热烘烘地进被窝，连病都少生，明沅身子圆了，脸盘也跟着圆起来，手脚也跟着长，不是个大头娃娃了。

明沅还不挑食，自她来了，澄哥儿果瓜菜蔬也都跟着吃得多，他原来便是个肉祖宗，会吃饭就先要肉，厨房为着讨好他，把肉炖得稀烂出汁，把肉碎拌在蒸熟的米饭里，这样鲜口的东西一吃，哪里还肯沾菜叶子。

纪氏肯带了明沅一道用饭，先是看她筷子使得好，桌前不落饭粒儿，又看她不挑嘴，便把这个功劳算在了喜姑姑头上，想是养病那一个月，把吃饭的规矩立起来了。

纪氏吃了一碗酸汤开了胃口，端了饭碗还想着丈夫："那雀儿粥可得了？给老爷送一碗去。"

澄哥儿听见雀儿想到了炸麻雀，放了碗说："我也吃粥。"

不独纪氏笑了，几个通些人事的丫头都抿了嘴笑，倒是几个小丫头都跟明沅似的不明所以，纪氏面上绯红，到底是白日里做了那事儿，心里虽甜也怪自家竟没持住，她摸了澄哥儿的头："等澄哥儿大了，便也能吃了。"

用过饭照例是闲话一番，纪氏今儿却没问两个孩子的功课，由着他们在罗汉榻上玩，自家却拿了账册吩咐："明儿开了松雪堂，叫几个管事都进来对账。"

松雪堂在外院，每回纪氏对账都在此间，架起大屏风，婆子们在里头回事，账房先生便立在屏风外边回事。

既颜连章开了这个口，纪氏自然不会把到手的洋行推出去，本来这些账册也是由着她来打理的，颜连章那里请的四五个账房，回回都是跟她报账，若要回去，这头的事便得理出个头绪，才好挑出接手的人来。

"节前才盘过的,还不到一季呢,太太仔细伤了精神。"琼珠端了香汤来给纪氏净手,又拿小银勺子挖了团羊油给纪氏抹手。

"晚做不如早做,把事儿了了,走的时候也更清爽些。"纪氏说了这话便不再言语,记着下午许了明沅出去玩,便吩咐了喜姑姑,"明儿许沅丫头往院子里走一遭,看看花树,别往水边去。"

琼珠琼玉几个彼此一看,琼珠应了一声,转头出去吩咐,安姑姑用了饭来,见着她出来问了一声,琼珠便把外头要盘账的事说了。

安姑姑原是要进上房的,听了这话却不顿住脚步,跌了腿儿道:"又混忘了,姨娘还有东西要奉给太太呢。"

琼珠听见便只笑不接话,推说身上有差事,赶紧走了,一路走一路扯了琼玉的袖口,点点月洞门:"你且瞧着,看她等会子出不出来。"

两人走到墙廊边上,往花荫里一钻,琼玉不敢挨了花枝,怕有蛇钻出来,两个半矮了身子往正院里看,等了一瞬,就瞧见安姑姑的影子一闪,又从正院里出来了,一路往延松院去。

琼玉赶紧闪身出来,抖抖身子上的花瓣,奇道:"原也没走得这样勤快,怎的这两个月常去?"

琼珠从鼻子头轻轻"哼"出一声来:"还不是为着六姑娘来了。"她说的这一句,看琼玉还不明白,便喷了下舌头:"六姑娘不曾来时,除开三姑娘,哪个排在前头?"

便是琼珠不说,琼玉也明白过来,伸出个巴掌来,又把拇指弯下去,比了个四,掩了口道:"怪道呢,可六姑娘已经进来了,难道还能出去不成?"

"你管这个作甚!"琼珠点点琼玉的额头,"太太是什么样的人,这些个不过往她跟前现现眼,管她出什么法宝呢,咱们只不听不问便是。"

安姑姑一路往延松院里去,这时候已经掌了灯,她一进院门就先左拐,脚步不停地进了安姨娘的屋子。

却叫张姨娘身边的绿腰看了个正着,她先是盯了对门看,等银屏出来放了帘子,才哼一声,拧了腰往张姨娘屋子里头去:"甚个事体一日要登两回门,那边,连帘子都放下来了。"

张姨娘还在哄着明洛多用一口焖梅花扣肉,明洛皱了眉毛,把碗一推:"我不吃这个,我要吃雪花酥!"张姨娘只好由着她不吃,吩咐丝兰去厨房里要点心,丝兰为难道:"今儿已是要过两道了。"

张姨娘摸了钥匙去开钱匣子,摸了一把钱,数出二十个来,回头还数落明洛:"便是你日日要吃点心!吃便吃了,玉兰片儿不成?非得拣那贵的,一个月的份例,够你几餐的。"

明洛叫说得噘了嘴:"我不吃,拿来了我也不用!"鼓了嘴儿发脾气:"明沅就有点心,她问厨房要,怎的从来也没摸出钱来?"

"你跟她比,得个琴罩子就高兴成那样,按我说,不如把上头的珠子绞下来,攒一攒也好串朵珠儿钗,盖在琴上,能吃还是能戴?"张姨娘嘴上出气,到底还是心疼女儿,又添上几个钱,打发了丝兰往厨房去要雪花酥。

自个儿往窗前一张,见那头屋子果然放了厚帘子,遮得光也不透,冷哼一声:"多早晚了,还来一回,绿腰,你且记着数,看看咱们太太跟前的得意人,一月迈几次门槛。"说着挑起一抹冷笑,晃了身子坐到桌前,面前好几道菜都不曾动过,挥了手赏给绿腰采桑。

安姑姑进了门也不行礼,倒是安姨娘从临窗的榻上站起来给她让了位,还给安姑姑腰后边加了个小锦垫,她这里吃用得简单,母女两个不过一碗水饭,几碟子瓜素,还有一尾五香鲤鱼,肚子中间这段给了明湘,她自个儿只吃鱼头鱼尾。

安姑姑眼睛往桌上一扫,看了侄女一眼:"你这儿怎么连个大荤都无,攒下这些钱来,又能为你弟弟抵上多少?"

说着看看窗沿上边搁着的竹箩,里头一副抹额已是做了大半,她拿出来一看,精勾细画,绣的凤穿牡丹,中间空出来,两边也还没上珠子:"太太那头接着信,不日就要回去的,你弟弟才在这儿当上差,若能留下来跟着管事,油水还不足足的。"

原没明沅的时候,便是明湘最得纪氏喜欢,如今明沅一来,生生压了明湘一头,再乖巧也比不过放在眼前天长日久地看着更有情分,这还是刚来,等日子再长些,还什么好的落到手里。

原来太太是喜欢她老实本分,也拿捏着不酸不醋,身上不舒坦那几日,总劝着老爷往安姨娘这儿来,如今却似换了个人儿,巴得死死的不放,小日子来了还不松口,怕是叫对面院儿里那一个给燥上了。"

彩屏泡了茶来,安姨娘亲手接了递过去,说起话来还是软绵绵的:"我能帮补些,便帮补些,这样的好事儿,别个争破头都挤不进去,哪就能轮得着我了。"

安姑姑急吃一口茶,叫烫得又吐进盅儿里,往桌上一搁,抽了帕子拭嘴角:"轮不着你,你就不能想想法子?这些年你在太太跟前一样没少侍候,小心可意地奉承着,如今呢?一个后来的都把姐儿比了下去,再这么一味地管着自个儿的嘴,勒紧了裤腰,那五百两银子就能还得上了?"

安姨娘脸上一红,看看明湘,打发她往小间里去,自个儿拉了安姑姑的手:"姑姑,且小声着些,叫姐儿知道不好。你也知道我,见着老爷就发怵,哪里还能开得口,说那些话。"

"老爷是个念旧情的,前头那个没了,你便是他身边跟着最久的,到底该疼你些,等他来了,你把他侍候好了,再开口说些难处,你不会说话,哭会不会!"安姑姑急得直跺脚,一手指了梳月院,"你看看对院儿,会个甚?会哭!"

说完了这话又凑到安姨娘耳边:"太太小日子过去半拉月了,你勤快些,把东西做得了献给太太,她少不了你的好。"说着咬咬唇儿:"老爷也馋得很了,今儿,下午,就在房里腻上了!"

安姨娘一张瓜子脸羞得通红,搓了手不住往后靠,叫安姑姑一把拉住了:"你便不为着姐儿,你也想想你弟弟,他在外头还悬着呢,你手头那点子死钱,可够他活命?"

安姑姑来得急,说完这些,又趁了夜色掀帘子出去,安姨娘独个儿坐了会子,扬声道:"玉屏,把灯拨亮着些,我做活计。"看看桌上摆着的茶盅儿,拧了眉头:"把茶倾了去,那一壶都不要了,再给我点一醅壶来。"

第十六章

桃花才开过一茬，接连着杏花纷落海棠吐蕊，花园子里见得着绿意地方开了满眼的花，红黄白紫一片连着一片。

明沉还是头一回被抱到院子里来赏春，说是春天，往太阳下边走一遭却能起一层薄汗，采薇采茵两个给她打了伞，采苓采菽在后头端了香炉拎了食盒，九红抱着绣花坐褥，到了院中的凉亭子，搁在石头栏杆上边，叫明沉挨着坐。

明沉自抱到上房之后，一步都不曾踏出来过，再早的就更不记得有没有出来过，还是采薇说："姑娘可是头一回来院子里头赏春。"她是老宅里跟过来的丫头，待明沉看完一圈就道："这儿的院子小了些，老宅的院子便是走上三天也玩不尽。"

明沉待得越久听得越多，也就知道得越多，颜家的祖宅在江州，金陵也有一处老宅，她听纪氏说过两回，说如今住得浅了，连个绣楼都没有，委屈了澄哥儿还要住在碧纱橱里头，等回去了每个人都能有自个儿的屋子。

九红眨着眼儿问："采薇姐姐，老宅比这院子还大？"她是当地收过来的丫头，八九岁买了来，调理了快一年才送到上房当差，除开手脚伶俐，还学了一口南边话，那些话都学不会的，便是再机灵能干也不能到主家房里当差。

还是纪氏给定下的规矩，怕把哥儿姐儿说话的口音带歪了，女儿家大了要交际，男儿郎更是要紧，原来就闹过笑话，殿试的时候皇帝跟士子鸡同鸭讲，管你文章做得一团锦绣，开口俱是乡音，皇帝一个字儿都听不懂，便是有状元之才，也都列到三甲外了。

九红跟着姑姑学久了，一口吴音，问起来娇脆脆的，可明沅还是能听出差别来，她说话，便不如采苓说话软糯。

她有心逗九红说两句本地方言，九红怎么也不肯，乐姑姑调理人很有一手，等这些小丫头学得一口江州口音了，冷不丁就往她们脚下砸盘子摔东西，一声脆响还不曾说出乡土话来的，才能往上房里送。

九红像模像样地跟采苓学过，她叫的那一声是地地道道吴人说话"要死哉"，就是这一句，她虽年纪小些，也一样能到上房来当差了。

"老宅可大，各家都有花园子，围起来又有一个大花园。"采薇不说话，采苓却兴致勃勃地跟九红论道起来，她们两个年纪相近的，又是一样爽快的性子，很能说得到一块去："我才进园里当差，怎么也不敢一个人走，就怕走岔了道。"

九红吐吐舌头："到了老宅我就跟着采苓姐姐。"

连明沅都听住了，采薇这才笑着开口："说给姑娘知道，金陵的老宅子是个品字，咱们这个房头的，住在东边的口里，大老爷家住在西边，长房三老爷家住在南边。"采薇说起来便比采苓细致得多，明沅在心里比划了一个品字。

她知道颜连章就要卸任了，这处本就是官衙，纪氏住着一向不如意，嫌湿气太重，她的房里还又加过一层板，明沅住的暖阁本就两面是窗，天气一热蚊虫也多了起来。

为着怕虫子爬进来咬了她，早早就糊上了青罗纱，把雄黄粉调在水里，日日拿个这水喷在纱上边，纱经不得久染，费得厉害，每十日就要换一回。

墙角屋角都撒了石灰雄黄，便是这样，喜姑姑还怕明沅叫虫叮了包，屋子里是天天都要熏的，夜里睡觉还细细地把帐子掖过，就怕有小虫儿飞进去，下房的丫头便是睡觉的时候叫虫子钻进了耳朵，撒了杀虫子的粉，流了好些天黄水。

小丫头们闲话的时候说起来，连明沅都怕了，怪不得纪氏的正院里也只在廊道边上种了花，别处种的都是一丛丛的如意草七里香，专为着防虫，采薇还说过此地蛇鼠多，天一热就全跑了出来。

采薇怕她在花丛里边挨咬,半是吓唬半是劝告:"姑娘只坐着看看便是,这儿的长虫可厉害,生许多脚,张开口就要咬人。"

毛毛虫明沅倒不怕,就怕是蜈蚣,可出来玩的,干坐着看又觉得没意思,采苓跟九红两个便去拣好看的花剪两枝下来给她玩,拿着竹剪子去了,采薇还在后边叮嘱:"仔细着盘在枝上的蛇。"

明沅听见树上有蛇赶紧摆手:"别去剪,不要了。"采薇转头看了她就笑:"姑娘不怕,园子里冬日先清过枝条灌木了,只仔细着些便是。"

垂丝海棠挂了满树,把绿叶都密密地遮了起来,一眼看上去还当这树上只长了花,没生叶子,曼陀罗也开得好,一大片红的,倒有两株是白的,很是打眼。

纪氏在堂前跟管家婆子对一季的账,另几个都去了学里,院子里只有明沅一个,小丫头子有事经过俱都到亭前来给她请安,问一句六姑娘安,这才去回事。

闹得采薇哭笑不得:"这怎么好,出来时也没带着匣子,上来问了安了,连个赏钱都没得发。"心里到底还是高兴,显见得明沅受了看重,若不然便是白白坐一天也没个来问好的。

不一时那个往厨房里回事的丫头端了瓷碟子过来,里头装了十几只蜜饯无花果,采薇接了碟子一把拉住她:"你是哪儿的?叫甚么名儿?等会子往上房领赏钱去。"

那小丫头搓了衣角不说话,等采薇再问,她才道:"我叫麦穗儿。"采薇一怔,才又接着笑:"倒是好名儿,等会儿你在门边,我让九红给你送出来。"

麦穗儿是梳月院的丫头,梳月院里住着睐姨娘,她手里还拎了食盒,想是给沣哥儿送的,采薇往前两步,不让她到明沅跟前来:"你还当着差,便不留你,可记着来拿。"

小丫头这才去了,明沅睁着眼睛作瞎子,只当没瞧见,侧了头去看凉亭边上伸出来的花枝,不一时细竹箩筐里边摆满了各色香花,九红一张脸晒得红扑扑,捧过来摆到石桌上边:"我给姑娘编个花环儿。"

扯了细柳条,一朵朵地串过花萼,扎出个小花环来,让明沅拿在手里玩,厨房里不一会子又有送茶的来,采薇接了,那丫头看看正拿着花环的明沅,笑盈盈道:"送给姑娘清清口。"道了句又往回去。

采薇这回忍不得了,她指了采苓:"你且回去抓一把大钱来,叫厨房整治两个像样的点心,这么干坐着等人送,缺这个不成。"

采苓拎着裙角便去,九红瞧见了躲过一边,还是采菽给明沅倒了茶,又拿帕子托起一块来送到明沅手边,无花果拿蜜腌渍过也一样不好看,咬开来密密麻麻的籽儿,她原来就不爱吃,摇了摇头,采薇便道:"不吃也罢了,等会子有姐儿爱吃的。"

要了一个葛粉水馒头,可还没等送来,忽地下起雨来,九红跑得飞快,一溜烟儿跑进廊道里头,往上房去拿雨伞了,在半道上跟七蕊撞上了,正是来送雨伞的。

采薇道了声谢,抱了明沅,采菽给打伞,一路回去一路说:"倒把这个忘了,这又隔了三日了,是该下雨。"

穗州春日里多雨,看着万里无云的晴好天气,转眼就能下一场大雨,三日晴两日雨,算着天数是该下了。

一路回去都看着拿手遮着头四处跑散的丫头,拎着裙子跑到廊下躲雨,有的还哭丧了脸:"早知道便不该晒被子了。"

采薇受了埋怨,回去便告诉了采茵,采茵也是一般皱了眉头,见着无人才敢问:"厨房里头怎么说的?"

"还能怎的说,说是睐姨娘特意吩咐了的,想是坐在院儿里,叫她那院里的人瞧见了,这才闹这么一出。"采薇皱了眉毛,"她要真为着姑娘想着姑娘,就该学了那一位!"说着伸出头一个手指晃了晃。

程姨娘也是到了穗州这才狠了心去庵堂的,眼巴巴地看着澄哥儿养到三岁大全不认亲娘,没有比有还更好些,自家这个老爷又是个刚性的,同他生了儿子,他也不曾另眼相看,待她跟寻常的妾没个两样,这才丢开手,一去就是两年多。

采茵赶紧掩了她的口:"再不敢说这话,把赏钱给足了便是,这里头的事儿且扯不干净呢,那一个除开哥儿干干净净,这一个再不一样。"

采茵采薇自来了明沅这里就领了大丫头的份例,两个就住在一处屋子里边,自然更亲近些,这话闷了说过一回,平日里再不敢提起。

"便罢了,姑姑那头也不必说,没的又引出别话来。"采茵扯扯她的衣角:"姐儿吃了点心才出的房门,任谁也不好说是你没想着。"

两个丫头扯着官司,明沅已经巴巴地拿了花送给纪氏去了,纪氏才理了账册,歪在榻上叫卷碧给她揉额角,明沅一进来她便先闻见了花香,只没精神睁眼。

明沅便悄了声,一步一蹀地走到纪氏跟前,看了看她,冲着卷碧竖起一根指头做个噤声动作,把花放到榻上,又退了出去。

纪氏听见帘子又响了一声才开腔:"是沅丫头来了?"

卷碧因着妹妹在明沅屋里,也算有几分香火情,便应一声:"是呢,姐儿带了个花环来,想是要送给太太的。"

纪氏这才抬抬眼皮,见着榻边摆着的花环,一朵白一朵红的曼陀罗还拿丝绦打了个蝴蝶结子,她勾了唇儿笑一笑,困倦极了,叫沥沥雨声一催,睡意翻了上来,卷碧给她搭上红软毯,把那花儿挂到靠背边。

琼珠琼玉两个抱了一匣子理好的账册回来,往里张一张看见榻上挂着花,指了指问道:"这是哪里来的?"

卷碧抿了嘴儿笑:"六姑娘才刚送来的。"

琼珠琼玉互看一眼,低了声儿:"六姑娘倒是个可心的,那边院子的,才刚安分没几日,今儿竟还有脸来问,作甚削了她的用度。"

第十七章

"她也不想想,六姑娘都挪出来了,原就该给她减了人的,只打发了一个养娘,还想拿那个份例,真是做梦呢。"琼珠最看不惯眯姨娘,讥讽一笑:"倒还有脸巴巴地差了人来问。"

当姨娘不过就是二两的份例,也就两吊钱,上房的大丫头一人一月还有一吊钱好拿,主子手再松些,若是姨娘不得宠,当大丫头可比当姨娘阔气得多。

眯姨娘算是院子里头一个儿女双全的,别个除开拿自家那一份,还带着女儿的份例,她那里除开拿了沣哥儿的,还拿了明沅的,加起来一月倒有十六两银子,自家二两,明沅的六两,还有沣哥儿的八两,银米上边比安姨娘张姨娘还更多。

明沅正式养在上房里不过才一个半月的光景,之前虽说养病,也没把给梳月院的份例立时就断了,眯姨娘拿习惯了的,猛然断了六两银子,手头紧巴起来,想不到这一节,自然要问,管事的婆子一口给回了,臊得莲蓬满面通红。

庶出的也是主子,跟姨娘拿份例不同,颜家算得上富贵,纪氏却不肯乱了根本,各人的用度都是有定例在的,她还特地写出册子来,除开颜顺章那头没妾没通房,就是颜丽章院子里,也一并按着这个来。

春夏秋冬四时有序,衣裳首饰胭脂炭火这些不提,每日里三餐配几个菜,几个荤几个素吃的什么米,房里用的什么茶叶都是定规的,便是手头有银钱,想要把白糯换成碧梗红脂那也是不成的。

纪氏是一进门就管了家的,过身了的老太太见着长媳实是立不起来，自个儿身子骨越来越差，原还怕梅氏心存芥蒂，可才说了要交给纪氏管家，梅氏恨不得念佛。

纪氏一上手，立时就抬手整顿起来，颜家原来就人口少，再叫她一梳理，自上往下再没不服气的，样样都画出框来，有赏有罚主次分明，老太太过世前把这几样算成了家规，如今梅氏袁氏也还按着她的定例来。

睐姨娘是家生子，按理该知道规矩，竟还大刺刺地出这个丑，可不叫人讥笑。卷碧因着妹妹在明沅房里当差，总有两分香火情，怕再说下去不好看，扯开了话头："这又不年又不节，怎的今日理起账来了？"

这倒没什么好瞒，六角搬了个小锦机过来，翻着竹笋里的丝线缝贴花儿，琼珠琼玉挨在廊下坐着，见雨还不停，手头没事好做跟着闲话起来："是太太要清账，原就是一季一清的，今儿又把去岁的拿出来盘了一回，还吩咐各房有甚东西俱都记在册上，倒不知道因由。"

"便是明岁要走，也太急着些。"这几个都是老宅跟过来的，算着任期还该有一年，怎么也挨不着现在就理东西入库，只是纪氏收拾习惯了，账目干净，库里造册也勤快，各处报一遍，用得一上午事情便了了。

"这个我却知道，上回老宅那边来人送信了。"凝红自雨帘里跑进来，半幅裙子全叫雨水溅湿了，还沾了泥点子，八宝拿了毛巾子给她来擦，她拧干了裙子挨着卷碧坐下，又掏出绢子擦刘海儿上的水珠。

凝红的哥哥在外边当差，她常往二门上去给哥哥补个衣裳纳个鞋子，听他说过江州来了三老爷的人，这才说给琼珠几个听："我哥哥叫我赶紧把细小东西归拢起来，说不准甚个时候就要回去的。"

"哪会这样快？家里可还有许多事要料理呢。"琼玉听见立时明白过来，同琼珠互看一眼，"真个要走，庄头这摊子事可怎办？"

纪氏管家事是把好手，跟着颜连章两回外任，每到一地便先置上庄子田地，清心居士带发出家的庄子，便是她到了穗州买下来的。

连着山头，虽地方小些，却不愁产量，籼稻一年两熟，还有洋人带过来的玉蜀黍种子，再种些红薯山芋，春日里播种下去，又不缺雨水，水一浇苗就破了土，连年产量都高，地下长的根块人吃，地上面长的叶子猪吃。

山上还有一片果园子，甚个时节都不缺节令果子吃，还能往出卖钱，这样的庄子纪氏定不会出手，必得留了人下来管事的。

几个丫头俱都在上房里侍候久了，也知道一点宅子里头的事，正围着猜测纪氏会把谁留下来当这个肥差，安姑姑在后头咳嗽一声，大丫头们赶紧立起来行礼。

安姑姑肃了一张脸将她们挨着个儿看一圈儿，教训道："别当着窗子闲话，成什么样子了。"

她手里捧了个贴贝仙鹤锦盒儿，刚想进门，琼珠就道："姑姑，太太歇晌呢。"安姑姑猛地回了神儿，这才看见屋里下了帘子，退出来醒醒神："等太太醒了，告诉我一声。"

几个丫头面面相觑，才刚听琼珠说了管庄头的事儿，再看见安姑姑，便一个个地互换起眼色来，卷碧不肯同她们一道论人长短，看着妹妹在西暖阁前一闪，假作看见她招手："我妹妹唤我，我去走走就来。"

另三个也不在意，挥手叫她去了，卷碧见着路短也不撑伞，拎了裙角小跑两步，采荻就在屋前，看见姐姐奔过来拿了毛巾给她擦水。

采薇生了一场气，同采茵一道待在下房歇息，屋里只有采荻守着，明沅叫盖了薄毯子也在午觉，姐妹两个倒了茶又分一块蒸酥果馅儿当茶吃，两个细嚼嚼地说话。

采荻伸头往帘外一望，见琼珠几个还在檐下，凝红还伸手接了雨水，顺着指缝流出去，反手把水甩在八宝身上，几个人笑作一团。

"想是才从安姨娘房里出来，院里头鼻子最灵的可不就是她，这回怕是想留下来当肥差呢。"卷碧说了这一句便不肯再说了，采荻也不再问，姐妹两个坐着说些衣裳鞋子的事，还道，"总归我没几年就要放出去，跟她们扯这个皮做甚。"

卷碧脸向着帘子外边，见无人来点了点妹妹："你差着岁数，又不需跟着姐儿发嫁的，侍候好了便罢，往后姐儿还能记着你？自有旁的闻着香便凑上去，那些个浑水咱可不能蹚。"

她说了这句还怕妹妹不明白："那边院子可是送了一碟子蜜饯？"

采荻点了头，卷碧便又道："转头太太就知道了，如今院子小，偏这几个人里，还有人饶了舌头学话，等回了老宅子，姑娘有了自个儿的屋子,再给配上四个二等的,四个洒扫煎茶看炉的,迈一条腿十七八只眼睛盯着,且得小心在意,那边再说了好话托你传东西,你也万万不能应的。"

"我若这个都不省得,爹娘也不送我当差了。"采菽一向少话,当着姐姐的面儿却娇气起来,挨了她撒娇,明沉不睁眼都能听出她说话的时候声音里那股子娇意,在家里想必也是很受宠爱的。

她微微一动,卷碧立时便觉着了,推一推妹妹,自家站起来往外头去,采菽拍了手上的饼屑儿过来看看明沉:"姐儿可是要茶?"

见明沉点了头,迷迷蒙蒙地靠在大迎枕上,搁了下巴打哈欠,便又笑:"落雨呢,姐儿是起来了,还是再睡?"

明沉揉搓了眼睛:"想起来了,写字呢。"她今天还有三张大字不曾写,采菽点上香,又把描红纸铺开来,抱了明沉到高脚凳上,明沉坐在上边,头一侧就能瞧见纪氏的屋子。

明沉描了三张大字,又拿出花牌来念两句百花历,她还未进学,书桌上边也就没有书,却凭着记性把教过的书都背了一回,再在心里把花牌子上刻的那些字都记了一遍,手指放在腿上,挨个儿写一次。

她能看得见院里,院里的人自然也能看得见她,琼珠琼玉几个原还在闲话,等明沉张开口背书,便又一道扭头看了过来。

小人儿声音清脆,念着长短句子就同歌谣一般,隔着沥沥雨声倒显得有几分悠扬,便都听住了,里头纪氏要茶还是卷碧先进去。

雨势渐渐小下去,纪氏睡得足了,隐隐听见外头有读书声,托了茶盅儿问一声:"是澄哥儿回来了?"

卷碧把头一伸,笑道:"是六姑娘,坐在书案前头背书。"

纪氏凝神细听,果然更娇嫩些,听了一段见她一个字儿都不曾出差,点了点头:"这么着,进了学也能跟得上了,叫厨房给她炖盅糖水,润润嗓子。"

她说得这一句,琼珠也掀了帘子进来,卷碧便借机退下去,由着琼珠给纪氏绞巾子擦脸,走到门边了,听见纪氏懒洋洋说了一句:"梳月院里的用度往后就按着例来,别纵得她不知道规矩了。"

卷碧出门就先撞见了安姑姑,她手里还拿着那个锦盒儿,问一声太太起了,卷碧才点了头,她就往里头去,连琼珠都见势不对退了出来。

九红拎了食盒子回来,里头是拿白地红梅盅儿盛的冰糖蜜梨枇杷水,明沅一气儿喝尽了,拿帕子抹了嘴儿,这才一刻工夫,那边安姑姑出了门,却踩了步子往西暖阁来了。

明沅坐着不动,嘴上还是叫了一声:"安姑姑好。"

她原还只张望,听见这一句,赶紧笑团团地回了一声:"六姑娘安,喜姑姑可在?"等采苓指了不在屋里,她就又往下房去寻。

采苓打了细纱帘子进门,指指外头:"今儿吹的什么风?那一个竟来了?"

明沅没见过安姑姑几回,进西暖阁里还是第一次,只知道安姨娘老实得很,可她听了几句卷碧的话,知道上房有事,咬了唇儿扫过两个丫头,忽地蹦出一句:"安姑姑做客,采苓上点心。"

两个丫头"扑哧"一笑,采苓权当哄了她玩儿:"是,我们姑娘连上点心都知道了。"她原也要预备点心的,便是大丫头来,小丫头也得看茶,看看圆桌上头摆了两碟子橘饼芝麻糖,各挑了一些出来,又把那蜜饯无花果也拣了几只,一路往喜姑姑房里送去。

过得会子,她面带异色小跑进来,一把拉了采苓:"你可知道,咱们家去,喜姑姑留下便不走了。"

第十八章

  明沅听这一句话,心都吊到了嗓子眼儿,如今她房里能靠得住的便只有一个喜姑姑,要是喜姑姑留下来,她在上房里便没了帮衬的人。

  喜姑姑总归是服侍过纪氏的老人了,在上房待这许多年,纪氏的秉性脾气最清楚不过,就譬如明沅前边有个照路明灯,这盏灯若是暗了,她便似瞎子过河,摸了石头也不知往哪儿去了。

  屋里四个丫头当差是精心的,可听卷碧说话也知,只怕都是那样想的,侍候个姐儿嘛,年纪差了这许多,总归也等不着她出嫁,她往后的好处一样也沾不得。

  倒不如安安分分,不惹事不生非,等着年纪到了自能放出去婚配,纪氏还要因着她们是侍候过姑娘的,得多得些体面,多贴补一份嫁妆银子。

  可喜姑姑却不一样,她来了明沅房里,便算是教养姑姑了,往后有个好歹她都甩不脱手,这才一门心思地巴着明沅好,教她给燕盏除毛,帮她想法子让贺礼显得出挑。

  几个丫头有她盯住了,自然肯出力,如今她要走,纪氏那里先少了个能说得上话的人,下面这四个丫头还能齐心为她?

  采薇自家觉得叫睐姨娘打了脸,就能生闷气推说头疼身子疼地躲在屋里不出来,心里还是没有明沅这个主子,要是喜姑姑再调走了,她要怎么用这副软手软脚的身子压住大丫头呢?

  明沅还没说话,采荻先急起来:"你听准了?"

  "我听得真真儿的,是安姑姑说,太太有意把喜姑姑留下来,好管这儿的田地铺子。"采苓咬了唇儿,"我看喜姑姑也不晓得这桩事,搁下点心便退出来了。"

那便是不知喜姑姑应没应,可这样的事,怎么会不应,那可是送上门来的肥差,做个教养嬷嬷还是当个管事婆子,换成是明沅她也愿意留下来,天高皇帝远,庄子上边当鸡头。

明沅知道早上纪氏才盘了半日的账,也隐隐听说预备着要回去,没想到会把她身边的人留下来。

这么干坐着也不是办法,明沅深吸一口气,伸伸手:"擦手!"采荻忽地回过神来,刚习了字的,是该擦手。

明沅擦了手,把脖子里挂着的金玉璎珞整了整,拿起三张描的字儿拎在手里,说了一句:"给太太看。"与其干坐着,不如想想去探探纪氏的口风。

除开头一日,她还没干过这显摆的事儿,采荻采苓却觉得平常,这事儿几个姐儿都常做,牵了她的手去了。

纪氏挨着黑漆点梅花小几,几上摆了个锦盒儿,盖子大开着,明沅看不清里头装了什么,她先抱了手请安,又把字拎出来,踮着脚送到纪氏面前。

这还是跟澄哥儿学的,这副模样一做出来,纪氏果然笑了,她原盯着匣子的,只冲明沅招手,自个儿不弯腰,叫琼珠把明沅抱上来。

明沅扶着小几头一伸,就看见里头摆了一副凤穿牡丹的珠子箍儿,中间嵌了一块红宝石,两边是金银丝线夹着彩线绣的凤凰牡丹,细带子上还钉了一排珍珠,做得很是精贵华美,可纪氏瞧着却不是很喜欢的模样儿。

明沅眼睛一扫猜测这就是安姑姑送来给纪氏的,安姑姑一向是得脸的,连喜姑姑都要称她一声姐姐,纪氏也一向将房里的事托给她来打理,今天这情状倒像是马屁拍在了马腿上。

她只作不知,转过头来先睨一眼纪氏,再又看看那个盒子,纪氏脸上神色一松,拍拍身边的软垫子,明沅扭着身子过去坐下,挨着纪氏,伸出指头点点那个盒子:"好看。"

纪氏听了这句还逗她:"什么好看?"

"盒子好看。"那盒子是螺钿贴贝的,上边是一对仙鹤,拿的海贝壳嵌出来的,匣子还涂了珍珠粉金粉,自然是光华灿烂。

纪氏听见她说盒子好看,没提起里头的东西,脸上的笑意深了:"琼珠,把东西收起来,盒子给了六姑娘当个玩物。"

说着伸手摸了明沅的头,拿起一张大字来问道:"姐儿可是日日都习字的?"问的是采葰,答的却是明沅,她点着脑袋:"写呢,喜姑姑看。"

喜姑姑确实每日都问的,澄哥儿做下这规定的时候,身边跟着的也是喜姑姑,纪氏一听便笑,伸手摸摸明沅的头,抬头一看,却并没跟来,明沅每回往上房来,喜姑姑必得跟着,今儿却不在身边,心头一动,低头问她:"喜姑姑呢?"

"安姑姑来做客,我叫采苓上点心了!"说着还拍了拍胸口,抬起脸翘着下巴,又说又作,脸皮都羞得通红,连耳朵尖都跟着发烫。

纪氏听见了挑挑眉毛,按着安姑姑资历,她不问,这些丫头也不会到她跟前来嚼舌根,却叫个小娃说破了,几个丫头彼此看看都只作听不见。

纪氏脸上还在笑,着意夸奖了明沅:"真个?我们明沅还晓得待客了。"目光往琼珠琼玉几个身上过了一遍,明沅知道这是纪氏在敲打她们,又窝过去挨在纪氏怀里,她不知道接下来说什么好,便轻了声念百花历。

几个丫头都缩了脖子,纪氏却拍拍明沅的肩:"我们六丫头这样乖,也叫你晚上点个菜。"份例不一样,吃的东西自然不一样,自明沅来了上房,便一直跟纪氏澄哥儿一道用饭,却自来没有点过菜。

纪氏的规矩严,一宽一紧很是分明,便是澄哥儿要吃,也还得求了明潼,她开口才能跟厨房叫菜。

纪氏少有惯着他们的时候,这会儿要她点菜,明沅先是一怔,赶紧笑起来,想了半日:"白切鸡。"纪氏的庄子就在清远县,那儿产的鸡肉质最嫩,月月都要供到府上来的。

明沅点了这菜,纪氏便先笑了,澄哥儿也爱吃这道鸡,恨不得拿那蘸酱的汁子拌饭吃,她点了头,自有丫头去吩咐,八宝跑出去还往下房里张了一张,见安姑姑果然还拉着喜姑姑说个不休,面前的茶壶拎起来都倒不出水了,她赶紧一缩头,一路往厨房去。

等澄哥儿回来,知道夜里有鸡吃,搂了明沅就香她一口,纪氏张了手抱住他,澄哥儿还羞,趴在纪氏怀里扭个不停。

纪氏这几日尤其离不了他,倒似他忽地小了,澄哥儿也知道羞了,却乐意叫纪氏抱着,圆脸蛋抬起来红扑扑的,再看看明沅,脸就更红了。

纪氏摸了他心里叹息,若是自个有个儿子,还操什么心,把澄哥儿过继了就是,拿他当亲儿子待一场,往后也算有了身份,亲事上还能更好看些,可偏偏她却没有儿子。

这心里头的苦,别个哪里知道,那些个妾,身份低贱不说,蠢钝如斯,却一个个都敢跟她作耗,为的是甚?还不是因着有个儿子!

打发一个程姨娘,费她两年的工夫,提脚卖出去自然爽利,可她却不能顶了恶名,澄哥儿要紧,丈夫自然更要紧,这一个睐姨娘原也要出手料理,却叫她赶巧儿这时候生下儿子来。

过继这事儿,躲得了初一躲不了十五,若是颜大伯真撑不住,便是她想瞒着,丈夫也会开口,到时候再思量却是晚了,把沣哥儿过继了,睐姨娘又如何打发,可要是过澄哥儿,她又怎么舍得!

这桩事倒似个死扣儿,纪氏看着正跟明沅两个下五子连珠的澄哥儿,澄哥儿连着赢了三局,明沅先是认真让他,后来要下竟下不过他,觉得自己的智商还没个五岁小娃强,都有些抬不起头来。

澄哥儿摸摸她的脑袋:"六妹妹,我给你看这个。"从书包里头掏出本《五子连珠谱》来:"曹先生今儿给我的,我就要学棋了,这个先拿来练手的。"

他今天才学,只会三种办法,便把明沅吃得死死的,两人认真起来,就在小几子上摆开棋谱,让六角取了棋盘来,先是对照着打一回谱,再两边对下。

明沅只当是陪着澄哥儿玩耍,有输有赢才有意思,明沅又输两局,再往后又赢了一局,澄哥儿那几招不灵了,等再下几盘,明沅跟他已经是各占胜场了。

纪氏且喜儿子多个玩伴，眼看着就要摆饭，见两个小儿棋兴还浓，掩了口笑："得啦，澄哥儿明日再问问曹先生后头该怎么下，回来再跟你妹妹练手。"

到上房都摆了饭，安姑姑才回来，纪氏见着她也不开腔，只脱了戒指手环，看两个娃娃一边一个伸了筷子去夹那鸡吃。

明沅心里有事，便不大伸筷子，澄哥儿却吃得香，使着筷子颤巍巍夹了块肉搁到纪氏碗里，又给明沅也夹了一块。

纪氏自个儿面前还摆了一碗胭脂红米熬的粥，倒因着这碟子白切鸡多用了两口，琼珠都已经净过手拿了牙箸，纪氏睨了一眼安姑姑，她立时便觉着了，团了满面的笑，卸了宽边镯子，亲自侍候纪氏用饭。

纪氏竟也没推，不用的小菜也叫，一时要紫姜丝，一时又要酱瓜脯，等用完了，还要她捧了盅盂等着漱口。

明沅在上房吃了那么多回饭，这些事一向是由着琼珠琼玉两个做的，安姑姑在丫头们面前一向端得高，这会儿叫纪氏扫了面子，也不敢摆到脸上来，规规矩矩侍候她用饭。

等到撤了饭桌，两个孩子要抱回去消食了，明沅心里着急，还得抱着纪氏给的匣子问安退出去，安姑姑眼睛一扫，面上色变。

纪氏面上还笑，语气却淡："前儿才说春日里不须戴卧兔儿了，倒少个新的珠儿箍子，今儿就送了来，可见是早就想着了，若不然还只当我这屋里有个耳报神了。"

安姑姑头都不敢抬，叫一屋子丫头看了笑话，面上一红，到底持得住，竟还接了口："姨娘跟着太太日子久了，这些小事哪里还须得开口，不必太太想着，她便办好了。"

纪氏也不再说话，斜着身子歪在榻上，安姑姑拿了白玉美人锤出来，半跪在踏脚上，给纪氏仔仔细细锤了半个时辰的腿。

第十九章

　　明沅只知道安姑姑所求落空,却不知道是不是喜姑姑留下来顶了这个缺,一进屋就要找她,扒了她的脖子不撒手:"姑姑抱!"

　　喜姑姑一把抱了她在怀里,明沅把头挨在她肩上,喜姑姑见屋里只有采菽采苓两个,不见采薇采茵的影子,便皱了眉头:"采薇呢?怎不见她?"

　　采菽叫这一瞪束了手脚:"采薇姐姐头疼,便先下去歇着了。"

　　喜姑姑抬眼看看采菽,见她模样也知道是那碟子蜜饯子出的事:"既是身子不好,便该取了药吃,开了柜子拿两副去给她,说我让她歇一天,等好透了再来给姑娘当差,姑娘人娇贵着呢,便你们有个头疼脑热的,也只管回屋去歇,总归不少这一两个人。"

　　这话说得重了,采苓连头都不敢抬,等采苓去送药,采菽去拎水,喜姑姑便摇了明沅拍哄她:"姑娘怎的了?"

　　明沅咬咬嘴唇,红透了脸:"没见着姑姑,想了。"这一句说得喜姑姑眉头都舒开了,小人儿跟她亲近,她自然高兴,可笑意还没到嘴边就又僵住了,抬头看看,吐了口气出来:"姑姑在呢,咱们去净房洗洗,吃了杏仁糊糊就睡吧。"

　　明沅不知道自己该说什么,只能拉了她的手不放,扒着喜姑姑的胳膊赖在她身上。明沅是会自己洗澡的,她会扶着坐在大浴盆里,皂豆都是自己搓出泡来往身上抹,喜姑姑头一回看见,背地里不知骂了多少句,骂睐姨娘竟叫姐儿自个儿动手洗澡。

　　等明沅赖着要让她来洗了,喜姑姑又是笑又是叹,真个撸起袖子来，细细给她擦背，到她这个资历，早就留起了指甲，小心翼翼拿手掌打泡，还把头发放下来一并搓了。

明沅乖乖坐在澡盆里头，闭着眼睛抿着嘴巴，等着银匜里头倾出水来，冲掉身上的泡泡，她人生得好，做这副样子惹人爱，喜姑姑看着她眼角眉梢都绽了笑意，拿软毛巾子把她裹起来，胳膊窝里拍上些冰片粉，再叫她自个儿拿细毛刷子刷牙。

明沅正漱口，八宝掀了帘子进来，蹲了个半礼："太太请喜姑姑过去说话。"明沅一惊，差点叫水呛着了，喜姑姑拍了她的背，等她刷了牙，这才让采荻守了明沅，自个儿抹干净手，往上房去了。

明沅的眼睛跟着她出去，站到罗汉榻上扒着窗框看上房灯火，缓缓吐了口气出来，若是喜姑姑当真要留下，她便是不强也得强了，要是连屋子里的丫头都惮压不住，还怎么过剩下的十多年。

她不知道几时出嫁，估摸着古代大概是十五六岁，初中毕业的年纪就要出嫁，身边没个能帮手的人，还有一个净拖后腿的眯姨娘，要是喜姑姑走了，就只有一条路能走通了。

明沅原来给自己制定了两个方案，两线并行，一个是喜姑姑，一个是澄哥儿。喜姑姑在上房说得上话，也管得住丫头，有她在房里镇着，别的姨娘姐妹不敢仗着年纪大些就欺负她，她还能看见明沅现在还看不清楚的事，比如明洛那随口一句话。

她若真是个三岁大的孩子，叫人占了口舌便宜定然觉不出来，可她又不是真的小孩子，心大眼疏，明洛说了什么也只当她是孩子话，根本不会放在心里。

房里只有采薇采荻跟喜姑姑，采薇不管事，采荻嘴巴牢，能把这事儿捅给纪氏知道的，就只有喜姑姑了，纪氏这才借了赏东西敲打张姨娘。

喜姑姑是吃准了纪氏重规矩，发落了嚼舌根的，稳住了明沅在宅子里的位置，这番见事的功夫，可不是一朝一夕就能练就的。

澄哥儿更不必说，他是长子，跟纪氏也同亲生母子没有两样了，明潼是姐姐，那她就当好这个妹妹，天长日久地处下去，明沅相信自己能跟他培养出感情来，纪氏要是还有儿子，那后面这个就当弟弟，要是纪氏没有儿子了,那澄哥儿就是颜家最粗的一条大腿。

若是此刻把喜姑姑调走,再来的姑姑还会像她一样诚心待人?明沅呆坐着由采菽给她擦干净头发,趴在床上,手指抠着褥子上的绣纹,时间太少了,要是她能跟纪氏更亲近,也许就不会发生这种事。

上房里头点了一对琉璃莲花灯,映得纪氏脸颊明明暗暗,看不分明,她合了眼儿靠在榻上,喜姑姑进去行了个礼,见屋里没有旁人,连琼珠都退到落地罩外头,心里估摸着知道纪氏要说甚,走过去叫了一声:"太太可是白日里走了精神,这才困倦?"

纪氏掀掀眼皮,指了面前的绣墩儿让她坐,歪着撑起来半坐住了:"沅丫头这几日可好?"喜姑姑听见这问得不寻常,早间又听了安姑姑说那许多辘轳话,早就明白过来,她只点头笑着回:"六姑娘才来倒还拘束,住得久了,自然就好了。"

纪氏点点头,伸手拢一拢散头发,人还是懒洋洋的:"你一向尽心尽力,沅丫头又是个可教的,你费了多少心力,我心里都有谱。"

喜姑姑只装着不知道纪氏要点人下去管庄子,她原也没想沾这回手:"哪里敢受太太这句话,光宅子里头,便是宅子外边也是处处靠着太太的,尽心力那是该当的。"

纪氏微微颔首,嘴角带了笑意:"老宅那头来了信,你想必是知道的,这地界只怕待不长,我想挑个稳妥的人,把事儿管起来,你看着,谁更合适?"

"太太折杀我,"喜姑姑坐在绣墩上欠欠身子,"若按着资历来,自然是安姐姐,她跟着太太管过账,必不致叫下边人欺瞒了去,若论旁的,我倒不知了。"

纪氏挑挑眉毛,闻言一笑:"我原来也想着她,可若真要回去办大事,便更离不得她,只好绕过去,再择旁人。"

喜姑姑一听这话,便知纪氏自始至终没打过让安姑姑留下来的主意,她这番奔波,打着安姨娘的旗号,为的还是自家,太太的陪房里边,平姑姑一家子在江州管着庄子,她的男人儿子在金陵管着纪氏的嫁妆铺子,便只有安、乐两个不曾捏着实惠。

可她也不思量思量,乐姑姑不曾嫁人,这辈子都待在府里了,跟老子娘更是断得干净，卖断了死契的，太太这才把人事上头的事俱都交给她，她孑然一身还图个甚？

安姑姑却是自把侄女送进来当妾起，太太便用着她，也不能真心信她了。喜姑姑心里想着，嘴上却道："这倒是正事，自然还是府里的大事要紧。"

大事指的便是颜家大伯的丧事，只没到最后不能称丧，纪氏也不曾亏了安姑姑，总得有些糖给她甜甜嘴儿，这些年她也得了不少，只是一山望着一山高，当别个俱跟她一样，眼睛只盯着铜钱孔。

纪氏把话说得透亮，指了桌上的匣子："这个七宝璎珞是给沅丫头的，隔几日我去上香，别个不得空，带了她去。"

"替六姑娘谢太太的赏。"知道纪氏无话要说，捧了盒子往西暖阁里去，还没进门就看见采苓探了脑袋，见她来了，两个丫头也顾不得规矩，就怕她要走，连明沅都坐起来了，喜姑姑不欲多说："姑娘来瞧，太太赏下来的，过几日还要带了姑娘去上香呢。"

明沅打开盒子见那个璎珞华贵非常，就是喜姑姑也啧啧称奇，点了这副璎珞给她看："怪道叫七宝，真是七宝。"赤金的项圈，银打的双龙头，琉璃、砗磲、玛瑙、珍珠、红宝串成的穗子，佛家七宝全齐了："是该戴了这个去礼佛。"

这一个怕是为着敲打安姨娘才送来给明沅的，喜姑姑摸了明沅的头："到了庙里头，可知道要求什么？"见着天色晚了："明儿再教给姑娘，今儿先熄了灯吧，太太那头也得歇着了。"

说着把东西交给采葰锁到柜里，抱着明沅摇她两下，见她还瞪了一双大眼看着，一面拍哄一面凑到她耳朵边上："姑姑不走。"

明沅一听，把头往她肩上一搁，眼睛一热，鼻子发酸，叫喜姑姑一下下抚着背，泪意一忍过去，倒有些困了。

她午间就没睡足，心里一直挂着这事，一听她不走了，睡意翻了上来，纪氏把庄子交给谁打理也不关她的事了，打了个哈欠，往被子里边钻，一翻身睡了过去。

第二日再去上房，就看见安姨娘红着张脸，却是纪氏拿了两块红宝一匣子珠子出来赏她："哪得白饶了你的东西，那副珠子箍儿倒赔了你好些个珠子，你统共才多少东西，这些个便算我赏你的。"

安姨娘眼圈一红，差点淌下泪来，既是赏她的，便是她私用的东西，跟公中发下来的衣裳首饰不同，那些是造了册的，若不然她怎么会守着这许多衣服首饰却没法子帮补弟弟。

她又是弯腰又是称谢，明湘却站着垂了手，眼睛一直盯着大花红毯，纪氏摆了手："得啦，再推成什么样子了，过两日我带了沅丫头去上香，夜间才回，你们各自方便，便不必来院里请安了。"

明洛听见宝石珠子已是斜了眼睛去看明湘，再听见出去上香，立时就抬了头，可看见连澄哥儿都没得去，自家更不必想，就又低下头去。

澄哥儿一把拉了明沅："六妹妹，你帮我求求菩萨吧，叫三姐姐赶紧家来。"明沅清脆脆应了一声，纪氏一把搂过澄哥儿："你姐姐知道你想她，定然高兴。"一只手搂了澄哥儿，一只手扶在腹上。

这几日身子不适，纪氏自个儿也觉出来了，日子未到没个准信，她这心里七上八下的，只盼这回是真有了，若能得个儿子，澄哥儿往后出身有了，产业有了，也不枉母子一场。

第二十章

到去上香的日子，明沅早早就叫喜姑姑拍醒了，她揉了眼睛往窗户一张望，天还暗着，采菽给她穿衣，她便把下巴搁在采菽的胳膊上："这样早呢。"

采菽轻笑一声："去进香就得赶早呢，庙门一开就许愿，那时候最灵验了，等人多了，菩萨便听不真了。"

明沅点点头，才想叹气，就叫采菽截住了话头，采菽伸手点点她的鼻头："姑娘今儿可不能说那败兴的词儿，昨儿喜姑姑教的吉祥话，姑娘可还记着？"

"我记着呢。"明沅皱皱鼻子，伸手进袖子里，便是喜姑姑不说，看她给挑出来这件小衣裳也知道纪氏往庙里去是求什么了。

明沅今儿穿了件大红右衽，前片绣了一对童子踢皮球，后片是一对莲藕，小衣裳锁了黑边，两边袖子绣了彩色花卉，领口包了蓝布，袖子上边是一圈儿金线勾的花，因着上裳穿得艳了，下边就是黑裙儿，只绣了三两朵花。

纪氏这是去求子的，喜姑姑虽然教了一日，明沅又能整句儿说出来，她却还是开了箱子把这件衣裳翻了出来，这是原来明潼这点子大的时候穿过的。

穿上这样一身，便明沅记不真那些话，或是到了地方忘了说，这一身衣裳已是讨了好彩头，纪氏看见了必是高兴的。

采菽帮着明沅穿衣，那边采薇掀了竹帘子进来，一瞧见就挤过来："我来吧，你去看看水，给姑娘擦脸。"

明沅伸手就拉住了采荠的袖子,皱了眉头看过去:"采薇病!姑姑说要歇着。"她才说得这一句,采薇的笑意就僵在嘴角,半晌才哄道:"我好了,姑娘伸伸手,咱们把这只袖子套进去。"

明沅还是不肯,歪着脑袋看她,采荠不欲同采薇争这个,见采薇一眼扫过来,也帮着哄:"我去看看水,给姑娘洗脸抹香呢。"

再这么扯着,喜姑姑便要进来了,纪氏起得早,一院子丫头都跟着起来了,喜姑姑过不多会儿定是要来的,采薇赶紧矮了身子笑:"太太那边都收拾得了,姑娘可不能叫太太等呀。"

明沅见她一脸急色,松开采荠的袖子,自个儿把袖子穿进去,还翘着手指头要自家系带子,采薇脸上笑也不是,不笑也不是,几回插手进去要帮,明沅俱都噘了嘴儿扭过身子去。

"这是怎的了?"喜姑姑立在门边,采薇受了教训,这时候才知道这个姑娘看着乖巧,竟是个犟脾气,半点也不受人哄,才要笑着把话头岔过去,就看见喜姑姑扫了她一眼,自家走上前来,坐到床上,把两条宽带打了个蝴蝶结子。

明沅张开手臂不动,看也不看采薇一眼,她在上房是庶女不错,可也轮不着一个丫头来甩脸子给她看,有了这头一回,屋里另几个要怎么想。

采茵捧了盒子一进门就看见采薇讪讪地立着,她只作不见,笑盈盈把匣子捧上去:"我寻了一副小镯子出来,花头刚好配着璎珞。"她把匣子打开来,里边一对光面的开口赤金镯子,两边打着龙头,正好配成一对。

喜姑姑接了过去给明沅戴上,擦过脸再抹上香脂,额间点上一团红,脖子里头戴上了七宝璎珞,看看屋里提着心的四个丫头,笑一声道:"采荠采茵跟了车吧。"

一句话说得采薇眼圈儿都红了,采苓却只叹息,还悄悄捅了采荠一下冲她眨眨眼儿,明沅穿好鞋子牵了喜姑姑的手往上房去。

不承想澄哥儿竟也跟着起来了,人还在犯困,脑袋一点点地坐在床上,两只手在腿前抱了团儿,纪氏要抱他下去睡,他便揉搓着眼睛怎么也不肯。

明沅叫牵到榻前，自个儿立到踏脚上去，脱了鞋子爬上罗汉床，澄哥儿立时醒了："六妹妹，你记着吗？"

明沅想笑又忍住了，认真地点点头："我记着呢！三姐姐快回来。"看他对明潼这样好，只要日子久了，也能扎下根来。

明沅这一身先已讨了纪氏的喜欢，又说出这一句来，纪氏摸了她的背："告诉曹先生，今儿澄哥儿怕是要闹觉的，许他多歇一个时辰。"又叫摆了饭桌出来，澄哥儿陪着她们一道用一碗菱粉粥，是拿菱角同胭脂稻米一道熬的，熬到开出米花来，菱角炖得不见块，才能拌了红糖上桌来。

纪氏吃得还更讲究些，叫丫头往里挑了一勺松花粉，又专拿蜜饯玫瑰来，两个小人一人食得一碗。

"沅丫头少用些，同我一道去庙里头吃斋菜。"怪不得桌上一个荤也无，只澄哥儿面前有一碟子对半切开的流油鸭蛋黄儿。

澄哥儿心里自然想去，却知道求情也无用，把整个儿蛋黄全吃了，抹了嘴气哼哼地道："素斋有甚个好吃，我中午要吃蜜鸭子！"说着反身就去摇纪氏的袖子撒娇。

明沅笑着刮脸皮臊他，纪氏"扑哧"一笑，低髻上边簪的海珠钗儿不住晃动，拍了儿子的头："可不许这么混说，许你一道蜜鸭子，沅丫头还给你带素点心回来呢。"

澄哥儿一听有素点心带回来的，侧了脸笑眯着眼睛："那我给你留半只鸭子。"说得一屋子人都在笑，明沅灵机一动，伸手出去："拉钩儿！"

两个小人似模似样地拉过钩，一个说我给你带点心，一个说我留半只鸭，说定了才又松开手去，把纪氏逗得直乐。

说是不须叫妾室们早起请安，她们又哪里真敢不起，安姨娘来得最早，张姨娘紧随其后，只有眯姨娘姗姗来迟，比着两个打扮齐整的姨娘，她连头钗都是歪的。

明沅都在肚子里叹气了，这个姨娘也不知道是真蠢还是假蠢，竟把纪氏的客气话当了真，想必看到对面院里两个姨娘来上房了，这才急赶着梳洗。

妾室们不管心里如何想，摆这个样子出来，纪氏便和颜悦色地说了两句场面话:"看你们,说了不须请安,一大早起来作甚,正好,让四丫头五丫头两个也多歇一个时辰。"

张姨娘笑一声:"便是太太疼妾们,咱们也不能给了脸起那慢怠心思,自然该送太太出门的。"

她这凑趣的话儿倒说在点子上,纪氏笑看她一眼,牵了明沅的手,一路叫几个妾室簇拥着送到了二门边。

等纪氏在门边踩着脚凳上了马车,张姨娘要笑不笑地转了身,从上往下打量一回睐姨娘:"到底年纪轻,这般好睡,可别怨咱们没通传一声。"

睐姨娘本来心里就存了气,延松院里竟没个人说给她听,受了这一句刺,才要回驳,安姨娘便拉了她的手,满面歉意:"是我不曾想着,该是我的不是。"

张姨娘嘴角一撇,转身就走,睐姨娘却不领安姨娘的情,她原还抬了儿子出来打打张姨娘的气焰,叫安姨娘堵在喉咙口,手一抽,调头就走。

两个一个都不识她的好,安姨娘面上也不变色,站着等马车都行出大门,这才往回走,在廊道上便急急吩咐身边的丫头:"去把安姑姑请了来。"她好容易手里捏了东西,一匣子珠子,再加一块红宝,怎么也够补上五百两银子的缺了。

明潼房里的松墨云笺也求着要一道去上香,说是给姐儿祈福,纪氏特特赏了两人一人一套衣裳,许了她们跟车。

纪氏一个人上香,赶了三辆马车往六榕古寺去,似颜连章这样的品阶,只去得早些,再叫小沙弥守了门,好叫她安心上一炷香。

明沅知道自己是沾了光才能出来,要是明潼在,怎么也轮不上她,明洛晓得她能跟着去上香,酸了好几句,便是明湘,嘴上不说,心里也是羡慕的,她们倒还记得当初是坐了船来穗州的,长到这么大,也只坐船算是出过门了。

明沅坐着马车一路都在大道上行驶,她跟纪氏一辆车,叫喜姑姑抱在怀里,两只手牢牢地箍着,不叫她去动车帘子。

明沅很想瞧一瞧外面是个什么样的世界,可纪氏正靠着厚垫子养神，琼珠几个没一个伸手去掀帘子的，明沅只好把头趴在喜姑姑怀里，伸长了耳朵听沿街的叫卖声。

一路上都热闹得很，来来往往车水马龙，街前街后你长我短地叫个不住，便不去看，也能听得出街上一派景象繁盛非常。

纪氏心中有事，掀掀眼皮看见明沅不吵不闹，规规矩矩地伏在喜姑姑怀里，嘴角勾起一个笑来："开个角儿叫她看看吧，瞧着模样也怪可怜的。"

明沅立时就高兴了，她扒着车帘，掀开一角来，两只眼睛朝外望，沿街都是食肆店铺，一溜儿蒸屉，挂着烧鸭子烧鸡，隔得这么远还飘进香味来。

临街的角店摆了两三张桌子，叫上一碟子鸭肉，那赤了胳膊的伙夫便从大锅里头拣一只出来，拿刀在鸭身上一捅，鸭子里边的酱汁"哗哗"流下来，淌了一砧板。

刀起刀落一碟子片鸭就送到了桌前，明沅看着倒觉得像是后世卖广式叉烧的，她再一看，里边竟有好些个鼻高目深的外国人，竟还常见得很，马车碾过三四个车辙，她就数出来三四个了。

明沅心里奇怪，把头缩回来点点窗子外边，喜姑姑见纪氏并没不耐烦的样子，也往外一张，见明沅手指头点着人直笑："姑娘没见过，那是西人，同咱们生得不一般。"

纪氏闻言也笑了："原是瞧见这个了，胆儿倒大，澄哥儿头一回见着，还吓得哭了呢。"她说了这一句也有兴致再说："这是贩货来卖的西人，坐了海船来的，也只此地有，不许他们出州府的。"

明沅眨眨眼睛，点点头又趴着张望，好容易出来一回，什么都不能放过，再看便是成群结队穿着蓝花布的女孩儿，一手架着竹箩，说笑着走过来，喜姑姑索性坐在窗前指点明沅："那是浣纱的，织锦织缎儿出来好卖的。"

因着早市人多，马车走走停停，纪氏到后来也没了说话的兴致，只觉得人叫颠着难受，琼珠取了个白玉瓶出来，倒出里头的仁丹托在帕子上递给纪氏，纪氏含在口里，这才觉着舒坦了些。

明沅也叫摇得受不了，幸好早上没多用，胸口一恶心，还不全吐出来，头一回迈出大宅，就这么摇摇晃晃行行停停，一路到了六榕寺。

第二十一章

　　六榕寺是百年古刹，因着寺中六株古榕树得名，一座千佛花塔远观便斑斓炫目，塔里供了千尊佛像，上下塔角挂满了铜铃，铃声伴了诵经声传出去老远。

　　还没驶到寺前，明沅就听见了，将到路口，马车便进不得了，今儿是初一，寺前挤得插针难入，早有跟车的小厮寻了清净地界停下车来，前边一段路得自个儿踏进去。

　　明沅被喜姑姑抱下了车，先看见乌瓦黄墙，照壁上刻得三个绿漆大字"六榕寺"，下边还有提名，明沅不知典故，怕是个和尚题的字。

　　喜姑姑扶了纪氏，明沅叫个仆妇抱在怀里往里行，走过照壁是一条长长石道，面前正对着寺庙山门，挨着黄墙倒刻了些佛经故事，大幅砖雕嵌在墙上，一块块拼接起来，先是佛祖在菩提树下证道，又有割肉饲鹰、老虎听经的故事。

　　明沅一路行一路看，便只有她不必戴帷帽，纪氏是从头遮到脚，纱帘下面还垂了八只小金铃，走动的时候，薄纱也不会飞扬起来露了面目。

　　几个丫头只遮了脸，明沅叫个婆子抱着，昂了脑袋四处去看，此时时辰尚早，寺门口却挤得满满当当，卖香烛的，卖供果的，年老的婆子拎了竹篮，上边盖一块灰布，沿街叫卖花骨朵儿编的香手环。

　　好些个姑娘家围着她买，摸了几枚钱，一双手便都戴足了，明沅趴在那婆子肩上，别个见是贵眷，也不往身上挨挤，倒有几个妇人指点了她，说她生得好看。

一行人由着寺僧迎接进去，才迈上台阶，就听见后边喧闹起来，原是个上香的妇人叫人溜了肩占了便宜去，她性子泼辣，一巴掌扇在泼皮脸上，身边同她一道来的，俱是悍性子，一脚踩着手，吐了唾沫啐他。

抱着明沅的婆子也站住了看，还跟着骂了一句："挨千刀的杀才。"她说了这话，采荙已是反身来寻，正听着这一句，微微掀了帽帘儿："混说个甚，赶紧把姐儿抱进来。"

那婆子便不住口地告饶，采荙冲她摆摆手："赶紧别说了，快跟上来。"一路穿过寺中小道走到禅房净室。

里头早已经供了香花净果，纪氏一直无子，生了明潼后也不知求了多少菩萨，娘家还急巴巴地请了一尊白玉雕的送子观音来，她那时候怕世人耻笑，不肯供在外头，便在寺庙里供了观音小像。

这些年下来，香火香油不知添了几多，就是没有半点消息，有了过继这桩事压在心头，这才又来上香。

明沅不知道上香还有这许多规矩，先喝了香茶，又洗手洗面，冉往观音殿去，求财拜关帝，求子拜观音，这她倒是知道的，纪氏既是求子自然往观音菩萨殿去。

殿前两株根深叶茂的菩提树，枝条伸得高，将殿檐都遮去小半，深深幽幽，很是清净，后边是女眷参拜的地方，不见男子，往来行走的俱是穿了僧衣的和尚，见着女眷目不斜视，些许两个头皮还青，年纪还小的，才探头了张望。

到得后殿再无外男，这才把帷帽除去，纪氏带了一串人行到观音殿前，迈了脚儿进去，双手一合跪在莲花蒲团上。

自有丫头把带来供奉的东西交到沙弥手上，两盏鎏金莲花灯里添满了酥油，又点了莲形蜡烛，供上香花净果点心，还有婆子摆了一对宝塔凸字香来供在案前，那香的底座快有花盆那样粗，比明沅人都要高。

纪氏合了眼儿祝祷，明沅也一并跟着跪在蒲团上，只拿眼睛的余光去看殿里陈设，仰了脖子也见不着观音真容，只能看得见善财龙女两个一左一右，明沅看见纪氏双手向上往下拜去，也跟着下拜，如此三次，才能抬起头来。

纪氏也不问明沅求了什么，只道一声："小师父，我想求支签。"

敲木鱼的和尚并不曾动，倒有个年岁看着跟澄哥儿一般大小的小沙弥抱了签筒出来，因着是出家人，年纪又小，送给纪氏时，还拿眼睛打量她，纪氏微微一笑，客客气气接过来："谢谢小师父。"

那小沙弥红了脸，却不敢看明沅，踩了步子躲到他师父身后去了，偶一露光头，明沅便冲他笑。

纪氏双手握着签筒，心里默念所求何事，低放到胸前上下摇晃签筒，明沅盯着那上边的莲花签头，也跟着期盼起纪氏能抽一支好签。

细竹片儿落到砖地上边一声轻响，纪氏弯腰把签筒搁在地下，伸手拾起来，上边倒没有吉凶，只刻着二十一签四个字。

纪氏由着丫头扶起来，明沅像个小尾巴似的跟在后头，还是刚才那个娃娃沙弥，他身上的僧袍太大，走起路来绊手绊脚，却一路领了她们往殿中去，抽出个黄卷细纸来，这回却没递给纪氏，他有些羞意地一把塞到明沅手里。

纪氏见着这么个娃娃，却不晓得他手里捏了什么，求签不过为个心安，她还不是那等无知妇人，为着求子肯喝符灰水，可求都求了，心里总有些忐忑。

那细纸条是半卷起来的，明沅先看见"下下"两个字，心里"咯噔"一下，等再看见后边那个签字印倒了，这才松口气，竟是一支上上签！

纪氏把那细纸卷儿徐徐展开来，先看见个上字，等再看见个上字，嘴角便抿出笑意来，签文统共四句诗："阴阳道合总由天，女嫁男婚喜偶然。但见龙蛇相会合，熊罴入梦乐团圆。"

前面几句都是草草扫过，到得最后一句，忽地紧了指节，眉梢眼角都露出笑意来，那一行小字，分明写着"婚姻孕男"。

譬如大夏天吃冰雪水，数九天添了热炭炉，她一颗吊的心瞬时落回肚里，浑身上下再无一处不妥帖。

纪氏嘴角笑意一松，明沅就知道她定是求着了，这个时候不凑趣，还有什么叫锦上添花，她扒了纪氏的裙子："太太大吉大利！"

这是喜姑姑教她最便当的一句吉利话，旁的怕她记不住，便是记着了，也不是三岁娃儿开口便能说出来的，纪氏听见这一句果然开颜，松手又给庙里添了一百两银子的香油香蜡钱。

这回也有游览的兴致了，寺僧见着纪氏似是很喜欢那个沙弥，便也叫他陪着，问了才知道他是趁夜被人扔到院门口的，方丈给他取了名儿，就叫拾得。

拾得是个哑巴，不会说话，一窍不通便百窍都不通了，他却乐陶陶的很是自得，虽是连经书都听不着更念不出，却聪明得很，纪氏一开口，他就知道纪氏是要求签。

似他这样往后连知客僧都不能做，便跟着他师父在观音殿里待着，寻常也不往前殿去，往后殿来的妇人们在菩萨跟前总又多几分慈悲，他便是一时怠慢了，也没人呵斥他。

明沅知道他不会说话，觉着他特别可怜，可拾得却是一副乐呵呵的样子，僧人既要念经，多数都是识字的，只有他识字也是无用，也不知要如何识，并无人教他，他便做些杂事，闲时再在寺庙里边游逛。

纪氏一片慈母心肠，听见这些差点就要淌出泪来，一路牵了拾得的手，引着他慢慢走，拾得生得圆头圆脑，虽不能说话，却眼明心亮，一时摘一朵黄春菊送给纪氏，一时又去扑蝶，轻轻捏了蝶须给明沅看，看着蝴蝶拍拍翅膀就又松手让它飞出去。

纪氏也是难得出来疏散的，从千佛塔逛到莲花净池，到了午间用素斋菜时，还领着拾得一起用，拾得有个小师兄六慧，八九岁大，推辞了不肯，要领他到后边去用僧饭，纪氏便把两个孩子都留下来，叫厨房送了一桌素斋上来。

一桌子豆腐青菜，香菇面筋且做得入味，也不知拿什么提鲜，便是常年在寺中，寻常也吃不着这样精致的素菜，六慧到底年纪还小，告诉纪氏说，原来掌勺师兄在家时，是大厨房里头颠勺的。

纪氏待拾得和蔼，拾得就一路都跟着她们，一直送到庙门口，等她们戴了帷帽出去，明沅一回头，见六慧双手合十，拾得却怔怔看着。

明沅趴着不动，心里却感慨，若她连富贵人家都没托生到，更不知道过的是什么日子了，那家人会不会因为她看上去傻，把她扔到野地里头去,由着她自生自灭。

纪氏坐在车里还吩咐:"回去做两套僧衣舍到庙里去,真是个可怜孩子。"她叹完一声看见明沅也闷闷地不说话,拍拍她:"咱们沅姐儿怎么了?"

"我把我的糖送给拾得吃。"明沅本来想说给他钱,想想又觉得不妥,三岁的孩子知道什么月例银子,想了半天也只好给他些吃的。

"沅丫头是个心善的。"纪氏夸了一句,喜姑姑便跟着拍马屁:"还不是学了太太,太太心善,姑娘看着也学着了。"

纪氏因擎着一支好签,捏捏荷包里放着的签文纸,叫琼珠给她在背后垫个小锦垫,一路上嘴角都翘着,面上还持得住,琼珠一时失口问要不要回家请个大夫,她看了琼珠一眼:"不过是有些困乏,想是春困,歇两日便是了。"

琼珠自知失言,明沅听了更觉得纪氏谨慎,本来求签便作不得准儿,这时候嚷嚷出去,万一没有可不是惹人笑话了。

明沅便歪在纪氏身边,比着手指头说了五六样糖果的名字来,纪氏愈听愈笑,初是玫瑰糖松子糖还在谱上,往后连糖荸荠都说了出来。

去的时候路上堵得厉害,回来便通畅了,行到家中,正好歇晌,马车才行至二门边,纪氏踩地凳子下车,安姑姑已是在门边等着,满面堆了笑,见着纪氏就先是贺了一句:"太太大喜,咱们家的姑娘叫选了当王妃啦!"

第二十二章

纪氏听得这一句,差点一脚踩空,两个丫头用力一托把她托起来,琼珠刚才失了口,这会子尽力讨纪氏欢心,反口便是一句:"姑姑真是,连着我也吓了一跳。"

安姑姑扯扯脸皮,赶紧凑上来,纪氏叫人扶住了心神一定,安姑姑嚷嚷出来,她还当是明潼,再一想,成王怎么算今年都有十五了,便是圣人再不着调,也不会把个八岁的姑娘订给将要成年的儿子。

这样一想,颜家女儿里边,能同成王配成对的,也只有大哥的长女明蓁了,她松了这一口气,立住了掸掸衣裳,伸手搭在琼珠胳膊上,微微拧住眉头:"成甚个样子了,纵有喜事,也不能嚷到二门外来。"

安姑姑一记马屁没拍准,这几日连得了好几个没脸,却越发地安分小意了,跟在纪氏身边,细细回报上去:"太太这头马车才出门,金陵那头就来了书信,说是咱们家的大姐儿,选配了成王,当了王妃!"

纪氏听了脸上却不显出多少喜色来,却也还是吩咐下去:"这样的喜事,报信给老爷没有?"颜连章这几日都宿在衙门里边,急赶着先盘两个大铺子过来,把门脸儿支起来,往后便是离了此地也好让货商有个认门的地方。

"早安排了人去,高源亲自跑了一回。"安姑姑原想说自家丈夫,碰了个软钉子便不特意提出来,脸上还是团团的笑:"府里东西都预备齐了,太太瞧着,可要挂红绸出来?"

纪氏一路走一路点头:"是该挂,却也不必太奢,把灯笼上也贴上红,两边门前挂上彩绸,既是阖府的喜事,今儿每个院头都多加两道菜，按着份例，一人多得一个月的月钱。"她得了那签正是高兴的时候，不能明着开怀，正借了这事儿抒发。

纪氏回了屋子，大衣裳还不及换下来，正拆头上的花钿，几个妾闻风齐齐过来贺喜，这回眛姨娘没慢一脚，还差点儿踩着张姨娘的裙角。

她们倒是真心高兴，不为着旁的，出了一位王妃的人家，往后女儿家的婚事可好看许多，这几个都是有女儿的，眛姨娘原不觉着，空廊上边听见前头两个说几句，还有甚个不懂。

纪氏跟几个妾也不必客套，这几个还立着，她照样坐在妆镜前头拆头发，一托盘的珠子花钗，一面拆一面吩咐安姑姑，防着有人家送了贺礼来，提点了门房有几家须立时就来回，她好紧赶着预备回礼。

几个姨娘一进屋门就先行礼，道了贺又不能干站着，安姨娘自来不多口舌，却因着才得了东西帮补家人，细声细气地贺道："既定下了大姑娘，那三姑娘可不是该回来了。"

本来就是陪选的，宗室里头有脸面能轮得上叫皇帝赐婚，那也不必往秀女里头相看了，自有官位更高的女儿家婚配，她说这一句，比旁的什么都要叫纪氏高兴。

张姨娘见她占了先儿，跟着也笑一声："咱们家里出个王妃，那可真是天大的造化了。"真出一位王妃，跟皇家攀上了亲戚，那来往的人气派都不一样，升斗小民但凡瞧见跟皇家沾了边儿，那便是了不得的事了。

纪氏听她这样说，却也只笑一笑，并不多热络，她换了件浅金桃红二色衣裳，摆了手叫姨娘们先下去："六丫头累了，抱她下去歇着，你们也都散了吧。"

眛姨娘还一句都不曾说，她看看明沅趴在喜姑姑怀里，正想说话，叫安姨娘一把扯了袖子，拉了她出去。明沅掀掀眼皮瞧在眼里，又别过脸去，颠了一路，她是真的有些累了。

这事儿不能细思量，一往深了想，纪氏便又觉得是好是坏还说不清楚，这才送选多少日子，算开船那日起，满打满算的也不过两月多，才刚换了薄春衫，天将将热起来的时候。

进宫选秀，又不是拣白萝卜割小青菜，初选复选总该有个三四回，到最后圣人亲阅,这才定下来,她原想着明潼去了再怎么着也得半年才能家来。

哪里想着这么快赐婚的旨意都下来了,要么就是圣人真的不好了,要么就是根本没把成王摆在眼里,任由元妃随手给配了个姑娘,里头那么些个十六岁大的,竟一个也没挑出来?非落到了颜明蓁头上。

成王已经十五岁了,明蓁不过才十三岁,很该配个年长些的,抬进门就能圆房,也好为着皇家开枝散叶。元贵妃这么拖,只不过为着自家的儿子才五岁,如今还是圣人最小的儿子,等别个亲王生出孙子来,她的这个才刚进学。

颜家在金陵住了这许多年,根深日久,便是皇家事儿也能知道些风声,张皇后一向不得宠爱,避居在太后宫内,后宫都捏在元贵妃手里,旧年京中选秀,就是元贵妃主事,为着怕拣出圣人可心意的来,反把那些相貌姿容好的都剔了出去。

这回也该给太子择太子妃了,也不知道挑了哪一家的姑娘,纪氏拿了信细细看过,里头倒确实写着一家子三个都给放了出来。

她才要松口气儿,眼睛一扫,心便跟着提了起来,一口气儿差点没缓过来,颜明蓁是选了成王妃才放回家去,颜明芃跟颜明潼两个却是生了病,叫挪了出来。

纪氏扶了头挨着细看,琼玉见着神色不对赶紧上前去,端了八宝茶递过去,纪氏摆手不接,眼睛恨不得把纸信盯出个窟窿来。

颜家信里只提了一句,想是病得不重,可母女连心,纪氏偏生越想越坏,若不是得了大病,怎么会把送选的姑娘挪出宫去。

她捏了信纸,搥了下床褥:"琼珠,差了人去把老爷请回来!"大嫂梅氏是个最最风雅不过的人儿,这是往好了说,往坏了说便是她万事管不得,家事一窍不通,一气儿两个孩子病了,她又怎么照管得过来。

那边安姑姑才刚把要送往金陵的家礼拣了出来,喜盈盈一进门,立时觉出纪氏脸色不对,看看琼玉,琼玉手压在裙缝边,冲她摇一摇。

安姑姑赶紧放下东西,纪氏见她来了,劈头便问:"老宅是谁送了信来?人呢?"既是送信来,报信的定然知道原委。

还不等安姑姑下去把报信人传进来,颜连章回来了,他跑得一头一脸是汗，官服后背湿了一片，进了门先灌两口茶，急道："赶紧收拾东西，大伯不好。"

颜家大伯是欢喜坏了的，既是配给亲王的，宫里早早就传出信来，颜连章在翰林院中，也多有同僚恭贺，梅氏便先遣了人到穗州报信。

元贵妃哪里肯一趟趟地相看，她儿子不到年纪，正是死扒着圣人不放的时候，那些送上来的小姑娘，要在大殿里选看，被圣人瞧中了可不是自家寻晦气？

她是叫身边的女官，先把十二至十三岁的拣出来，拿了支朱砂笔，点中哪个便是哪个，这荒唐的法子，她竟还有个好听的名头，说什么"御笔圈梅花，春信至哪家？"

圣人的子嗣排开来也有七位，自太子始，到成王这里，正是半截，第四位，再往下的弟弟们且还不到婚配的年纪。

四位里边，岁数差的都不大，便只成王一个母妃是宫女，叫圣人一时兴起临幸了，过后就再不得宠爱，后宫连个能帮衬着说话的人都无，这倒霉事儿可不就落到他头上，颜家有苦无处诉，肚里把那元贵妃于氏骂过了十八代祖宗，当着面，还得谢她的大媒。

颜家捏了鼻子咽下这苦楚，想想成王没有外家支撑，又是圣人的儿子，等大婚后恐怕就要去封地，若是老老实实，总归也算得一门好亲事了，哪里知道接着旨意那一日，颜家大伯叫痰堵了，倒在床上眼看就要脚直。

不论配婚怎么荒唐，既定了王妃也是正经拟了旨意传下来的，颜家中门大开，连颜大伯这样久病的都急急换了衣裳出来，又是下跪又是磕头，一院子人趴跪在地上等传旨太监进门。

由着颜顺章接的旨，等那些个内官捏了钱袋子离开，颜家大伯先还喜，往祠堂祖宗牌位跟前烧了香，摸了圣旨后边那盘金吐雾的蟠龙，一口痰堵在嗓子眼里没吐出来，人立时就晕了过去。

纪氏知道女儿生病心急，再听见大伯的事却镇定下来，见着丈夫急赤白脸浑身冒汗的模样，捏了信掩到袖里，指派了丫头们收拾东西："拣哥儿姐儿用得上的先收起来，各个房头留一个丫头下来守着。"

家里也没有现成的孝衣裳，俱都买了布新做，索性回去还走水路，披麻戴孝也不必精细，银首饰却得新打，料想梅氏袁氏两个都没主持过这样的大事，回去的路上少不得还要写信吩咐香烛纸钱，跟着又心里犯愁记挂了女儿的身子，拧紧了眉头怎么也松不开来。

　　上房这番忙乱，传到姨娘们院子里，又变了另一般滋味，安姨娘是接着信就早早把东西理了起来，可她才想把弟弟那儿欠的账给还上，安姑姑那点东西还不曾送出去，派了小丫头往二门去请弟媳妇进来。

　　张姨娘这里几个丫头来回穿梭，说是带上日常东西，可她恨不得把床帐幔子一道带走，大到衣裳架子，小到针线箩儿，一样样都要往箱子里头塞，忙乱成了一团。

　　睐姨娘院子里还有个沣哥儿，丫头手脚一重，他先自哭了，缠得养娘睐姨娘两个不住哄他，等上房差了人来抬东西，三个姨娘没一个停当的。

　　时间这样紧，只寻着一只船，东西急急出了门，院里才挂上的彩绸全叫揭了下来，纪氏知道，也没好性了："这时候竟还裹乱，留了高庆下来，咱们先行。"

　　颜连章还只皱眉头："若真是要办大事，几个孩子总得行礼，在后边拖着像什么样子。"纪氏心里挂着女儿，难得不顺着丈夫的意："如今却没别的法子，把几个孩子都带上船，丫头婆子便一堆，又要怎得住？"

　　颜连章别无他法，只好叫高安高庆留下，高平高成两个跟着船走，中午才接着的信，到傍晚，一家子都在船上了。

第二十三章

明沅稀里糊涂被抱上了船,船上最大的舱房是纪氏同颜连章两个住的,她跟澄哥儿便住在一个隔间里头,比原来的碧纱橱西暖阁又靠得更近。

颜家这算是喜事丧事对冲,原来那点子喜意全叫冲淡了,不说纪氏身上不能穿红,便是丫头们也把那带红的裙子全收了起来,又不好过分素了,一水儿换上青绿色的褙子。

可赐婚给亲王总归是大喜事,主子们脸上不摆出来,下人丫头却还是高兴,那可是实打实多拿了一个月的月例,一人还多得两套衣裳,便是嬷嬷们约束了不许谈论,背着人哪里止得住。

采薇自受了喜姑姑的敲打,又摸着了明沅是个犟脾气,把那轻慢的心思收了去,便是人后也不敢再怠慢,明沅却再不亲近她了。

"姑娘可要用些乳饼,我看今儿还不知何处摆饭呢,防着姑娘饿,先预备了些吃食。"采薇拎了食盒出来,一个梅花攒心盒里摆了四五样点心,眼看着天色不早了,船开了好一会子,却没人来传用饭。

才刚上船事儿多,仆妇抬了箱子正在归置,连喜姑姑也一并去帮手,着三个丫头留下看着明沅,自家往前头去了。

采茵叫留下守屋子,另三个跟着上了船,明沅有事便唤采菽采苓,采薇无事可做,她也晓得自家失了欢心,打起十二分的精神往前凑,样样事体都先想在头里,便是采苓也觉出她有意露脸,跟采菽两个一同往后缩,不愿碍了她的眼。

明沅知道这一时半会儿的也吃不上饭,走得这样急,点心也是厨房里随时预备着寻常吃用的，还真只有乳饼可口，刚要吃又想到纪氏跟澄哥儿："太太吃，二哥哥吃。"

连箱子都没开，更没碟子好盛，采菽只好拿了干净帕子出来垫着，叫采薇均一半儿出来给纪氏送去。

这样的巧宗便是明沅不说，采薇也不能叫别个得了去，思忖着纪氏爱吃咸口的，把椒盐酥儿多拣些出来，拎了食盒就又去了。

采苓冲她背影皱皱鼻子，采菽分明瞧见也只作不知，两个人一个去要水，一个守着明沅，澄哥儿先还待在纪氏舱中，实在乱得顾他不着，叫采薇领了过来。

"哥哥坐。"明沅嘴里叫哥哥，只把澄哥儿当作孩子，分了乳饼给他，又叫采薇从瓷罐里头挑些松花蕊出来泡了蜜茶，两个挨着船舱边的小窗户吃起饼来。

"等咱们家去，就能看见三姐姐了。"澄哥儿惦记着明潼，拿了半副乳饼，说了这话又懊丧地垂头："我想好了把我写的字带给三姐姐看，也不知道琼珠收拾了没有。"

宅子浅了再塞许多人更不够住，澄哥儿一向住在纪氏屋里，明潼防着他跟乳母丫环亲近，万事不叫旁人沾手，等他大了，身边也没个正经的当职丫头。

总归就住在碧纱橱里，有甚事都叫琼珠几个随手料理了，东西也一并归在纪氏箱子里头，上房一乱起来，东西倒都带了，只是在哪个箱中还得回去开了验看才知。

似纪氏的首饰衣裳贵重自然是先收捡起来的，澄哥儿屋里的文房四宝也一并收罗了，住得两年又添了许多东西，比来的时候箱笼更多，所幸没带着姨娘，船上且装不住了。

"等见了三姐姐，再写给她瞧呀。"明沅知道纪氏可能是怀孕了，签文上写得再吉利，也还不知道生男生女，对她跟澄哥儿来说是福是祸都还难料。

澄哥儿立时高兴了，点着指头要把曹先生给的暖砚给明潼看，写的字还有画的画，也要一并给她看，两个叽叽咕咕说个不住，倒把食盒里头的点心用掉一半，好容易纪氏那里开饭了，却一个都吃不下了。

纪氏脸上倦色更重,她心里恐怕自个儿怀了身子,可日子还浅,又不好大刺刺地说出来,便是颜连章也不知道,身边的丫头更不曾松口,还是喜姑姑防着纪氏真个有了,这才过去帮手,哪里知道她这一出头,安姑姑眉眼便不好看,只当她是来争功劳的。

这回走得急,谁也没争上田庄管事的差,一并交给高安高庆,连着洋行纪氏也不及伸手,钱财终归是身外物,子嗣才是最要紧的。

高安高庆若真能瞒下主母庄头的出息,那是多少年的体面都没了,也不必跟着颜连章再当管事。

她因着疑心自家有了身子,得的签文上头又说是个男胎,更不敢过分劳累,原来俱要细问的,这回全甩给了两个姑姑。

见着澄哥儿牵了明沅的手进来,还怏怏地提不起精神,船上厨房能做的菜有限,做了道醉鱼,她却不动筷子,想叫一碗粥的,才刚上船不及预备,便要了碗杏仁酪,小口吃着,才刚几口只觉得堵得慌,又推开不吃。

平姑姑亲自上灶,就在船上厨房里裹了鱼肉馄饨送上来,鱼肉剔了骨打成浆裹在薄皮子里,拿鱼汤做底,切开蛋花丝,摆着葱花芫荽,连澄哥儿见了也不再吃饭,又吃了六只足料馄饨。

"等你姐姐见着你,都要不识得了,看这肚皮圆的。"纪氏吃了东西才觉得身上好些,还叫丫头送一碗到前舱去给颜连章。

纪氏精神不好,用了晚饭却还立起来消食,叫两个小的也不许再多吃:"浪一大脚上就发软,吃多了可不得吐。"看看澄哥儿的模样,还真该给他挑个嬷嬷出来。

大户人家,亲娘倒不如养娘亲近,吃了谁的奶就跟谁亲,这些事儿纪氏原就没少听说,到她自个儿当了娘,更不敢大意,如今澄哥儿知了事,自然没这些个顾虑,可她在肚里翻一回,竟择不出可意的人来了。

安姑姑决计不成,喜姑姑又调到明沅房里,若不是她怀上这胎,还能再拖一拖,这会儿还真不是时候了。

两个孩子知道她累,玩了会子就要回去,纪氏原也没精力陪着他们,指了琼珠送回去:"夜里便叫两个孩子睡一床吧,你们也轻省些。"

澄哥儿规矩教得好，回了屋子就要沐浴，船上用水不便，也还是拿大盆盛了些，把两个孩子都擦洗了，裹上纱衫抱到床上，盖上薄被拍他们入睡。

澄哥儿一翻身就睡着了，明沅迷迷蒙蒙听见喜姑姑叫采荻开了箱子，拿出个小漆盒来，叫琼珠带回去："太太怕是叫累着了，这东西吃着正相宜的。"明沅伸伸腿也不知道里面是什么，就叫这船晃得睡了过去。

船上少有事做，既不上课便只好多练两张字，日日背一回书，再把棋盘摆出来，两个人对弈，打发船上无聊时光。

两个小的没趣儿，余下的哪一个都不得闲，抬上船三箱子白绸白布白绢，俱要裁了做孝衣，就怕到地方还没布置起来，到时候再预备这些只怕赶不及。

各个房头的丫头都拿了布回去，不拘手艺如何总要做两件东西，可别进了门连孝幡孝布都没挂起来，还得请阴阳先生算时历，做道场，前前后后都是事儿，纪氏是想起来就脑仁一跳一跳地疼。

自家那个大嫂这两年不见也不知如何，颜顺章房头里没的妾，只这一条就把她养得跟个未出阁的姑娘似的，旧年见着颜明蓁都比她还更老成些了。

要说羡慕，哪个女子不羡慕梅氏这样的女人，嫁作人妇十五六年，还跟小姑娘似的娇嫩，叫人一说脸上便红，上头不仅没有婆母要侍奉，下边的弟媳妇也自来不给她添堵。

成日价除开画画写字，便是跟着丈夫吟诗作对，纪氏还记得她刚嫁进门，这个大嫂子不同她说府中规矩，反而告诉她哪一处院落赏月亮时有淡云疏雨落梅，最是风雅。

纪氏那时候还当这个大嫂子是想给她使绊子，故意作这副模样出来，心下先自不喜，她又不想着去争管家位，何必做这场戏来给她看。

等日子久了，她便知道，梅氏还真是个没坏心的人，说得酸些，她还有一颗赤子心，婆母教了这些日子，她见着算盘却觉得铜臭，更别说会算账，一笔写连字成诗她行，十个手指头摸上算盘珠儿，便是将她拆了再造一个都不成。

这一门婚事是颜顺章的师长给定下来的，配了家中最小的女儿，梅氏在家便得宠爱，出了嫁又得丈夫喜欢，这副脾气怎么也改不脱，纪氏一进门，婆母还没叫她管家呢，这个嫂子没忍过头两个月，就拿了账册来请教她了。

也是这时候，过世的婆母才觉着这个二儿媳妇竟是个能立起来的，看着她打一回算盘，账本一翻就知道前情后因，哪里似梅氏，条条比着上一年来，连外头米价高低都不知，平白叫下人诳骗了去。

这才把纪氏捧起来管家，梅氏背地里念佛，颜顺章一味宠她，还当她是山长家的小师妹，两夫妻寻常在家还写了笺送来送去，知道她高兴，还跟弟弟打了保票，再不起别的心思，叫弟妹认真管家便是。

有这样的兄嫂，斗是斗不起来的，可心力又怎么会少用，纪氏怕就怕她这头才进门，那边梅氏就跟又找着主心骨似的，万事都靠在她身上。

纪氏有二怕，一是怕大嫂梅氏万事不沾手，二是怕弟妹袁氏张口要过继，她撑着头打定了主意，等一到福州港口，便叫人下去寻个大夫摸一摸脉，也好有个准信。

第二十四章

船张满了帆驶出口岸,一路往金陵去,颜连章知道女儿病了,遣了人先行,纪氏一来挂心女儿,二来又着意自个儿的肚子。

出来得这样急,她怕这胎坐不稳,在船上一步都不敢多行,日日坐在床榻上,也不敢强撑着精神吩咐事体,安姑姑近来不得用,便把喜姑姑调了来,两个人一道理事,叫船上的丫头们把东西都预备起来。

琼珠琼玉两个着手做了她的孝衣,比着纪氏的腰量放宽了去,旁人不知道,这两个却晓得太太怕是有了,若不然喜姑姑怎么会送一匣子阿胶糕来,如今就放在案上,伸手就能摸着,纪氏想起来便嚼上一块。

颜连章先还当她忧心女儿,后来见她坐卧不动的样子,只当纪氏病了,再三再四地吩咐不许劳累,总归船上无事,那生意上头的反而缓了,要紧的是先把丧事治起来。

到了福州港,不等纪氏吩咐下人,颜连章就让高平到城里头请了大夫来,知道是给太太把脉,还特地去请了有名头的御医,明沅先是一奇,后来才知道,坐馆有名头的都称御医。

纪氏知道的时候,颜连章已经请了人来,丈夫这样体贴她很该高兴,可实是乐不出来,两边帘子垂挂下来,拿锦托枕了手,再拿帕子盖住手腕,老大夫眯了眼儿搭上三根手指,扶了好一会子,就是不说话。

颜连章只当她累着了,催了一回,那大夫才道:"尊夫人脉象似滑非滑,倒似气血两亏,只……"他一句还未犹疑,颜连章却皱起眉头来,就怕纪氏得了大病,他还未开口问询,大夫便照直说道:"倒似是有孕，而又未实。"

纪氏一听这话心都提到了嗓子眼，到底没有忍住，子嗣便是压在她心上的大石，也顾不得什么矜持稳重了，总归放了帘子瞧不见模样，缓缓吸一口气，问道："那到底是有，还是无？"

这话也是颜连章要问的，他脸上几番变色，又是喜又是忧，可一来月份太浅，二来纪氏身子原就亏损过，大夫摸不实，不好妄下断言："老夫开几帖益气补血的药，夫人吃着并不妨碍，过得这一月，再摸脉才能得准信儿。"

纪氏大失所望，好容易一路快船撑到了福州港，脉不曾摸准了，保胎的药倒先吃着，她觉着面上挂不住，却又不能推，凡事只怕个万一。

她伸手从枕头底下摸了那个荷包出来，前片儿绣了葡萄石榴，后片绣了并蒂莲小莲蓬，里头放的就是六榕寺求来的签文。

纪氏瞧着这个荷包不由得苦笑，院子里哪个女人都能把求子的心摆到脸上，独她不能，眯姨娘院儿里的，麦穗葡萄石榴莲蓬一个不少，她却连拜个菩萨都得仔细小心着，就怕世人说嘴。

心里虽然失望，隔了帘子透出来的声音还是一般地平稳："多谢大夫费心，我只觉得长日困倦，吃得油了又恶心，原是亏了气血。"

那大夫有了年纪，又是常年往大宅里头走动的，寻常也被人称一句御医，听见纪氏话说得客气，心里却明白，哪家宅门里的太太不想要孩子的，捋了胡须笑一声："虽不敢说十分，却也有五六分了。"

纪氏心头一哂，这不过是两可之间的话，五六分，五分有五分没有，还是作不得准儿，颜连章却高兴得很，一路送那大夫出去，摸了一封银子出来，往那大夫的药箱里头一塞，又着人跟着童儿去领药，脚不沾地转身就往船舱里来。

帘子倒是拉起来了，人还撑着手歪着，几个丫头见老爷来了，都又退下去，纪氏不等颜连章说话，伸手握了他的手，长长出一口气："不叫我知道便罢了，说了这话，叫我日夜怎么安生。"说着眼圈一红，淌下泪来。

颜连章知道她的心病，扶了她坐起来靠在自家身上："咱们药先吃着,有没有的,等到了地方再说,只你不能再累,这摊子事再不许沾手。"嘴上这样说,可心里还指望着是真个有了。

几个孩子里边,颜连章最喜欢的就是嫡女颜明潼,他还指望着纪氏能再生个男孩,有了嫡子才算圆满。

纪氏岂会不知他心中所想,把头挨在丈夫肩上,默不作声,悠悠长叹:"我心里自然也是着急的,旁个还好说,等咱们回去,过继那话,三弟三弟妹又怎么会不提起来。"

这几日在船上,颜连章也正思量这个,原还想着怎么跟纪氏开这个口,不防叫她先说了出来。纪氏合了眼帘,觉着丈夫微微一怔,晓得说中他心事,转了身子,把脸埋在他肩窝里,两个哪怕是背了人,也不常这般亲近,纪氏说话间带了哭音:"大哥家里只一个陶哥儿,咱们房里虽也有两个儿子,可叫我怎么舍得澄哥儿去。"

纪氏心里知道有了,可大夫摸不准脉,这话却实不能出口,须得叫丈夫说出来。示弱比逞强有用,把这些个难处全抛给丈夫,自他口里说出来,比从自家嘴里说出来不仅更妥帖,他还得念着她的好。

她开腔便没把沣哥儿算进去,颜连章叹一口气,心知她终归存了芥蒂,胳膊搂紧了她:"沣哥儿年纪小,连路都走不得,过继总得过个能捧盆摔瓦的。"

他自始至终也没想着沣哥儿,孩子这样小,连养不养得活还是另说,总不能过继个还在吃奶的娃儿,就要办丧事,澄哥儿还能撑得场面,披麻戴孝哭上一场,沣哥儿又能做什么。

纪氏眼泪落得更凶,这于她更是两难:"我养了他一场,自落了地不足月就一向带在身边,他就这么去了,可不是割我的肉!"

说着紧攥着颜连章的衣襟,她出口的话句句都是真的,可埋在心里的忧虑也桩桩都是真的。颜家大伯一撒手,这桩事便再拖不得了,便是往后三房还能生出儿子来,丧事前边也要过继,不至叫他身后没个子孙捧盆。

纪氏日夜思虑,怕的就是一下船就要她来拿主意,她心里明白,若真到了那万不得已的一步,过继澄哥儿也比过继沣哥儿更强。

睐姨娘那一家子只要在她眼皮子底下,饶她能通天,也翻不出去,可若是过继了,沣哥儿终有一日会知道谁是他的亲娘,打发一个容易,打发一家子,便是天南海北地调了去看庄头守房子,也总有说破的那一天。

颜连章拍拍妻子的背,这些年纪氏怎么待澄哥儿的,他俱看在眼里,亲生的也不过如此,知道她心里难受,抚了她道:"阿季,咱们定还能再有一个儿子,这一个权当是哥哥,把哥哥过继了去,往后咱们还能有个弟弟。"

纪氏心里譬如浸了黄连汁,再不舍得她也只有这一条路能走,心里暗暗宽慰自个儿,便是这胎是个女儿又如何,只要能生,定能生下儿子来。

可摆在澄哥儿身上,若纪氏生了儿子,他便是庶长子,两下里都尴尬在,已是养在正室身边的,再往上抬,也只有过继了。

心口堵的这一口气,叫这么一哭才顺了过来,颜连章还拍她的背:"便是过继了,咱们只推澄哥儿年纪还小,还养在你身边便是。"

纪氏心里受用,却也知道决计不能,颜连章却抱了她:"这回卸任,我便不再谋事了,咱们举家都往江州去,过得三年五载的,再起复。"

纪氏一怔,抬了脸望着他,颜连章看她白着脸盘红了眼眶,自来不曾有过的软弱模样,放低了声儿道:"圣人身子骨越来越差,盐道把在于家手里,上头一个元贵妃一个荣宪亲王,后边再加一个太子,这出戏怎么唱还不知道,卷在这里头裹乱,不如安安稳稳先做富家翁。"

纪氏却不是那等后宅无知女人,她的祖母是宗女,虽隔得远了,可嫁人的时候家里也给配了两个宫里头当过差的嬷嬷,纪氏便是在她跟前长起来的,自会扶筷子起,便学了规矩。

那两个嬷嬷好容易放了出来,又在祖母院里当了那许多年的差,祖母敬重她们,开着月例并不做事,寻常也不过管管孩子,得了闲常挨在祖母院儿里的廊道下边对坐,少有开口一两句,细微处也见真道理。

她自小知道那里头风云变化,外人瞧着热闹,可能爬上去立得稳的,哪一个不是一步血一步泪,京中有年头的人家,俱都不往里头插手,且等着看于家下场。

纪氏听得丈夫这样说,沉吟道:"我原便觉得把大姐儿配了成王,这事儿怎么也透着稀罕，万不能往那里头去混，能避便避着些。"说了这话，心头一松，往后住在一个院儿里，见面虽不比如今，却不是隔着山隔着水了。

她心里才一松快，外头澄哥儿就牵了明沅过来了，他知纪氏身子不舒坦，还请了大夫来，急急要过来看她，小身子一钻，倒没在意纪氏叫颜连章搂在怀里，进门就奔了来："娘！"

倒是明沅看见颜连章正搂着纪氏，慢了一步，纪氏一把将澄哥儿搂在怀里，颜连章却拉他："你娘身子弱，可经不得你这么一扑，赶紧立住了。"

澄哥儿扒着床沿，巴巴地看着纪氏，纪氏心里软成一片，拉了他的手："我哪里就弱成那样了，你们俩都来，咱们一处挨着。"

澄哥儿脱了鞋子上得床去，果然挨着纪氏躺下，还冲明沅招手："六妹妹，快来。"颜连章扶着纪氏的肩头，心里高兴两个孩子教养好，伸手抱了明沅，把她放到床上。

明沅问道："太太病，我把糖给太太吃。"

澄哥儿坐起来，仰着一张小脸冲纪氏笑："我的糖也给太太吃，还有藕粉桂花糕！"

纪氏明明掩不住笑意，眼圈却跟着红了，懒懒靠在丈夫胳膊上，伸手去摸两个孩子的脸："好，都吃，咱们澄哥儿沅姐儿最有孝心。"

澄哥儿得了夸奖，挨着纪氏把脑袋搁到她身上，还一手搂了明沅，两个娃娃头靠着头，纪氏见他这个模样，忍不住心酸，拢了他的头不住抚摸，澄哥儿跟猫儿似的趴着，当着颜连章的面，又觉得有些羞，小手握了纪氏的手，鼓着嘴儿不肯叫她再摸了。

明沅刮刮脸皮，澄哥儿两只手捂住眼睛不看她，纪氏握着颜连章的手一紧，颜连章便轻轻叹息，把话往好的地方引："等回去见着你姐姐，还这么淘？"

第一个纵了澄哥儿淘气的就是明潼，澄哥儿一点也不怕，听见这样说还避了他冲明沅吐舌头，扒着纪氏直问："姐姐来不来接咱们？"他嘴里的姐姐除开明潼再没别个。

纪氏这时候才叹一口气："你姐姐病着，也不知身上好没有。"

第二十五章

进了西六宫,一路不必睁眼儿,只摸着墙砖明潼也能摸到寿昌宫去,她是从这里往上,也是从这儿一路跌到谷底去的。

这辈子再走一遭,原来那些个拘谨兴奋全不见了,她立在官女子队列里头,身边那一行是民女,她们看她,看这一行官家女,排在头先的几个,模样不说,一动一笑,都跟画上人物,再看自家,不免面红发羞。

明潼却早就没了窥探的心思,一步步稳稳踩在地上,连目光都不曾转动过,一长条的红墙,抬头就是一重隔着一重的宫门,一眼望不到头,可也一眼就能望到头了。

过了这道红墙,转个弯就是寿昌宫,进了宫门就是两株老梅,这时节花早就落了,叶子又还未茂盛起来,枯意伶仃,满院子的萧索。

腿一迈进来,站了一院子正当年纪的姑娘,自有了五品以下的女儿家再不能任意婚配的规矩,好些个十五六岁的女孩儿参选,只往那枯树底下一站,立时就生满了活气。

宫室天井里边是不许种大树的,御花园里古木参天,在这儿,却是不论多大的院子,都只能种矮花木。

五蝠捧寿的隔扇门儿,万寿团字的落地罩,明潼却在冻得受不住的时候,伙同着太子宫里的宝林采女们,把那落地罩一块块地往上劈,好用来烧火取暖。

她既是最小的,便跟在姐姐们后边,刚一分神,大姐姐便扯她的袖子,听嬷嬷们训了头一回话,再由着安排宫室,上辈子住在何处已然记不真了，这辈子却叫安排在了猗兰馆里。

说是馆，不过是一间窄室，正好住下她们姊妹三人，原来也不过是陪选的，嬷嬷们是吃了打点，捏了荷包行方便，却知道按着老例，这三位里头出不了贵人。

最大的十三，最小的才八岁，若是晚些初信都未至呢，又能选看些什么，还是那等十五六岁，生得丰姿楚楚的姑娘们，更得她们的照顾。

三姐妹里头明蓁是大姐姐，进了屋子安置下来，就替两个妹妹安放东西，猗兰馆里统共只有一个宫女，她柔声柔气地问姓名，称一声姐姐，又打点了一个荷包，几句话就把何时晨起何时用饭问得一清二楚。

防着两个妹妹肚子饿，请那个宫女拿一碟子点心来："甜咸倒不妨碍，只软和着些，我妹妹平日里便肠胃不好，吃不得冷硬的。"

这便是在说要新鲜的，别拿陈的来充数，一番话说得这样好听，脸上隐隐带笑，眉目间温柔婉然。明潼留心看着，觉得皇后气度果然天生天养，她再活一回，也是描摹不来的。

那宫女退出去不一时又来了，端了两碟子点心，耗工夫的自然没有，却是当天现做出来的，一碟子芝麻糕，一碟子枣皮马蹄卷儿。

倒都是新鲜的，可明潼却一口都吃不进去，离着寿宁宫最近的厨房常备这样的点心，最后两年，首饰衣裳连鞋子上的串珠，也全都绞下来换了这个，她一闻见这个味儿，就犯恶心。

自进了宫始，宫里头积年的老嬷嬷们便在相看了，规矩再好的姑娘家，也是头一回进得宫来，眼睛哪有不瞟的，便只颜家两位，肩正身直，裙角都不曾扬起来过。

明潼是再活一遭，此处又是她的伤心地，见着宫门便眼眶发胀，只怕一瞬眼睛，泪珠就掉下来，可明蓁却只十三岁，这个年纪不好奇不窥视，这份养气的功夫，就已是难得。

明潼上一世并不曾同这个姐姐有多少交际，颜连章一向在外任，颜顺章一家却一向住在金陵，也只年节述职的时候才能碰面。

等明潼成了太子嫔，年节盛会上，也有了自个儿的座位，成王妃比着她还要靠后，姐妹间见了彼此不过客气一句，明潼再托她递个信送到家里。姐妹俩真正坐下来，是颜明蓁当了皇后，把她从寿昌宫里接出来的时候。

明潼原来心存怨恨，成王妃就是原来名头不显，到得那最末一年，哪一个敢挡了成王的声势，可就是这样，也不曾伸手拉一拉她，把她从这看不见天日的地方接出去。

等她梳洗打扮好了，坐上软轿往东六宫去时，身边跟轿的竟是一向跟着颜明蓁的朱衣，见着她就蹲了身唤了一声："三姑娘。"

明潼还持得住，等到正殿里见着母亲，她还未哭，纪氏就先哭起来，搂着泪珠落个不住，她这才看见，坐在高位上的这位姐姐，隔得许多年，竟记不得她在家时是个甚般模样，只知道她穿了皇后常服，远远望过来，幽幽叹一口气。

叹得明潼心都跟着颤起来，纪氏领了她回家，这个堂姐姐又赏赐了许多东西下来，叫她在家好好将养身子。

上辈子明潼就不恨她，若是太子稳当当一步步当了皇帝，她的路也不过是从太子后宫换到圣人后宫里去，嫔升成妃，妃往上再升到贵妃，熬不过宠爱，还能熬资历。

她根本就不爱皇帝，太子讨要她的时候，她才十三岁，鲜灵灵的花枝叫雨一打就成了残花败叶，凭着家里教养出来的谨慎规矩，不敢多行一步，不能多说一句，就怕给家里人也招惹了是非。

她原来恨大堂姐眼看着她受苦却不救她出去，可等她出去了，回想起来，若是换作自己，不到丈夫登上大宝，绝不会伸这个手，族姐又如何，她连亲妹妹也不是一样带进了宫？当个人人称颂的好皇后，哪有这样容易。

等再见到颜明蓁，却只瞧见一个同是十三岁的小姑娘，才抽身条，花骨朵似的泛着春意，穿着白底撒花褙子自花枝下走过，不看花，也要看她。

明潼怔怔站住了，还是她先走过来，一把拉了她的手，点点她的鼻子问："三妹妹可是想家了？"海棠花飘了一地。

各人有各人的路要走，颜明蓁注定了是明德皇后，可太子后宫里，少了一个颜明潼又能如何？

嬷嬷们见着颜家姊妹举止有度，俱都在心里暗暗点头，这却是能

191

记到谱上去,往后若是有主位上的问起来,也能作答。

官家女儿也分三六九,似颜家便是应选里头官儿最大的,再往下笔帖式家的也有,县令家的也有。

一个寿宁一个寿昌,两宫门对着门儿,还不曾选,就泾渭分明,官家女不往民女那边去,民女也不往官家女这头来。

连功课也是分开上的,民女里头也有家中富裕识字的,官家女儿里边也有不识字只知盘丝绣花的,两边混起来学,可等下了课,还是各走各的。

明潼这才知道,自家这个姐姐,琴棋书画竟样样都能拿得出来!原来她却不曾显出这样的才名。只知道颜家二姑娘颜明芃诗词了得,还画得一手好工笔,等看见明蓁拿口脂眉笔点出梅花图来,又教着妹妹用色浓淡,这才相信原来她是把自个儿隐了去。

明蓁进宫时带了一幅拼绣,每日除了功课规矩,便是坐在临窗绣花,绣得九九八十一个童儿,预备出了宫好送到外家去,给那头的姐姐作出嫁的贺礼。

明潼也跟这个大姐姐一样,连许她们去一回御花园,她也紧紧跟在明蓁的身边,倒把明芃比到下面去了。

只待在寿昌宫中,又没贵人好往这头来,几回选看,也只中规中矩,明潼再生一回,上辈子就不是桩桩件件都知道分明,如今再经一回,也不过凭着多几年的见识比别个多看一步。

只知道这位堂姐是选了王妃再当上皇后的,可这么些日子,半点异闻也未传出来,挨过一日她就更忧虑一分,若是这回堂姐未曾选中又当如何?

哪里知道元贵妃竟拿朱砂笔点中了她,传旨意的太监来时,上上下下打量了明蓁好一会儿,明蓁跪得稳稳的,双手平举接过圣旨来,这回不必她说,明潼伸了个打赏的红包过去。

当日便不能再住在秀女殿里了,给她单独腾出间宫室来,明芃明潼两个自然不能跟了去,明蓁才选了王妃,跟嬷嬷说起话来却一样平和,温言软语地托她们照管着两个妹妹,自个儿理了东西,还得往中宫去谢恩。

明潼是自个儿生病的，夜里大开了窗子，吹了一夜的凉风，天亮起来就昏沉沉地抬不得头，只一个宫女哪里照顾得过来，明芃同她一处几日，也跟着发起风热来。

似这样的宫里是不能留的，最怕便是时疫，出去了还能请大夫，在宫里便只有医女医婆给摸脉，嬷嬷们卖了一个好，往上报说十分沉重，一并挪了出来。

进得家门只当能好好将养了，哪里知道伯祖父竟又倒在床上，一院子鸡飞狗跳，颜明潼病着，颜明蓁才自宫中到家，也顾不得宫里派的四个教养嬷嬷了，立时就打理起后宅来。

把两个妹妹挪到颜连章院子里头，派了丫头看茶看水，那头除开切人参片吊气，便只有办丧事这一条路了。

分派给颜明蓁教导规矩的四个嬷嬷原来看着这个王妃很是和顺，又是富贵人家，母亲是陇西梅家出来的，规矩定不会出错，只当是件容易差事，不过是教她如何在宫中行走。

可等她一上手理了家事，就晓得这回元贵妃那支朱砂笔没灵验，反倒给成王点了个助力过去。

颜明蓁按规矩是该待在绣楼院落里头学规矩的，真个有丧事，她去灵前行礼便算全了规矩，可哪里知道家中竟无一个可以理事的人。

梅氏急得出了一嘴的泡，原来事事是纪氏拿主意，等女儿大些，又是女儿来拿主意，往揖秀楼里一哭，颜明蓁不理也得理。

她开了门，把管事婆子全叫进院里来，坐在雕花罗椅上边，一句句地发号施令，把明芃明潼挪到东院里头，调了丫头嬷嬷过去看着，好叫她们安心养病，三婶婶跟三叔两个日日守着床榻侍疾，便叫小厨里日夜轮班守着人方便开灶，三两句就把事儿定夺下来。

似颜家这样几代富贵的人家，好人参是再少不了的，说难听些，如今不过吊着一口气儿，只等着撒手，万事都好办起来，偏偏颜家大伯一日拖一日，眼看着进气儿出气儿都不多了，却就是心口暖热，不曾蹬腿。

僧道都请定好了，只等日子扬幡立坛，纸钱火烛，金字孝幡银字孝幡俱都预备起来，要紧的彩纸彩绢扎的车马人轿，按着二十亭大的，二十亭小的来做,一件件分派下去,才算有了样子。

颜顺章顾着往来探病的宾客,又要同弟弟弟媳妇扯皮,到这个份儿上,哪里还能拖着不提那过继的事儿,颜丽章开口要的不是澄哥儿,却是颜明陶!

第二十六章

颜丽章是个再迂腐不过的人,颜家上一辈儿得了三个男丁,自立了族谱以来便没这等事,先是往寺里还愿,施粥舍米地广积福荫,过后又怕这三个里头有坏了门楣的,打小起便盯着读书,唯恐养出纨绔来。

颜家三位爷里头,老大是读书读仙了,老二读书读实了,只有这个老三,读书读得酸了,一股子文人气浸到了骨头缝里。

他自个儿没儿子,原来还埋怨过妻子,可既娶了进来,便不能无故休妻,袁氏又不忌妒,给他纳了那许多妾,院里头的丫头不算,隔得一段日子就让人牙子上门来,但凡瞧着圆身好生养的,一字儿排开住在一间院里,由着他拣喜欢的收用。

平日里补汤补药没少吃,不独颜丽章,袁氏自个儿同妾们也一并吃药,北院光是煎药,一日就要费上两担柴。

颜丽章自个儿拜了孔圣人,不肯提那些怪力乱神的话,袁氏却每日吉时都在小佛堂前磕头,院子里的通房妾也一并跟着磕头,一到吉时,一院子人挨着蒲团下跪敬香拜观音,求子都求得疯魔了。

颜丽章自个儿就是过继来的,八岁上头过继,到得十五岁娶亲,早早就把妻子讨进门,袁氏还是颜家老太太在时给定下来的,为着她圆脸盘好生养,可这么个好生养的孙媳妇进了门,愣是一点没消息。

老太太等了一年,袁氏先还忍着,等纪氏怀上了,她便再忍不住,赶紧给丈夫纳抬了通房,一出手就给了两个。

她自个儿没有不要紧,一院子的通房妾都没有,这传出去还只当是她善妒，总不能叫这一房绝后，颜丽章自个儿都不急的时候，她已经急得火烧房顶。

这么些年急下来，不只房顶，连房梁房檩也一并烧没了。金陵城里大大小小的寺庙，就没有她没拜过的菩萨，先还是求自身，后来不拘哪一个，只要怀上便好。

好容易一个通房得了孕，立时就抬成妾，就住在正院后边，单独给了个院落，看得跟眼睛珠似的，什么补吃什么，那个妾每日眯了眼儿一样事不必做，洗脸水都给捧到床上来，这么个补法儿，那个妾到最后两个月都不能下地。

破了水足足生了一整日一整夜，等把孩子挣出来，她自个儿也没了出气，血崩似的止不住，她也知道这番无命再活，眼儿一睁瞧见是个姐儿，原来胸口还有一口暖气儿，立时就冷透了。

袁氏得了这个九斤姑娘恨不得含在口里，抱在身边养大了，别的房头嫡出庶出总有好几个孩子，只她院里独一个，说是眼中明珠亦不过分，这才起了想要招赘的念头，总归女儿如今还小，寻个清白人家，立下字据来，就放在一处养，只当半个儿子。

颜丽章却还想要儿子，老大家的明陶，跟老二家的明澄，两个比起来，他原就更喜爱明陶，看着他长大的，如今嫡姐又选了王妃，若是能把明陶过继过来，自然最好不过。

纪氏既没报信，且还不知老二家里又多得了个儿子，只日日在颜顺章夫妻俩面前诉求，袁氏顺着丈夫，除开侍疾就是往梅氏那头去。

一进了屋门拉住了便不松手，开了个话匣子止不住地往外倒："我不比大嫂是个有福气的，大嫂子如今女儿也出息了，往下还能再凑一个好字，说不准甚个时候又养一个出来。我也不打着弯儿说话，便是把陶哥儿过继到咱们这个房头，也一样叫你娘。"

梅氏的脸皮只怕比明萱还薄，听她说这番话半日不曾言语，袁氏先是笑盈盈，再红了眼圈儿抹泪，堵了梅氏的嘴就是不叫她开口，好容易她肚里想得了一句，才刚要说话，袁氏便道："我是个没福气的，但凡能有个庶子也不求着大嫂子了。"

急得梅氏面上红晕一片，她人生得娇嫩，一股子文弱气，叫这些话连番砸下来,半日才细声细气开口道:"三弟妹可不能说这丧兴的话,如今论道这个,也还太急了些。"

袁氏跟梅氏两个,很有些不对付,倒不是明争暗斗,实是脾性不合,颜家老太太为着这个长孙媳妇竟然担不起家来,到了最小的这个孙子,便想着为他择一个能管家事的,成日价谈论什么冰霜雪雨,哪里是过日子的人。

袁氏大字儿不识一个,初进门时,梅氏又是那一番淡月疏云的指点,她说梅花,袁氏先想着的是梅子,还算着院子里有几株花树,哪些是结果的,得拣好的送上来。

两个大眼对大眼,互相通不得声气儿,难为纪氏在其中周旋,袁氏不懂梅氏的阳春白雪,梅氏也不通袁氏的柴米油盐,两下里虽不曾真的置气,可处在一块自来说不上话。

譬如袁氏脑子里想的便是给丈夫纳妾,还得给妾排轮值表,没有老爷去通房屋子里的,这些个妾都得抱着铺盖给颜丽章值夜,通房小妾还得要生孩子,生了孩子那才是尽了女人的本分。

可梅氏脑子想的却是甚个时候能跟着丈夫去城郊庄头里边疏散,园里一株海棠又开了花,很该办个花宴,夫妻两个对坐,弹琴论对读书罚酒。

这么两个人,便是坐在一张长案上头都一南一北,忽地论起这个来,不说梅氏只有这一个儿子,就是三个都是儿子,她是断然不肯把儿子过继到袁氏房里的。

袁氏实也瞧不中梅氏养儿子的办法,要么就通庶务,要么就一门心思苦读,非带了儿子扫雪烹茶,那梅花骨朵儿上头的雪水,跟打出来的井水有个甚差别。

妯娌两个不是头一回论起这事儿,梅氏死咬了不答应,袁氏拿她也没法子,两个扯皮也不是一回,面对面坐着,一个似在荒地里头喊话,一个似一拳头打中了棉花,谁也不能接着谁的话茬,见了丈夫个个叹息,只盼着纪氏赶紧回来。

纪氏一行紧赶慢赶总算回了金陵,码头日日都有颜家下人等着,一见着挂着颜字旗子的船赶紧奔过来,颜连章一见着就问:"老太爷可好?"

颜家上一辈儿，只有这个七病八灾的伯父了，下人听见问询，知道是问要不要换上孝衣裳，连连摇头："老太爷还喝着参汤，二老爷赶紧家去吧。"不论东西北，阖府的人都知道，只等着二老爷回去拿主意呢。

颜连章松一口气儿，又叫人往后传话，原来这白孝服就预备着，听见无事再收进箱笼里，纪氏套上宝蓝的杭绸褙子，澄哥儿跟明沅两个也不换衣裳了，一路坐着轿子回了颜家。

颜连章骑的马先行一步，还吩咐轿夫不许颠着了，进得门边见下人都换了艳色衣裳，院里清扫得干干净净，进院出院回事的仆妇也不见慌乱模样，倒松一口气，虽不敬，却还是腹诽，这回儿怎么大哥三哥家的竟中用起来。

纪氏进门也是一惊，却不及问话，直往北院里去，还未到大伯病床前，就看见两个妯娌对坐着，袁氏一张嘴儿说个不停，梅氏脸上笑意都发僵了。

两个见着纪氏进来，心里都暗自念佛，纪氏眼睛一扫就知她们打的什么官司，根本不想接这个茬，不等开口就急问："大伯如何？"

袁氏道："如今只用着参汤，连御医都说叫咱们预备着装裹了。"

纪氏皱皱眉头，觉得这话在病房里头说很有些不吉利，一把拉了梅氏："大嫂子，明潼明芃身上可好了？"

梅氏一怔："是夜里着了风，回来喝药发汗已是好得多了，如今全由明蓁看着，前头这样乱，不敢好往外挪。"

连颜明芃也还住在东院里头呢，纪氏一听这话心头一松，原还当进门就要先应付过继的事，如今大伯还在，女儿又好起来，她神色一松，立时就露出疲色来。

梅氏见着她脸色实不好看，扶了她的手："弟妹才回来，赶紧歇着去，舟车劳顿，歇上一歇再来便是。"她也怕袁氏立时拉着纪氏来问她要孩子。

袁氏心知肚明，脸上却不能做得难看，纪氏着急回去看女儿，又不能急步快行，扶了丫环的手，琼珠琼玉两个扶着她，挨到明潼住的院里，进门就看见女儿披了长衣迎出来，原是临窗立着，早早就瞧见了纪氏。

"赶紧回去,别再着了风。"纪氏一挡,握了她的手,三个多月不见,她瘦削许多,身量也长了,眼圈一红,"可是在宫里受了苦楚?"

明潼见着纪氏也跟着眼眶一热,环了她的胳膊:"哪儿呢,不过是贪凉爱睡,这才病了,里头一切都好,大姐姐都打点好的。"

纪氏听见这话倒是一奇,接着又问明芃,她也是大好了,只是颜明蓁怕吵着了妹妹,还把她留在东院里将养身子。

明潼往纪氏身后一探:"怎的澄哥儿没来?"

纪氏轻轻抚了她的手掌:"来了,日日念叨着你呢。"她立着说了这几句,便有些吃不住,手往后头扶了腰,只这么一下,叫明潼看出端倪来。

她有心想问,又问不出来,心口怦怦直跳,盯着纪氏半晌一个字儿也不说,纪氏拉了女儿坐下,琼珠赶紧拿出小锦垫来给她垫在腰后边,云笺上了茶来,明潼看她一眼:"这时候喝什么凉茶,赶紧着,叫厨房做了红枣乌鸡汤来给太太垫垫肚子。"

纪氏听了这话更奇,心里纳罕,却看见女儿一脸喜色,明潼见亲娘疑惑,扑哧笑了一声:"宫里头贵人多,嬷嬷防着偶遇,告诉我们,那些扶着腰条的,得再小心不过。"

明潼说了这一句,纪氏半含心酸,自家的女儿生下来没受过半点委屈,也不知道进了宫跪了多少回,她抚了明潼的肩膀面颊仔细看她瘦了没有,明潼却合了眼儿靠在纪氏怀里,手指甲紧紧嵌进肉里,这辈子总算等来第一个好消息!

上一世是颜明澄过继了,往下竟再没儿子出来,颜明沣成了她们这个房头里唯一一个子嗣,程姨娘跟睐姨娘两个,在这后宅里头恨不得翻了天,一人袭了一房,连着家里的亲戚,也是一人得道,鸡犬升天。

纪氏再坐着正位,底下人明着不敢,背地里哪一个不上赶着巴结,原来她在太子宫中当太子嫔,别个还忤她。有个金贵的女儿,谁也不敢当面怠慢,可等太子下狱,废为庶人,又一朝身死,明潼不必想,也知道纪氏的日子是怎么一天天挨过来的。如今怀上这一胎,可不是把死局做了活局!

对着女儿再没什么好瞒的,纪氏把去六榕寺求签的事儿也告诉了女儿:"还作不得准信,可有个喜签却是再好不过了。"

　　这话对着谁都不能往外说,便只有对着明潼能吐露出来,女儿虽年小却一向存得住事,听了她说也连连点头,心里却想,哪怕这一胎是女儿又如何,她这辈子若能有个亲生的同母妹妹,就能有个亲生的同母弟弟!

第二十七章

澄哥儿跟明沅两个被抱到东府纪氏的正院里头，屋子倒是早早就拾掇干净了，他们一下船就有下人一路奔回来，各个房头传了话，东边府里有明潼坐镇，原来明蓁不方便开口吩咐的，她也一早就吩咐好了。

进得屋来有水有茶，澄哥儿原来住在西厢房里，明沅不能再回姨娘院里，便跟着澄哥儿一道，先在西厢房里歇着。

澄哥儿踢了腿："三姐姐呢？我去看三姐姐！"

卷碧赶紧劝起来："三姑娘病着呢，这会子可不敢去，等她安好了，再抱哥儿去瞧。"澄哥儿哪里忍得，跳下来就要去看明潼，明沅知道不能闹，可她是打定主意万事学着澄哥儿的模样的，反趴着身子从罗汉床上滑下来，紧紧撵在澄哥儿身后。

这些天煎熬的可不止纪氏一个，明潼想着把谁过继，明沅却想着，如果纪氏生了个女儿要怎么办？年纪同她相仿，她就再没必要养到上房来了，纪氏不嫌多一个儿子，多一个女儿又该怎么着？

丫头婆子们自然不会在她跟澄哥儿面前多口，哪个敢把要过继的事儿嚷嚷出来，可私下里却也念叨两句，澄哥儿跟沣哥儿两个，还不定过继了哪一个去。

自有人说是澄哥儿，那睞姨娘身边的沣哥儿就又要抱到上房来养了，可若是沣哥儿，那六姑娘就跟着水涨船高起来。

礼法上边过继出去只能喊颜连章跟纪氏一声伯父伯母，心里又怎么会不惦记着亲娘亲姐姐，到时候六姑娘背靠着大房嗣子，同如今这番又不一样。

澄哥儿还没迈出门去,那边纪氏回来了,还是明潼扶着她回来的,澄哥儿扒着门看见,欢喜得一张脸庞都亮起来,一只手扶着门,一只手冲她招:"三姐姐!"

明潼把他抱过来时,并没存着什么好心,她没想着澄哥儿的前程,想的全是纪氏的后半辈子,若是她再被选中,起码有个人能在外边照顾纪氏。

不说旁的,光是夺人子这一条,她在宫里就没少见,太子妃那一个,还是抱养过来的,宫中秘辛不能为外人道。

她在宫里待的这些年,眼前看过的这些个手段,竟也有用上的一天,可养着养着,便处出了真感情,抱过来时还没足月,看着澄哥儿会笑会翻身,再到会爬会走,会叫第一声姐姐。

名分上边是姐弟,可心里却拿他当了半个儿子,纪氏不忍心,她也不忍心,若是纪氏不怀上这一胎,要留下澄哥儿,就只有　步能走了。

让眯姨娘没了,只要她没了,一切就都好说,可她在那圈圈里头还时刻警醒自个儿不要干那腌臜事,如今重活一回,做下这事,就对得起自己了?

明潼扶着纪氏进屋,侧头冲澄哥儿笑一笑,两个孩子跟小尾巴似的跟在后边,明潼扶了纪氏坐下,再指派丫头拿了软毯子来盖在纪氏身上。

澄哥儿一双圆溜溜的大眼睛打着转,从头把明潼看到尾,瞧着她不一样了,又还是三姐姐,张手说:"抱!"

明潼掩了袖子笑:"怎么三个多月不见你,你倒小了?"澄哥儿羞着,扒上去扯着她的裙子,把脸埋进她裙子里,明潼冲明沅招招手:"六妹妹来。"

明沅抱着手走过去,立在她身边,明潼摸了她的头:"也长高了好些。"不仅高了,还圆了,一张脸盘上除开一对眼睛还瞧得出眯姨娘的模样来,再不像她了,扎了两个花苞在头上,一边垂了一条织金带子。

明潼原来对这个上辈子没有的妹妹总是心存疑虑,自个儿往宫里头去了,还让小篆多"看着些",如今纪氏肚皮一大,她立时就松一口气，连再无所出的亲娘都能改过命途，别人的自然也能改。

睐姨娘上一辈子在家里便是个隐形的二太太，这辈子只要她在一日就休想打这个主意，她心里有了这些想头，便拿明沅当明湘明洛一样待。

团了手冲明潼行起礼来也有模有样，总归是孩子，在一处住了这许多日子，澄哥儿很把她当成自个儿的妹妹，两个同出同进，同坐同卧，还教她写字下棋，听见明潼说，立时就抬起头来："六妹妹可乖，饭也吃得好。"

说完了像模像样地点点头，老气横秋的样子，明潼"扑哧"一声笑了，盯着他的圆肚皮，伸手捏了一把："再不能跟你似的吃了，你都圆了一圈儿。"

明沅跟在旁边笑，仰脸打量明潼，人还是那个人，眉间的神态却不一样了，她不知道该怎么形容，正仰脸瞧着，纪氏开口道："沅丫头怎的了？不识得三姐姐了？"

"三姐姐好看。"明沅还直通通地瞧，纪氏脸上更乐："我们明沅竟有些傻气。"四人说着，那头小厨房也炖了鸡汤来，纪氏才从船上下来，半点胃口都无，可这是女儿的孝心，拿起来略用了两口，颜明蓁身边的丫头朱衣过来了。

进门就先蹲个礼："二太太，咱们姑娘来给二太太请安。"

明沅一抬头，对这个要当王妃的堂姐姐充满了好奇，朱衣通报完了便立到外头等着，纪氏也不怠慢，叫卷碧琼玉两个到外边打了帘子迎接。

颜明蓁如今不比过去，她是正经的王妃了，虽还没成婚没拿金册，却也是板上钉钉的皇家人，纪氏见着她倒不必持礼，可也不能似原来侄女拜见婶娘似的，迈了腿儿便过来。

朱衣这头通报，那边不过才走到抄手游廊里，明潼对这个大姐姐不敢小觑，澄哥儿虽不记得这个大姐姐了，可见明潼立起来站到一边，也牵了明沅的手站到她身边去。

等着明蓁进来，先给纪氏请了安，再自明潼始至明沅终，挨个儿问了一句"大姐姐好"，颜明蓁再持重也不过十三岁，纪氏回来许多事便能料理,纪氏拉了她坐下,抚了她的背问道:"你妹妹说如今家里是你在理事,倒是能干的。"

可不是能干,袁氏一头顾着儿子一头顾着颜大伯,明蓁先不过是帮着吩咐两声,再往后仆妇下人有事也只来回她,倒不去前院了。

按理她并不该管,听见这样说,面上泛红:"侄女不过帮把手,全赖几位嬷嬷有主意,单只我一个,再不成的。"她来除了拜见纪氏还有一桩事:"原是家里实在吵闹,这才叫两位妹妹在东府里养病,如今婶子既家来了,晚些便把二妹妹挪出来。"

纪氏拍了她的手:"可不敢挪她,好容易好些了,再动弹添了病症怎么好,你那儿也不得空,便在这儿将养着。"

这两个说话,明沅歪了脑袋打量明蓁,见她穿着一身杏色素面对襟衫子,脸盘白净,远山似的眉毛,水盈盈一对眼睛,嘴角微翘,不曾开口就先带了三分笑意似的,跟明潼两个又是不同颜色。

明蓁一侧头就看见明沅眼睛一瞬不瞬地盯着自个儿,冲她露个笑意:"六妹妹瞧什么?"明潼接了口:"我知道她瞧什么,她定要说,大姐姐好看。"

这回轮到澄哥儿刮脸皮羞她了,明沅却不羞,摇着身子点点头,大大方方说了句:"大姐姐好看,三姐姐好看。"是真的生得好,小姑娘已经抽条了,隐约有一点曲线,跟枝条上初绽的玉兰花似的。

颜明蓁掩了口笑,叫夸这么一句竟脸红起来,她知道明沅并不是纪氏所出,可屋里没有旁人,想必是叫抱到上房来养了,弯了腰捏捏她的鼻子:"小人家家知道什么是好看。"

明沅"嘻"一声笑:"太太给的仙鹤盒子好看,八仙罗汉床好看,都好看。"一句话把纪氏都逗笑了,她扶了小儿拿帕子捂了嘴笑,又不能高声,家里到底是有恶事的,笑完这两句,便开了箱子把人参拿了出来。

"这是在穗州收罗的高丽红参,人参这东西虚不受补,这个倒不一样,便是给长了年纪的人用的,你拿一盒子回去,不拘是切了片含着,还是拿参须泡茶,问明白了好给大伯用。"

明蓁来时被梅氏叮咛了又叮咛,叫她摸摸纪氏的意思,可她到这儿却一个字也不提，拿了红参就要告退，眼睛再往澄哥儿身上一看，晓得这回自个儿的亲弟弟说不得真要过继了。

梅氏丈夫宠着女儿帮衬着，肚皮还争气，生了三个，摆到哪里，都是有福气的女人了，大房想要陶哥儿打的主意也明白，往后梅氏还能生，纪氏可不一定了，好容易养个庶出的哥儿，到五岁多了，过继了去，若房里头再没有，可怎生办。

哪家子都有难处，明蓁回去了便送了一匣子小东西来给明沅，朱衣话也说得好听："夸了咱们姑娘一句，可不得给些彩头的。"

等朱衣走了，纪氏靠在贵妃榻上，手里托了盅儿，对明潼说："你这个大姐姐，往年看着并不出挑，如今再看果然是个有福气的。"

明潼笑着不接口，心里却道，她的福气可不只在这儿，等明沅明澄抱到西厢房睡了，她这才挨着母亲："睐姨娘的院子，是该动一动了。"

原来不过生个女儿，现下得了个哥儿，便不能再住在通房丫头的屋子里头了，纪氏闻言心中一动，到底还是女儿知道当娘的心，她点点头："把落月阁理出来，给了睐姨娘。"

早晚要知道，还不如自个儿漏出风去，明潼隔着几道纱帘看向西厢房去，把脸挨在纪氏腿上，靠着亲娘，心里一片安然。

不等大房调转枪头把手伸到纪氏这里扒拉儿子，落后的船只也靠了金陵渡口，几个姨娘早早换下衣裳，便只有睐姨娘手里抱着大红锦缎缝的褓裸，她脸上止不住在笑，车辙碾着路面往颜府去，一路走，一路都在笑。

张姨娘搂了明洛，挑了眉毛斜她一眼，转过脸去没个好脸色，安姨娘垂了眼仁儿，跟女儿两个挨着坐在门边，倒是最晚抬起来的睐姨娘靠了车背，坐在大软垫上边，她脸上止不住喜意，旁的不知道，她在宅子里待久了，有一样还是知道的，大房没儿子！

到办丧事终归要有个嗣子撑场面，三太太那疯魔的情状，下人里头哪个不知，哪个不晓，北院一拜起菩萨来，东院都能闻得见檀香，求了这许多年，一个屁也没崩出来过。

她拿眼儿睨睨两个姨娘，先进门又怎着，这许多年也只生出女儿来，她呢，却是正经的三年抱俩，还有个儿子！

睐姨娘低头看看自个儿的儿子，养得白嫩嫩胖乎乎，嘴巴一抿就跟笑似的，叫马车一颠，醒了过来，蹬了腿儿"哦哦"两声，眼睛一转就找到她身上来。

睐姨娘两手抱了儿子，宝贝儿似的捧在胸前，一边托着头，一边托着身子，恨不得嘴里声音再大些："哥儿怎的了？叫颠着啦？"张口就叫："赶车的是死人，不知道颠着少爷了！"

一路上小半拉月没正室压在头上，她那尾巴是越翘越高了，等想到过继这一节，更是满心满眼地觉着半个颜家都在儿子手里，统共这两个男娃，一个抱到大房，另一个就袭了这一房，不论怎么算，她的儿子都是个宝贝凤凰蛋。

睐姨娘抱了沣哥儿再也按捺不住，一双眼睛波光流转，"扑哧"一声，笑了出来。

第二十八章

等阖府都知道二老爷房里又多了个儿子,明沉就是再小也听到些风声了,她跟澄哥儿两个来不及安排院落,便先跟着纪氏住在正房三间堂屋靠西边的厢房里头。

纪氏一着家,那些个下人丫头婆子好似立时就有了主心骨,明蓁那头趁势把事一推,她本来就是侄女,又是小辈,再不该由她来操持的,如今全由着纪氏接了手去。

这时候便显出了明潼来,纪氏胎未坐稳,脉息又弱,明潼生怕她落了胎,一应事体看着是从纪氏屋子里头吩咐出来的,里头倒有一多半儿是明潼在料理。

可她再能干,总没办过丧事,又不想事事去烦纪氏,便把安姑姑喜姑姑两个调到身边来,这两个俱是老人了,倒还记得伯祖母丧事那回是怎么主持的,比着原来的例,明蓁主意对的便按着她的主意做,细节上头再改便是。

那香花宝顶数量匹配,三牲祭礼也叫厨房说定了铺子,要时便能立即送来,孝幛孝幡都点出了数目,一抬抬箱子罗列起来摆在北府库房里头,永福寺玉皇观两边都定好了人数,一边十六人,只要云板响了四声,立时就能去请了人来。

一边料理这些事,明潼还放出了话去,总归她年小,胡乱说出来也是有的,叫府里的奴才多两个去码头接迎,姨娘们本该坐着小轿来,这回却给她们配了马车,还特特吩咐下去,说不可惊着了哥儿。

"叫两个八字儿重的去迎着,哥儿年岁小眼睛干净,过来的时候挡着些,别叫冲撞了。"这话自明潼口里说出来,哪个都只当是纪氏吩咐的,东府上房里才说出来,立时阖府皆知。

梅氏那里一接着信,肩膀立时一松,长叹出口气来:"阿弥陀佛,这会子可好了。"拢了头发就要去揖绣楼里找女儿商量主意。

睐姨娘抱了沣哥儿回府,叫梅氏譬如抓住了救命稻草,原是一家一个儿子,如今老二家里有两个了,便该从他那个房头里选人出来,可这话她又说不出口,还是得跟女儿讨主意。

颜明蓁这幢小楼倒似一片净土,明芃原还在东府里头养病,一忙起来,也挨不过喧闹,还由着明蓁把妹妹接了过来,她这里除开四个宫里来的嬷嬷,身边俱都先换了宫人侍候着,凭外头怎么闹,她这里也是静悄悄的。

朱衣卧雪几个由着老嬷嬷调理规矩,等再学一回才能往她跟前侍候,如今倒跟小丫头似的,自怎么倒茶怎么回事开始学起来,见着梅氏来了,行个蹲礼,慢悠悠领了她进去。

梅氏自来不是个急性人,可这事儿却由不得她不急,可又得顾及着女儿的面子,一步挨一步到得楼中,短短一段廊道,连腰上垂的铃儿都不曾响动过。

明蓁正在习茶百戏,她身边的宫嬷嬷当教授,教她怎么点四瓣梅花,见着梅氏微一躬身,明蓁手一抖,最后一瓣便没成圆,她稳稳心神,把茶具搁在几案上:"倒有些累了,歇会儿吧。"

几个嬷嬷对视一眼,晓得这个姑娘是个有主意的,看着说话柔声细气,定了的主意却不转圜,既由着宫里赐下来,往后就要跟到封地去,一身荣辱系在她身上,客客气气尽主仆之谊便是,也不愿听府里这些烦琐事,若要问计,成王妃自会开口,便都各自退到后边去。

明蓁见着母亲这副模样,不必开口也知道她要说甚,调了几个宫里派来的丫头去斟茶拿点心,把自个儿身边的朱衣卧雪留了下来,拉了梅氏走到罩房里头,挨着窗户拉了她的手:"娘莫要忧愁,这事儿交给二叔二婶就是了。"

梅氏蹙了一双远山眉,眼睛里都浮出泪来,未曾开口就先带了三分哽咽:"我也晓得你二婶养活那么个哥儿不容易,可实舍不得你弟弟,你……你三叔家里你也瞧见,我还想着等明陶大些,送到你外祖家读书呢。"

袁氏瞧不上她,她也一样瞧不上袁氏,自个儿大字不识一个,明琇都三岁大了,连句诗都不会念,她眼中一湿,明蓁就赶紧拿帕子出来给她按眼睛:"二叔家里两个,再怎么也轮不着从咱们这儿过继的,娘宽宽心,若实担忧,我去问问便是。"

梅氏刚还皱着的眉头松开来,她一双手合十了执在胸前,缓缓吁出一口气来。

颜明蓁垂了眼睛,嘴角还勾着笑意,安抚了母亲,留她喝了茶,又叫朱衣拿了一匣子点心来,指了朱衣紫萼两个跟着,叫檀心卧雪给几个嬷嬷告假,披上短斗篷往东府去了。

东府里一片忙乱,一抬抬大箱子挡在花园通往后宅飞虹桥廊上,朱衣快步过去,问几句,又脚不沾地地快步回来,低了声儿凑到明蓁耳边道:"是二老爷的房里人,仿佛说着,要给睐姨娘分个大院子。"

明蓁听得这句心里透亮,二婶自来不是个没决断的,这番做作,不过为着捧杀,这些日子,厨房哪一天不往东府送乌鸡汤。

她自打知事起便在老太太房里养活着,听的看的,都是二婶纪氏如何如何能干,自己的亲娘明明是长嫂,却倒退一射之地。

老太太抱了她到身边养活,为的便是自小教她理事,往后还担着教养弟妹的职责,老太太的话说得明白,"不能由着那个不着调的亲娘,把好好的孩子祸害了"。

明蓁初时不懂,越大越是明白,越是大越是知道老太太说得对,为人子女者如此腹诽双亲实是不道,可她每每看着母亲靠在二婶身上,事事拿不出主意,心里又为着她羞愧。

初学着打算盘的时候,去给亲娘请安,才提起来,母亲竟然落泪,后来才明白,在娘亲眼里,这些个俗事最是可恶不过,可作为女人,若真烦起柴米油盐,小妾通房来,哪里还能雅还能仙?

太祖母在时由着她来教,等太祖母没了,明蓁便样样都学着二婶纪氏的行事,宽容大方平和中正,这才是大家太太的款儿。

她略站一站,见前边还忙个不休,指了紫萼拎着食盒过去,见得明白了,有些话便不必再刺探,二婶子这是要借刀杀鸡,自家很不必再去蹚这浑水,一路绕了林荫曲廊往回走,朱衣跟在身边,扶了她的手,小心翼翼地问了一声:"可要往太太那儿去?"

明蓁吸一口气:"不必了,这事儿还有得磨。"只要伯祖父在一日,便能扯一日的皮,二婶这是打定了主意,要把澄哥儿过继了,明蓁心里想着那两个字,却也明白到二婶这个地步,换作她,也是一般做法。

眯姨娘叫分到个大院子里头,除开三间堂屋,还有退步抱厦,挨着门阶上得三层,还有一道垂花门,两边墙廊各挨着几处耳房,纪氏还道:"原不是说她院子里头人多,屋子浅了住不下,如今再多也能住下了。"

张姨娘跟安姨娘两个各回小院,安姨娘面色如常,张姨娘斜了眼锋看她,嘴角一挑,抿出个轻蔑笑意来,带了明洛请过安,退到一边,很看不得眯姨娘这个张狂模样儿。

正遇着紫萼送了点心来,半福了身子道:"我们姑娘才得着宫里赏的点心,想着给二太太送些来。"

是一匣子枣锢飞燕饼,寒食节前宫里都有赏赐,明蓁既定了成王妃,里头便赏了这个出来,纪氏瞧见嘴角一勾:"大侄女有心了,等厨房里做了青白团子,便给你们太太也送些去。"

朱衣还没走到门边,纪氏已经在吩咐:"开了匣子分一半出来,叫沣哥儿也沾沾宫里的喜气。"

眯姨娘脸上的笑遮也遮不住,她接了饼碟儿,看了挨着纪氏的明沅一眼,竟大刺刺说道:"妾给六姑娘做了一身衣裳,想叫六姑娘试一试。"

真是城门失火,明沅躲她且不及,不妨她竟说了这话出来,还一脸的得意,料定了纪氏定会许她似的。

明沅抬眼去看纪氏的脸色,她一脸平和,连眉梢都没动一下,开口还是平常声调:"既是给她做的,就带了她去试试吧,卷碧,你跟采菽两个,侍候着六姑娘。"

明沅由着卷碧抱到眯姨娘院里,这才觉出大事不好,她知道大房要过继,便是头先不觉着什么,日子一长也回过味来。

纪氏何时这样宠溺过澄哥儿,明潼理事,纪氏反而得闲,这些日子又停了功课,澄哥儿自早上睁开眼儿,到夜里睡觉前,时时待在纪氏身边,一刻不见琼珠便来寻人,连澄哥儿自个儿都觉出纪氏待他不同以往。

到底是孩子,一经放纵初还拘束,等他晓得再怎么闹纪氏也不训斥他,心便玩野了,总归教养了这些年,大规矩总是不错的,府里将要办大事,除开纪氏后院,他也不往旁的地方去,日日拉了明沅在院子里头混玩。

架着小网兜捞了莲花池里头的锦鲤,又把院后两株天孙织锦的曼陀罗花掐下碗大的两朵来,窜在假山石洞里头玩捉迷藏,跑得一头一身是汗,便是这么个皮法,纪氏还只盯着丫头叫不许磕了碰了,玩出汗来赶紧给垫上毛巾子,别着了风寒。

澄哥儿猫儿似的钻闹,连带着明沅也叫一块放松了,那捞上来的锦鲤叫他们放到纪氏屋里的彩斗大缸里,掐下来的花悄没声儿地摆在纪氏织锦枕头上,纪氏本来就心软,再见着这个更是一句教训的话都出不了口了。

背地里还对着明潼弹泪,明潼对纪氏肚里这胎,看得只怕比纪氏自个儿还更重些,见她多忧多思,把眉头一紧:"娘且安心养着,若澄哥儿要待在老宅,便留两个嬷嬷下来,我在老宅看着他便是。"

两个看澄哥儿的眼神都不同,澄哥儿觉不出来,明沅却不是真孩子,她心里猜测着,只怕纪氏跟明潼两个都定下主意,要叫澄哥儿过继到大房去。

知道这个,再看眯姨娘这模样,心底暗叫糟糕,她这谱儿摆得实在过分了些,连安姨娘都扯了明湘,一句话不曾多说,走到廊道各自回了院子。

自飞虹廊行过来,一路都有下人给眯姨娘问安,她甚个时候这样体面过,连头都昂得更高些,纪氏头上都换过了翡翠珠玉的首饰,她还戴了金压发,一路招摇过市。

明沅趴在卷碧肩上,她养了些时候有了分量,卷碧哪里抱得动她,行一会儿便要停一停,明沅扭了两下要下来,卷碧才刚把她放到地下,她撒了腿儿一路往回跑。

第二十九章

明沅自然没能跑掉，她人小腿短，身后还跟着那么多丫头婆子，没跑上两步，就叫个婆子一把抱起来，卷碧拎裙子在后边追，见明沅挣扎急声道："手松着些，可别伤着六姑娘。"

那婆子觍了脸笑："知道知道，不必姑娘吩咐。"说着把明沅抱给她，卷碧伸手接过来，明沅哭丧了脸趴在她肩上，撑起来摇摇头："我不去！"

卷碧软声宽慰她："只去一会子便好，试了衣裳就回去。"

眯姨娘叫明沅这跑，手上捏的帕子都差点儿绞烂了，扯着嘴角从前边过来，一张手："我来抱。"说着剜了一眼卷碧："别是你手底不干净，弄疼了她。"

明沅叫苦不迭，卷碧可是纪氏屋子里的大丫头，自个儿身边还有她的亲妹妹，眯姨娘张口得罪了她，以后倒霉的还不是她！所幸是卷碧，若是琼珠指不定又要说出什么话来。

卷碧也不接口，只道："姐儿沉手得很，姨娘怕抱不动呢。"

"我肚子里出来的，几斤几两我不清楚！"眯姨娘伸手抱了明沅，明沅也不敢再挣扎，刚才那个婆子急急抱了她，春衫本就薄，如今胳膊就有些疼了。

她其实不是真想跑，起码得做个样子给纪氏看，原来是她想得太简单了，还以为只要养在上房，只要她不理眯姨娘，两下里都能干净，哪里知道只要是眯姨娘跟沣哥儿的事，就能扯着她。

眯姨娘当丫头时也不过是洒扫的，成了姨娘更不必劳作，明沅吃得好自然长得多,她甫一接手,若不是卷碧拿手托着,明沅就要往下坠,她一把揪住了睐姨娘的衣领,这才稳住了。

睐姨娘刚才说了满话,不肯松手放开女儿,一只手托着一只手扶着背,走一步是一喘,一条廊道不曾到底儿,她已是靠着栏杆歇气了。

"怎的长这许多,姑娘家吃得这样,往后可怎么办?"她一想便觉得纪氏不曾安好心,眼见着女儿脸颊肉乎乎,伸出来的手带着一排肉窝窝,嘴里嘟囔着,不敢嚷出来。

还是她身边的丫头葡萄见她实在没力气了,伸手道:"叫我抱一抱六小姐吧,沾沾福气。"这么说着,伸手把明沅抱过去,这般才行到了落月阁。

纪氏把东府里头原来预备给姨娘的院子,拣最好的给了睐姨娘,落月阁两边开了门,拂开柳荫就是绿漆月洞门,进门迈三步下得台阶,种了两株粉桃花,此时已过了花季,枝上零星开着几朵晚桃。

正面就一排三间的屋子,门前两个大花圃,全种了福禄花,飞罩上边雕着喜上梅梢,两边垂了细竹帘子,竹帘上边还编着万字不断头的纹样。

里边三间屋,两边门扇嵌了四季如意花卉的彩色烧画屏,博古架子上头空荡荡不曾摆设,东屋靠着窗摆了一张山水屏画的梳背小凉床。

睐姨娘自个儿住了东屋,西屋是沣哥儿睡的,这时候他吃了奶正睡着,便把明沅抱到东屋里去。

里边除开丫头,竟还坐着个穿了锦衣的老妇,包了销金头巾,鬓边贴了个金箔贴花儿,见着睐姨娘进来,笑得眼睛都眯缝起来,站起来迎两步,伸手就要掐明沅的脸:"这是咱们家外孙女儿吧。"

卷碧倒抽一口气,采菽赶紧扯扯姐姐的袖子,示意她不要声响,只退过一步不叫她碰着明沅。

睐姨娘见两个丫头恭顺,越发得脸,把明沅往床上一放,扫了卷碧采菽一眼,指着廊下:"没眼力见儿的,往廊下等着去。"

卷碧还要说甚,采菽急急扯着她往外,明沅站起来就要跟着下床去,那个婆子一把拦了她,一张嘴唾沫都差点喷到她脸上来:"姑娘还不识得,我是你娘的娘,得叫阿婆。"

葡萄、麦穗儿只作没听见，放下食盒紧跟着步子往外边去，屋子里只留下明沅、江婆子跟睐姨娘三人。

明沅怎么能肯，站起来甩手就要出去，这里一刻也待不住，睐姨娘见她这模样，心头一酸，眼泪跟着就落了下来。

她有一半儿倒是哭给亲娘看的，一面哭一面诉苦："她哪里识得娘，早就叫教得眼里没我了。娘只说这是条好路，铺着金嵌着玉，如今呢？这可是我头生女儿，说抱就抱了去，我的苦，娘哪里知道。"

那个妇人见她哭，啧了一声，一屁股坐到凉床上，手上还抓着一把瓜子儿，明沅这才瞧见她吐了一地瓜子皮，衣襟上还沾了点心渣，手指在雕花床、花鸟围屏上点了一圈儿："这还不是铺金嵌玉？叫你嫁到外头，能有这样的屋子住？"说着伸指头点点女儿："白瞎你这么一副皮相，你还想着那个木匠？"

睐姨娘叫母亲说得一怔，原来只有三分哽咽，听得这一句，泪珠子立时滚落下来，到此时方是真哭了。

睐姨娘本家姓苏，原是侍候府里花木的，这差事有油水可捞，时常在主子眼皮底下转着，梳剪出花木盆景儿往房里一送，还能得着赏钱。

苏家原来就颇得过，可架不住一山望着一山高，进得院儿来满眼都是富贵锦绣，女儿叫收用了，可不正中下怀，便是纪氏不来问，这一家子也要吵出来，好讨个名分来。

明沅一个头两个大，想爬起来，叫江婆子一手按住了肩，把她按坐在凉床上，还抓一把巧果饴糖塞到她手里，咧了嘴巴哄她叫阿婆。

明沅怎么能肯，江婆子只当她小人家听不懂，冲着女儿伸出两根手指头，张口就来："他们家里床板儿都没第二副，你真个嫁了他，叫你睡在土窝子里？"

睐姨娘还只落泪，江婆子瞧不过眼去，伸手拍了瓜子壳，掏出帕子给女儿拭泪："听娘的劝，还能害你？你看看这屋子，再想想北边府里，若是咱们家哥儿过继了去，那可不全是咱们家的，你心里那些想头，娘不是不知道，可那全是虚的，能看还是能吃！我只问你一句，如今你能出去，还跟着他喝麦壳粥？"

见女儿还不说话，摸摸她的脸颊："我的好姑娘，你如今一天用几个菜？喉咙管都叫这花蜜浆子喝细了吧？"

睐姨娘眼睛盯在七彩螺钿贴贝座屏上，半晌不接话，好容易出了一口气，脸上有些不耐："娘这回子来，又要做甚？"

江婆子晓得女儿也不是真抱怨，不过作个样儿给她瞧，咻笑一声："你得个哥儿，上边就没赏东西，别只你一个住在金窝银窝里头享福，咱们家那房子也修一修，好叫你哥住得舒坦些。"

睐姨娘心知娘是进来要银子的，贴身摸出个荷包来，捡了一块细银子："好好的修什么屋子，这才三年多，就又漏雨了？"

她进门的时候，是写过契的，家里总共得了十两银子，一文都没给她带进来，说是修房子，一厘钱都没多余的，叫她穿着旧衣进了门，如今又来要钱，不过是亲娘想要甜点了。

江婆子见女儿一出手就是一块一钱重的碎银，拿帕子包了塞到袖笼里头："这是给你哥哥的，我就没个零花？"

睐姨娘坐起来从床下边拉出个箱子，从里头捧出个匣子来，一匣子铜钱，抓了一把，江婆子还只眼巴巴地看着，就又伸手给她添了一把。

婆子这才嘴巴咧咧笑出来："那我家去了，你记着我的话，往老爷身上多用功夫，上头那个再厉害也不能治死你。"

明沅到这时候，才真的觉得睐姨娘可怜，当着她的面演了这么一出好戏，这个名义上的"外祖母"跟卖女儿有什么区别？

江婆子先要出门，眼睛一扫看见桌上没打开的点心，才要伸手，叫睐姨娘按住："这是宫里头赏下来的，单给沣哥儿。"

江婆子才得了银子的喜色立时隐了下去，甩开女儿的手，见盒子里总共只有四只枣锢飞燕环饼，捡出两只来："给你侄子吃。"这才心满意足地往外头去了。

等江婆子去了，睐姨娘再张手要抱明沅，她垂着头不再挣扎，觉得这个女人也可怜，才十七八岁等于是叫亲娘给卖了，可她可怜归可怜，再这么作下去，连带着沣哥儿也落不着好。

睐姨娘见她呆呆的不动，又拿东西哄起她来，一个金铃铛，一个彩皮球，又抖出一件小衣裳来，给她穿在身上，抱了她哄道："沅姐儿，叫我一声娘，叫娘。"

　　柳叶眉毛瓜子脸，一双眼睛里满是期盼，明沅看看她，心里叹气，却抿了嘴儿一声不肯吭，睬姨娘说了两句见她不出声，抱了她到西厢房里去看沣哥儿。

　　明沅便是抱到上房之前，也并不常见这个同胞弟弟，他盖了大红刻丝被子，白胖胖一张圆脸，闭着眼睛不知道生得如何，那一双眉毛却跟自己一模一样。

　　也不知做了什么美梦，嘴角一扁，露出左边面颊上的梨涡来，睬姨娘从被子里边摸出沣哥儿的小手，挨着明沅叫她摸一摸。

　　小拳头才那么一丁点儿大，紧紧握着不松，小指尖儿细细翘起来，铁爪兰似的，明沅心一软，伸手摸了摸，睬姨娘抱了她盈盈大眼红了一圈，带点湿意，摸了她的头："等你弟弟袭了家业，你就又是我女儿了。"

　　明沅叫卷碧抱回上房去时，身上还穿着那件小衣裳，针脚布料都只寻常，大小却正合适，她伸了胳膊抱住卷碧的脖子，听这对姐妹一路小声说话，知道她们必是要跟纪氏禀报的，可她能说什么？

　　院中移步换景，透廊洞门花窗，走得一两步，瞧见的便不再是同一处景色了。

　　澄哥儿挨着纪氏正吃飞燕饼，吃得口角沾着枣泥，纪氏掏了帕子给他擦嘴，澄哥儿仰着脸，把一边抬高了凑过去，眼睛一眨，瞧见明沅进来，张手就冲她招一招："六妹妹来，我还给你留了一半呢。"

　　明沅才刚落座，他就塞了一块饼儿过来，明沅拿在手里，口里没味儿，吃不下去，张开米粒大的牙咬了一小口，慢慢吃着。

　　纪氏往卷碧身上一扫，她凑到纪氏耳边，也不知说了甚，纪氏竟淡淡笑了起来，一句也不曾在明沅面前开腔，只拍了澄哥儿的背："咱们后日去外祖家好不好？"

　　澄哥儿还记得纪氏的娘家，年年生辰都给他送生辰礼来，他兴高采烈，见着匣子里头还有几块饼："这个给带去分。"

　　纪氏松了眉头搂了他的肩："好，咱们澄哥儿给的。"说着看了看明沅，顿一顿才道："明沅也一道去，采薇给她拣件衣裳。"

在家穿得素淡，出客却得艳些，采薇立时抱了明沅下去，给她脱了衣裳，还防着她喜欢这件，不好逆着她，可这件衣服却烫手得很，再不能留，塞到箱子最底下，拣了件桃红织金的出来："姐儿，咱们换了这身吧？"

等解了衣裳，采薇细细抽一口气，她连着明沅的中衣也一并想换，这才看见胳膊上边有一块拇指大小的青斑，叫过采菽劈头盖脸一通骂，捏了这个往上房去告诉纪氏。

连在前边理事的喜姑姑也一并过来了，纪氏问明白了，知道明沅是要跑回来才叫掐出这么一块，神色立时不同，斜了卷碧一眼，卷碧原是不想多这事才没张口，纪氏罚了她一个月的月钱，又叫外头送活血膏来。

解了衣裳，就这么半趴着，她自家不得动手，防着有孕不碰这些，叫喜姑姑给明沅上药，见她不动的模样，摸摸她的脸，捏了一块蜜裹核桃送到她嘴边，明沅就着纪氏的手含吃了："咱们明沅受委屈了，带你坐大车，去外家见见几个表兄妹。"

第三十章

等纪氏一走,采薇就扒着喜姑姑告了状,是采荍跟着去的,青了一块皮子回来,太太却没发落她,自家不过躲了回懒儿,叫喜姑姑那样敲打,采荍怎么着也该罚月钱才是。

哪里知道喜姑姑却不曾发落她,只掀了衣裳看看明沅碰青的那一块,见上了药油,问她:"姑娘疼不疼?"

明沅点点头,小孩子细皮嫩肉,青了一块还是有点疼的。采苓拿了一把细柳条进来,接口说道:"那样一大块呢,姑娘竟不曾哭。"

喜姑姑满眼爱怜,徐徐叹出一口气来,见采薇愤愤不平的模样,知道她怎么也点不通,索性不说她,只道:"采荍也罚半个月的月钱,你姐姐是太太的人,你可是姑娘的人。"

轻描淡写把这桩事揭了过去,采薇听见她罚了月钱,脸上有几分得色,喜姑姑暗暗摇头,倒是上房的卷碧能揣摩上头的心思。

分了大院子,派了马车,还放出那样的话去,显着很看重沣哥儿似的,不这么着,眯姨娘哪能招摇得起来,太太这是打了主意,想一石二鸟了,若她不想叫姐儿去,根本就不会应。

她拍拍明沅的背:"姐儿不怕,过得两日也就好了。"这回也算是因祸得福,太太心正,觉着亏了她,这才带了去纪家,明湘明洛两个长到这样大,却还不曾相过面呢。

纪氏才家来,纪家就送了帖子来,纪氏的娘家嫂子说要来拜望,叫纪氏给推了,如今眼看伯父一时半会儿咽不得那口气,便又想着往娘家跑一回。

纪氏人在外头，纪家却没少来，每到应时当令的节日也送了礼盒儿来，颜家大伯病着，每十来日就差人问一遭，包了人参茯苓送来。

澄哥儿还记着纪家两个哥哥，他旧年生日，纪家送了一柄彩雕小弓箭来，他一向喜欢得很，挂在房里的墙上，连玩耍起来都爱惜得很。

纪家跟颜家一个住在城南，一个住在城北，原来都是城郊地方，城里人口稠密，老街动不得，外城越扩越大，颜家祖宅原来该是在南城门边的，经得几代却成富户聚居的地方了。

明沅早早起来，因着是做客去，不好过分素淡了，便穿一身桃花红绛丝衣裳，脑袋上还扎着两个小花苞，把纪氏给的璎珞圈儿挂在脖子里头，牵了澄哥儿的手，去上房用早膳。

回来这些天，还是头一回见着便宜爹，颜连章总有好几日宿在外院，跟哥哥弟弟一道守着伯父，纪氏怕他在前边吃得不好，趁着回来换衣服洗漱，叫厨房里熬了鸡丝粥，摊了双色芙蓉蛋上来。

这东西软和，鸡肉丝炖得久了，一口抿在嘴里肉就化开来，粳米早就不成形，喝汤似的"呼呼"进去，再配着芙蓉蛋，颜连章一气儿吃了两碗："可还有吗？给大哥三弟带些去。"

纪氏心疼他守夜，递了帕子给他擦嘴："有的有的，早就叫送了去，你赶紧洗洗，往床上歪一歪。"

颜连章冲她笑一笑："累不着我。"一抬头看见澄哥儿、明沅两个打扮好了，知道纪氏要回娘家去，招招手："去了外家可不得无礼，不许跟兄弟们胡闹。"他说完这句，又看看明沅，转头问："怎么带了她去？"

纪氏翘翘嘴角："可怜的，也带了她一道去散散。"颜连章听见这句便不再问，可到底怎么个可怜法儿，自然会有人告诉他。

澄哥儿这两日皮得很，颜连章也是知道的，想拉过来训，先给纪氏拦了，这回她急着在这时节往娘家跑，为的也是请个大夫，就在娘家把了脉，算着时候差不多，此时也该摸出来了。

澄哥儿见着颜连章总有些怵，板了小脸点头，明沅也跟着点头，纪氏推了他一把："孩子们才刚起，你赶紧去吧，也好多睡一会子。"

婆子撤了小桌，又上一抬来，明沅坐定了擦过手，拿青瓷小碗舀了粥，自家细细吹着食用起来，芙蓉蛋里夹的肉末，摊成两色，一边儿全是蛋清一边儿全是蛋黄，摆出来倒像个八卦，澄哥儿专舀蛋黄吃，里边裹的肉切得粉碎，不必嚼就咽了下去。

他是最没心事的那一个，明沅用了粥再吃些笋脯就不吃了，纪氏也是略用两口，她今儿等着把脉，哪里还有胃口。

澄哥儿吃用着，她便立起来换了一身蜜蜡黄折枝牡丹圆领褙子，胸前戴了一串青石珍珠长链，卷碧掀了大衣镜上的百子石榴绣罩给她照看，扶一扶鬓边的金钗，转身点了四色礼，看澄哥儿也用得了，牵了手往角门上去。

因着穿了艳色衣裳，便不好往三府并一的大门口走，只开了东府的最外头廊道边的小门，朱轮车就在外头等着，纪氏靠着软垫坐下，一边坐着澄哥儿，一边坐着明沅。

澄哥儿可没这许多规矩，出了府到大街上就掀了帘子伸头去看，明沅心头痒痒，也跟着爬过去往外看，纪氏也不斥责他们，只合了眼睛，一手搭在引枕上头，一手撑了头养精神。

此地风俗跟穗州比又不一样，街上人的衣裳穿得更齐整些，倒不是穗州不富，而是民风如此，靠海打鱼为生的，有些人便趿着草鞋子，连绑腿儿都不裹。

越是往金陵来，越是觉得天寒些，在穗州都换上纱衫子了，此地还穿得厚，纪氏回来的这一船未到金陵前，就煮了柴胡板蓝给丫头婆子防风寒，后头姨娘那一船便没想这许多，好些个丫头都病了。

一路比之穗州又是不同，竟还有人临街搭了戏台子，放个铜锣在上边，挂了块幡，写着《宝珠记》，明沅从来没听说过，想是地方戏曲，再往前酒楼一间挨着一间，挂着白巾跑堂的一溜儿排开就有七八个。

天还早，还有担了柴在街上兜转着叫卖的，茶店除开卖大碗茶，还卖烧好的热水，拎了壶去装一壶，一壶花费十几个铜板，还能再摸一碗盖碗雨花茶回去。

街上形形色色比穗州繁华又不相同了，穗州是从城里往城郊去，这儿却是自南往北穿城而过，一溜儿都是青砖大道，衣裳也穿得更富丽，绸衫裳子竟是寻常就能瞧见，穗州的织丝女还穿了蓝花布呢。

明沅一路看一路指点，澄哥儿半通不通地说着孩子话，见着个挑了担子的汉子，前边箩筐里头是白萝卜，后边箩筐里头是个半大的娃娃，他知道那是出来卖东西的，还当那人卖孩子，瞪大一双眼睛，目不转睛地盯着看，等有人买萝卜，那人放了担子称起萝卜来，这才放下心。

马车自大路上过，边上就有好些个胡同里弄，隔几步还能看得见水，明沅伸了脖子看，就有街面上的娃儿跟着车冲她招手，澄哥儿盯着捏糖人的看个不停。

这街面上的东西再怎么也不能给他们吃用，琼珠开了食盒子："哥儿不若用个雪花酥吧。"盒盖儿一打开，里头摆着一方方雪白的面酥，撒了梅花雪粉洋糖，澄哥儿却只瞧了一眼，还盯了外头的捏糖人的摊子看。

那东西论吃口定不比雪花酥来得精致，不过是街面上看着热闹，可澄哥儿自来没尝过，他扯了纪氏的袖子撒娇，纪氏略张张眼看他，伸手去捏澄哥儿的鼻子："略停一停，叫捏两个上来。"

澄哥儿立时就笑了，他转着眼睛冲明沅做鬼脸，车靠着糖人摊子，琼珠掀开帘子下去，先拿了澄哥儿瞧中的那个大闹天宫，又扔了二十多个钱："拣好的捏上来。"

澄哥儿跟明沅两个伸头去看老汉怎么捏的，他见一对金尊玉贵的哥儿姐儿，舀了白糖面，刻起人脸来，做了一对儿金童玉女。

琼珠见做得好，又摸出钱抛到他摊前摆的碗里，斜欠着身子接过来，缩进帘子里头面上还发红，原是叫个书生瞧住了。

澄哥儿一边一个伸手拿过来，纪氏点着他："可不许吃，只给你看的。"

等过得糖人摊子，又有卖贴花儿的，还有货郎走街串巷，摇着彩皮鼓，念着长歌谣，不说澄哥儿这样的娃娃，就是明沅也看住了。

食店人最多，挤挤挨挨等着开笼，挂着布幡写了糖馒头三个字，一开竹笼屉，一股子甜香味儿扑面而来，拿油纸包着，不一时便卖干净了。

"这倒是江州点心呢，太太可要尝尝？"玫瑰糖馒头，里头包了玫瑰糖卤，刚蒸出来的馒头是热的，这时候吃口最好，咬上一口，糖浆汁子流出来，裹在馒头皮上，拳头大的一个，几口就吃没了。

"这滋味儿倒是许久不尝了，可是鼎香楼的？"纪氏问得这一句，又摇头，"回来时再买吧，别叫糖浆沾了衣裳。"

到得纪府大门边，明沅两个还扒着车窗回不过神来，纪府知道姑奶奶来了，早早进去回禀，纪氏的大嫂子迎了来接她："可算来了，老太太早晨起来便在念叨你了。"

明沅还当老太太是纪氏的娘，进了门才知道，老太太竟然是纪氏的祖母，她也不往堂前来了，纪氏领着明沅、澄哥儿两个一路行过抄手游廊，过了垂花门，院子正当中的宽檐小楼就是老太太的居室。

老太太眼神不好，见着纪氏也不要她请安，伸手就搂了过去，明沅还是头一回看见她脸红，纪氏的大嫂掩了口笑两声："可见是真疼五妹了，咱们哪一个得老太太这样抱。"

明沅见着一串人都个识得，纪氏又叫老太太搂在怀里抽不出身来，便亦步亦趋地紧跟着澄哥儿，澄哥儿来的回数多了，伸头一看就告诉明沅："哥哥姐姐们都在读书呢。"

屋里除了他们俩，再没别的孩子，澄哥儿手里捏了个大闹天宫的糖人儿，恨不得立时拿出去显摆，等纪氏跟老太太并几个嫂子说笑过一会儿，这才指了堂前规矩站着的两个孩子，见他们规矩立着，不动不摇，说了这么会子话还团手立着，脸上笑意更盛，招了手："赶紧来，见过你们曾外祖母。"

纪家老太太一伸手，有丫头自身上锦袋里掏出玳瑁单边眼镜来，老太太拿起来放到眼前，眯着眼儿照了，这才笑开来："澄哥儿，还一个倒不曾见过，叫个什么名儿？"

纪氏没有开口的意思，明沅便自个儿团了手拜："明沅给曾外祖母请安。"因着她头一回来，纪氏一示意，便有丫头拿了锦团出来，让她跪着磕了个头。

"这小嘴儿甜的，我看着都爱。"纪氏的大嫂黄氏笑了两声，冲她招招手："来，叫舅妈。"她一开口，别个都给纪氏作脸，一屋子的人，明沅挨着个儿地请过安去，得了一身的彩头。

这些东西家里常备,便没想着纪氏带庶女来,吩咐丫头一声,也有金锁金手镯拿了来,明沅接过去就递到采薇手里,黄氏点点头:"到底是咱们姑奶奶教养出来的,规矩真是不错。"

她说这话,拍的是老太太的马屁,纪氏可是老太太跟前长大的,纪老太太听着果然高兴,特地抱了明沅到罗汉床上,搂在怀里磨搓一回,点了身边的丫头,开了匣子拿出一副赤金打的万事如意锁来。

纪氏接过手,摘了明沅原来戴的那一副,把老太太给的亲自给她戴上,一屋子和和乐乐笑成一团,老太太晓得孙女儿回来还有要紧事,伸手握了她的手:"今儿倒不巧了,永年堂的孙圣手来给我把脉,便不留你们,阿季陪陪我,叫他们往前玩乐去。"

纪氏心头一暖,知道祖母这是特意请了大夫来的,捏了帕子指派琼珠采薇两个带着澄哥儿明沅出去:"你看着你六妹妹,可不许跟哥哥们混闹。"

澄哥儿高声应了,昂着头伸出一只手来,牵住了明沅跟着黄氏往前边院里去玩,黄氏自家养了个哥儿,瞧见别家的姑娘自来多几分喜爱,叫拿了彩画皮球出来,又让丫头去学里看看两个哥儿歇晌午了没有。

明沅跟澄哥儿两个到花园子里玩耍,澄哥儿抽陀螺,她就在花荫下边拍皮球,一抬头正瞧见个长须老者被丫头引着往太夫人院里去,身后还跟着个拿医药箱子的童子。

明沅一怔,皮球没弹起来,就地滚了出去,骨碌碌滚到石台子边上,明沅走过去拾起来,才蹲了身,手还没伸出去,就见一只手捏了皮球。

抬头一看是个跟澄哥儿一般大的男孩儿,穿了身靛蓝绉绸小褂子,胸口也挂了一模一样的四季如意金项圈儿,笑眯眯地看着她,伸手把球递过来:"你是五姑姑家的妹妹吧。"

第三十一章

　　明沅一手接过皮球，退了两步仰脸看过去，还不及答应，澄哥儿甩了手里的皮鞭子，也顾不得地上打旋的陀螺了，奔过来大喊一声："表哥！"

　　这是黄氏的儿子纪舜华，长房嫡长子，他看见澄哥儿一把搂了他，伸手撸了袖了："我老远就瞧见了，你那个不对，我来！"说着拿了皮鞭子，对着地下慢下来的陀螺就是一鞭，陀螺忽地立起来，转得飞快。

　　澄哥儿拍了巴掌，小跟屁虫似的跟在后边转，还不住口地问："英表哥呢？"纪舜华连头都不抬："他叫师傅罚堂了。"

　　明沅正在想英表哥是谁，后边一管柔柔的声音响起来："你叫什么名儿？"廊道里一对姐妹携手并立，穿着打扮一模一样，只一个身量长些，一个身量短些，笑起来也是一模一样，弯着眼睛问她话。

　　明沅抱了皮球："我叫明沅。"

　　"我是纯馨，她是纯宁。"那个大些的已经留了头发，两束小辫儿垂在耳边，伸手拉了明沅，掉了一句书袋："有椒其馨，胡考之宁。"

　　明沅半句也听不懂，纯馨翘翘嘴角："他们玩他们的，我们去屋子吃茶用点心吧。"说着伸手牵了明沅，一路问她几岁了，上学了没有。

　　明沅从来了这里，还没跟古代小闺秀玩耍过，明湘明洛两个虽也一处用饭，天天都见面，可明湘是个闷葫芦，明洛又存了攀比的心思，倒不曾一同坐着玩乐，被人请着扮家家酒。喝茶，更是头一回。

　　明沅心里猜测着纪氏怕是来纪家找的大夫，她这般小心，心里还是怕没有，叫了大夫来实口。

这事儿早一天定下来，明沅就早一点放心，只要纪氏有了身子，睐姨娘也就不蹦跶了，她不蹦了，不光是明沅，沣哥儿也才能过安生日子。

采菽抱着皮球跟在明沅身后，到花厅里坐下，自有小丫头倒水来，攒盒里头取出四五样点心果子，大些的纯馨还招呼明沅："妹妹不必客气。"

翘着手指头，学着大人的模样告诉她哪一样是府里厨子拿手的："这是一品玉带糕，最是养人的，妹妹且尝一尝。"

小人说着大人话，明沅忍着不笑，拿一块在手里，学着她们的样子，把这一品玉带糕，一层一层地撕下来吃，又听纯馨说些里头用的桃仁莲子桂花红青梅，说得她都知道怎么做了，这才拿帕子按着唇角："给妹妹添些茶。"

话说着唠叨，教养却是好的，两个女孩儿年纪看着比明湘还大些，举止动作却更温柔，又不像明湘似的枯坐半日不开口，跟明沅搭了话，便又说些学里的趣事，绣花写字之类的闺阁小事，知道明沅不曾进学，还说要送一本字帖给她。

隔的三岁好像面前隔了三条沟似的，虽不至冷落了她，可这姐妹两个也只把她当客人，还是她们两个更说得来，不一时又扯到花帕子上了。

明沅耐着性子，后来看见外边放起竹风筝来，便装着坐不住的样子，伸了头要去看风筝，两个小姑娘才这点子大，就知道不能跑动，还想拦她，明沅却仗着年纪还小，一溜往前跑去，再听女经，她就快"闷"熟了。

风筝还没飞上天，那边大夫又还绕了廊道出来了，送他出来的丫头一脸喜色，想是喜信，明沅也不知道是该高兴还是担忧，她已经不担心纪氏把她送回去了，若真要把她送回去，就不会带她来纪家。

可能一个庶女，纪氏还真没把她当一回事。澄哥儿兀自不觉，跟纪舜英玩得满头是汗，里衣湿了，还撒腿跑着不肯让丫头给他换衫子，满院子都是他的笑声。

纪氏这一脉，果然是喜信。

老太太这里一清净，就握了纪氏的手掌拍抚她："咱们不急，在祖母这儿喝一盅汤，昨儿就给你炖上了，乌鸡骨头都炖酥了。"

纪氏眼里含了泪，挨着老太太，把一盅儿汤全喝尽了，老太太伸手抚她的额头，拍着她的背："你这个孩子，自来有事儿都自个扛着，便是你母亲那里不好说，同我有什么不能说，担了几天心，可没吃用好吧。"

纪氏的母亲是纪二老爷的原配，现如今的二太太却是继母，后进门的填房。纪家上一辈儿两个儿子，纪氏是纪二老爷的头生女，生下来长到五岁没了娘，如今这位太太是后来抬进门的，纪氏这才由着祖母抱了去教养。

她打小跟着祖母，自然只跟祖母亲近，那一个不过是面子情，老太太年轻的时候想着自个儿硬朗，不曾叫她们亲近，如今年岁大了，就怕等她去了，纪氏没个后靠，这才每到年节就念叨着，这么常来常往走动着，等她去了，娘家也断不了。

纪氏也晓得祖母这片心，出了嫁，倒比在家时跟大房的关系更亲近，她吃了一盅汤，又叫厨房给她下一碗鸡汤裙带面，老太太喜得合不拢嘴，竟也跟着用了一小碗。

这才请大夫进来把脉，孙圣手是妇科圣手，隔了帘子一摸脉，捋了胡须道："恭喜这位夫人，圆而如珠，滑脉。"

纪氏先听着恭喜，再听见他说是滑脉，眼眶一湿就要淌下泪来，却又听大夫说道："夫人只须好好将养，那补血的药方倒不必再用了。"

她一颗心这才落进肚里，示意琼珠取了两封银子，老太太却更高兴，拿了个小匣子赏出去："她上回生产亏了气血，圣手给瞧瞧，得吃用些甚？"

孙大夫连连摆手："多食温补，少沾寒凉，若不放心便配些保胎丸吃着便是。"他接了巾子擦擦手："夫人这些人调养得当，这才又怀上这一胎，若这胎安稳，往后坐胎也更容易。"

纪氏喜不自胜，老太太将她搂在怀里，摸了她的鬓角念佛，等屋子里人都退出去，她长叹一声："这就好了，定海神针才镇得住龙宫。"这一胎坐定，还有哪个敢爬上来乱了家业。

纪氏鼻头一酸，趴在老太太胸口，她的苦楚，也只有祖母知道了，盼了八年才盼来这一胎，从此再不必顾及那些个出尽百宝的姨娘妾室，她可算有了立身的根本。

"我看你屋里那两个倒是好的，别学着你大嫂，不嫡不庶，那才是乱家的源头，若跟你一心，你便当他亲生，若跟你生分了，也不必留情，女人得镇得宅保得身。"老太太一头银发，越说到后头，越是精神不济，半眯了眼儿打起盹来，却还死拉着纪氏不放，等她响亮应一声，这才松开手，脸上还带着笑，竟坐着就睡过去了。

纪氏知道她也跟着挂心，扶着她卧到罗汉床上，给盖上哆啰呢的毯子，指了丫头看着，眼见得天色不早，便带了丫头出来。

纪氏扶了琼珠的手，走到花园子，远远就见着澄哥儿在玩闹，明沅就跟在身后看着，只觉得风吹面颊暖洋洋的，带着香气，凭他亲妈是谁，把苗扶正了，他就长不歪。

纪氏双手搭在腹前，澄哥儿见着纪氏，大声喊娘，也不管风筝了，撒腿跑过来，到她跟前停下来，喘了气问："甚个时候吃糖馒头？"明沅跟在后边咯咯笑。

回去时黄氏预备了一盒子礼："原是想亲自给送去的，亲家府里事儿多，便不叫你再忙一回了。"是一盒子青白团子，寒食饼寒食面，香椿芽拌面筋，嫩柳叶儿拌豆腐，总共八样寒食礼。

寒食就在两日后，颜家既不能出去踏青，又不能在家里办祭礼，防着大伯有个不好，连客人都不登门了，纪氏笑着谢大嫂体恤，眼儿一扫，大房的几个孩子都在了，只没瞧见头生的庶子，她知道关窍，也不点出来，叫丫头接了食盒子，坐车离了纪府。

大哥除开舜华，还有个儿子舜英，比嫡子要早生两年，已经八岁大了，黄氏前头生了女儿，到三岁上没了，妾室反而生了个壮实的哥儿，还是庶长子，她心里很有些不得劲儿。

是纪太夫人做主把这个哥儿抱到黄氏身边，说他能招子，也果然招了个儿子来，就是纪舜华，可既得了亲生子，前头这一个倒碍了眼。

一长三岁，做什么都先了一步，先一步开蒙，先一步进学，连作文章都先了一步，两房里头纪舜英是最大的，往后娶亲生子也先一步，可不把嫡子死死压在了下边。

待黄氏那是有嫡庶之分,对太夫人来说却都是曾孙子,这一个还是独宠了三年的孙子,为着他能安心养在黄氏身边,生他那个姨娘,悄没声息地就没了,在永福寺里供了块长生牌位。

太夫人便是拉着纪氏的手这样劝她的:"你也别跟旁人比了,只看看你嫂子,摸了一手豹子,偏偏打成了别十,人都不说话,鬼还能说话不成,她却偏要分个亲疏出来,小节上头精明,大事却蠢成这样。"

纪氏便是不齿这位大嫂行事,她也没儿子,也把庶长子抱来养,心里未尝不曾存了能引子的心思。

可黄氏养活一个孩子,倒好似养活一只猫狗,疼他的时候放在心尖尖上疼爱,怀了身子立时把他扔到一边,还事事怕他争了先,恨不能按着他的头不叫他上进。

纪太夫人垂了眼帘叹息:"原想把英哥儿挪到我院里来,可还没张这个口,她就急得火烧眉毛了,罢了罢了,我还能活几年,只当睁眼瞎子,看不见罢了。"

可惜自然是真可惜的,可想要家宅安宁,却不得不睁只眼闭只眼,舍出个孩子去,这一屋子人的心就定了。

纪氏原来已是拿定了主意把澄哥儿过继了,如今看着他又犹疑起来,怕他觉得是自个儿不要他了,行到鼎香楼,叫人买了笼糖馒头,还是未蒸熟的,拿了竹屉带回家,自家灶上蒸出来,趁热吃。

纪氏见澄哥儿那大闹天宫的糖人没了,知道是叫纪舜华拿了去,澄哥儿自来大方,打小教他第一样就是不小气,知道是舜华开口要,也不说破,只到糖摊子前头,又给他买了一个。

还是自东府的边门进去的,换下艳色衣裳,馒头送到灶上去蒸,抱了两个孩子洗手擦脸,明潼坐镇家中,纪氏一回来,便先叫丈夫往后头来,把喜脉告诉了他。

颜连章立时就要去祠堂拜祖宗,叫纪氏一把拉住了:"哪里这样急,还不足三月呢,家里这模样儿,咱们哪能摆这个样子出来。"她这么说着,眼圈儿一红:"我还想,多留澄哥儿几日呢。"

梅氏哭功了得,颜顺章自来见不得她掉一滴泪,从小到大不曾跟人红过脸,扯着脖子回绝了弟弟、弟媳,颜丽章气得差点儿要跟哥哥扯起来,袁氏捂着心口哀叹,到没得挑了,这才想起颜连章房里两个庶子来。

张口要的,也还是澄哥儿,澄哥儿快六岁了,这样的孩子已是养住了,又是在纪氏身边养大的,规矩教养全都出挑,袁氏越想越觉着比大哥家的明陶更合适,她便当着颜连章的面,把那过继了也要叫爹叫娘的话说了一回。

没个王妃当姐姐,可还有一个盐道上的爹呢,袁氏见那头不成,立时就盘算起这头来,不跟她亲近怕个甚,自家丈夫也是过继来的,一抬出宗法来,还有什么亲疏。

她不到脚直,也不会把东西漏给儿子儿媳妇,他们就得扒着她,就跟如今她和颜丽章两个奉承着爹一个样儿!

颜连章因着同纪氏早早就商量定了,心知只有这个法子,脸上却作出不舍的模样来,到底是养了五年的,纪氏没想着贪他们的,却也开口定了条件。

不论澄哥儿过继之后,颜丽章生不生得出儿子来,江州那一片五百亩的水田连河塘,得归澄哥儿。

第三十二章

这五百亩的水田，往后就是澄哥儿的，不论大房还有没有嫡子庶子生出来，澄哥儿就是嗣子了。

纪氏提的这一条，连颜连章都怔住了，先是一惊，再看她，眼神儿都软了几分，这却不是为了他们这一房要的，单单只为着澄哥儿。

"我知道这话说了，怕是没几个人信的，可我心里实是拿澄哥儿当作亲生，小叔子才多少年纪，两个人这样胡闹，往后便真无出了？"纪氏靠了软榻，缓缓吐出一口气儿来："是大伯父急，可不是他们两口子急，如今抱了过去，等再生了自家的孩儿，却把澄哥儿放到哪儿去？"

颜丽章跟袁氏两个，连个庶女都当眼睛珠子似的疼着，通房妾室再有了孩儿，不论是谁生的，总是颜丽章的血脉，若是个女儿便罢了，是个儿子，哪里还有澄哥儿站的地方。

"我们澄哥儿可不是他想要就要，不想要了再拱手送回来的。"当着丈夫不好说他至亲的长短，纪氏心里却是瞧不上袁氏这番作为的。

颜丽章跟袁氏两个难道不知明陶绝无可能过继，还是张口就点了他，一半儿是因为成王，一半儿是私心里还想要自个儿的孩子，哪里知道大伯睁眼儿等着，不到过继胸口这口暖气只不肯散。

颜连章也觉得这个小弟过分，听得纪氏这样说默许下，回头三兄弟再谈过继事的时候，便把这条抛了出去。

颜连章这话一出口，不独颜丽章愣住了，连大哥颜顺章也傻了眼儿，早知道还有这个法子，他们不想过继哪里用这样闹，张口要东西便是，但凡三弟皱皱眉头，这事儿便黄了。

颜丽章跟袁氏两个倒抽一口凉气，他不似大哥二哥两个还当着官儿，除开公中分下来每年定额的银子，便只有大房那点水田丝绵的出息了，冷不丁分薄出去，怎么不肉疼。

袁氏更是张口就想回绝，她还巴望着能从纪氏那里抠一点来，她的嫁妆体己那样多，虽不是亲生，也养了这些时候，怎么也该给澄哥儿一点傍身，哪里知道她还狮子大开口了。

这事儿当场没谈成，颜连章除了帽子摆在搁架上头："我看，这事儿还有得磨呢。"纪氏才要伸手接他的衣裳，就见他闪身避了："你别沾身，我身上灰着呢。"

自个儿把衣裳往架子上挂了，洗干净手脸坐到小儿边："今儿吃用了甚？没两日就是寒食了，你如今吃不得冷的，叫她们支个小炉子。"

纪氏抿了嘴儿笑："哪里就娇贵起来了。"

"可不娇贵，这可是我儿子。"他搓了手掌喜滋滋的模样让纪氏心头一喜，跟着又忧起来，想想六榕寺得的那支签，到底松了嘴角，心里暗暗祈愿，若这胎果然是男，便舍了钱财，给寺里的菩萨重塑金身。

到得寒食这一日，颜府三个院里俱不曾生灶，早膳用了桃花粥，因着吃了冷食，纪氏便叫丫头带了澄哥儿明沅几个，往花园子里头打秋千去，也好松松筋骨，别叫冷食吃寒了胃。

原来府里年年放一日假的，丫头们或是牵钩或是抛草扎的彩球，能描会画的，便在鸡蛋上边画上吉祥纹样，主子出彩头，评哪个画得最好。

便不出去踏青，就在府里的大花园子里头也要乐上一日，灶上还要蒸青精饭，拌洋白糖分到各个房头，不拘是几等的丫头婆子都能饶一碗吃。

今岁这些俱不曾办，只各房门上挂了柳条编的环儿就算过了寒食节，采苓跟九红两个凑在一处，问厨房讨了蛋来，拿蓝料红料画了花，就摆在明沅窗子边："叫姑娘乐一乐，可惜采茵姐姐不在，她回回都讨着彩头的。"

九红原在穗州并不曾这样过节，她画了鸡蛋，吃了满满一碗青精饭，这还不足，就着厚白糖，再添了一碗，采苓刮了脸皮笑她："你不去放放裤带子，可别勒坏了。"

说得九红一张脸通红，还是采菽拿了一个小匣子出来："这个拌糖虽好吃，多用了也积食呢，等会儿你撑着了，来吃个枣泥山楂丸消消食。"

府里虽有这样的事，下边丫头们总不相干，该乐的还是乐，只收敛着些，不敢过分，明沅去摇千秋，纪氏专挑了明潼的院子，那儿离北府最远，笑闹声传不出去。

原来只当大伯立时便要不好，府里处处都防着要办大事，时时紧绷着弦儿，可等得一日又一日，云板上头都落了一层灰，就是不曾响过。

连着永福寺玉皇观里的小沙弥小道士都来了好几回，可这事儿哪有定准的，只好拖着，防着立时要办道场却请不到人来，除开僧衣道衣，香蜡油米，又打点了许多银子出去。

那建了一半的坛，叫拿雨布遮起来，就怕叫清明雨一浇，便不得用了。扎好的纸人车马牛的，还有大小二十亭纸轿，俱都要收到库里，丧事的钱付出一半，竟是只等着正主儿下丧了。

府里别个人松散下来，睐姨娘却在落月阁里急得兜圈儿转，恨不得颜家大伯立时就不行了，到时候沣哥儿才能出头。

她不是不知纪氏开口要了五百亩水田的事，却觉得便是这样澄哥儿才不得过去，好处还该落在沣哥儿身上，抱着儿子直念佛，大字儿不识一个，也学着念起经来，还似模似样地买了黄纸来，念得一卷经，就往那黄纸上边点上个小红点儿。

明潼听见小丫头子来报说睐姨娘在房里念经，差点儿没喷出茶来，扯了嘴角嗤笑一声，反手把茶盅儿搁在小几子上："由着她去，多拜拜菩萨总归是好的。"

笑完了，她又垂了眼帘，掩去眼底三分讥诮，便是这样一个女人，她生的儿子竟还袭了这一房！若不是靠着娘的教养，凭着她自个儿能养出个什么东西来！

明潼掸掸指甲，抬头抻了抻衣裳，立起来推开窗扇，往楼下一瞧，澄哥儿明沅两个正一前一后地打秋千,她看了会子,觉着叫风吹得有些凉意,伸手紧紧领口,往北府一望,抿了抿嘴角。

上辈子伯祖父并没有死在这时候,明潼病入膏肓,手腕子连开口镯都嫌太空戴不得的时候,亲娘纪氏抛了颜面,跪在伯祖父的面前,求他把那一副寿木舍出来,让自己的女儿好歹在地下,舒坦些。

她身子支撑不住,人却是清醒的,为着这事儿,纪氏头一回扯了颜连章的袖子哭求:"我这辈子只有她一个,万事不求,只此一件,往后便叫我往庄头上住着,我也再没有二话。"

爹跟娘一道去求,伯祖父到底舍出了那副桃花洞,一层层的铺金盘锦的绸缎,全是纪氏亲手铺的,垫得厚厚实实。

明潼这辈子自进宫起,便没再穿过大红,纪氏请了十二个全福绣娘,为她绣一件大红装裹衣裳,绣了七彩祥云、葫芦、扇子、花篮、渔鼓、荷花、宝剑、洞箫、玉板,一溜儿暗八仙福禄八件儿。

绣的时候,还请了人念经,这些明潼俱都知道,她悠悠然睡去,再昏昏然醒转,才刚回来时,还想着,许是纪氏心诚,菩萨才许她再活一回。

这些事压得她喘息不得,自睁眼清醒,没一刻不想着这些过往,纪氏心宽,她不能宽,纪氏心软,她不能软。

再看一眼外头两个玩闹的小娃,明潼招了小篆过来:"把睐姨娘的用度,提一提,就比着姑娘们的来。"

小篆咬咬唇儿,一个字也不曾说,明潼指了匣子:"下月的下月再说,这个月的先拿我的银子补上。"

大篆听见没能忍住:"姑娘可不能再惯着她了,如今府里可都传遍了,再提她的月钱,她那眼孔都要顶到脑门儿上了。"

明潼挑挑眉头:"你使个巧,让安姑姑送去,总归她这一向,也不曾少跑动。"隔的几层花园子,也还是传得阖府皆知,这回不压着,便把这些不规矩摊到眼前,扯了面子,里子早已经烂到芯了。

明潼办了这桩事,便下得绣楼往纪氏那头去,见澄哥儿一头一脸汗,吩咐丫头拿大毛巾给他擦干净:"可不许再高了。"

澄哥儿一只手把着扶手,一只手腾空了招手,高声问她:"三姐姐，咱们放风筝吧！"

明潼赶紧住了步子："你扶好了！"后头的小丫头不敢再用力，秋千慢下来，明潼上去就捏他的鼻子："你胆儿肥了，就不怕摔下来？"

澄哥儿吐舌头，拿了细竹糊的小风筝才要放上天，琼玉寻过来告诉明潼，西边府里有喜事，明潼抬抬眉毛，知道这一向梅氏因着纪氏开口说那话，觉得她不曾真心给自家出过主意，很有些不来往的意思，只怕是纪氏叫自个儿往西边去探一探的，披上短斗篷，叫丫头拿了绣花笤儿，一路往明蓁的揖绣楼去。

喜事原来是说成王身边的长随，送了礼盒子来。

无非是桃花粥青精饭这些，可宫里头送东西不会分两回，才送了飞燕饼来，隔了两日就又送粥饭，细一问才知道是成王叫人送来的，明潼回来给纪氏捶着肩："倒是稀奇事。"

民间才有定了亲的男家女家互送节礼，在皇家还真没这个例，一并是分赐下来的，也没哪个再送一回，成王却特地吩咐了人送来，梅氏这些天好容易现了笑影儿。

"这是怎么说的？"连纪氏都觉得奇怪，颜家三男，两个当官，不过五品，便是颜连章在盐道里头，一个亲王还能用得着一个运判？

哪儿也不必着亲王亲自给这个体面，那些个王妃人家里头，还没有当官的，更没谁有这份殊荣了。

明潼拿了白玉小锤儿，她倒是知道上辈子成王还是亲王的时候，就跟大堂姐两个夫妻情深，坐上后位，别说六宫粉黛，宫里压根儿就没有旁的妃子，若不是颜明蓁身子骨实在差，根本就不必接了妹妹进去。

"除开寒食节礼，里头还有一只风筝。"颜明蓁只打开看了一眼就收了起来，就是明芃吵吵着要看，她也没拿出来，反倒是明芃，因着姐姐没依她，生了一场闷气。

纪氏一奇，成王怎么着也不该见过明蓁，心里转了一回念头，又笑起来："倒是知礼的。"也没旁的好想了，都没相过面，只凭着定亲便送了礼盒来，在皇家人里怕是最讲"礼"字的一个了。

连太子妃的娘家，也没有这样的体面，太子妃家里头是平民，祖上三代只出过一个秀才，年纪倒是跟太子相配，宫里头还赐了钱粮下去，给太子妃家盖房子。

一溜儿亲王里头，便只有成王得了个在朝为官的妻家，怕是为着这一条才送了礼来，余下那些个只怕全没让这些天潢贵胄瞧在眼里。

明潼听得母亲这一句，立时明白过来，不由失笑，她是按着自己知道的来揣摩，不免就想到了那上头去，便是往后再恩爱，如今也还是一面都不曾见过，哪里就有那许多的情情爱爱了。

"既那头送了来，咱们也不好失礼。"这是当亲戚走动呢，只当寻常民家，女方再添上两样送还回去。

"早还了礼了，大姐姐羞得不开门，大伯母回的礼。"明潼见纪氏拧眉，赶紧宽慰她："是几个嬷嬷办的，娘赶紧松松心，这些个事儿再不许管了。"

纪氏反手握了明潼的手："我省得，你才多大点子，老气横秋的。"这么一说颜家的女儿还真是都能当事，伸手摸了明潼的鬓发："你太曾祖母念着你呢，隔两日，你去一回，也见见你表妹们。"

"我心里也挂着太曾祖母呢。"还有一桩事儿明潼没说，眛姨娘的娘家，在外头嚷嚷着就要当北边府里的家了，纪氏合了眼帘，盖着毯子养精神，明潼手上使力给她松肩膀。

这事儿若是告诉了纪氏，她定然立时就要出手弹压，自家这个娘，行事还是太过方正，可这事儿还真不能就这么压下去，明潼想到上辈子，骨头都在发冷，澄哥儿是依仗，沣哥儿又是什么？

这一房的产业却不是那么容易肖想的，她看看纪氏白玉般无瑕的脸，这一个弟弟，这辈子再别想中举。眛姨娘真能老实便罢，但凡有一点儿不规矩，颜家虽自来不曾有过，可一个纨绔哥儿，颜家也不是养活不起。

她还不曾开口，纪氏就先问道："是你叫给眛姨娘提份例的？"

第三十三章

澄哥儿跟明沅两个上午玩了半日,早早在纪氏屋子里的碧纱橱里躺好,纪氏一句话不曾说完,跟澄哥儿挨着头将要睡着的明沅一个激灵,那点子睡意全跑光了,好容易忍着眯眼,屏住呼吸听明潼开口。

屋子里头静悄悄的,只听见这个嫡姐轻轻一声笑,落珠似的开了口,说的却是风马牛不相及的话:"娘可记着,澄哥儿学走路?"

明沅不知所以,只知道那一声笑,笑得她牙齿打颤,明潼接着说:"他小时候是个急性儿,不会走,就先想跑,还不许别个扶了他,松了绳子儿叫他摔一下,往后他可敢撒过手?"

明沅听她说的大气都不敢出,走路摔一下顶多一个包,睬姨娘这样的叫摔一下,可不是破点儿皮就算完的。

"娘就是太稳了,稳得这些个姨娘不敢不老实,全都夹了尾巴装相,哪一个是真老实,哪一个是九转狐狸精托世,不抬照妖镜,怎么分辨得出来?"明潼说的这几句,好似说了再平常不过的话,抬手握了茶壶把儿,给纪氏添了一杯蜜水。

纪氏略皱皱眉头,看看女儿一张青葱小脸,思想起来并没有把这后宅里头的事露给她看,可女儿打小就聪明,见一知十,怕是窥到了端倪,怪不得她怀了这胎,明潼喜成这样。

她心里一酸,伸手摸了女儿的脸:"你这孩子,怎么说起这些来了?"到底还是委屈了女儿,可女人立世本就不易,那些放赖使刁的手段哪个不会,得个母大虫的名头,自个儿咽了苦果便罢,拖累的却是子女娘家。

纪氏抚了明潼的脸庞："自你会开口说话，娘就知道，娘的大囡囡是个不俗的，可女人在世，不能不俗，守得贤名，才有好日子过。"

不是亲母女，哪里说得出这样的话来，纪氏这一句，却是把当女人的难处一言道尽了。她摸着女儿的眉毛，自明潼从宫里归家，便不再修饰，时候一长，倒长得比未修之前更加浓长了。

"你心里怕也是懂得这个道理的，若不然，又干什么修了眉毛去。"纪氏长叹一声，明潼见她说破，抬了脸儿，目光一片莹然："娘，为甚男儿在世就能三妻四妾，女人家就该循规蹈矩？"

纪氏无话答她，一室静默，隔得半晌，明潼说道："旁的便罢了，睐姨娘这番不跌跟头，我再不服气。"

母女两个这番私房话，一字不落地听进明沅耳里，她紧紧手指，古往今来，哪个时代都不容易，便是千年后，女人过得也比男人艰难得多。

她想到沣哥儿嫩生生的脸蛋儿，翘着粉红指尖的小手指头，睡梦里还咧着小嘴儿乐呵呵地笑，就算罚了睐姨娘，也只盼着别拿沣哥儿出手。

明沅知道什么是捧杀，可她什么也不能说，什么也不能做，明潼这个局，怕是从穗州回来前就已经想好了的。

怪不得这么给她脸，给她大院子不算，屋子里那许多好东西，还肯让睐姨娘抱了自个儿回去试衣裳，又是给她送东西，又是给她送钱，等的恐怕就是她翘起尾巴来。

明沅早就知道一些，原来只当是纪氏授意的，可听这母女俩说话，竟是明潼做的事，她心里吃惊，身子又不敢动，不知不觉用足了力气，等她觉得胸口气闷，这才发觉自己浑身紧张，两只手紧紧握成拳头。

但凡不太傻的，怕是都能瞧得出这份意思来，可偏偏睐姨娘真的这样傻，连安姨娘跟张姨娘都躲在自个儿屋子里头不出来惹事，她还真当这样的好事能落到她的头上。

安姨娘自不必说，明湘一回老宅就"病"了，躺在屋里整日不出门，连安姨娘也借了女儿的病，央求着免了她的请安，"一心"照顾女儿。

张姨娘怕是在看风向，等明洛往上房来了几日，也跟着着了风寒，两个都叫拘在屋子里头躲病。

明沅原来说要去探病的，她生病的时候，就是隔着帘子，几个姐姐也都来看过她，纪氏却挥手就免了，说是怕她过了病气来。

这两个姨娘怕是在纪氏手底下讨生活久了，也懂得眉眼儿高低，偏偏睐姨娘不知好坏，非要往那枪口上撞。

明沅来的地方有句流行的话叫不作不死，可不就是这么个理儿，若是她老老实实的，不打那个嗣子位子的主意，纪氏如今哪里空得出手去教训她。

明沅的心思拐到拿银子收买人心给纪氏下毒上，接着又赶紧摇头，这可不是她看的那些脑残电视剧，那明潼给睐姨娘钱又是因为什么呢？收买人心？

她半个能倾诉的人也没有，不能说不能动，身边连个贴心的丫头都没有，更不必说警告睐姨娘一声，让她收敛些，不论怎么样，沣哥儿总是无辜的。

明沅满心猜测，后面几日连饭都少吃，正逢着吃三天寒食，纪氏见她没胃口，摸了她的面颊："小儿家哪里作得怪，才少用几顿，立时就瘦了，叫灶上给炖个奶鸡蛋来。"

像是炖蛋，可里面放的不是水，是牛乳子，还加了糖，炖得嫩嫩的甜甜的，纪氏看着明沅吃了，点头道："这才是，便是厨房里头不变通，你们就不会变通了？"

又吩咐了日日给她炖一个当点心吃，连着明湘明洛那里也一并得了，当嫡母，她是再挑不出错来了。

明沅自问要是换成自己，肯定没她这么大度，这等于是养着小三的孩子，还养得这么细心，不吃了不喝了，穿多穿少，她都要关心。

她抬眼看看纪氏，她知道纪氏不容易，可睐姨娘也是叫亲妈给卖了的，不过是个蠢人，短视肤浅，联手挖了坟，她不会不跳，怕是跳进去摔破了头，也还不知道自己是怎么掉进来的。

明沅低了头不敢说话，等到夜里喜姑姑哄她睡觉时，也觉出她的低落来："姑娘愁什么？"小人儿一天都不曾笑，喜姑姑拍了她的背哄她:"可是肚里吃了冷食不习惯?等明儿就好了。"三天寒食,到后日便能吃热食了。

明沅胸口这口浊气吐不出来,她在正院里头出不去,睐姨娘竟也借口沣哥儿夜里睡不实,夜夜闹觉不往上房来请安,便是想要警示她,也无法可想。

战战兢兢时刻等着另一只鞋子落地,她还当要再等很久,哪里知道没出一天,睐姨娘那里,真的闹了起来。

寒食节自来就有送节礼的,安姨娘家里送了枣泥青团子来,她还往纪氏的上房送了些来,张姨娘本地没亲戚,也花了银钱叫厨房造了些寒食饼分送。

睐姨娘的亲娘江婆子却没带礼盒,而是带了个本家姨妈进来府里,说是姨妈,进门却不知道低头,眼睛闪闪烁烁四处看。

二门上的婆子眼睛尖,看见人过去,嘴里就嘟囔起来:"那不是前门烧香的师婆子,怎么往咱家来了。"

等睐姨娘的落月阁里飘出香来,下人就报到了上房,不独纪氏明潼在,连颜连章都在,纪氏还训斥一句:"便是有些烟也罢了,沣哥儿那头还有奶妈子,总不好叫她吃了冷的。"

等听见说仿佛有个师婆子进得二门来,颜连章立时皱了眉头,他自来厌恶这些,纪氏见他皱眉,半含着宽慰:"着人叫她收拾便是了。"

不一会子被派去的婆子却急慌慌回来了,说里头在烧符,纪氏慢了一步扶着腰撑起来,颜连章已是按住了她,自己迈步往落月阁去。

纪氏见他出去,立时松开扶腰的手,她兀自不信睐姨娘能有这样大的胆儿,不过放开了手去,她竟能做下这事来。

明潼这网撒下去这样久,再不捞,鱼就该跑了,到底紧紧手指尖,眼睛一扫,安姑姑一个激灵,迈了腿儿跟上前,过得会子她又跑进来,附在纪氏耳边说了好长一段话。

明沅捏着个彩蝶风筝,把那细竹骨儿都给捏弯了,纪氏只眉毛动了动,靠了锦绣垫枕:"既处置便罢了,多收拾些东西送了去,老爷在气头上呢,晚着些再把她接回来吧。"

所幸不是蠢到了家,颜连章赶过去的时候,那个师婆子一口把烧的符全吞进肚里，颜连章只翻出些符灰来，都烧成了灰自然作不得明证，睐姨娘抖着身子哭，还是江婆子，拉着她跪到地下，哭说沣哥儿夜里常常惊哭，恐是清明开了鬼门，这才烧道小儿灵符，让他夜里睡得安稳些。

纪氏听见这样说，便知道颜连章是信了七八成了，只怕他怎么也想不到，睐姨娘烧符是为着做甚。纪氏忍得半晌，缓缓吐出一口气来，烧小儿灵符？哪个女人会信！也只有男人，才真当成一回事了。

睐姨娘又要院子又把沣哥儿抬起来说往后就要当嗣子，一样传到颜连章耳朵里，无知妇人信些旁门左道尚可，说这些话就是心大了，这才发落了她，打发她到庄子上去。

等颜连章气冲冲地回来，明沅立时埋了头，把一地的小家具一件件摆放起来，这里添一个花木绣墩，那边添一个衣裳架子，认认真真地玩起办家家来，发落到庄子上去，让她松一口气，既没打也没骂，却不知道沣哥儿怎么办，纪氏绝对不会让沣哥儿也一起跟了去。

颜连章气得捶桌："我看，把沣哥儿先放到安氏那儿养些时候，往后的往后再说！"纪氏眉梢都没动一下："这是怎的了，老爷生这样大的气。"

颜连章摆摆手："我晓得你精神浅，无力约束她，这么个祸头子不能摆在家里，今儿是烧符，明儿还不打小人？在穗州旁的没学着，倒学了这个！"

"叫她思过三个月吧。"纪氏伸手给颜连章倒了杯茶，"老爷也不必气，风气所致，她能有多大见识，我看往后便是年节，这些个妾室的亲眷也少进宅子为好，好好的，倒给教唆坏了。"

颜连章点头应承，才要说话，小厮运来在外头报说三老爷请了他去，他也不戴帽子了，走时还说一句："且幸没叫北边知道，这两口子不定说出什么魔怔的话来。"

纪氏面上带笑："老爷辛苦，我娘送了鲥鱼来，夜里我亲手做鲥鱼烩素面吧。"颜连章听她这般说，气儿消了大半："不必你动手，总归腥气，叫灶上人做了便是。"

纪氏一路送到大门边，眼看着丈夫出了垂花门，这才转过身来，瞬时收了脸上的笑意,冷冷打量了安姑姑一会儿,安姑姑心知不好,觍了脸笑起来,见纪氏一抬手,赶紧着上去扶,她却把手放在琼珠胳膊上。

安姑姑一下落了空,这回却是实打实地慌了神,半弯了腰跟在纪氏身后,一脸尴尬笑意:"太太,这我真是不知。"

纪氏才刚收住的笑脸,又扬了起来:"除了安姨娘,后院也确没个妥当人了,只是明湘病着,怕不好挪过去吧。"

纪氏话音才落,安姑姑咧了嘴道:"不碍不碍,昨儿去看了四姑娘,还说已是大安了。"这样的好事,再不能落空,纪氏点点头:"那好,你再跑一趟,把这事儿同她分说一回吧。"

安姑姑恨不得生了翅膀赶紧飞到侄女儿那里,把这好事告诉她,一面笑一面退出去,在院里的廊道上还能持得住,等到垂花门,拎了裙角出去,一路抑不住地笑着往安姨娘那儿去了。

第三十四章

等寒食都过得十多日了,过继还不曾有个名目,两家人自五百亩水田扯到三百亩,袁氏心疼得直抽气儿,颜丽章往常说些万般皆下品的话,真等事儿摊到了头上,袁氏把那五百亩水田一年的出息摊给他看了,他立时就不再言语了。

他淘换的那些刻本善本,名家字画,折扇雕件,茶壶鼻烟壶,哪一样不求名家手笔,这般花销,去掉这些银子,还真是撑不起来。

两家为着这事起了纠葛,袁氏一手把事儿接了过去,也不要纪氏再帮着管事了,话说得硬邦邦,半点软和劲都没有。

纪氏身上困乏,这些个事原就是明潼在打理,如今甩了手反而得了清闲。连着颜顺章家,也因为过继两边都疏远了。

颜家大伯的身子却一日比一日好起来了,还没到月半,就能靠坐起来,喝了一碗桃花粥,又吃了两块豆腐肉糜饼儿。

颜丽章立时歇了过继的心,袁氏更是话里话外都是爹爹是个有福的,往后还能亲眼看着孙孙生出来,这么一挤对,梅氏倒又跟纪氏亲近起来,两家一道远了袁氏。

纪氏只笑不说话,着手打点起行装来,她自家这回便不再回穗州了,只送了颜连章去,等点起跟着过去侍候的姨娘时,这才发觉后院里头无人可用了。

只余下一个张姨娘,她才听说颜连章要回穗州,纪氏并不跟着,明洛的"病"立时就好了,第二日便能往上房请安去了。

明洛在房里听得多了,到明沅屋子里坐时,便半真半假地抱怨,把张姨娘那副神态学了个十足："又该坐船，晕人得很呢。"

一屋里站着的都知道她得意，澄哥儿没听出来兀自羡慕，坐大船总是好玩的，明沅也不跟个小姑娘计较，只道："我最爱吃烧鸡，五姐姐去了给我送回来吧。"

只明湘一个，坐着默不吭声，明洺自家得了好，这才想起跟她最亲近的明湘来，扯扯她的袖子："你要甚？我也给你带。"

明湘思量了半日，心里并不想要什么，却还是开口："五妹妹给我带些彩绣帕子回来吧，我喜欢那上边的花样。"因着靠海，穗州出的绣品花色艳丽，花形硕大，如今上房里铺的织毯子就是穗州出产的。

明洺一一应了，还抬手点着明沅，她自来嫉妒明沅抱到上房来有享不尽的好东西，还跟着纪氏去了外家，这回自个儿得着好了，便拿话儿刺她："小吃货，只晓得要吃的，那烧鸡便带回来也坏了。"

澄哥儿立时护着明沅："我们吃鼎香楼的鸡，拿荷叶儿包的！"这番官司叫丫头作笑谈告诉了纪氏，夜里用饭，果然一院儿得了一只烧鸡，张姨娘第二日来请安就有些讪讪的。

纪氏也不点出来，又叮嘱她："去了那边小心侍候着老爷。"

颜连章不等这些事情办妥就急急上路，张姨娘春风得意，她想不到的，纪氏却想到了："姐儿才进了学，去了穗州也不能搁下来，我写了信给运判夫人，请她看看哪家有学馆，功课可不能松了。"

张姨娘全不当一回子事儿，可纪氏开了口，她也老老实实应了，心里却盘算着，怎么趁着这一回再怀上一胎，若能生下个儿子来，睐姨娘可还拿个什么乔。

纪氏只看她的脸就知道她心里在思量什么，心头一哂，吩咐了许多事项，总归穗州宅子里头有人留守，大规矩不错了谱就是，心里思量一回，把身边的安姑姑派给了张姨娘："你跟着我久了，跟了去我也放心。"

安姑姑知道这是纪氏要看着张姨娘的意思，实则不必她说，既点着了她，她也得把张姨娘看得牢牢的，自家的侄女儿好容易养了个哥儿在跟前，除开太太，她就是后院里头一个有脸面的姨娘了，往后若是沣哥儿跟她亲，还记得什么亲娘，再不能叫张姨娘抢了先儿。

她这里领会了，纪氏便又让她管账，等卸任回来，再来报账，若是管得好了，便把那头的庄子也一并交给她管。

这便似一根胡萝卜吊在驴子眼门前，安姑姑喜不自禁："太太放一百二十个心，再没什么不妥帖的。"

一家子人，便是之前有纷争，颜连章走的时候也还出来相送，连颜明蓁都出来了，一路把颜连章送到府门口。

马车将将走远，袁氏便回转身子，连日不见，今儿忽地带了笑："二嫂子借一步说话。"梅氏听了只当不闻，跟颜顺章两个，慢悠悠并肩回去，行得一半儿，颜顺章还折了一枝柳送到她手上，叫梅氏嗔了一句，一把抛得远了，传过来零星半句："我可不同老爷折柳。"

袁氏不懂这折柳的缘故，只觉得梅氏矫情，纪氏却莞尔一笑，不知说这个大嫂什么好，可颜顺章却受用得很，一路扶了她的手往西府去了。

纪氏有意压着消息，她得孕一事，便只贴身侍候的知道，连安姑姑也指使得她不及察觉，对丈夫只说是怕三月不到，胎还不稳，不敢往外去说。

因着颜大伯身子好了，算是府里一件喜事，原来明蓁叫赐婚成王不曾宴请的亲戚，也跟着请了起来，各处的回礼也能扎了彩绸送出去。

僧道用不着了，阴阳先生却不能放，相看了日子，把那些扎得的纸马纸人一并化了去，算是做一场功德。

这下袁氏便觉出苦头来，那订了的东西，却有一半儿还不曾会过钞的，原是纪氏料理这些，银子也是她先垫付的，等袁氏自家伸手揽过来，明潼便把账册一并送了去，开口就是让袁氏还银子。

各项幡亭扎纸，鼓手细乐，七七八八加上去，丧事没办，银子却去了五六百两，她便是为着这事儿，才来找的纪氏，若是人真没了，那各家总要出一点，如今人好好的，便没有叫隔房的侄子出钱的道理了，袁氏来寻她，是想压压价。

纪氏只看她笑，就知道准没好事，她一开口，纪氏就先拿话堵了："可是账目不对？叫人重算了便是，总归采买了来都有定数的。"

袁氏抽抽嘴角没能开得出口，她还想着那三百亩水田的事，气哼哼回去了，除开送来一匣银子，又叫了人牙子进来。

人牙子是老做袁氏生意的，一听见叫就知道府里又要买人了，换了干净衣裳，一溜儿领了三个姑娘进来，一个是家里六个兄弟，只她一个妹妹，男丁兴旺；一个是肉头鼻子大屁股，还有一个看着细条条的，竟是被人收用过的。

那婆子觍了脸笑：“不怕太太打我的脸，这一个，可是连着两胎都是儿子。”当着袁氏的面伸了两个指头出来。

袁氏看着她就跟看着聚宝盆似的，那小门小户口的租个妾也是寻常，妾是用来生养的，孩子却是自家的，可颜丽章那个性子……叹口气咬牙给回了，只把另两个留下来，打扫了房子给她们住，又往公中报了两个通房丫头的月例。

这底下的暗潮拍不到明沉身上，她知道睐姨娘被打发去了庄子，一颗心总算定下来，不管纪氏怎么处罚姨娘，跟她和沣哥儿都沾不着边。

睐姨娘去了城郊的庄子，她再不必担心她犯蠢做傻事，也不必担心当了炮灰，沣哥儿抱给安姨娘养了，她竟还能常常见见这个弟弟了！

安姨娘得了这桩差事，诚惶诚恐地跑来跟纪氏告罪，直言怕自个儿带不好孩子，话里话外都是不是亲妈，不敢担责任的意思。

纪氏一句话就把她堵住了：“你怎么养的湘丫头，便怎么养沣哥儿。”大有不再把孩子还给睐姨娘的意味。

这一句话安姨娘听了，立时就品出深意来，她养明湘，可不就是事事老实，绝不掐尖不争先，避开上房孩子们的风头，说不得往后明湘还更退在明沉身后，听见这一句，把牙一咬，应下了。

她心里是感激纪氏的，若不是那一匣珠子并两块红宝，唯一的弟弟可不就给要债的揪到官府去了，到时候少不脱有一场皮肉苦，弟弟是她从小看到大的，能当半个妈，怎么忍心叫他吃这苦头。

得了好处自然矮人一头，接了这烫手的山芋，当天就把院子给清干净了，她那院落本就清净，小小一处院子，只两间正屋，便让明湘跟她住在一处，让养娘带了沣哥儿住在西屋里头。

抱到了安姨娘那里，便是纪氏也不再阻着明沉去看弟弟了，沣哥儿六个多月，正是练习翻身的时候，还叫安姨娘把他抱到上房来，就放在榻上,看着他一边身子使力,想翻身就是翻不过去的可乐模样儿。

澄哥儿对多了个弟弟很是新奇,他当然知道家里还有一个男孩儿,可上回抱到上房来,沣哥儿连眼睛都没张开来,他看得一会子便觉得无趣,这回却是又能啊啊地叫唤,又能抬头,还会流着口水冲人笑。

他一向是最小的男孩儿,有了个更小的弟弟,比明沅还更看顾他,见他怎么也翻不过身来,自个儿急得在罗汉床边跑来跑去,见着沣哥儿使力就提着气,看见沣哥儿泄了劲儿,他也跟着泄气,还扒了纪氏问:"娘,弟弟怎么会翻身呀?"

纪氏见他这般模样儿,心头一动,笑着点点他的鼻子:"你也是这时候会翻的身,等他腿脚再有力道些,到时候一气儿就能翻身了。"

澄哥儿觉得弟弟有意思,倒把明沅这个玩伴放在脑后,两个人一道看沣哥儿出洋相,一会儿是睡觉的时候吐泡泡了,一会儿是眼睛盯着窗户纸上的虫子一动都不动,吸着手指头吧嗒吧嗒流口水。

澄哥儿看着他跟看着个小宠物似的,摸他头上细细软软的毛,捏他的手指头,还仔细看了他的脚,见他蹬腿,像模像样地夸奖:"真有劲儿。"口吻同纪家老太太夸奖他一个模样。

纪氏因着这回澄哥儿留在身边,半是欢喜半是忧虑,往后总要生男孩,还不如叫他现在就知道什么是弟弟,略引导了两句,澄哥儿立时就懂得了。

他碗里的蜜水,偷摸着蘸在筷子上给沣哥儿吃,沣哥儿除了人奶米粥糊糊之类哪里吃过旁的,一碰那蜜水,眼睛都亮起来,嘴巴直报,逗得澄哥儿直笑。

明沅拿着小碗喂牛奶炖蛋给他吃,一小勺子一小勺子地送进口里,沣哥儿吃得不肯放口,扯了勺子往后拖,把采薇吓了一跳。

明湘竟也对这个弟弟非常友爱,明沅原来从不曾提过,现在还敢把自己的东西送给他,明潼那匣子玉雕的小马小兔子就叫她拿了给沣哥儿玩,还告诉彩屏:"不许他咬。"

明沅是真心希望沣哥儿就这么长大,连喜姑姑都背了人说,到底是一母同胞的,沣哥儿闹起来,明沅就细细拍他,怕他吵着纪氏,还给他唱歌谣。

纪氏看在眼里，却不曾当一回事，如今是还小，等再大些，自然知道那是她亲弟弟，也没甚好瞒着的，庶出女儿守着本分便是了。

她心里是拿这个庶子作筏子，养了澄哥儿这些年，绝不想生下孩子来就跟他生分了，如今先教澄哥儿怎么对待弟弟，往后真有弟弟，自然能分出远近亲疏来。

第三十五章

家里走了个男人,后宅竟安稳起来,明沅每日还只写大字读书,跟着澄哥儿两个下下棋,再跟明湘一道打两个结子,日子竟是从没有过的安闲。

一家里头没了男人就没有纷争的源头,睐姨娘发落在庄上,张姨娘跟去了穗州,安姨娘只小心谨慎,日日往上房来,每日里精心照顾着沣哥儿,连着他多用半碗米浆糊糊,都要当喜事告诉给纪氏听。

明沅给澄哥儿打的那个刀币双钱结,又换了模样给沣哥儿也打了一个,大红色的丝绦最引他的注意,摆在眼前伸着两只手不停去够。

明湘先还很喜欢这个弟弟,她跟安姨娘的小院儿里头一回有了生气,往后便时常青灰着眼睛,串着丝绳子就止不住打起瞌睡来。

连安姨娘也跟着精神不济,有一回请安竟在纪氏的面前打了个哈欠,羞红了一张脸,拿帕子掩了口,纪氏也只笑一笑:"可是哥儿夜里闹觉了?"

安姨娘半垂了头,柔声道:"想是哥儿才换了地方,还没睡惯了,等多过些日子便好了。"夜夜这么闹,她也着急,还特意给奶妈子塞了银子打点,这才问出来,睐姨娘是把这个儿子贴身带着睡觉的。

便是奶娘也不知道怎么带他,安姨娘没得法子,每每一哭,就要抱起来颠,屋子里几个丫头婆子跟着转儿,夜里还要点起灯来给沣哥儿看稀奇,剪得许多花纸在他眼前晃,好叫他不哭。

孩子既交给了安姨娘带,她便得带好了,连着自个儿的女儿都摆在后边,明湘一向老实,觉着委屈也不说,还是明沅发觉,她这些日子不再像过去似的一得闲就抱沣哥儿玩了。

小姑娘觉得叫沣哥儿抢了娘去,嘴上不说,却瞒在心里,澄哥儿几个逗弟弟翻身,她便在一旁笑看着,不再伸手了。

明沅没法子,沣哥儿算是她的亲弟弟,跟明湘却只有一半血缘,便是亲生的还要吃醋妒忌,冷不丁抱到安姨娘院子里头,抢走全部注意力,她怎么会高兴得起来,只好等日子长些,再慢慢磨合。

既是长久住在金陵了,纪氏便在东府里设学馆,让几个孩子一并上学去,年纪小些的还读蒙学,明潼却该正正经经学学琴棋书画了。

纪氏听说她在宫里学的那些,会玩,还得玩出花样来,私心里一忖,果然便是这样,梅氏为着什么得颜顺章这么些年的独宠,还不是因着投他所好,两个一处有说不完的话,做不完的事,心思还怎么拐到别人身上去。

她原想着既是一道开馆了,不如就一并学了,几个孩子凑在一处,等去问了梅氏,这才知道,她是有意把明芃跟明陶两个送到梅家去的,颜顺章已应了。

若不是明蓁要管着家事,自她小时也该去,纪氏听了她的话,半晌没言语,回来了就摇头,这哪里是个当娘的。

老太太在时,有老太太当家,老太太不行了,又赶着纪氏进门,等纪氏跟着外放,女儿又立了起来,梅氏这一辈子,怕是自小到大都不曾吃过苦头。

当着别人都不能论人长短,还只有跟明潼抱怨两句:"世上除了你伯娘这样的,再没人能伤春悲秋了。"苦的痛的太少了,自然一片心思都用在闲情上,落花落叶子都伤心弹泪,将近三十还跟个闺中女儿似的。

纪氏摇摇头:"倒不知道你大堂姐似了谁?"一双爹娘全都目不睹俗事,手不碰俗务,却能教出个样样都挑不出错来的女儿,西边府里,却是明蓁自个儿在备嫁妆。

纪氏一是不想管,二是不好越过亲爹娘伸这个手,也不知道明蓁心里存了多少委屈,还是明潼日日都去看她,见她不得要领,这才来告诉纪氏:"娘且不知道,大伯娘连这些个都叫姐姐去备,她自个儿竟

249

似没出过嫁似的。"

梅氏身边也有老仆,可原来出嫁时就择得年纪大资格老的稳妥人,到梅氏都三十了,可不全告了老,明蓁身边竟一个能帮衬都无。

明潼这一句说得纪氏嗔她一眼:"可不许背后这么说长辈。"嘴里这么教训,却半点没有斥责她的意思,想想明蓁确实可怜,可这话说出去又有谁信。

父母双全,还恩爱如斯,又是嫡长女,还配了当王妃,可颜明蓁的日子打小便不好过,梅氏说得好听是有风骨有文才,那得分摆在什么地方看。

在陇西别个会赞一句到底是梅家出来的,可在金陵,在颜府里头,便是下人也要说,这个主母不庄重。

不识柴米油盐价钱贵贱,却能说出二十八种赏梅花的绝佳意味,一副多愁多思的模样,拿出来怎么立得住,连纪氏初嫁进门来,也觉着梅家把女儿给教坏了。

若不是万幸碰上颜顺章,这副模样在后宅里头怕是叫吃得骨头渣子都不剩了。纪氏不愿管这事,明潼却想让大堂姐念着纪氏的好,摸了良心说,颜明蓁是个念旧情的人,得了她的情谊,往后他们这一支才能跟着沾光。

纪氏听明潼说得可怜,叹了口气:"能怎么着?我一个婶娘,还能插手她的房里事?"明潼挽了她胳膊:"哪里用娘亲自过去,挑个嬷嬷去就是了,总归我每日里都要去看堂姐姐的,私下里把这事儿办了,她无人帮衬,外头来的,总不贴心。"

纪氏叫她说动了,思量一回,还是只有喜姑姑、乐姑姑为人方正,平姑姑只管着食事,如今去还用不着,等把嫁妆点出来,再捎带手的,教她怎么管厨房,厨房库房扎紧了口袋,一府里的事也就错不了了,旁的也只能看她的造化。

喜姑姑却是带了明沅一道去的,别个都进学,只她还不到年纪,连明潼都要学一上午的琴书,沣哥儿还是娃娃,大家一道散了这才逗她,明沅一个人,只能在院子里看着九红摘柳芽儿。

九红生在穗州,自寒食吃了一回嫩柳芽儿拌豆腐,算是开了眼界,她在穗州自来不曾吃过这东西，哪里知道嫩柳芽儿焯过水跟秋油拌了豆腐竟是这般好味。

穗州自立春始便要插秧苗了，到得寒食柳叶儿都长老了，哪里还能入口，九红原来在穗州时，明沅房里的丫头便只她早早就换了春衫，等船往金陵来，离得愈近，她越是缩着发抖，还借了采苓的薄袄子穿在身上。

明沅早上写了三张大字，抱了皮球在廊下海棠花荫下面拍皮球，嘴里还数着数，闺秀能活动的项目少得可怜，拍皮球跟跳百索这两样，再不能丢。

九红折得一竹篓儿柳芽芽，捧在手里过来，采荻见了她就笑，采苓口快，刮了脸皮问她："那外头的柳树儿都叫你摘秃了吧。"

九红红了一张脸，笑嘻嘻地撸了腕子："我把这个送到厨房里去，中午还吃拌豆腐。"采苓咯咯笑个不住："这许多，便是再吃一旬日都足够了，不如晒干了泡茶喝。"

明沅还从来没喝过柳叶茶，她们说起来却寻常，清热解疹的东西，还有生了痦子拿柳叶来贴的，几个丫头正说着，喜姑姑自里边出来，到了她往揖绣楼去的时候了。

对外只说是对账，颜明蓁晓得纪氏的顾忌，却不能埋怨母亲，也帮着遮掩，明沅初两日只当是真个对账，如今也明白过来了，她把皮球递给采薇，急巴巴地赶了两步："我也去玩。"

明潼是知道明蓁要当皇后，明沅却只认准了这个大堂姐往后会是王妃，现在跟她打好关系，年纪上头不可能知心知意，起码也能留几分香火情，真的在古代生活了，才知道什么是宗族，什么是亲戚。

那句打断骨头连着筋，半点也没错，过去两家不来往，那就真的断个干净，可在这里，便没有"断了来往"这一说，一家子出来的，那就是一家人。

喜姑姑原没想到带明沅去，听见她这话略一思量，也抱了一样心思，牵了明沅，高了声儿道："好，便带着六姑娘走走。"

纪氏在内室里分明听见了，也只当寻常，一个往后发在封地的王妃，名头是好听了，除非颜连章往成王封地当官儿，别个再不能借着他的势，何况明沅还这样小，哪里能知道这些，当真是去玩的。

明沅还是头一回到西府来，往常她只去过几回北边府里，还是为着去给伯祖父请安的，纪氏带了她们去了几回，袁氏的脸上就不好看了，伯祖父特别喜欢澄哥儿。

澄哥儿叫纪氏养得很好，见着伯祖父也不怵，他一问功课，澄哥儿便兴兴头头地要把自己写的字给他看，颜老太爷伸手就把他抱到身上，澄哥儿长得壮实，他还使不上力，最后是澄哥儿自个爬上他膝盖的。

袁氏立在一边，脸都绿了，出来说了几句不中听的话，纪氏沉了脸，斜她一眼，再没带澄哥儿去过，反倒是伯祖父一直念着澄哥儿，时时叫了他过去玩耍。

袁氏再不甘愿，也不能违了他的意思，只回回来都挂了脸，澄哥儿自家也觉得这个婶娘不喜欢他，有一回扒了伯祖父告诉他，他以后都不来，把老人家气得不轻，提溜了儿子痛骂一场。

袁氏生受了，却觉得是纪氏使的坏，还说甚个小人儿哪里懂得眉高眼低的，必是纪氏教唆了他，两房更是能不来往，便不来往了。

明沅只当东府的花园已经很好，哪里知道西府更是了得，绿漆大门上边悬着一块匾，刻了"吾爱庐"三个字，再往前走，先见着叠石幛山，待转过刻了叠云堆雪的假山石，便是一幢两层高的大楼。

东边府里这就是回事堂了，这儿却是读书厅，里边摆了三张花梨木的大案，摆着笔墨纸砚，喜姑姑抱了明沅指点着："那是堂姐堂兄读书的地方。"

倒是好风景，外边就是假山石群，里头看着还能过人，两边花石小道，再往前走就是一处湖，一南一北相对，一个观鱼槛，一个听琴轩，喜姑姑见有丫头守着，隐隐还能听见琴声，便住了步子。

既带了明沅原是该拜见大伯大伯母的，可这两个的规矩古怪，一个坐在观鱼槛里谈琴，一个在听琴轩里头应和，实不好上前去，便绕了隔墙小路，一路往揖绣楼去了。

那头由着宫人守了，喜姑姑拍拍明沅的背："姑娘见着大姑娘，可得好好行礼。"便是她不说，明沅自个儿也知道，点点头，摸了自个儿荷包上的结子道:"我把这个送给大堂姐。"

喜姑姑抿了嘴儿笑,进得院中,步子便放缓了,几个丫头见她还抱了个穿大红销金衣裳的女娃儿,知道是养在上房的六姑娘,因着年小并不请安,只低声问好,迈过抄手游廊,早有朱衣在那儿候着,她看见明沅先是一怔,尔后又笑:"六姑娘来了。"

颜明蓁持了书卷靠在窗边,喜姑姑进去先放下明沅给她行礼,颜明蓁闪身受了半礼,明沅赶紧抱了手躬身:"大姐姐好。"

颜明蓁看见明沅翘翘嘴角,放下书卷,冲她招了招手:"这是六妹妹吧,快过来。"

第三十六章

明沅在颜明蓁这里见识到了甚个叫皇家气象,明蓁既是定下的成王妃了,又因着年少,给派了四个教养嬷嬷来,到及笄成婚,还有两年,这四个嬷嬷便是要将她在这两年里头,教出一身气派来。

宫嬷嬷还道:"姑娘的规矩本就是好的,可别怨咱们觍了老脸指摘姑娘是鸡蛋里头挑骨头,只往后姑娘同王爷成了婚,总要在宫里住个一年半载的,到时候便知道这些东西能派大用场了。"一面说一面脸上带笑,话虽说得软和,意思却再明白不过,还是得从头学起。

圣人喜欢了你,便把你留在身边,不喜欢你,便把你赶到天边儿,可圣人连太子都不喜欢,成王这样既不长又不嫡的,更不必说了。

这可有好也有坏,不必跟太子妃似的,看元贵妃这个庶母的脸色,每日里战战兢兢,唯恐什么地方做得不到,惹恼了她,叫她往圣人跟前上眼药。

明蓁最多只须忍得她一年,这一年里头挑不出错来,等往封地去,在那地界还不是由着成王横了走。

"谢嬷嬷们的教导还不及,哪里还能埋怨,宫中规矩大,我也怕往后叫人挑了不是呢。"那个"人",不必说就是元贵妃。

太子妃才刚进门,连张皇后也放宽了她,总归是新媳妇,有些事儿得慢慢学,元贵妃却端了架子,已是在清明祭祀的时候申斥过她一回了。

这些个消息也只在内里流传,嬷嬷们积年待在宫中,眼见得多了,那一位的性子揣摩得很是明白,那是无事也要搅三分的,原来是宠妃便还罢了,左右没生下孩儿来,挨得十几年,那别个有子的妃嫔都能由着儿子接到封地上去,再不济还有女儿帮衬,元贵妃有什么?

哪知道她竟能生出儿子来!这消息一出,阖宫上下怕只有圣人一个高兴的,元贵妃一系烧香拜佛,剩下的那三宫六院,便是夜里也叫惊醒了,从此可再没指望,便是张皇后也晓得若皇帝不早早死脱,自己的儿子怕是登不上大位了。

颜明蕤原来聪明是聪明在后宅事上,眼光只落在这品字形的宅院里头,如今站得高了,她立时便看得远了,天下万事通一个道理,那些个大臣娘娘,想要的跟得脸丫头管事婆子想的,并没什么两样。

只不过手段更多,心思也更隐秘罢了,有些事一通百通,不必嬷嬷说些什么,她一点就透,这四个嬷嬷以宫嬷嬷为首,背后也感慨,且喜跟着这么一位,那分到太子妃那头的,如今可不知如何头疼呢。

她们教得用心,颜明蕤学得也很是用心,这才几月工夫,行动说话都叫渐渐养出了仪态来,说到底不过一个慢字,说话要慢,要有条理,能不说便不说;举动要慢,姿态要美,便有天大的事在眼前,也要稳得住端得起。

宫嬷嬷因着见过几回明潼,背地里还同颜明蕤说:"东府那位三姑娘,规矩倒很不错。"又怎么会不好,明潼在宫里生活了七年,最后两年虽叫关着,头五年却是实打实地日日在妃子娘娘面前待着,她在自个儿院里还松快,一进得揎绣楼,便似又进了宫,立时就端起来了。

她一个人规矩好了,连带着往下几个孩子规矩都好,澄哥儿是男孩子还不好比,下面几个明沅学她学得最多,她分不清家里宫里,只知道明潼做了,跟着学准没错。

颜明蕤原就有意跟纪氏交好,再由着嬷嬷们一说,面上微微一红,心里泛出苦涩,单单把纪氏拎出来说,想是几个嬷嬷也觉得梅氏……实在是不大气。

哪一家子的当家主母成日里想着游乐,那头颜家大伯父才好,西府里已经开始着手办花宴了,正是海棠花儿开得好,她一个主母不去管家理事,却亲手摘了花调胭脂膏子,还做得花笺送到女儿房里,似模似样地要请女儿去宴花。

几个嬷嬷瞧在眼里，越发觉着这位姑娘不容易，总该给她寻个榜样出来，嬷嬷们一肚子宗室经，晓得纪氏是在祖母跟前长大的，她的那位祖母可不是宗女？

　　这才单单把她点了出来，明蓁再觉得面红羞愧，也知道嬷嬷们是为着她好，这才你来我往，梅氏往她这里吐苦水，说纪氏贼精，滑不溜手，根本没出力为她想法子。

　　明蓁不知说甚个好，又是备茶又是备点心，听她抱怨了百来句，实坐不住了，略提一句，那玉兰花儿也开得好，梅氏立时便拐到要把那玉兰瓣儿一片片摘下来，在这上头作诗，这才算把事儿岔了过去。

　　此时见明沅来了，牵着她坐到罗汉床上，抓了一把糖塞到她手里，赞了她两声乖巧，又叫檀心拿些玩意儿出来给她玩，自个儿跟着喜姑姑学起点嫁妆来。

　　明沅拿眼儿一溜，暗暗咋舌，她已经知道西府是没有自家产业的，不过有些铺子收收租子，等的全是公中发的钱，可看明蓁这里的陈设，不说明潼，却是比纪氏还更华贵几分了。

　　光是这一张黑漆嵌螺钿花鸟纹床，便是纪氏那里也没有的，她身上的衣裳头上的首饰，也比纪氏家常穿戴的更好上几分，却是还没进宫，已经叫养成王妃的日子。

　　梅家百年大族，陇西一带无人不知无人不晓，前朝时还曾出过一位皇后，到得本朝开国，还未打到地方，便先打开城门，保全一城老少无一死伤，连着自家产业虽在战事军需中折损几成，到底根气未断。

　　连着山头的千亩田地俱是她们家的，更不必说铺子了，梅氏的父亲是这一代的族长，梅氏上边还有五个哥哥，小女儿养成这番性子，那外头的一个都不敢嫁，满门弟子看下来，只拣了颜顺章，陪了大笔的妆奁，把女儿嫁到了金陵。

　　颜顺章便是不靠着家里的产业，光是舅兄弟送来的这份子田租钱，也够他们一家生活了，这些东西，便是才下旨意，梅氏往娘家报回去，娘给拣了好的，给外孙女送来的。

　　如今到外孙女办嫁妆了，外家又出钱又出力，不说那些个桌床用具，也不提绫罗绸缎，只说送了来的画卷书刻，便是世所罕见的珍本了。

喜姑姑把那份礼单子拿在手里，跟明蓁两个论起怎么造册，明沉别个全不懂得好坏，什么《调琴玩月图》，什么《唐王出猎图》，明蓁都不瞧在眼里，只当寻常物件记录，可等听见她说文徵明诗画八轴也只中等往上，明沉心里抽一口气，目瞪口呆。

她到古代也有些日子了，还是第一回感叹一个女人好命，这梅氏的命也太好了些，好得让人咬牙切齿了，她从生下来就注定不必奋斗，怪不得能使性子，不光是亲爹娘，还有五个哥哥惯着呢！

真是货比货得扔，梅氏在家靠父母，出嫁了靠丈夫，到得年纪大了，又靠起女儿来了！明沉心里感叹，手上却不停，在屋子里玩耍的东西有限，她便从绣箩儿里头抽出丝绳来，小指头一翘一翘地编起攀缘结子来。

颜明蓁忙得很，她手里捏着母亲的嫁妆单子，还有亲爹家里的铺子产业，可这些东西俱不能带到封地去，说来好笑，这些将要成年的皇子，到如今还未定下封地来。

元贵妃一娇，圣人的骨头就跟着软了，总归除开太子，别个皇子都还是半半截的年纪，有大臣上表催促了，圣人捏了表就叹，说臣下不懂得为父之心，他实是想把儿子留在身边久一些的。

里头怎么样大家都清楚，若是有了封地，皇子就由着封地供养了，圣人自个儿当皇子的时候就很得宠爱，封地就在盐邑，银子流水似的落到口袋里。

元贵妃就是知道这一项，才作死作活的，先按着这些皇子，不叫他们得了她儿子的好处去，几个儿子里头除了荣宪亲王得了两个字的封号，还得了圣人当皇子时的封地。

就这么着元贵妃还不足性，恨不得整个天下都是儿子的，她吃相难看，却有圣人给她兜着，大臣听得这句，总不能把妃子扯出来说，俱都忍气吞声，只等着皇子成婚，到时候再来扯封地的事儿。

自太子始，哪个儿子不是夹着尾巴做人，宫嬷嬷略提两句，颜明蓁也明白过来，成王为甚个这样示好了，他手里实是没钱的。

总归是未嫁的女儿家，心里哪里会没有点绮思，初看见成王送来的那只风筝,她心里也泛着蜜,等嬷嬷们私下里把这些事儿一吐露,她立时就明白过来。

成王都十五了,按着规矩,宫里该给他两个晓事的宫人教他行那事儿,往后她进门,那两个宫人还等着她给名分呢。

女儿家的梦没做完,正室的责任便压到她身上来,明蓁一口气儿没回过来,宫嬷嬷见她脸上变色,知道她心里不得劲,却还是那副笑眯眯的模样儿:"姑娘心里也别难受,姑娘比着别个已是最好的了。"

可不是最好的?一溜儿定下的王妃里,她的起点是最高的,有个当官的爹,有个大族出身的娘,还有一份厚厚的妆奁,成婚初始那一年里,只怕丈夫都要靠着她的嫁妆,只要她不犯蠢,大妇的位子就牢牢的,比之那些除了通个姓氏外,再无第二句的王妃,她已是甩了别个八丈远。

明沅眼睛盯着丝绳,耳朵却沾在喜姑姑身上,喜姑姑不好直接拿了西府的产业跟梅氏的嫁妆来看,只提点着明蓁:"列的单子是要给人看的,似大姑娘这样儿,倒不如多得些银子,往后出去了,再置办起庄头来,也更便宜些,总归是在自个儿眼皮子底下。"

颜明蓁垂了眼帘听得喜姑姑几句话,喜姑姑虽叫纪氏派了来,到底不是自己的人,很多事只点到为止,不再往下深言,她没个娘好指点,可二婶娘的祖母却是宗女,比着她那时候的嫁妆单子来列,总不会出错了。

明蓁眼睛一溜转到明沅身上,笑一笑开了口:"明沅可真是乖巧的,半日也不吵闹。"她猜度着喜姑姑是有几分真心待明沅的,若不然也不会把她带到这里来,果然才说完,就看见喜姑姑眼底多了两分笑意。

"弟弟妹妹们一走,我这里清静许多,倒有些寂寞了,不若明儿再把她带了来,我这儿的宫嬷嬷会做酥油泡螺呢。"明蓁想着法儿往纪氏身上靠,明潼连着纪氏,明沅却连着喜姑姑,再者说喜欢小妹经常叫她来,梅氏那里更得过。

若不是有这么样的娘,她哪里用事事细心,都似明潼这样,靠在纪氏身上撒娇就是了。各人不识各人的艰难,她这话一说,喜姑姑就笑:"大姑娘喜欢她,待我回了我们太太便是。"

明沅正是这时候抬了头,举着结子:"给大姐姐。"竟是个心形的攀缘结,明蓁一见就笑,伸手接过来,举起来看了,倒有几分惊奇:"六妹妹手倒巧。"虽是一串小结子,却也打得密实,名头还好听,摸了她的头:"等我让檀心串块琥珀上去,正好给我压裙。"

第三十七章

第二日明沅去的时候，明蓁穿了条银丝万福的贡缎拖地裙，腰上果然挂着蜜蜡禁步，明沅只打得一串儿攀缘结子，檀心却是巧手，拿这个当边儿，里头用钩针钩了一对蝴蝶出来，颜色也正相宜。

明蓁见着明沅就冲她招手，弯腰抱了她坐到小儿子边上，打开红漆木匣子，里头是四个小儿拳头大小的酥油泡螺，只这一匣子四个，却也分了粉红粉白两种颜色，竟是奶油点心，看上去很像是泡芙。

"这是宫嬷嬷今儿早上才拣出来的，朱衣，去沏壶茶来。"明蓁生得并不像梅氏，她更像颜顺章，单论起五官，并不比明潼更出色，明沅是如今年小，等长开了，若似了睐姨娘，那更是姐妹里头生得最好的。

可见了明蓁，头一眼还是看她长相，她一开口便再不会去盯着她的脸瞧了，她不论说话做事，都叫人如沐春风。半点也没拿明沅当庶出的来看待，也浑不在意她是个三岁的小娃，待她和对待自家妹妹明芃并没有两样。

明沅叫她一抱，倒有些吃惊，纪氏很少抱她，明潼更不必说，除开丫头婆子，就连睐姨娘都很少抱她，这会儿叫这个隔房的姐姐抱了，还一手搂着她的肩，很是亲昵地搭了她，点了匣子里的点心："这个是拿桃花瓣儿打出来的红色。"

里头果然还夹着花瓣，不一时朱衣沏了茶来，拿赤金茶花托盘，里头盛着的竟是玻璃壶玻璃茶盅儿，泡了一个茶叶团成的小球，还未泡开来须叶都还缩成针状，摆到明沅面前。

朱衣笑一笑，指了壶告诉明沅："六姑娘瞧。"

那个茶叶团成的球,叫滚水冲得泡发开来,开花似的张开小口,里头一朵跟着一朵地伸出小朵茉莉花出来,明沅点了点一共九朵,也不知道这九朵由大到小的白茉莉是怎生连起来的。

怪不得泡了未开的茶叶就急急送上来,等茶汤漾出了碧色,朱衣才倾了一杯摆到明沅面前:"六姑娘仔细烫了嘴。"

明蓁手里拿了账册,虚点点朱衣:"就知道你弄这个鬼。"行得两步走到明沅跟前:"这叫花龙吐珠,原不过是胡闹着制来玩的。"

说得这一句指了朱衣:"有个甚样玩意儿都藏不住,既是吃奶点心,很该泡了红茶来,我记得还有些小叶种的,也制一杯来。"

明沅不由得咋舌,不说这泡茶的花样,便是这送上来的茶盘花壶跟茶盅,就已经叫她吃惊了。早知道明蓁这里好东西多,梅氏跟颜顺章两个养这个女儿,比之明潼都更贵上几分,她去袁氏那头请安,也倒了茶汤出来,给她们却是银鱼杯,那时候明洛还在,她回去的路上就没忍住,叽叽喳喳说三婶这回大方了。

还是明湘掩了口笑:"她是怕咱们用瓷器,失了手就给砸了。"

明洛这才明白过来,连明沅都觉得好笑,可话里意思促狭,理却是这个理,比之明蓁这头拿玻璃盅儿来待客,用的还是个三岁小娃,两下里比较起来,大气得多。

托盘里头盛了酥油泡螺,拿出来一看才晓得真是开口点心,里头的奶油也不知怎么做出来的,既加了桃花,就有些桃花香气,明沅还是在清明吃桃花粥的时候才知道这也能吃,捏了一角咬上一口,味道同泡芙差不了多少,只皮子没那么酥。

她吃着奶点心喝着红茶,耳朵里听着明蓁柔声柔气的语调,手里拿着那个还不曾吃完,外头的紫萼就报说明潼来了。

明蓁立起来去迎她,明沅也把吃了一半的点心放回碟子里,擦了手跟着走到门边,看见明潼穿了一身大红洒金裙儿,一路拂过垂柳,背挺得直直的,看得明沅都忍不住更挺,明蓁觉着了,低头冲她微微一笑。

"三妹妹怎么这会子来?"明蓁才说了这句,明沅却觉得明潼的视线往她身上溜了一下,只听见她落珠似的笑:"我闷得很,这才出来走走,上回在大姐姐这儿瞧见个八仙捧寿的样子,想描下来,回去给我曾外祖母做衣裳用。"

明潼从没有过这副模样,她对着澄哥儿也是笑,却跟今天这笑再不一样,更别说对着她们了,她也从来不扎花刺绣,连明湘都做起活计来了,明沅在上房住着,自来不曾见过她拈针动线。

明沅心里诧异,可也已经知道了她的厉害,指指内室的几案,脸上俱是笑,团了手:"三姐姐,有奶点心吃。"明潼竟也冲着她笑,还伸手牵了她往里屋走。

明沅一步一步跟踩在棉花上似的,一脚都没能踩在地上,也不知道她是为甚,却还是顺从地由着她牵,坐回小几上,把那剩下的半个泡螺拿起来吃了。

细想起来明沅虽不至于从没得过好脸色,可明潼却是极少对她笑得这么亲切的,她大概明白明潼的想法,隔着房了,自家房头里的事就算是家事,是家事就不能闹在外面难看。

不说明沅对明潼这个嫡出姐姐观感如何,她却知道,明湘跟明洛两个是有些怕明潼的,倒不是明潼待她们说了重话,可这两个小姑娘就是有些怵她,只要她在,说话做事都不敢惹出动静来,人也规矩得多,一句都不敢多说,一句都不敢多行。

两人说了几句闲话,明蓁先是问明潼穗州风土如何,听见明潼说穗州水土好,许多庄稼全是这儿没见过的,交着掌神往起来:"想是一方有一方的风物,也不知往后,在哪儿置庄子更好些。"

历来藩王就了藩,便是钉死在那儿了,不到圣人丧病不再出藩的,去了那一地,那就是一辈子的骨肉不得见,明蓁说了这句,垂了眼帘。

元贵妃那个模样,上一辈儿的叔王们还有富饶地方好待,到了这辈儿本来地方就少,再有这么个爱拈酸挑刺,专给小辈找不自在的庶母妃,也不知道能落到哪一地去。

明潼心里拧了拧眉头,成王的藩地是很清苦的,他的母妃最不得宠爱,成王自个儿又不是个会讨圣人喜欢的,也幸亏他不会讨圣人喜欢,那讨喜欢的皇二子,往后闹出来的事才叫难看。

他们得了这么个封地,却迟迟不曾就藩,还靠着一年领的年俸在金陵过活，后来彭远逆案，个个都缩在里头保得太平命，偏是成王请了兵符。

明潼那时候已经进了宫，太子是很想亲征的，可他不敢，他怕他一出这个黄圈圈，命就立时没了，连死在谁的手里都不知道。

那时候成王俨然就是太子党了，因着有王妃这层关系在，太子还格外地抬举她，成王先是吃了几场败仗，后头竟一战大捷，旁的明潼不知，她知道的，是她在那一年里，从容华升到了嫔。

若是太子顺顺当当地登上大宝，一个妃位是怎么也跑不了的，可她没等到那一天。

腊八那天下着细雪，薄薄铺了一层，她养的那只猫儿，才踩出去一只爪子，就立时缩了回来，窝到炭盆边上烤火。

她早上才送了太子出去，预备着多赐些粥回家，可宫里传赐的腊八粥都才送到她面前，还不曾拿细果红枣仁儿拼出一朵万寿花来，太子就叫下了狱，一宫的女眷先是怔了，也不知哪一个起的头，一个接着一个哭喊成一团。

成王战死的消息传得满城风雨时，明蓁死守了门户，行止如常，每隔一旬日还照常带着女儿进宫去给太后请安，朝臣宫眷有的怜悯，有的还存了看笑话的意思，到后来便是嘴上不说，心里却不能不赞一声天生气度。

到得明潼，听见传旨，太子妃趴跪在地上起不来，她往雪地里砸了个杯子，越过正妃让她们把能拿的细软都卷起来，又求太监通融一刻，若不是这样，光身去了寿昌宫，大冬天里怎么活得下来。

她心里比着明蓁，若换作是她，不定就比明蓁差，可她却偏偏没有这个时运，明蓁还在细细柔柔地同她说话，明沅坐着听她们说，明蓁一低头见她巴巴地看了，伸手摸摸她的头："卧雪，你把我那花毽子寻出来给六姑娘玩。"

一匣子女孩的玩意儿，只她如今不能再做那出格举动，两个大的说着话，明沅叫明潼那带着笑意的眼神看得浑身不得劲，借机拿了染成红绿色的鸡毛毽子在外头小院里踢起来。

卧雪把裙子别到腰带里，露出脚来踢得两下，明沅的裙子本就比鞋面上要高，也不怕她绊着，看了两个也像模像样地踢起来。

上边扣的不是铜板，是拿金底子打出来的，底下刻了一朵莲花，明沅拿在手里都觉得有些沉手，往上一抛重重往下掉，她先踢得一个，短手短脚不容易平衡，好容易能踢到三个。

不是光有技巧就能踢得好的，她踢了三个拾过来再踢三个，东西两面跑，卧雪几个先还放不开，自宫嬷嬷进来了，她们再没这么松快过，想着不能给姐儿丢脸，便一直规行矩步，等明沅玩得出了汗，这些个小丫头子也跟着欢叫起来。

原先在廊下看的，也跟着上脚踢两回，明沅累了就叫抱到廊下坐着歇息，还拿梅卤子调了蜜水儿来给她喝。

一院子都是笑声，宫嬷嬷自里头听见了，往外边一张，连着明蓁听见她们笑得这样快活，也立起来走到窗边，偏了脸儿望出去，两个丫头正在赌谁一口气儿踢得多，先是十几个，又数到二十几个，一圈儿围了人，一气数到九十九。

那丫头到最末一个腿一软，没能上一百，连明蓁都可惜起来，见着宫嬷嬷没半点儿不高兴的样子，自妆匣子里头摸出个金戒指来："拿这个给她们赌彩头。"

竟是九红赢了去，她手脚灵活，踢起来没个完，只看见红毛毽子不住上下翻飞，一圈人跟着脑袋一上一下地盯住了看，数到一百四十八了，她竟还能跳起来，反身踢了一个。

这一下得着喝彩，那个戒指也就由得她得了去。九红原来只当是玩儿，哪里想到还能得着东西，还是明潼身边的云笺指点她："还不赶紧谢大姑娘的赏。"

九红进去就给磕了头，鬓边沁着细细的汗珠儿，她原来在穗州瞧着还不显眼，到了金陵宅子里，一屋子丫头数她最黑，明蓁瞧她一眼就问："可是自穗州来的？倒是机灵的，往后常陪着你们家姑娘来。"

这院里跟潭死水似的，今儿好容易活起来，她又弯身去问明沅："沅丫头能踢几个？"明沅伸了三只手指头出来，比划着说："三个！"

惹得明蓁掩了嘴就笑，连明潼见这个姐姐这样高兴，看了明沅一眼，也不扫人的兴，只在心里拧拧眉头，想着往后不能叫她常来。

九红得了这么好的彩头，回去就叫采苓拉着请客："这戒指总有三钱重，你不舍出一顿像样的茶果子来，咱们再不饶你的。"

丫头之间请客做东道也是常有的事，可九红一月不过三百钱，她是房里头有名的铁公鸡，听见这话臊红了脸不接口，明沅知道她的心愿，她想把钱攒了，等往后出去，好回家盖房子。

难得九红还有这个心，便笑嘻嘻地拍拍自个儿说："我请。"

第三十八章

日子一天比一天安闲，明沅隔得两三日就跟着喜姑姑去一回揖绣楼，寻常日子便在屋子里头写大字，如今已是能把《百花历》《月令歌》，这些个简单明了易上口的都背出来写出来了。

连纪氏都觉得奇怪，背是一定会背的，这些东西寻常女儿家都会，连身边的丫头也都会背，会写也是寻常，比着瓢画葫芦谁不会，她习字也有些时候了，照着字帖写出来，也不是什么难事。

难的是她的字顺都对，一笔一笔从来不曾出过错儿，倒有些明潼小时候的模样儿。字儿写得端正，书也读得差不多，开蒙已是够了，纪氏本没当一回事，还想按着原来定下的日子进学，却叫明潼提起来。

"娘身子不便，她在此间终归吵闹，不若就送到学里去，好歹也能关上个半日。"纪氏思忖是这个理儿，因着这段日子不曾照管到明沅，等再拿了字帖出来看，又听见她会背了许多书，把这些都搁到小几上，问正在对面摆开小桌小椅子的明沅："沅丫头，想不想跟姐姐们一道读书？"

明沅一抬脸，点着头笑了，原来都是义务教育，到了古代她才明白教育是多么重要的一件事，她房里的丫头，没一个是识得字的，四采就不必说了，是拉了纪氏这里的二等充数成一等的，只有喜姑姑才略微识得几个字，便是这么着，已经能当管事嬷嬷了。

纪氏见她应了，又加了一句："进学可苦，别挨不住。"

明沅抱了手央求她，扒在纪氏身边："挨得住，我要去。"纪氏看她这模样，点点她的鼻子："总归到了秋天你也要进学的，早些去跟着读起来也好。"

吩咐了不必日日去,一日隔一日地去,等习惯了再每天都去,吩咐完这些,纪氏又叫琼珠把图录拿出来,招过喜姑姑:"原还当要办事,一向这么囫囵住着,既安定下来了,也该给六丫头自个儿一个院子了。"

喜姑姑先是一怔,接着又笑起来:"太太看,哪儿好些?"脸上还在笑,心里却皱起眉头来,估摸着是再过些日子就要显怀了,到时候诸般不便,澄哥儿定然不会挪,动的也只能是明沅。

到底是养的日子浅,可不是一有事儿就想着把她挪远了,喜姑姑见明沅睁了一双大眼看过来,心里想着为她争一争:"六姑娘到底还小呢,后头这院子虽小些,却离太太更近。"

明沅不知道自己要被分配到哪个院子里去,抿了嘴唇去看那图,哪里知道纪氏各个院落转了一圈儿,道:"若不然就住到明潼院子里去,她那儿还有一溜厢房空着的。"

她这么说着,就算是定下来了:"六丫头乖巧得很,必不会吵了她,我有个瞧不见的,总有明潼能盯着。"

明沅心里怦怦跳,还不如就住在纪氏的屋子里不动呢,眯姨娘那事儿是她自个儿作死,可由头却是明潼先开了局,她算定了眯姨娘沉不住气,眯姨娘也没叫她失望。

这样的心计,明沅怎么会不害怕,她能保着自己不犯蠢,却不能保证身边的人不犯蠢,明潼看她的眼神从来就跟看澄哥儿不一样,不单跟澄哥儿不一样,跟看明湘明洛都不一样。

细细回想起来,她是把自己放在眼里的,譬如明湘明洛两个,不论是说话还是不说话,是老实还是挑事儿,她都没放在眼里,好像是两个不相干的人。

明洛说了出格的话,做了不符合身份的事,纪氏立时就要敲打,可在明潼,她好像无知无觉,那两个庶妹做什么说什么,她连眼皮都不抬,可她偏偏对自己,是很在意的。

明沅就曾经听见过小篆问采苓,问她六姑娘去大姑娘那儿做些什么,小篆可自来不曾跟采苓搭过话,采苓自个儿觉得奇怪,回来还说了一嘴,叫喜姑姑斥了一句。

先是这句话叫她留了心,等她开始留心看了,才发觉明潼那边的小篆是真个时刻都盯着她的屋子的,明沅猜不出来为什么,干吗盯着一个三岁大的孩子?后来倒是回过味来了,大约还是因为她是睐姨娘生的。

明潼对睐姨娘天生就有一股敌意,她对张姨娘安姨娘两个,就跟对明湘明洛一般模样,偏偏待睐姨娘不同,这股敌意也承袭到了沣哥儿这里,大家一处逗沣哥儿玩的时候,她从不过来。

不仅不抱不逗不笑,连看都懒怠看一眼,同样都是庶弟,对沣哥儿跟对澄哥儿,那是一个天一个地。

时候一长,连澄哥儿都觉出来了,他对这个姐姐一向是极为推崇的,沣哥儿又着实还小,除开翻身啊啊两句,不能跟他一起跑一起跳,这新鲜劲头一过,就丢开了手。

连着明湘都知道明潼不喜欢沣哥儿,那一回刚喂了奶,她跟明沅两个倒着手抱沣哥儿,小儿家食管浅,一颠就吐了出来,吐得她满襟是的,明沅的衣裳太小,纪氏的屋里就有明潼的衣裳,可她却还忍着叫彩屏去拿了自个儿的干净衣裳给她换。

明沅原来以为她只是老实习惯了,后来才知道这个老实姑娘跟她的姨娘一样,是很有眼色的,旁个都不在,她钻进明沅的床上放了帘儿挡羞,就摸着沣哥儿的脸,低喃了一句"三姐姐不喜欢"。

这一桩桩的事连起来,由不得明沅不在意,她们玩闹着,拿着彩球逗沣哥儿,那边挨着窗台坐着的明潼,一双眼睛就跟两泓寒水似的投射过来,明沅逗他笑得起劲,一抬头瞧见了,只觉得遍身寒凉。

住得日子久了,她都习惯了,习惯自己是个尴尬人,习惯上房的丫头事事都把她摆在明潼后面,这原来就是应该的,她确是庶女,小老婆生养的,纪氏能养活她就已经很好,她也想好了要这么一直老实下去,可明潼说的话,做的事,还有那对眼睛,让她越来越觉得不对劲。

挪到明潼的眼皮底下,纪氏开了口,就没更改的余地了,连明潼下学过来,都答应了,吩咐丫头把空着的那一排屋子清出来。

采菽采苓老实着不敢说话,采薇一面理东西一面叹道:"那可是朝北的呢,还不如住到后头的小院子里去。"

明潼的院子,是东府里边最高的一块地方。她到了该分院子的时候,纪氏原来想把湖心院给她,那儿就连着湖,绕岸种了一排垂杨柳,一溜儿粉杏花。

院子开阔不说,临着湖边还有个水榭,夏日里开的窗子,细风吹波,摆绿摇红也是一件爽心乐事。

可她偏偏不要那个院子,反而择了一处三面都种了树,密压压把屋子都快遮住的小楼,问她为甚,她只说这处楼高,能看得远些。

院小树多,便只有楼上那一层见得着日光,明潼就住在楼上,楼下一个天井,靠着靠北的院墙起得一排屋子,便是给明沅住的。

那样的屋子不到正午没有太阳,阴湿湿的,下雨天地砖一踩能沁出水来。喜姑姑也觉得这屋子不如意,却不好说什么,瞪了采薇一眼,拍了明沅:"等姑娘大了,能自个儿开院了,也就有小院子住了。"

明沅看着她点头,自个儿也理起东西来,澄哥儿知道明沅要走,牵了她很舍不得:"为甚六妹妹要走?"

纪氏这一胎快要三月了,裙子宽松瞧不出来,这时候笑着对澄哥儿说:"娘肚里有了小娃娃,你六妹妹,给小娃娃空出地方来。"

"像三弟弟那么小?"澄哥儿已经知道什么是小娃娃了,不会说话,不会走路,光会傻笑,会哭。

纪氏点点头:"比你三弟弟还小。"

澄哥儿眼睛都瞪大了,他盯住纪氏的肚皮,伸手想摸又不敢摸,纪氏一把拉了他的手,按在肚子上:"这会儿还小呢,等再大些,他还能踢你。"

"弟弟这么有劲儿?"澄哥儿已经知道弟弟是什么,纪氏又拿沣哥儿当比较,他立时就接过口来,把纪氏哄得眉开眼笑,明沅立在旁边也跟着说:"我给小弟弟让屋子,他先叫我姐姐。"

纪氏嘴角微微一扬,落后就让人起了屋里的砖,再给铺上一层,垫得厚实些,潮气就沁不上来,除开这个,又让库里拣出一张拔步床来给明沅睡。

明沅还觉得一张床没什么,夜里听见采薇说话这才知道:"这么一张床,太太随手就给了,三太太进门还只有这么一张床呢。"那雕花功夫自然更好些,可这么一张床,也颇费银两了。

采薇这性子待得久了就成了"霸家",甚个东西进了明沅的屋子,她就把这个当作是给了明沅的,说出这话来,叫喜姑姑笑看一眼。

明沅这才知道,是她在明蓁那里听得多了,什么贴贝嵌螺的,在颜明蓁那头是寻常东西,到了外头就抵得好几年的开销。

东西都搬了进去,屋子就算这么分派好了,明沅住着倒没觉得不习惯,她大部分时间并不待在屋子里,既去了书院上学,为了避开大小篆的眼睛,便不读书那一日,也往学馆里去写字。

写完了字,在大花园子里头跑一跑,跳一跳,拍拍皮球,玩玩百索,再到纪氏处吃饭,去明蓁那里晃上一圈,一天的事情这么多,进了屋子也就是为了睡觉。

树密也有坏处,月影一摇树影破窗而来,几个丫头里,数采薇胆儿小,守着明沅睡在凉床上,夜里起夜不想点灯,竟叫树影吓得差点尿了裤子。

白日里她自个儿觉着臊得慌,把那裤子藏在盆底下拿出去洗,竟不让九红沾手了,先是想往明沅这头献殷勤的,第二日就老老实实回了下房,叫几个小的轮上来值夜了。

胆儿最大的反而是九红,她不怕这些,还告诉明沅她在家时夜里出来走过百病,穿着白衣,自城东走到城西,她哥哥领着她,一路冲到城西,再回家去。

"那许多白影儿……也不知道哪下边没有脚……"她一面说一面做鬼脸儿,吐了舌头装怪相,惹得采薇冲上来撕她的嘴:"小坏蹄子!还敢编排起我来!"

惹得明沅咯咯发笑,所有丫头里,她最喜欢的是九红,九红最活泛,没有奴婢相,敢说也敢笑,头一天进小院来,看见那棵老粗老粗的合欢树就道:"这要锯开来,好顶两根房梁。"她的愿望就是家里能盖起砖房来。

还偷偷问过采莜,好不好把她的月钱寄到家里去,采莜还没答,采薇就已经嗤笑起来:"你记着他们,他们可记挂着你?卖了你,你就自个儿谋生路了，往后作好作歹都不再相干的，把钱寄过去，你怎么安身？"

说得九红泪涟涟，可一转脸就又好了，一心想着要给家里盖屋子，还说要给弟弟做鞋，不叫他赤脚在烂泥地里跑，田里去转一圈，腿上全都是蚂蟥："不能扯，一扯一腿都是血，得拿麦秆子烧，一烧就掉下来了。"

她兴头头地说，还点着指头告诉明沅："我走的时候答应了弟弟，叫他往后吃粉果，里头都能包上叉烧肉！"

明沅看看她，见她还想着家里，这儿再是好吃好穿，也不比乡下她能撒开了脚跑更快乐，点头应了："给你寄，寄过去，托采茵给你寄到家。"采茵留在穗州守屋子的。

九红欢喜得差点儿给她磕头，喜姑姑大奇，想不明白明沅怎么知道这个，心思一滑，想到那一桩事，嘴上答应了，转脸却把采薇采菽采苓叫过去，严令她们不许在明沅面前提起眯姨娘。

眯姨娘在庄头上，受不得那个苦楚，病得快要死了。

第三十九章

睐姨娘本家是姓苏的，亲爹原是湖上撒网的渔夫，租的便是颜家的船，一日喝醉了酒，驶了船出去，等找着船，只看见里头空酒坛子，人早就没了，也不知道叫潮水冲往哪里去了。

江婆子孤儿寡母，一个人扯着儿子又领着女儿，实还不出租子钱，这才签了契，不光把自个儿卖了，连着女儿也一并卖了。

签的是十年活契，睐姨娘那时候不过五岁，算是半卖半送，也好多得几个铜板，那时候办这桩事的还是颜家老太太，下边头人报上这样的惨事，老人家心一软，便把女儿也一并买了下来，不至叫她母女分离。

进得颜家大门，挨冻受饿再没有过，江婆子带着女儿，却又牵挂外头的儿子，自家这点子月例钱，全贴补了儿子。

江婆子的儿子苏大郎，那时候也有十岁了，日日到饭点儿就来角门边，他妹妹拎了吃食来给他填肚皮。

既还有个儿子在外头，逢年过节的总要回去，睐姨娘在颜家也能穿上新棉衣，吃得又不少，看着年小也不必做粗活计，一年年长大，生得比那一条街上的人都要打眼。

那姓周的木匠家里，有个同她年纪相仿的儿子，打小两人就是玩伴，睐姨娘长到七八岁上，开始领小丫头的差了，举动说话全跟街面上见着的女子不同，等她再大些，长开了，那更是没见着比她生得好的。

那小周木匠的一颗心就这么拴在她身上了，知道她在里头惦记哥哥,寻常也劝着苏大郎上进些,苏大郎自小没了父亲,母亲又不在身边,一人吃饱了全家不饿,娘那里再差也有吃,自家既不做工也不读书,躺在母亲妹妹两人身上吸血。

先还是吃用,等惹着一班狐朋狗友,便把那坑蒙拐骗的事儿学了个精通,除开母亲妹妹的月例银子,后头连她们扎花刺绣的钱都一并骗了去。

等他年纪到了要娶媳妇,好人家的女儿哪个肯嫁,他再生的一副桃花眼,往姑娘家面前是讨喜欢,可哪个丈人大舅哥肯要这样的人进门,拿了门闩将他打出门去。

这么游晃着,跟那暗门子里头的粉头勾搭到了一处,两个先是门前楼上地互飞媚眼儿,接着又趁无人开了门,搂了亲个嘴儿,再扯了裤头入巷,真刀真枪地干起来。

粉头家里养了她,原是想着卖大钱的,才多少年纪,总还能卖个十年,叫这么个浪荡的沾了身,外头还有哪个富裕人家肯睡,既是暗门子,就是不张旗不挂灯的,跟里叫着爹娘,身份上还是良家。

捉着了苏大郎,哪里肯放,姆妈不肯打女儿,却让人打了苏大郎一顿,开了口要二十两的赎身银子。

苏大郎正是热心热肺的时候,可又能有甚个办法,他点点家里那些个破铜烂铁,还只往颜府里去寻亲娘妹妹,也不说那家是暗门子,只说他跟人家闺女对了眼儿,两下里没把持住,把人家闺女给坏了。

如今打上门来,肚里已是有胎,只等着齐了彩礼钱才好过门,若不然一碗打胎药,到时候老婆儿子全没了。

江婆子先听见有了小孙孙,正是欢天喜地的时候,再听见那家子不认要打胎,急得一蹦三尺高,扯了儿子的耳朵,劈头打了两下。

打了两下又觉得肉疼,一边给他抚面,一边盘算着哪儿能来银子,儿子在外头晃了十年,该成家的时候也耽误了,身边还没个娘照顾一日三餐,江婆子一向觉得亏欠了儿子的,又听见那里头还有孙孙,主意便打到了女儿身上。

女儿同那个小木匠有些来往,她心里也是知道的,可木匠家里哪里出得起二十两银子的彩礼钱,那老木匠本来就厌弃苏大郎的为人,他再拍上门开口就要二十两，哪里是嫁妹妹，分明就是卖妹妹，气得吹胡子瞪眼睛，把苏大郎赶了出来。

这下是买卖不成，仁义也不在了，苏大郎话里话外是那周木匠癞蛤蟆想吃天鹅肉，见着他就可劲儿奚落，把老木匠气得一口痰堵住了，告诉儿子，那姓苏的想进门，除非他先死了！

周木匠往颜府角门守得许多日子，只不见心上人出来，算着日子该放出来了，得着的却是她留在府里当姨娘的消息。

周家的小哥倒是个痴情种子，死活不肯信，等江婆子拍着门把女儿做给他的鞋子要回来，他一气之下病倒在床，瘦得都脱了相。

哪一个都当眯姨娘是贪慕虚荣，哪里知道是那个粉头给出的计策，她是惯在风月场上走的人，给了苏大郎一个纸包，说那些个常来门子里耍的，有些个老东西那玩意儿都跟软条虫儿似的，须得喝了酒，再拿这些吃了，才能上阵。

说得苏大郎兴起，又跟这个粉头胡搅了一通，两边都贪了色相，一个窈窕，一个精壮，搂抱着贴肉贴皮的，就把这桩事算计好了，谋了亲妹妹的身子，来得自家的长久苟且。

江婆子是知道女儿心思的，可她自来就瞧不中周家，嫌弃他家里太穷，女儿身娇肉贵，竟叫这么个木匠讨回去，能得着什么好。

她原来心里不定，还是叫儿子给说动了："那木匠有得甚？两间木板房，妹妹在里头好吃好用，到外头我就能看着她受苦？娘也是，该把她养得心气儿高些，恁的相貌，伺候个木匠！"

江婆子立时就听了儿子的话，本来就是厨房里头当差，两边一拍即合，为着孙子，把女儿给推了出去。眯姨娘受的这些苦楚还回去找娘，江婆子正等着这一出，厨房里上上下下都知道她女儿叫收用了。

等纪氏那儿知道了消息，颜连章还醉睡着，就是这么抬起来成了通房丫头，等生下女儿来又成了姨娘。

一家子趴在她身上恨不得吸她的血啃她的骨头，到她叫关到庄头上去了，江婆子先是拍着胸口，庆幸那事儿叫糊弄过去，师婆子吞了符，日日过来闹，先是说自家一嘴泡，后来又说她诅咒的人是有大福寿的，这才不通，为着这个还折了她的阳寿。

一封封地摸了银子给她,好堵她的嘴,等回过神来,女儿已经到京郊庄子上去了,江婆子倒是想套车去看看女儿,可儿子媳妇却舍不得赶大车的钱:"娘有那花销,咱们可是苦惯的。"

眼看着这个妹妹身上捞不出什么了,还费这个心思做甚,亲娘初时提起来,还拿话搪塞,等过得几日也不耐烦说软话了,甩了脸子指着门骂:"都卖出去了,又不是自家人,费那些个钱作甚,得着什么好了。"

江婆子这时候倒念着女儿了,打小带在身边总归有十年,心里偏着儿子,到底也放不下女儿:"你妹妹总归也给你挣下这房子来,如今她落了难,旁人没有,被子总该送一床去。"

那粉头自进得苏家门来,就日日调脂搽粉,百样事体不做,对了街倚门看街景,自门前走过,往她身上一溜,她就先软了半边,跟苏大郎两个,手头有钱就胡吃海塞,手头没钱,竟又搭起帘子,干了原先的勾当,做起暗门子生意来了。

这会儿晓得江婆子身上无钱好榨,当面啐她一口:"老不死的胡咧个甚,拿了老娘的钱去倒贴女儿,天底下再没这样的事。"说着把插在头上的银挖耳抽出来刮刮耳朵:"再叫我听见一个字儿,看这家里怎么揭锅。"

睐姨娘先还巴望着有家人来看看她,盼得一日又一日,丰腴的脸颊瘦得凹了下去,日日想着儿子,吃用倒没少她的。

可让她到庄头上来却不是享福的,而是思过,既是思过,便老老实实关在屋中,不许她出大门边,那屋子浅窄不说,只有一方窗户,除了打进窗前那一方光亮来,屋里一片漆黑。

庄上的人家却不管她是不是姨娘,一日三餐总归有一顿荤的,烧得大油的肉,睐姨娘一口都咽不下去。

她这时候才晓得,原来自个儿觉着过的苦日子,在庄上比起来,已经是好日子了。通房丫头也有三大碗菜,姨娘更甚,一顿饭能有五个菜,便这样她的份例还吃不完,如今才晓得纪氏抬抬手能给她的,也能缩了手要回去。

真是求天不应求地不灵,那些个庄头上人,都陪了庄头的老婆过来看着她,做的菜也比着年节时的好物来,日日一大碗猪肉不说,就是萝卜白菜上桌前也浇上一勺子油的。

这些个好东西,她们不到年节还不能吃用,这个姨娘却一筷子都不动,一回两回还道她是才刚来心里不舒坦,回回这么着,那些妇人嘴里便说不出什么好听话了。

"不过是个小妇,还真当自个儿是天仙娘娘了,糟蹋东西,可不叫雷劈!"守着她的窗户说闲话,这些话也就是说给她听的。

两三个手里纳着鞋底子,嘴上刀子却不断:"哪儿就天仙娘娘了,也不过一个鼻子一张嘴,两个窟窿眼大些罢了,是能挑担还是能浇粪,白养个废人,要这么着可不得待在这儿一辈子。"

睐姨娘先是反口,等她回了嘴,那些个就不给她送饭,一回两回她学了乖,出来得急,也只随身几件首饰,等那几个妇人把她掏干了,那难听的话儿又跟着说了出来。

睐姨娘怕就怕她是一辈子都回不去了,一想到自家的儿子要叫别个当娘,心里就跟刀绞似的痛,几日吃用不好,人就垮了。

那两个看她的,见她哼哼,只当装相,等发觉是真的病了,也不拘什么大夫了,乡下行脚的拉了一个来,那大夫给她开了药,她在颜府里长了十多年,早就娇气了,哪里经得住乡下人吃的重药,一帖过去人就晕了。

等报到纪氏这里,睐姨娘已经病了七八日,纪氏心里厌烦她,可颜连章才走,却不能立时就死,派了大夫去看,又专门挑了个婆子去看着她。

这么好不好坏不坏的又拖了些日子,那头便传过来,说她眼看着不行了,连纪氏这里都吩咐下去,便不挪回来了,叫那婆子看着她,若人没了,就在庄子上头发送了算完。到时候给沣哥儿明沅两个戴几天白布,谁也挑不出她的错来。

两边不通声气,明沅一点也不知道睐姨娘在庄子上病得快要死的消息,倒是安姨娘知道一些,物伤其类,看明沅的眼神难免就带了些出来,可她一向老实隐忍习惯了,便是知道也不会说,只借了女儿的手,送了个荷包给明沅。

这却是个大件，里头能盛许多东西，明湘笑眯眯地递到明沅手里："等进了学，总要装些小玩意儿，这个你正好得用。"

明沅谢过她，寻出彩结跟一匣子珠子，给她穿了个雪花图样的小结子，明湘很是喜欢，日日挂在裙边。

等明沅头一日上学，明湘早早就到了回雁阁前等着她，眼看着明沅跟在明潼后边出来，冲明潼问声安，又对着明沅笑："六妹妹，我带了你去学馆。"

第四十章

明湘自家还是个小姑娘,就摆出一副姐姐的模样来,明沅把手伸过去,眼看着明潼过了锁虹桥,问道:"三姐姐哪里去?"

她从没跟着读过书,别个早早起来进学了,她还迷迷蒙蒙睡着,并不知道纪氏单请了师傅教导明潼,余下的几个庶女都还在上大课。

明湘捏捏她的软手:"三姐姐往胜瀛楼去,跟弟弟一处读书,咱们往绿云舫去,正对着,许还能瞧见他们呢。"

虽是一南一北正对着,走的却是两条道,明湘浑不在意明潼不理人,牵了明沅的手告诉她先生姓宋,很是和气,并不严厉,功课也不紧。

"那她生得什么模样?"明沅忽然找到了些刚进小学时候的紧张感,绕过弯弯曲曲一条靠山水廊道,到得舫前宋先生还不曾到。

明湘笑一笑:"瞧见了,你就知道了。"说话间绿云舫就近在眼前了,绿云舫是个小石舫,两层高,还能爬到楼上去看这一湖景色。

明湘并不要丫头相陪,带着明沅进去,指了张桌子给她:"那儿原是明洛坐的,就咱们俩,也不必再加一张桌子了。"说着到几案边上,抽出一支檀心梅花香来,让丫头就着手点燃了插到青瓷烧梅花香炉里去。

临湖的那面开了几扇窗户,香一点起来,隐隐约约时有时无,想嗅时便寻不着,不想嗅了却又在鼻间萦绕,明沅吸了几口:"真香。"

明湘就笑:"这是宋先生自个儿制的香,外头却是寻不着的,吩咐了我,叫我每日里读书前点上一支,凝神静气,写字儿也定得下心来。"

明沅跟在她后边净过手,采菽在桌上铺开她惯常用的笔墨,又给她垫上垫子,明湘已是铺开纸,自个儿磨起墨来了:"先生来前,咱们都要写一张字的。"

明沅跟着把自个儿的描红本子铺开来,一些简单的字,她已经能脱本写了,学着明湘的样子,就跟平日里练字儿一样,先写了四句《弟子规》:"弟子规,圣人训,首孝悌,次谨信。"

写到"泛爱众"的时候,宋先生已经立在她身边,明沅一回头就见着个瘦削的妇人,瞧着年纪还很轻的模样,穿了一身锈色绣了梅花的褙子,下边一条综裙,通身上下只有紧紧的螺髻后边插了一支碧绿碧绿的玉簪子。

看见明沅瞧着她,勾了嘴角冲她点点头,示意她继续往下写,明沅便又低了头把"众"字儿写完,她看明沅手指头不似那般绵软没力道的,来之前也练了些日子,先点了点头,再把了她的手,把悌字又重写了一回,执了朱笔把好的两个圈出来。

一上午先是习了书法,接着便是背书,明湘先背,她学的那些个,明沅还不曾学,只听她一句句念得顺畅,宋先生听两句就打断她,叫她把这里头的意思解释明白。等明湘背过了,明沅又到宋先生跟前把会的书都背了一回。

明湘学画,调了颜色画着花枝,初还一笔一笔勾勒,等听见明沅一个哏儿都不打地背了三四本书,不禁抬起头来看她。

明沅背完了,连宋先生都有些意外,这么点子大的小学生,肚里倒记得这许多句子,抽出一句二句来,她也不怵,略停一停就又接口往下背诵。

夸奖了她两句,叫她回去读书,先把这些会背的默写下来,再接着往下教。这些东西不过三四个字凑成一句话,读了半年多,明沅早就会了,可她还是比照着澄哥儿来,一天记得一篇,先会背再会写,由浅入深慢慢学。

这跟她当学生的时候学的东西总有些是相通的,她这么学着,还显得比别个要快,宋先生也是给明潼开蒙的,见了她暗暗称奇,还当一个女学生已经是千伶百俐的了,如今又来了一个。

明沅上午习了字,中午同明湘在廊前分开,明湘回安姨娘处用饭,她到纪氏那里用饭，下午便不再去上课了。

纪氏越来越没精神，有时说着话就打个哈欠，面上一副疲倦模样，鱼虾这些时鲜货更是吃不进去，她又不爱那些大油大肉的，平姑姑便换了法儿做菜给她吃。

鲥鱼拿红糟糟过去了腥气，用青花白底大碗盛了来，骨刺俱都糟得酥了，夹上一块入口即化，明沉来了这些日子舌头也跟着吃刁了，她觉得没半点腥气，纪氏还是入不得口，又叫厨房做了松子鸡块送上来。

澄哥儿瞧见明沉就同她说："我在胜瀛楼里瞧见你，同你挥手，你没看见我。"面上有点不高兴的样子，明沉便拍他的手安慰他："先生看我，我不敢动。"

澄哥儿想到她是头一日进学，便又充起哥哥来了："不怕，宋先生不凶。"又同她说定了，明儿要再打招呼。

那一尾鲥鱼便叫他们俩分吃了，松子鸡块上来的时候，纪氏又专去挑那松子，鸡肉反不爱吃，吃得几口饱了，卷碧收拾下去还特地吩咐，叫厨房里头预备着，防着纪氏饿，过会子送热食上来。

纪氏又强打着精神问些明沉在学里如何，头一日可还习惯，明沉一一答了，问到澄哥儿时，外边来了个眼生的媳妇子，琼珠出去见了她，两个嘴巴贴耳朵说了会子话，琼珠便进来告诉纪氏："庄头上韩国道家的来求见太太。"

纪氏皱皱眉头："叫她进来回事。"

那媳妇子进来连头都不敢抬，进来就磕了头，跪在软毯子上头："给太太请安"只得这一句，才刚要说话，纪氏眼儿一扫明沉，卷碧便过来把她抱起来："六姑娘，我带你去看后头的出水荷叶。"

明沉耳朵还沾在上房里，卷碧急步出门，听见一句："那就预备着装裹吧，让她屋里头的挑两件她爱穿的衣裳。"明沉觉得耳熟，却想不起来装裹是什么。

等卷碧真的抱了她去看水池子里铜钱大小的荷叶，再指给她看那鲤鱼儿摆尾巴，她忽地想起来，伯祖父那会子，也说得含混，到预备起装裹来了，那便是快死了。

这里就只有一个人,在预备丧事的时候,不能让她知道。

金陵的夏天来得早,春风还没吹遍秦淮岸边,夏日里头一波热浪就紧跟着过来了,柳叶儿深绿,杏树枝头还结起指甲大小的杏子来。

进了四月末,就快到端阳节了,府里的丫头们这会儿已经开始央着二门的小厮采买,往外头买扎纱的豆娘了,八宝的堆纱花儿,绣了五毒的香囊,悄没声儿地就先挂了起来。

纪氏跟安姨娘用得更加精致,也早早就差了人往金楼里去,全是拿铜丝金箔打的花样子,用来贴在鬓边的,垂下花样儿来讨个吉利。

明沅就分到了一只,是个小人骑虎,澄哥儿不能戴这些,也眼巴巴地想要,那小人还能动呢,琼玉便给他拿花布儿裹了一串小粽子出来,叫他挂在背上。

明沅叫卷碧抱出去,一路往池边走,走过来的丫头头上,或是豆娘或是小粽,插得头上红红绿绿煞是好看,她趴着动也不动,等到了塘前,见那一方云影投在水面上,这才缓缓吐出一口气来。

卷碧抱了明沅看鱼看水看荷叶,见她半晌也不应一声,笑道:"姑娘可是困了?"明沅顺势点点头,趴在背上合起眼儿,卷碧拍着她,一路把她送到回雁阁里去。

采薇见着卷碧赶紧接过明沅,见她已经合上眼睛,把她安置到床上,两个虽然年纪差不了许多,一个却是在上房当差的,采薇便也喊她一声姐姐,又是端茶,又是拿点心。

卷碧陪坐了会子,采荍收拾了东西正在用饭,见姐姐来了,推了一碗茶泡饭,佐了酱瓜脯子,两个细细说着话,卷碧看看睡在床上的明沅,心里叹口气,再看看自家妹妹,到底带出些笑来。

那一个死了,姐儿的前程就又好上几分了。

采薇给她垫得一层软毯,又盖上一层薄被子,采苓坐在踏脚上头扎花。房子低矮,院子里的声响清清楚楚就能传到屋子里来,采薇见明沅侧着小脸睡得正熟,也不费心去叫那几个丫头低声,她手上还要拿绫罗扎小粽子,结得三四个拎起线头来比一比:"这便差不多了,垂那十七八个,也不好看。"

明沅什么也听不见,心里只反复滚着一句话,是眯姨娘,眯姨娘在庄子上头，快要死了。她跟她自来都不亲近，可猛然知道她死了，心里却说不出是个什么滋味。

伤心？那还不至于。却也不是全无所谓，她到底还是有些难受的，哪怕她知道往后自己的立场跟沣哥儿的立场都能更明确，可她就是做不到，跟这些人一样，觉得死了一个睐姨娘，也就是死了一只鸟儿，凋了一朵花。

从此院里不再有这个人，清明烧一把纸钱，得一杯薄酒，或许江婆子还要打着旗号过来闹两天，可对颜家来说几两银子也就打发了。只不知道沣哥儿能不能为生他的亲娘戴一次白花。

明沅昏沉沉一直睡到下午，等明潼回来了，她才醒过来，她是被明潼的声音吵醒的，她睡在床上，听见明潼立在院子里头问话，声音清脆半点也没有瞒着人的意思："六姑娘今儿有没有去大姐姐那儿？"

外边答她的是小篆，也不知道说了什么，采薇采菽两个，原还比着五色的彩绸小粽子打结，听见这一句，采薇抿了嘴巴偷眼往外头看，采菽却垂下眼帘，两个人一时间都不再言语。

明沅翻个身，拉起软毯子盖住耳朵，鼻子有些发酸，却没有眼泪，等喜姑姑回来，坐到榻边去拍明沅，明沅翻身抓住了她的手指头。

喜姑姑见她神色不对，先是心头一跳，疑心她知道睐姨娘的事，后来又摇头，她哪里知道这些，再怎么也传不到她的耳朵里来，笑着拍拍她："六姑娘怎的了？可是发了噩梦？"

明沅点点头："老虎，老虎吃人了。"

喜姑姑见她床边上还摆着那掐铜丝贴金箔的小人骑虎，抿了嘴儿笑一笑："姑娘不怕，是梦呢，可不能再把这个放枕头边上睡了。"

夜里去纪氏那头用饭，饭桌摆上来，小儿子撤下去，明沅原来闷闷的，抬眼看见那绣箩里头，摆着一件白色小褂儿。

模样看着是给她做的，明沅胸口那又堵又闷的感觉又浮了上来，琼玉快手把那箩儿收拾到柜子里，冲着明沅笑一笑，有意把这事儿岔开："今儿有姑娘爱吃的绣球鲈鱼呢。"

听见琼玉这句话，明沅抿了嘴露出浅笑来，心里却越来越凉，细细想起来，已经连着好些天桌上都有一道她喜欢吃的菜了。

明沅一向好胃口,纪氏就很爱同她一处用饭,看着她吃,自个儿吃起也香得很,可若不是纪氏吩咐,厨房是不会特意做一个她爱吃的菜的,特别还是这样花工夫的鱼。

明沅觉得一阵阵冷,纪氏换了家常衣裳出来,正看见她笑,挨着桌边儿坐下,抬的手就先拿勺子舀了一个鱼球盛到明沅碗里:"沅丫头喜欢这个,且多用些。"

第四十一章

这道菜自纪氏有孕便没上过桌,鱼肉总归带着腥气,她是一碰也碰不得的,闻见了就反胃,她不开口,厨房里怎么会送鱼上来。

鲈鱼鱼腹切成条上浆,再拿五色菜蔬切成的丝跟鱼肉条裹成圆,黄的是蛋皮,黑的是香菇丝,凑成五六种颜色捏成团,摆上鱼头鱼尾上蒸笼蒸出来。

那一个个的鱼肉团可不就跟五彩绣球似的,既好看又好吃,摆出来很是喜人,小儿家吃不必吐刺,厨下做过一回,明沅就爱上了。

可她今天吃了半个就觉得咽不下去,喜姑姑立在下道侍候着,见纪氏跟明潼时时打量她,心里纳罕,莫非真是谁口快走了消息?这样的事自来瞒不住,有心帮着明沅圆场,等纪氏再舀一个给她,喜姑姑就笑:"六姑娘怕是叫那小人骑虎给魔着了。"

明潼抬抬眉毛,喜姑姑便接着往下说:"原好好地午睡,倒是哭醒的,说老虎吃人了,我一摸枕头下边,可不就塞了个端阳金健人呢。"

纪氏伸手摸了明沅的头:"小人儿气弱,这些个东西往后别往屋子里头收,夜里给她点支香,也就是了。"心里又想着,等人真没了,明沅跟沣哥儿两个去拜过,也得好好去去晦气。

这儿已经是连睐姨娘的装裹衣裳都备下了,就从她箱子里拣的,一身粉色蹙金琵琶裙,一双金边儿串珠鞋子,一对赤金簪子,到时候还要给苏家十五两银子,也就算发送完了。

明沅听见喜姑姑开口,便是咽不下也咽了,万不能让纪氏明潼看出来,特别是这个姐姐已经把她盯上了。

统共七八个绣球丸子,她一个人吃了三个,澄哥儿急巴巴地把鱼肉往自己碗里舀,怕迟了就轮不着他吃了。

这么硬塞,肚里怎么好受,等纪氏再问她学里读了什么书,她便有些迷迷蒙蒙的,纪氏也不再问,挥手就让丫头把她抱下去:"这是午间没歇好,闹觉了。"

澄哥儿还过来摸摸她的头:"我有武松,给你打虎!"把他桌上摆着的彩面捏人儿给了明沅,果然是黑衣武松一手按着虎头,一手举拳正要打下去。

明沅捧着这个面人回去,走到东府有名的花廊道上,这处花廊便是金陵城里也有名头的,自起到转到折,统共四个八角亭子,亭子里梁上画的许多彩画,画的二十四孝图录。

白日里显眼,夜里便是点着灯也黑乎乎的一团,甚都瞧不见,一阵夜风吹着自起往始点的那一排灯,晃晃悠悠明明灭灭,竹枝树叶沙沙作响,冷不丁一股子吹过来,吹熄了采苓手里的灯笼,采薇抱了她等在原地,借着廊道里的光,使采菽九红去点灯。

采菽九红两个去了许久还不曾回来,采薇久等她不回来,嘴里嘟嘟两句,明沅的胳膊腿都生得藕节似的,抱得久了,手臂发酸,到前边回廊处坐下来,还给明沅紧紧衣裳,怕她着了风寒。

明沅趴在采薇肩上,借着月亮的光一抬头,就看见了"落月阁"三个字,黑漆漆院门紧紧闭着,两边栽的杏花早就落了个干净,既无人住,也没人在里头,可院门里却分明传来"噼噼啪啪"的声音。

采薇先还不当回事儿,等采苓搓了胳膊回头,看见竟是在落月阁前面,"呀"的一声惊叫起来,采薇吓了一跳,伸手就要掐她:"你叫个什么劲儿!吃撑了你!"

采苓扯了她的袖子,连连摆手,手指头点着采薇身后:"是落月阁,眯姨娘的院子!"她说得这一句,采薇脚都软了,她原来就叫吓过一回,这时候怎么也站不起来。

采苓扶她两把见扶不起来,就先想去抱明沅,可采薇捏了她的袖子怎么也不松手:"妹妹你扶着我,咱们往前头去。"

明沅原来不怕,可看见这两个这般模样,心里也跟着奇异起来,难道真是睐姨娘显灵？她还伸了头去看，采薇一把捂住她的眼睛，嘴里已经哆哆嗦嗦地念起大慈大悲救苦救难观世音来了。

采苓按着明沅的眼睛不叫她看："六姑娘咱们可不敢往那边瞧。"一面说一面声音都在打抖，她们都当是睐姨娘死了，鬼魂来看女儿来了。

廊道那头咯咯一声脆笑，一点黄光飘飘荡荡地过来，采薇叫这一吓腿上有了力，跟采苓两个一左一右站起来抱着明沅缩在一块，一阵急风那点子灯火忽地暗下去，等风住了，又亮起来，越离越近。

到得几步开外对面出了声儿："采薇姐姐可在？"连八角亭里的灯都叫吹熄了，采薇还抖嘴唇，采苓却听了出来，急叫一声："是九红！"

果然是九红同采菽两个，见这两个缩成一团，还奇了一声："可是冷着了，还是采菽姐姐想着，往栖月院里头问四姑娘借了件斗篷。"

说着就给明沅披上，打了个蝴蝶结子，还给明沅戴上兜帽儿，两边拢住了，张手道："我跟姐姐倒倒手吧，姐姐抱久了可不手酸。"

采薇这时候才觉出手上没力，才放脱了甩一甩，嘴里呼口气儿："怪道说人吓人才吓死人呢！"说得这一句，迎着亮瞧见那边纷纷扬扬飘出什么来，定睛看了会子："这时节了，还有杨花？"

四个人都张头去看，九红往前一步，伸手抓住一片，才要拈住了闻一闻，竟搓一手灰，连跳几下回到花廊里来，急哭一声，连乡音都带了出来："夭寿！冥纸！"

明沅只觉得荒诞，哪怕她要回来，也该先去看儿子。

前面脚步声急急过来，四个丫头里连最胆大的九红都吓哭了，听见这样大的响动心里先松了，原是安姨娘那边派了婆子过来，拎了只玻璃灯笼，照得亮堂堂的，几个婆子胆气壮些，见地上果然是纸钱灰烬，院里头还在往上升，三两个人拉着往前一推，把门推开来，见里头蹲了个小丫头，正在烧纸。

她听见动静想捂也捂不住了，拿树枝想把火打灭了，那树枝子又干又脆怎么经得烧，声响越来越大，她便想着索性不出声儿，等她们走过去也就好了。

哪里知道忽地来了一阵风，把这些纸钱灰卷起来吹到院墙外去了，小丫头叫那些个婆子拖着胳膊往外头拉,哭得抖成一团儿,抱着柱子不肯动。

叫婆子在腋窝里的软肉上掐了一把拖出来,疼得哭得更凶,抬眼看见了明沅,喊道:"六姑娘,六姑娘念着姨娘的好,为我求一求吧。"

采蘞一把捂住明沅的耳朵,采薇气得立住眉毛:"作死的小蹄子,赶紧拿了她送到太太那儿去!"

明沅却把她认出来了,她是来给自己送过点心的小莲蓬,她被半拖半拉着往花廊那头去了,采薇念了一声佛,这儿自有婆子打扫,她一路回去还骂骂咧咧,一会儿骂小莲蓬,一会儿又骂看门的婆子。

等喜姑姑回了屋子,明沅已经睡在帐子里头了,采薇哪里忍得住,扯了喜姑姑的袖子就问她:"那作死的丫头怎么着了?"

喜姑姑斜她一眼,采薇赶紧收敛了,"可把六姑娘吓着了?"这话上房的婆子已是来问了一回,喜姑姑又问一回,采薇赶紧摇头。

她不再说话,踩了踏脚,掀开帘子,明沅眼睛紧紧闭着,她便坐下来给她掖掖被角,心里长长叹了一声,那丫头只留这一夜,等天亮就发到庄子上去守睐姨娘。

睐姨娘还未死,却只怕活不过这两天了,小莲蓬是外头买来的,她娘一气儿生了三个女儿,丈夫是码头上边扛大包的,叫叠着的大包砸下来砸死了,一个人拖着三个女儿活不下去,这才把大女儿给卖了。

卖小莲蓬的银子过得几年,又要跟着卖她的妹妹,她一时伤感哭了两声,叫睐姨娘看见问了一句。听见她说就红了眼圈儿,给了她一两银子,小莲蓬家里竟靠着这一两银子支撑下去了,也没卖她的妹妹,如今都在家里头扎花儿换钱。

因着这个,小莲蓬听见睐姨娘快要死了,这才回去使了几个大钱让婆子开了门,也不往里头去,就在天井里头烧些纸钱给她开开道,叫各路小鬼吃饱,黄泉路上不折磨她。

纪氏听见了,面皮儿都没动一下:"你既是个忠心的,便去伴她两日,把她发送了,也全了你们主仆一场的情谊。"

到这会儿,小莲蓬反而怕了,她怕她以后就待在庄头上回不来了,叫配个庄稼汉子不说,月钱也没了,趴在地下哀哀哭求。

明潼坐在纪氏身边，跟喜姑姑两个正在对着袁氏送来的账册，彩扎纸亭怎么也对不上，不耐烦地皱了眉毛，手上还在拨算盘珠子："既说恩情，便让你还了她恩情，你倒又不愿意了？"

小莲蓬半个字儿也说不出来，瘫在地上软成一团，叫婆子拖出去，又吩咐了门房上预备着大车，等明儿一早城门开了，就送她到庄子上头去。

她在府里这些年，也有些相好的姐妹，知道消息都悄没声儿地给她送两件衣裳，又送些体己，麦穗儿同她最好，使了大钱给看守婆子。

一面把包袱递给她，一面拿帕子捂了脸哭："总归侍候了姨娘一场，她嘴巴利些，人却是好的，手上攒下这点儿本就是她漏出来的，只当我还给她了。"

守门的婆子把钱点了两遍，听见里头有哭声传出来，拿腿儿踹踹门："下作的娼妇，流什么猫尿，要想去庄头，我受累跟孙婆子说一声。"

麦穗儿赶紧收了声儿，又点点包裹里那个小软布包："里头包了两块软香糕，姨娘一向爱用，叫她吃些再上路。"

角门里出去一辆青布车，怎么也不惹人的眼，小莲蓬一夜里眼泪都哭干了，倒比听说眯姨娘死时更加伤心，抱了包袱不住抖肩，那陪着去的婆子推她一把："德性，还不收了声儿，叫你大半夜里烧纸给人寻晦气，活该！"

明沅半夜里怎么都睡不着觉，盯着百花彩蝶罩怔怔出神，往后沣哥儿就没娘了。

第四十二章

闹鬼的事，在丫头们口里成了笑谈，采薇好几日不曾出去，她吃了人奚落先还辩解两句，晓得扯不清，干脆翻脸不理人，同她一道提上来的丫头刮着脸皮问她："六姑娘都没哭，你倒哭了。"

这事儿一出，纪氏夜里派了人来看她，等明潼回了房，她那儿的丫头也过来问候，知道她无事，连哭都没哭半声，稀奇道："六姑娘倒是个胆儿大的。"

回去原话儿告诉明潼，还自个儿加了一句："六姑娘模样也不是个傻大胆，许是叫吓蒙了，哪个小儿还不怕黑的。"

明潼正在分拣衣裳，把端阳节家宴那天要穿的衣裳先预备起来，她在纪氏那里从头听到尾，那时候还没觉着不对，这会儿听见小篆这样说，倒皱起眉头来，低声呢喃："哪个小儿不怕黑。"

小篆觉出她神色语气不对，自觉失口，扯扯嘴角："六姑娘一向胆儿大的，抱到太太身边就少见她哭呢。"

明潼原都预备睡下了，却还是披起衣裳来，把头发重又挽好，小篆给她系上斗篷，云笺点了灯，往明沅屋子里头去。

喜姑姑怕明沅夜里惊醒，自家守了她，采薇叫吓得一身冷汗，再被冷风一激，往暖烘烘的屋子里头一坐，没一会儿额角就一抽一抽地疼。

喜姑姑晓得她是真病，挥了手让她下去，她该是跟采茵一个房的，如今采茵在穗州守房子，她怎么肯一个人睡，招手就叫了九红，九红是夏月里生的，她自个儿便说自个儿身上阳气足得很，所以才胆儿大。

采薇难得待九红这样好的声气，九红也不刻薄，回房里拿了铺盖，大丫头的屋子住着还更暖和些，她也不必跟采苓采荻两个挤着睡了。

如此一来，采苓又落了单，她也不肯，于是三个人睡一个屋里，明沅这里就由采荻跟喜姑姑两个守着。

喜姑姑都已经解了衣裳，听见外边小篆叫门，赶紧披衣起来，采荻给开了门，两人都已经散了头发，见明潼竟还穿着回来的衣裳，俱都有些吃惊，退开去引她进来，指指床："六姑娘睡了。"

自明沅搬到这儿，明潼还是头一回迈进她屋里，她点头应了一声，两只手略收起来，把斗篷反卷起来拢住了，走到帐子前，往里头张了张，见明沅锁了眉头睡觉，把帘子一放，带起了一阵细风，转身问道："六姑娘哭了没有？"

明沅的手紧紧握住了，所幸藏在被子里，她耳朵听得分明，还尽量放缓了呼吸，明潼的声音就似响在她耳朵边，听见她又问一句："一声儿都不曾哭？"

喜姑姑琢磨不出她是个什么意思，可刚才这话已经问过了，此时不好反口，只笑道："是呢，人都蒙住了，拍了好一会子，这才睡下。"

明潼听了这一句，拧着的眉头反而松开了，轻轻笑一声："她倒是个胆儿大的。"说完这话，反身出去，几个丫头跟着给她开道，喜姑姑亲自送到门边儿，立着一直看她进了主屋，这才拉上门扉。

采荻看喜姑姑立住了不动，举了烛台过去轻声问道："姑姑怎的了？"

喜姑姑扯了嘴角："无事。"两手把住领口，又躺回床上去。若是忧心为甚回来了并不来看，听见说一句不曾哭，倒来看了，她想不透其中关节，翻身枕在手上，看见垂下来的帐子，心头犹豫，三姑娘到底为甚将六姑娘盯得这样紧。

明沅一字不落听得明明白白，她两只手在被子里头紧紧攥着才能忍着不打颤，连不哭都是罪过了。

明沅哭不出来，她早就过了那种一碰就掉泪的年纪，越是长大眼睛越是干，眼泪更不是说流就能流出来的，在花廊里她是有些害怕，可也不过那一刻间，等人来了，她安了心也就不怕了。

她根本没想到自己没有表现出来的惊恐会让明潼再一次注意她，

明沅躺在床上，深吸一口气，挨到半夜，趁着自己半梦半醒，艰难地哼哼起来。

喜姑姑觉沉，还是采荍先醒了，迷迷糊糊听见这轻声哼哼，还当是明沅要水，等她披衣起来掌了灯，这才觉出不对，赶紧叫："姑姑，姑姑快醒醒，六姑娘这是怎的了？"

她把烛台放到床边，一只手轻摇明沅，明沅不似旁的孩子睡得实，小猪似的打雷也不醒，她起床从不发脾气，澄哥儿那时候还砸枕头呢，她一点也不闹，到了时辰醒了，就自个儿坐起来穿衣服。

这回却是不论怎么拍，都不醒，喜姑姑衣裳也不及披了，挨着床抱起明沅，颠一颠她，明沅觉得差不多了，醒是醒了，却紧紧闭了眼睛不睁开，抱了喜姑姑的脖子，把脸埋在她肩膀上，把眼睛磨红了，虽没哭出眼泪，也装得很像了。

明沅这样一闹，喜姑姑便让采荍把灯全都点起来，屋子里亮堂堂的，拍着她的背安慰她，她却怎么也不说梦见了什么，明漳的小厨房里是留着灶火的，采荍点了灯到下房去拉起采薇几个来，两个守了明沅，三个往小厨房里去。

摸了大钱请看火的婆子给炖个牛乳蛋，起了夜这么守着肚里饥火烧得慌，又让那婆子下了一把挂面，端了大锅回去一人一碗分吃了。

明沅自然是饿的，可她就是不吃，闹到半夜，趴在喜姑姑身上不动了，采薇几个直念佛，困顿得不行，也不回去了，挨在榻上抱了被子挤了一夜，那一锅面条吃了个精光。

第二日明沅便有些低烧，人也晕沉沉，报到纪氏那里，纪氏立时就请了儿科大夫来，派了琼珠来看她，"怕是给吓住了，当时许哭出来便好了，哪知道她胆儿大，夜里却闹起来，必是怕得很了。"喜姑姑拍了明沅的小身子叹息。

琼珠说了会子话回去禀报，明漳那里不须来问，夜里也听见了动静，一手拿了靶镜一手理了发带，立起来套上外裳："走吧。"

"可是瞧六姑娘去？"小篆开了门，"听着倒凶险，喜姑姑还说这是吓得走了魂了，要去花廊上头叫魂呢，叫回来就好了。"

明漳看她一眼："先往胜瀛楼去，下了学再看她，叫厨房做了蓑衣饼来当点心，给太太那儿也送些。"说着又特意叮嘱一句："太太那儿要咸的。"

小篆垂了眼帘，往后退了一步："是。"跟在明潼身后走过廊道，头一侧就能看见对面明沅的屋子，又再转回来，扶了明潼的手迈过门槛，出了大门一路往胜瀛楼去。

明湘已经等在原处，见明潼过来并没带着明沅，先行礼唤了一声"三姐姐"，明潼应一声，眼睛从她身上飘过，又往前去，还是云笺道："昨儿夜里六姑娘病了，四姑娘莫要等她了。"

明湘才要问病得如何，小篆扯了云笺的袖子往前去，明湘怔了一会儿，彩屏道："姑娘还是先往学馆去，下了学再来看六姑娘吧。"

明湘点头应了："让画屏回院子里一趟，叫姨娘备些甜点心先送了来，等我下学再去瞧她。"吃苦药，可不得拿甜的过着些，画屏应了一声，这才去了绿云舫。

明沅是自己把自己折腾得生病了，小儿闹觉，大夫说是休养两日便好了，喜姑姑却把这五分病说到了八分，小药炉子煎的药从一罐子煎到一碗水，怎么能不苦，明沅捏着鼻子喝下去，再喝蜂蜜水。

两碗水一灌，肚里就再吃不下东西了，厨房里做的软和面食，她吃下去就觉肚皮发胀，明明自己已经好了，休息了一天就好了，可喜姑姑却不肯让她显出好的样子来。

采薇也跟着病了，她倒是实打实的风寒，捂在被子里头发汗，九红陪着她，给她端茶倒水侍候饭食，明沅这里只留下喜姑姑跟采苓两个看守，采苓到了点儿就往厨房去拿吃的。

喜姑姑还真个去叫了一回魂，纪氏那头日日派人来问，澄哥儿跟明湘两个都来看她，澄哥儿还当她是叫大老虎吓住了，把武松打虎的年画也一并送给了明沅，叫她贴在床头。

明湘给了她一个自己扎的五毒荷包，还只有个大概，绣不了那么精神，她已经明白道理了，等无人时，趴在她身边，告诉明沅："沣哥儿能吃鸡丝粥了。"

明沅一病，明潼倒好像放了心，小篆见她这头满屋子的苦味，也不再不错眼地盯着，她对着旁人不敢说，对着姐姐倒吐一句："咱们姑娘这是为着甚？六姑娘才多大点子，怎的……怎的看着跟防贼似的。"

大篆一把捂了她的嘴："姑娘叫看着，你就看着，六姑娘这样年纪能闹出什么来，等问你，你只说寻常便是，要回了她可万不能的。"

小篆撇撇嘴："我又不傻，只觉得古怪罢了。"到底不敢再说，转脸便把喜姑姑往花廊叫魂的事儿告诉了明潼。

喜姑姑拿了明沅那天夜里穿的小衣裳在花廊走了个来回，嘴里不住叫着："六姑娘回来。"这原是平常事，小儿家叫惊着了，便说是走了魂儿了，叫回来就好了。

等喜姑姑叫过了，明沅的病就渐渐"好"起来，能少喝一碗药，还能吃鸡丝肉粥，到端阳节前已是好透了。

她去上房给纪氏请安，纪氏见着她摸摸她的脸盘："可怜见的，下巴都尖了。"塞了她一手点心果子，明沅乖乖坐着吃，可心里却也知道，纪氏待她实则对明湘明洛并没有多大差别，只因着她算是养在上房的，这才各项东西都用得好些，显的还是她自个的身份。

她心里并不埋怨纪氏不来看她，对纪氏来说，肚子里这个才是最要紧的，万一生病了落了胎，她也担不起这个责任。

明沅病一好，明潼那里就着人把她睡的床褥子都换过，连着帐子坐褥也一道换了，拿佩兰花煮了水洗过身子，这才让她到上房来。

采薇气得不行，可却没有法子："咱们姑娘不过叫吓着了，又不是得了疫症了。"她也只敢背地里说一句，明沅觉得好笑，哪怕一开始不真心侍候她，相处得久了，天然就是一派里的。

喜姑姑觉着亏了她，她却自来不吵不闹，好像她做什么都能心意相通，心里越发喜欢这个姑娘，当着纪氏便笑着讨恩典："想跟太太告个假儿，端阳那天回去过一日。"

喜姑姑在金陵本地是有家的，她的丈夫儿子都在外头，这个体面纪氏不会不给："你也累了这些天，是该回去松快一日，吩咐车马房的给你套车，早一日回去也成，当天回去也行，多歇个两日。"

喜姑姑搓了手："我想着，带六姑娘出去走一遭，晒晒端阳节的阳气，过半日再送她回来。"

纪氏听见这话并没有立时答应，喜姑姑带了她出去倒并无不妥，她家里一样有个三进的宅院,点了点头道:"带两个丫头也跟去,让她玩个半日就回来,外头的东西,可不许吃。"

明沅这几天都怏怏的,听见能出门脸上也有了笑影,澄哥儿也想跟了去,纪氏自然不肯应他,明沅又拉了明湘,问她有什么想要的,明湘笑一笑:"我,我想吃鼎香楼的琵琶鸭。"

第四十三章

　　明沅回去就把这个当成第一件大事告诉了喜姑姑："给四姐姐带琵琶鸭。"从她病了，明湘隔得一日就来看她，还时常给她带些甜口果子来。

　　明沅只去过栖月院里一回，就这一回，她就觉出不同来，安姨娘是很节俭的，屋里头赏的那些个东西俱是定例，既有别人的，自然也有她的，走了程姨娘，她能得的东西还比张姨娘的要更好上几分。

　　可看吃用便知道明湘跟明洛过得不一样，明洛口袋里常装着点心，不是雪花酥就是软香糕，玫瑰糖松仁糖更是从来不少，到明湘这儿，除开厨房里备下的，再没有什么特别点的菜，还是明沅去了，安姨娘才摸出银子来让厨房加了一个菜。

　　也不过就是当季的白鱼圆子，桌上多数是鱼虾小菜，还焖了芋头饭来吃，跟粳米杂在一处，明湘很少动筷子，明沅知道她最喜欢吃鸭，在穗州几回用饭，若是桌上有胭脂脯跟鸭肉包子，她吃得都比平日里更多。

　　原来明沅不知安姨娘的事，却曾听见过喜姑姑说她"可惜了"，时候长了才隐约拼凑出安姨娘的身世来。

　　安姨娘家里困苦，安家先是把安姑姑卖了当丫头，等安姑姑凭着自个儿上进得了些体面了，便又跟外头的哥哥一家走动起来。

　　安姑姑已经嫁了人，嫁了个前院里的小管事，日子颇得过，捎拣些用不着的旧物托人送回去也算贴补了娘家。年节里头也有东西分送，外头这个哥哥倒被她当作了穷亲戚，每回回去都拿着姑奶奶的款，看着那一家子卖她的人，吮着宅子里无人肯吃的鸡鸭头颈作美味。

就是到过年都不定能吃上一顿肉，安姑姑早就不记着原来过的这些日子了，哥哥家里眼看着过不下去，她不肯通钱财，便撺掇着哥哥把女儿卖了。

安姑姑的嫂子原来怎么也不肯，宁肯欠钱也不愿卖女儿，安姑姑心里埋怨嫂嫂不识好歹，好些日子不再去，可等程姨娘抬起来当通房，颜连章的上峰又送了个张姨娘进来，纪氏急于再给丈夫一个通房丫头的时候，安姑姑就又把脑筋动到了侄女儿身上。

纪氏心里再不愿意抬一个在宅子里头有根的，放出话去，也是叫那人牙子买隔得远些，最好是家人都不在当地的，安姑姑很是算计了一回，自家侄女生得美貌和顺，又是外头来的，一家子老实巴交的乡下人，再没有比她更衬意的，一路荐到了纪氏跟前。

安姨娘先是买进来当了通房丫头，等有了身孕就抬起来当了妾，还是她先怀上的，安姑姑喜得日日往她屋子里头跑，想着生了个哥儿她也一并跟着脸上有光，可自家这个侄女却不争气地生了个女儿！

安姨娘手头却不如大丫头活泛，除开一月二两的月例银子，别的都是有数儿的，账面上的东西她不敢拿回去贴补娘家，只好在吃用上头省。

姨娘的份例是按着一季一发的，纪氏由着她祖母教出来，纪家老太太行的是宫里头的例，她办事也是这么着，一日多少牛肉羊肉跟鱼鲜，再加上当季的菜蔬。

料子绸缎这些能换钱的，纪氏反而由着公中给她们出，不光出料子，还出裁剪，除开特别赏赐，再没有手头宽松的时候。

安姑姑这才说她是从口里抠搜出来，可除开这一条，她却再没旁的法子了，这些口里省下来的钱全补给家里。

若不是去了一回，明沅怎么也想不到明湘过着这种日子，这模样还使了银钱去厨房里加点心给她，拿来的是点心，却不能把这当寻常点心看了。

喜姑姑也知道她这一向同明湘走得近，虽跟明潼住一个院儿去，关上门却有些不搭不理的意思，心里可惜，却还是提点一句："给四姑娘带了,三姑娘呢?"

明沅想了一会儿,自己从床下边拖出钱箱子来,打开来抓了一把:"每人都带鸭子。"这样才不打眼,明湘吃着也安心。

喜姑姑笑了,摸摸她的头,点了采苓跟九红跟车,这两个活泼些,跟着出去才有玩的样子,她自家不及办节礼,掏了三两银子给厨房,让厨房里帮着打点。

灶上妇人裹了一百个粽子,装了十盒子五黄礼盒,预备下一竹筐新枇杷并两坛子雄黄酒,还有一筐子鸭蛋,房里的大小丫头都帮着打彩络子,好装鸭蛋用。

明沅手熟了,样子虽然还简单,络子却打得很牢,双钱结勾上一圈儿织成兜袋,里头装了鸭蛋挂在脖子里。

到端阳节前一天,厨房里把这些东西俱都送到回雁阁来,院子里头早早就装饰上了,明潼这儿是半朵花也没有的,只生了三两丛兰草,因着过节,纪氏不许女儿院里这样素净,便拿彩扎的堆纱花儿扎在枝条上。

原来一片绿意深幽的院落,立时姹紫嫣红,先还是扎花,后来便把不戴的豆娘也扎了上去,花鸟鱼虫各色各样,采薇已是连房门边都不大去了,回回都挨了墙根儿走。

原是九红为着吓她,把那绉纱的蜘蛛放到枝梢上,采薇一碰就掉到她胳膊上,吓得她又拍又踩,跳着脚把那蜘蛛踩扁了,这才瞧见竟是纱扎的,追着九红掐了一上午。

明沅房里叫这些礼盒堆得满满当当,粽子有咸有甜,除开大肉的,俱是枣子栗子,还有纯江米的粽子,全都要上笼蒸煮出来拿彩绳串了。

肉的用红线,甜的用绿线,白江米的就用白线,除开这百来个粽子,还有五毒酥饼,屋子里一时堆了这许多东西,明沅才觉得像是过节了。

到得端午那一日,明沅一早就起,东府里一串孩子都往北边府里去给伯祖父请安,明沅是第二回见着这位老人家,明陶不在,明澄就是唯一的男娃儿,他张手就把澄哥儿揽在怀里,抱了他在腿上摇一摇。

又让孩子们按个儿排了队,老人家用手指头蘸了雄黄酒,往每个人额头上点了一点，这就算是画了额。

袁氏、梅氏跟纪氏三个少不得交际一回，纪氏有孕的消息阖府都知道了，袁氏盯着她的肚皮暗暗咬牙，回去就捂了心口喘气，那两个丫头买进来也一个多月了，这会子也没个消息，愁得不知如何是好。

伯祖父那儿行了礼，明沅又跟着纪氏回到东府，在上房里请安行礼，由着往她脖子里挂上一串拿丝绳儿串的百岁钱，再用雄黄酒给她画了额。

澄哥儿眼巴巴瞧着明沅叫喜姑姑牵了出去，他自然想跟着一道，原来没开口，这会儿一双眼睛盯着纪氏不放，纪氏摸了他的脑袋，亲昵地敲他一下："不是说了给小娃娃读书，外头乱呢，你去什么。"

明沅回头就看见明潼挨在纪氏身边，靠在她肩窝里，由着纪氏给她在后襟上缝上彩扎小粽子："我都大了，还挂这个，叫人笑话。"

"这是去秽除邪的，哪个笑话！"纪氏拿手指戳戳女儿的额头，满脸都是笑意，明潼依在纪氏腿上，趴着等她串线钉彩粽，澄哥儿看见了吃醋，扑上去抱了纪氏的膝盖，三个人笑成一团。

明沅听见笑声回头去看，已经走到了廊道里，却哪里瞧得清楚，可连立在外面的丫头，面上都带了笑，她拉紧了喜姑姑的手，等走得远了，问她："我做的彩扎粽子，给沣哥儿没有？"

喜姑姑听见这话低头看她，见她仰了脸儿，一双大眼睛清澈见底，点头应："一早上就叫采薇送去了，这会儿，怕是已经扎上了。"

明沅抿了嘴露出笑意来，到如今还没睐姨娘过世的消息传了来，上房做得的那件小裯子没送来，也没传丧报，那睐姨娘就还活着。

二门边上早早套好了车，九红采苓两个穿着当季发下来的新衣裳，正立在门里等着，这两个是真快活，两只手比划个不住，心都飞了出去，见着明沅过来，快两步下了台阶来迎。

喜姑姑抱了明沅上车，二门上的小厮抱了东西跑得飞快，十来盒压得车辙都往下压，喜姑姑掀开帘子，自口袋里抓了一把大钱，那几个半大的小子哄抢着跑到廊下，把刚得的铜板拿出来作彩头，斗蟋蟀。

采苓九红扒着车窗，这回出来便没许多顾忌了，帘子一半儿卷起来往外头看，各色摊子出来得都早，采苓原在二门上托小厮买了许多,到外头瞧见了又眼馋着想买。

她一月有五百钱,才刚领着还是宽裕的时候,伸头一问,气得咬牙:"这些个坏坏,这儿不过三文一个,他们倒要收我六文一个。"

明沅这才知道,那二门子上帮人买东西的小厮竟也会坐地起价,九红听见了长吁一口气儿:"得亏我没舍得。"摸出三文钱,买了个八宝堆纱的豆娘,那摊主急着追两步:"这是五文的!"

九红吐吐舌头又摸了两枚递出去,簪到头上,扭了脸不对着采苓,采苓气极了,鼻子里哼哼一声:"看我回去告诉采薇姐姐,要那门上的小子好看。"

明沅念着要给明湘带琵琶鸭子吃,先往鼎香楼去,定好了五只板鸭,这才赶了车往城郊去。

喜姑姑的男人是靠着她在里头侍候得好,才能接过纪氏庄头管事的活计的,纪氏在本地的庄子粮食出得少,单造了大瓦屋,里头一溜百来架织机,纺丝织绸。

他便自家收些丝,叫那些个女工,占着公家的便宜均出一两匹来,只费的丝在谱上,根本没有察觉,这样几年一积攒,不独买了屋子,还有了田地。

九红一跳下车,立时被眼前的屋子惊着了,她不错眼地盯着那门梁看,开门就是一方照壁,还有一幅四块青砖拼起来的砖雕画,两个胖娃娃抱了大鲤鱼踩在荷花上。

里头人见车停下,跑出来帮忙,喜姑姑家里竟也是有下人的,那婆子便叫她太太,还想伸手帮着抱明沅,叫喜姑姑一把挡住了:"这是府里的姑娘。"

她抱了明沅自门边进去,绕过照壁就是堂屋,再往后去才是厢房。一东一西两间,当中还有一间明堂,喜姑姑推了东边的屋门,见里头干干净净,还开了窗扉通风,桌上有花束,还有果盆子。

炕上搭着一件小儿衣裳,地上一处堆了弹弓小箭,墙上挂着观音的画像,炕上铺得厚厚的棉花,喜姑姑给明沅脱了小鞋,抱她坐到床上。

"锤子呢?"那婆子上得茶来,喜姑姑先烫过杯子,再给倒了茶,又拿出攒心梅花盒子来，抓了一把果仁放一小几上，转头问起儿子来。

那婆子转转眼睛："外头跳钟馗呢，哥儿瞧去了。"她拿眼儿往西边屋子里头一瞥，脸上觑了笑："老爷放了哥儿去的。"

喜姑姑浑不放在心上，只应了一声："去把哥儿寻回来。"正说着话，对面屋门开了，里边出来个男人，明沅隔着打开的窗瞧见了，心里想这怕是喜姑姑的男人，才要回头，就见屋子里又跟了一个女人出来。

喜姑姑家里，竟然也有妾。

第四十四章

　　那男人立在门边儿，很有些不敢下脚的意思，尴尬地立住了，好一会子才说："你家来了。"说着又作势往外头看，高声叫一声："锤子！"自然无人应他，他嘴里骂了一句："这小子，又不知跑哪儿野去了。"

　　明沅扒着小儿子吃果子，采苓九红两个叫堵在门边进不来，那男人闪身避开了，眼睛盯在采苓的脸上溜了一圈儿，又收了目光，扯扯嘴角："我去打角酒，再叫个席面。"

　　那面跟出来的女人半掩着脸，遮住半边春色，乖乖立在男人身后，喜姑姑好似不曾听见，等那男人脚底搓着青砖地，她才开了口："六姑娘往咱们家来，叫个好些的席，外头那不干净的点心果子不许进门。"

　　男人紧声应了，快步出了门儿，喜姑姑转身，那个妾就在她背后睨了眼睛瞟她，明沅心头火起，站起来手指点着她："干什么！"

　　那女人叫吓得一跳，喜姑姑见明沅发怒，知道她在背后弄鬼，自家却并不生气，抚了明沅的脸轻轻捏一把，笑得眉梢都弯下来，知道这是跟自己贴心才会生气，才这么点子大的小人，竟很懂得事体了，摸了她的额头："六姑娘要不要吃粽子？"

　　喜姑姑也不指使采苓九红，自家出去，把沈婆子叫了去买蜜："要好些的。"两个人立在树荫下边，说了好一会子话。

　　那女人搓了手，她叫明沅一喝，再看她打扮得金尊玉贵，头上戴的一对宝石花宝光熠熠很惹人眼，急巴巴上来献殷勤，凑上来就要抱她："姐儿生得真好，我给剥个核桃吃吧。"

　　明沅小小的人儿板了脸，对着她可半点也不客气，哼了一声："不规矩。"她这话说完，采苓立时回了神："姑娘身前也是你凑的！"学了琼珠的大丫头口吻，把那女人臊了个脸皮通红。

喜姑姑拿了一碟子红糖来："去买了蜜了，姑娘先蘸了红糖吃一个。"小江米粽子不过手指那样长，扎的三角形，剥开粽子叶，颗颗江米晶莹粘连，喜姑姑拿根筷子插住了，递到明沅手里。

明沅盯住那女人不放，盯得她退出去，一转身，就叫个十岁的半大小子一下撞到地上，撞着了她，他还冲着地下吐舌头，伸脚上去虚晃一下作势要踢，两步跑跳着进门，一抱扑进喜姑姑怀里："娘！我想煞你！"

锤子身上的衣裳倒是簇新的，可他衣裳带子系歪了，带子上边挂了一个荷包，里头也不知装的什么，碰在一起叮叮当当地响，一手一脸的黑灰，扑抱在喜姑姑身上，她才上身的杭绸衣裳立时就多了个黑手印子。

喜姑姑摸了儿子的头浑不觉得，看着他的目光都软了："锤子，要不要吃粽子？"叫是叫姑姑，可她也不过三十四五的年纪，看着年轻面嫩得很，刚才那个妾，单论长相，不说是琼珠小篆这样的大丫头，连九红都比不过。

喜姑姑便是如今也比那个妾生得更好，可她常年不着家，男人手里又有点子钱，买个人才几两银子，先是说买了回来照看锤子，一日两日地照看着，便从锤子床上，照看到了锤子爹床上。

喜姑姑是丫头出身，丫头到了年纪就是配小厮的，她还算高运，到了年纪给配了个外书房里当过差的，识得几个字，胸有点墨，能打算盘。

两个人从说亲到成亲，再到生了儿子，在一处总共加起来才三百多天，里头还得算上喜姑姑有了孕，在家里生孩子奶孩子的日子。

喜姑姑是嫁了人才调到正院里侍候的，纪氏看她办事妥帖，用着很是称手得力，这才调了她男人到庄头上去，换了别个，哪里能当上庄头管事。

她男人离了她，纪氏身边便没能说上话的，这样的好差事，没人顶着立时就要撸了去，夫妻两个实无话说，可偏偏相互离不得。

喜姑姑给儿子拆了个大肉粽子，锤子长得壮实，一口咬掉大肉，喜姑姑就看着他吃，见他吃一半扔一半，半句也不说他。

锤子一面吃一面偷偷看明沅，见她抱了手坐着看，生得白嫩嫩，冲着喜姑姑咧嘴一笑："娘，你给我生妹妹啦？"

这下吃了一次毛栗子，喜姑姑敲了儿子的头："可不敢胡说，这是府里头的姑娘，六姑娘。"

锤子冲明沅做了个鬼脸，眉飞色舞的模样让明沅冲他咯咯笑了一声，锤子跟着就脸红了，九红捂了嘴，拿手指头刮脸皮。

锤子冲她吐舌头，又看明沅："娘，我带六姑娘玩吧，我带她去看赛龙船跳钟馗！"喜姑姑原就有意把她们都支开去，指了九红采苓两个跟着，不许去得远了，就站在门前看一看热闹。

锤子手上都是灰，拿衣裳抹了两把伸手要牵她，采苓想说又忍住了，九红刚才"啊"了一声，明沅的手已经递到锤子手里，锤子一把把她抱起来，还放在怀里颠了颠："可真轻。"

迈了腿就抱明沅到外头去了，站在门前就喊："栓子，出来，我妹妹家来了！"对面瓦房里头响亮地应了一声儿，看着也不过十岁大的孩子蹿出来："你又骗人，你哪儿有妹妹。"

栓子最得意，就是家里有个漂亮妹妹，这条街上都没比他妹妹生得好的女娃娃，锤子见着明沅头一个想到抱她出来杀杀栓子的气焰。

栓子见他真抱了个女娃，大眼睛尖下巴，生得白嫩嫩粉团团，嘴巴一抿还有一个小梨涡，穿戴也不寻常，脖子里头那一串长命锁金光闪闪的，他腰还没叉起来，立时就气弱了。

明沅笑嘻嘻地任他抱着，锤子得意扬扬抱着她招摇过市，还从袋里摸了一个铜板出来，往那卖饴糖的摊子上头，用铜板换了个细竹签子。

一个铜板能挑多少就是多少，栓子抓着明沅的手，给她滚出一个大糖球来，明沅含在嘴里，吃得嘴巴糊糊的，满面都是笑。

沿着街到尽头有个戏台子，那头锣一响，人群就像潮水似的涌了过去，锤子炫耀过了就不耐烦再抱着明沅了，他的那群伙伴全都奔过去，他也急着去看，见了采苓，伸手就把明沅塞了过去，一溜儿跑得没影了。

九红也伸了头去看，远远指了告诉明沅："六姑娘快看，跳大神呢！"

她话音才落，叫个卖花婆子啐了一口："糊里八涂的，跳钟馗撒！"

九红吐了吐舌头，又往前挤去，采苓不敢抱着明沅往人多的地儿挤，立在房子的台阶上边，挨着柱子借了力，看那戏台子上边跳钟馗。

那扮钟馗的拿草汁抹得满面青绿，耳朵上挂了假须，头上戴了乌纱官帽，身上穿着紫红官袍，右手挥舞着锡做的宝剑，正在捉青黄红白蓝五色小鬼。

那五个鬼都赤了胳膊，迈着步子跳圈，有的瘦精精，有的粗胖胖，围着钟馗绕个不停，口里呼呼喝喝，钟馗宝剑一到，便又扑又翻，台下的人又是哄闹又是笑，还不住往台上撒果子。

钟馗作势一剑刺了五只小鬼，拿套索套了他们的头，从戏台子上下来，扛了宝剑从街头一路溜到街尾，不论是孩童还是妇人，都凑近了去看，便是扮小鬼的也风光得很。

有小娃儿还奔上去扯他们身上穿的衣裳，街上人抱了雄黄酒，一个喝上一碗，喝了酒的，便往空酒碗里撒上两个钱，从街头到街尾走上一圈儿，一个酒坛子便装了个半满。

九红早不知道跑哪儿去了，采苓也看得津津有味，明沅只觉得头上叫人一摸，等她回头，身后哪里有人，她再摸头上，戴出来的两朵金打花叶，只余下一边儿了。

却再往哪里寻这偷儿，她一手捂了金花，一手去扯采苓的袖子："花没了。"采苓还当是说她襟上挂着的豆娘扎花，抬头看了才知道是头上戴的，这下坏了，这一朵抵得上几月月钱！

赶紧去叫九红，又哪里寻得着她的人，早不知道跑哪儿去了，采苓站高了放眼看过去，怎么也瞧不出里头哪个是九红，锣鼓震天，扯破了嗓子也叫不回她来，只好先抱了明沅回去。

喜姑姑屋里站了个妇人，两个人正在契书上头画押，捏了银子拿在手里掂一掂，笑得见牙不见眼："老主顾了，这回保管是个老实的。"

说着转过脸，一路走到西屋去，推门就进去，不一时里头就哭哭啼啼起来，刚才还敢拿眼儿睨着喜姑姑的妾，扒着门框哭得头发都散了："好歹叫我见一见爷。"

喜姑姑现在这个模样，明沅从来不曾见过，她眉毛都没抬一下，抱起明沅来进到内室里，打开蜜糖罐子倒出一碟子蜜来，又开了包松花粉，面前又是白糖又是红糖，三四种甜口的吃法，喜姑姑亲手剥开一只江米粽，送到明沅手里："六姑娘吃。"

明沅捏着圆筷子，新蒸出来的粽子带着扑鼻的粽叶香，蘸了白糖送到口里，咯吱咯吱地响，粽子很甜的，甜得发苦。

喜姑姑同丈夫是聚少离多，不到年节不能家来，是再见不着的，开了头一次禁，有了妾，男人就再守不住了，原来不过去暗门子里耍，后来干脆买回来了。

喜姑姑每回回来的头一件事，就是寻人牙子，把人卖出去，后来索性同人牙子说定了，赁了妾使，不要孩子，睡得一年就再给换个人，不要漂亮的，只寻那模样中等，会理些家事的。

这一个妾，却是喜姑姑往穗州去前租下的，待的时候长了，忘记了分寸，把那租妾的规矩也都忘了个干净，她还嚷着要见爷，叫那个婆子带了人来，抓松了她的头发一把塞到她口里，半是抬半是拖地拉走了。

锤子咋咋呼呼进了门，后头还跟着九红，她哭得满面是泪，采苓搂了她不住口地安慰："不过是个粗银的，值得什么，我均一个给你，绞丝的银镯子。"

九红还不高兴，锤子挤了眼睛："黑丫头，你也忒胆儿大，里头多少偷儿。"伸头看见西屋门开着，里头却没人，嘿嘿一笑，伸了腿进门去，喜姑姑见儿子出去晃一圈，又是一身灰，挤得襟口都松了，伸手给他系上了。

便是这时候，她男人家来了，锤子都瞧得出，他自然也瞧得出，却一句都没问："把礼盒子送到了，还叫了一桌席面，过得会子就送了来。"

喜姑姑应一声："锤子眼看就大了，我想叫他到府里头当差，隔着二门就能见着我。"锤子本来就是家生子，逃不开进府当差，原来去穗州前就该进府的,她心疼儿子年纪小,一直拖到这时候。

男人听了不说话,半晌点个头:"随你,总归他跟你亲。"说着甩手又出了门,喜姑姑只当没瞧见,调了蜜水给儿子喝,又给他松了头发重梳一回,端了水又是擦脸又是擦手:"往后就见着娘了,好不好?"

明沅听见她话音里是从未有过的软和,鼻子一酸,天下当娘的,只怕都是一般心思。

第四十五章

锤子当天就跟着她们回去了,喜姑姑半点也没在家待的心思,采苓九红两个嘴上不说,回去的路上却都斯文得多,也不再扒着窗往外头看了,她们是怕喜姑姑心里难受。

明沅却明白,喜姑姑根本不难受,她没把那个妾当一回事,甚至没把她丈夫当一回事,她看重的只有儿子一个人。

她跟纪氏有些像,可从根本上又半点都不像,纪氏跟颜连章两个,还有些你来我往,不管那些个情意是真是假,总归是存在的,可喜姑姑从心底里头,就没拿这个丈夫当成是丈夫,倒像是搭伙过日子的人。

从到了这里时间不短了,见的夫妻也有好几对儿了,梅氏跟颜顺章这样的算是神仙眷侣,你欢我爱羡煞旁人;纪氏跟颜连章也算得中等了,不说爱,起码是有尊重的,可就因为这份尊重,纪氏也放不开手;颜丽章跟袁氏两个算不得怨偶,可只怕连美满两个字的边都沾不着。

到了喜姑姑这里就便当得多,她心里好似没有这个人。锤子在车里坐了一条街就闷得跳车出去,跟着车一路小跑,时不时跳起来问问喜姑姑要甚,一会儿叫:"娘,那儿有卖炸麻雀!"一会儿又叫:"娘,有卖酥炸小肉。"

好似肚里头养了只活馋虫,怎么也吃不饱,喜姑姑先还靠着车坐得稳,听见儿子不住口地叫她,她的嘴角越来越弯,笑意越来越盛,索性摸了钱递出去,叫儿子看见甚个爱吃爱玩的,就手买回来。

去的时候车是满的,回来的时候车后边就放着五只琵琶鸭,那些个五黄礼盒,百来个粽子,都叫喜姑姑吩咐她男人送了出去,倒有一多半儿是男方的亲戚。

家里没了个妾,他半点儿也不关心,一声声应了,点点留下来的粽子,竟还觍了脸问一句:"郑好家的说了没,人甚个时候送来?"郑好家的,就是那个人牙子。

马车去的时候走得颠颠晃晃,越是往颜府去,越是砖铺大道走得平顺,锤子跑不动,跟那赶车的坐在车板上,嘴巴蜜甜地骗那车夫把鞭子给他使使,让他看看抽一下骡子能跑多远。

明沅从没见着喜姑姑的脸上有这么真切的笑意,哪怕只是听听儿子的声音,她就能笑得这么高兴,让她没来由地想起了睐姨娘。

睐姨娘原先看着只有出气儿没进气儿了,哪里知道一日挨得一日,竟慢慢好了起来,到得端阳节,庄头上竟还送了一篮子节礼来,是她亲手裹的肉馅儿小饺子。

纪氏原就没打算叫她回来,不论她是死在了庄头,还是将养好了身子,都是回不来的,往后还得看颜连章想不想得起她来,若能想着她,便推说把这事儿忙得忘了,她要生产还得带孩子,身边没人提怎么想得着。

到时候再接回来,她孩子也生下来了,沣哥儿也养得认了人,睐姨娘的牙齿爪子,俱叫她拔了个干净,这样的人留着也翻不起大浪了。

接着了饺子,晓得她无事,一个词儿也没再问,只叫韩国道家的好好侍候她,又让人把睐姨娘惯常用的东西都给她带回去。

纪氏这里和风细雨,明潼心里却是惊涛骇浪,眼看着要死的人,转了一圈,竟又活了!她疑心是睐姨娘寿数未尽,这才不死。

下边的奴才下人自来是多一事不如少一事的,发配下去个姨娘,若不是真个病得要死了,能瞒就瞒,哪里会急巴巴地从庄头上赶过来上报。

怕是那时候是真要去了,只没想到,她是怎么又活了下来的。伯祖父也是寿数未到,若按着上辈子来看,睐姨娘岂不是还要长长久久地活下去。可若真是这样,难道她也还是逃不开早逝的命运!

明潼怎么也不会想到,睐姨娘的身子实是叫小莲蓬侍候好的,打发她去原是为着装裹，连带的发落一个不守规矩的下人，就叫她留在庄上，到了年纪配个庄稼汉子，也不必再回府里了，哪知道便是这么个小丫头子，竟把眯姨娘的病给照看好了。

说是侍候，小莲蓬去时，眯姨娘也是差不多要过去的人了，换着干净的中衣，铺盖也都是晒过的，药一碗碗地煎了来，那些原来磨搓她的，半个不字儿也不敢再说，她却偏偏起不得身了。

眯姨娘先是装病，她以为装病能回去，再不济也能叫她娘家妈来看一看，哪里知道她说病了，那些个人浑不当一回事，宅子里便是丫头婆子病了，也总能看一回大夫的，还能抓些药吃两剂，可这里竟不把人命瞧在眼里。

她便疑心起，是纪氏要趁着颜连章不在，把她活活治死，这些人就是大妇派了来折磨她的，把她折腾死了，再抱了她的儿子去！

疑心生了暗鬼，眯姨娘越想越心慌，吃不下睡不好，装病成了真病，端来的药不敢喝，送来的饭不敢吃，每一刻都是煎熬。

儿子譬如她的命根，她立身的根本，失了根她就没了活意，等她想到了儿子在纪氏手里不知要受什么苦头时，把肠子都给悔青了，后悔听了亲娘的话请了师婆来。

那道符原是想请着阎罗王把要收的人赶紧收了去，别叫大房那个大伯受更多苦楚，江婆子口里便没有不好听的话，她吃了这一颗蜜裹的黄连，甜头没尝尽，苦头却吃够了。

想着儿子，再想想抱到上房的女儿，眼泪自天黑流到天亮，枕头打湿再干，干了又再湿，成日里呜呜咽咽，原来身子就不好，这一来更是去掉了半条命。

她醒着也觉得人飘飘忽忽的，耳朵里忽听得丫头叫她，扑到她身上哭，眯姨娘好容易张开眼睛，人已经脱了相，眼前迷迷糊糊的，再听一声，知道是小莲蓬。

小莲蓬这哭，有一多半儿是为着自个儿，宅子里不能哭，车上不能哭，到了庄头，这些悔意全被她当作忠心哭了出来。

又是哭六姑娘又是哭三少爷，三少爷给了安姨娘，六姑娘跟了三姑娘，太太还怀上了身孕，一字字一句句戳在眯姨娘心肝上，硬生生把她从黄泉路口拉了回来。

身边有了自己人，心里就先提起一口气来，这口气儿没散，她本就没大病，日日米粥鸡汤地养着，身子渐渐有了起色，十来日工夫，原来瘦得一把骨头了，这会儿竟能坐起来。

受了这么大的苦楚，到这时候家里人才姗姗来迟，江婆子总算说动了儿子，她用的是另一个办法："你妹子要是没了，她们能没个说法，你不先去看着，到时候怎么好嚷出来！"

江婆子在颜家十年，总有些相好的老姐妹，她原是想打听三少爷如今由谁带着，两瓶烧酒一碟子鸭肉一去，竟听见女儿在庄头上就要不行的消息。

她先是急哭了，拍着大腿嚷了两声"我苦命的女儿"，而后便是想着怎么叫颜家多出些银子，苏大郎深觉有理，连他浑家都赞江婆子懂行，一家子套了车往金陵城郊的庄头上去。

庄稼人心眼实，听见是知道女儿不行了来看，又看江婆子一番做作，真个放了人进去，等这家子人瞧见女儿能坐能吃，还有的宽慰他们说，睐姨娘原先看着不好，如今鬼门关里走一遭，阎王爷又放了人出来。

睐姨娘的大嫂当时面上便不好看，扭了身青着脸，这下子可好，还倒赔了车钱进去，庄稼人心实人却不傻，看见这样还有甚不明白，只这个当娘的待她还有几分真心，见着女儿还抹着眼睛掉了两滴泪，这一对儿哥哥嫂嫂，那可真是人面兽心的东西了。

小莲蓬来的时候得了些东西，俱都藏在包袱里，她也怕睐姨娘就这么没了，到时候她一个在庄头上过活没得生路，便暗暗压了些没拿出来，也亏着她不曾拿出来，没让江婆子三个把这最后一点本钱拿了去。

睐姨娘靠着给她装裹的一身衣裳、一对金簪让小莲蓬去抓药。

那些药跟纪氏派了来的大夫抓的并无不同，可她不信那个，喝了这药才一日日好起来，身子一好，便想着怎么才能回去，怎么才能再把沣哥儿要回来，把安姨娘这个跟在纪氏身后捡漏的给踩下去。

明沣回去正是傍晚，往纪氏上房去请安："我带了琵琶鸭回来。"

纪氏听见这句"扑哧"一声笑开了,伸了指头点点明沅:"到哪儿都不忘记要吃的。"

澄哥儿早早就等着了,急声问明沅在外边看见什么了,明沅回来的路上早早就想好了,绘声绘色地告诉他,外头有跳钟馗看,一句话说得七颠八倒,先说小鬼又说套索,再说宝剑跟玉板。

来来回回好几回,澄哥儿却听懂了,满面都是羡色,连着明潼都抬眼一溜,明沅见她收了目光,晓得自个儿过关了,澄哥儿却醋起来,哼了一声:"那有什么好的,我们放风筝了,大姐夫送了十七八只风筝来呢!"

成王这回又送了礼来,除了风筝,还有内造的粽子,八珍八果的,扎着红彩带送出来,图个好意头,明蓁那里做足了当媳妇的礼,回了五黄礼盒去。

这些东西只还寻常,不寻常的却是那里头还有一盒子佩兰,这东西却是用来浸汤浴的,不是夫妻不好相送,颜顺章便赶在端阳前一夜,亲手摘了一匣子,贴上花笺送给梅氏。西府里头便都在传,说成王又是一个大老爷。

明蓁为着这一匣子的佩兰,整日里脸颊都给上了胭脂似的。

澄哥儿等的就是明沅羡慕他,果然听见她问是什么花色的,就反摸了她的手,拍着胸:"我拣了一只大蝴蝶的给你,你最喜欢了。"

不是明沅喜欢,是纪氏喜欢,说小女娃家该活泼些,明沅屋子里从铺到盖,幔子帐子还有瓷屏风,全是百花蝴蝶的。

明沅脆生生地道了一声谢,澄哥儿牵了她的手拉她到坐褥上,厨房里切了琵琶鸭送上来,纪氏已经显怀了,满满一碗桃花粳米,全吃进肚里,抚了肚皮道:"真是个能吃的,没到生他,腰先宽三尺了。"

明潼后脖子这儿还挂着纪氏给她缝上去压秽的彩粽子,听见她这样说,竟乐得差点儿喷了汤:"这才好,吃得多长得快。"说着就道:"等明岁端阳节,就能戴上我绣的小兜兜。"

澄哥儿对这个弟弟满心期盼,他已经知道这个弟弟跟那一个弟弟不一样,母亲跟姐姐都喜欢这个还没出生的弟弟,放下筷子伸手也去摸:"我把我的绿豆糕也给弟弟吃。"

一屋子和和乐乐笑成一团，到这时候明潼才像个八九岁的女孩儿，挨了母亲的胳膊，把头枕在她肩上。

那是对着澄哥儿，对着明沅却道："把那匣子肉馅儿小饺子给六妹妹吧，她今儿还不曾吃着。"

上房里正侍候着的几个丫头俱都低了头，纪氏看看女儿："还不曾蒸过，叫厨房里蒸得了，试了咸淡再说。"说完这些个一把拉了女儿的手："大囡今儿别回去，留下来陪我睡。"

明沅得了吃食还摸不着头脑，等撤了桌子由着丫头带到院里，守屋子的采薇急巴巴地赶上来，伸头没看见喜姑姑，急问一声："姑姑呢？"

"喜姑姑带了儿子来，正央求太太给个好差事，采薇姐姐怎的了？"她们屋里能有个甚急事，采薇却跺了一下脚，又不好当着采苓的面直说，指着她们俩往屋里去，采菽把明沅抱到屋子里散头发洗漱，见采薇还在门口团团转，垂了眼帘专心侍候明沅解衣。

早晨洗过了兰汤，夜里又洗一回，明沅叫热水浸得发困，身上困倦极了，还招手问采薇："小粽子给沣哥儿送了没有？"

采薇头一回没听真切，第二回听见了，点了一下头，嘴里想说又咽了进去，等喜姑姑踩进门槛，拉了她就往墙边去："姑姑，六姑娘的姨娘，叫人传了信回来。"

第四十六章

明潼坐在梳妆镜前散头发,纪氏洗漱了出来,身上只穿一件月白寝衣,头发散下来披在肩头,只这几步路就又热得出了一层薄汗,天越是热她就越是穿不住衣裳,肚皮倒不是揣了个孩子,而是揣了个火球。

心口发热,手脚盗汗,略一觉得燥就要丫头打扇,这时节已经换了细竹凉席,连罗汉床上褥子都铺不住,只图凉快,哪里还怕硌人,若不是怕用冰伤了身子,恨不得此时就摆了冰盆进屋。

屋子里也不掌灯,那点子灯火看着也觉得烧心,妆台上点了灯,纪氏立在明潼身后,竟还让丫头把灯拿得近些,照着明潼的脸:"娘的大囡,越长越大人相了。"

眉眼确实越长越开了,面上却还细绒绒地生着绒毛,分明还是个女娃,只她脸上向来没有稚气模样,自小就又是个大人性子,得细看了,才瞧出不同来。

"三姑娘生得像太太,再大几岁,才是模样好呢。"琼玉倾了脸盆里的水,又绞了凉毛巾摆到床边架上,让纪氏一伸手就能拉过来抹汗,正要去抱铺盖,纪氏拦了她:"你也回去睡吧。"

"这怎么成,原只太太一个也得两个人守夜,今儿三姑娘既在,得更多个人侍奉着才是,哪里还能离了人呢?"琼玉不曾说话,琼珠先开了口。

纪氏摆了摆手:"你们去吧,我月份还浅,侧睡翻身都不碍的,叫咱们娘儿俩一处,不要让旁人扰了。"

琼珠还不放心，纪氏便叫她睡在外室，把门掩上，自个儿给明潼梳起头发来，明潼拿了靶镜，自镜子里看见纪氏抓一把头发，自上梳到下，怕她站久了累，梳两下道便："娘坐吧，我自家来。"

头发已然养到腰间，开了妆匣子，光是梳子就有七八种，玳瑁的，牛角的，一头头发养得乌光水滑，灯下边一照，缎子一般泛着光，抓在手里一大把，便是梳个牡丹头，也不必戴假髻了。

纪氏握了竹扇骨，眼帘略垂一垂又抬起来："你同你六妹妹一个院儿，住得可惯？"两人住着一个院落，原就是明潼提起来的。

纪氏还当是女儿喜欢这个妹妹，似她当初喜欢澄哥儿，有了个男娃娃，便想身边再有一个女娃娃，恐怕还有帮她分担的意思，哪里知道全不是这么一回事。

算起来明沅在上房养着也快半年了，可明潼却还将她当外人待，纪氏抱明沅过来，原是拿她打压睐姨娘，叫她知道做妾的本分，别打量着养活个哥儿就尾巴翘上了天。

这一养便不能放手了，原不过加双筷子加个碗，哪里知道肚里这胎竟来得这样巧，顾及不了她，这才把她放到大女儿那里，原还当这个一向聪明的女儿是明白自己的心意才提前开口，哪里知道她全不是那般想头。

明潼把落下来的头发打了个结子搁到梳子下边压着，听见纪氏问话，漫不经心："她能有甚个事，不过吃饭睡觉罢了。"

纪氏听见这话拧了眉头，明潼半点也没觉得说这个有甚个不妥当的，还当母亲是乏了，瞧见纪氏这时节已经拿出凉扇来，伸手就接了过去，给她打扇子，还扶着她先睡，趿了睡鞋去吹灯，摸黑上得床，母女俩头挨着头躺在一处。

纪氏侧了身子头枕在枕上，散了头发，白玉一样的面庞却不见笑意，两道长眉紧蹙，一手搂了明潼，一手抚在肚皮上。

因着吹了灯，明潼靠着母亲身上，知道她瞧过来，却看不见她面上担忧的神色，明潼心头松快，闻着纪氏帐子里挂的佩兰香，合了眼儿呼出一口气。

纪氏也跟着呼出一口气来，她隔得会子，慢悠悠开了口："大囡，你同娘说说，你心里头，为了甚事不痛快？"

明潼张开眼睛，还未开口，就先叫纪氏搂住了肩膀，纪氏的手又暖又软，抚着她的面颊，捏捏她脸蛋上的肉，跟着再摸到肩上，轻轻抚了一下。

只这一下，明潼霎时合紧双眼，可眼泪还是顺着眼角滑下去，眼泪浸在红绫枕上绣的碧莲叶上，倒似露珠儿，滚得两滚，打湿了莲花心。

她越是克制着不说话，纪氏越是叹息，抬了手不住拍着她的背："大囡，同娘还有甚话不好说？"

明潼抬手按住眼睛，心里的事是再不能告诉纪氏的，这世上谁都不能说，她只要想到往后那些日日月月，就觉得从骨头缝里沁出寒意来，吊着的心一刻都不能松快。

"你能待澄哥儿好，怎的瞧见明沅便不得劲？"纪氏搂了女儿，紧一紧胳膊将她整个儿揽在怀里，抱了明潼的头叫她枕在自个肩窝里，只觉得肩上一湿，原是女儿哭了出来。

"可是她来了，澄哥儿同她亲近起来了，你心里不舒坦？"纪氏自然察觉出来，住在一处院里不仅不曾亲近，倒还疏离起来。

明潼不知如何开口，只听见母亲轻声笑了笑，半是笑意半是叹息道："傻囡囡，澄哥儿这样的性子才最难得，心宽才有福气，往后才能不生分了，他待个没待多久的妹妹都事事想着，又怎么会不待咱们好。"

稚子无知，也因着无知无识，教他甚就是甚，纪氏合了眼儿摸着女儿的鬓发："他知道有那么个姨娘，年节里也让他去看去磕头，总归是生养了他的，他心里明白，他可曾当自个儿是外人？"

女儿有这心，纪氏心里自然安慰，这是为着她想，为着她急，待明沅这般，也是因着为她鸣不平，可再往下去，便是走了邪道，心偏了，旁的便跟着偏了。

"娘这一胎，便是女儿又有什么打紧，我是正室，你是嫡女，这些个再不能更改，往后再来多少个，也越不过你去。"纪氏摸了女儿鬓边绒毛，心头发苦，竟不知道这些年她这样委屈。

知道她是钻进了牛角尖，只好细细分说给她听："有些话，娘只说这一回,妾跟通房,那不过是些个玩意儿,高兴了就赏些穿的用的;若是不高兴了……"这一句声音压得更低:"你想磨搓她,便能有一千种法子整治了她,可对着这么个玩意儿也值得你费这心力?"

明潼不知该怎么接口,也不知该如何告诉纪氏,便是这些个亲娘不放在眼里的玩意儿最后占了颜家,纪氏占着正室名分,他们不敢忤逆不孝,可心里还是偏着生母,那些个教养心血,全都抛出去喂了白眼狼!

"娘只你这个女儿,旁的哪一个能越过你去,可你这样的性子,往后出了嫁,娘还能跟着?"女儿家嫁了人,再没有家中松快,她在家中是嫡长女,等出了嫁不过是人家的媳妇,不事事小心件件谨慎,难保就不叫人挑剔了去。

明潼自然知道母亲是为她担心,自小说到大的平和中正,重来一回她是一样也无了,若不能报偿回来,这些品性她宁肯没有。抱养澄哥儿实是无奈之举,哪怕她还走了上一世的老路,有个澄哥儿在母亲也不至落到那种地步。

她原来想要的很少,也很简单,重活一辈子,能让亲娘安乐到老,无论要干什么都愿意,可她没想到,这件事变得这样快!

睐姨娘先是生出个女儿来,眼看着要死竟又没死成,沣哥儿抱给了安姨娘,原来老实了一辈子的安姨娘同明湘会不会因着这个哥儿变得不老实了呢?

明潼好容易止着发抖,反身抱住了纪氏,缓缓吸一口气:"娘说的这些,我心里都明白,我往后,改了就是。"

抱住纪氏的那只手柔软干燥,可压在身下的那只手却紧紧攥成了拳头,指甲嵌入掌心,刻出一道道细白印记。

明沅第二日就觉出这个姐姐不一样了,她歇在纪氏屋里,却特地回到院中等她一同上学,见着明沅还勾了个笑:"娘很喜欢你带回来的琵琶鸭,你想吃甚?我差人往外头去买了来。"

明沅哪里受过这样对待,浑身汗毛倒竖,嗫嚅了半晌,涨红了脸说:"我想吃糖馒头。"她不知道该拣那一样好,想到澄哥儿也喜欢吃糖馒头,便把这个挑出来说。

明潼挑挑眉毛，纪氏的话对她也不是一丝触动都无，三岁的小儿，懂什么好恶，把她养得跟澄哥儿一样，让睐姨娘看看，亲生的女儿眼睛里只有嫡母没有生母又是个什么样子，便是个养他的庶母，都比睐姨娘排在前头，不独明沅，连着沣哥儿也是一样。

"那是春日里吃的，天这样热，叫厨房里做道葛粉水馒头吧。"她发话下去，厨房是不收银钱的，不仅不收钱，还做得又快又好。

在绿云舫写了两幅字，厨房就把这道点心送了上来，明湘绝少吃这个，安姨娘也不会打点厨房专做这个给她，她自来知事，并不去要，一见之下眼睛都弯了："今儿怎么做这个点心？"

"三姐姐送我们吃的。"葛粉粉莹莹的，下面衬着一片紫苏叶，盛在玻璃碗里看着就一片清凉意味，明沅见着明湘高兴，也跟着高兴起来，管她为了什么突然对她好，难道她身上还有什么值得明潼谋算的。

隔着水坐在栏前，红白金黑各色锦鲤涌到舫船边，明湘捧了玻璃碗，拿银勺子舀了一口送进嘴里，脸上的笑意都活了起来，这才像个小姑娘了。

明沅踢了腿，看见对面胜瀛楼上澄哥儿正冲着她们挥手，她也站起来挥了手，风吹着水面一层层的细波，垂杨柳荡在岸边，明湘先还只浅笑，等瞧见澄哥儿猴子似的在楼上转圈儿，拿袖子掩了嘴，连声脆笑起来。

明潼忽然就成了个体贴备至的姐姐，她不独照顾着明沅，连明湘也一并关照到了，一日三餐想着法子地加菜，用的是她自个儿的份例，连沣哥儿都又开始往上房抱了。

安姨娘是用心教养着沣哥儿的，他开口学的第一句话，不是"娘"，而是"太太"，再接着会说的是"姐姐"，纪氏当着面嗔怪她，说她该教哥儿学着喊爹，可脸上的笑意分明是满意的。

明潼听见这个弟弟叫太太，嘴角都松开了，摸了他的脸捏了一把，沣哥儿竟然冲着她咯咯笑了出来。

明沅看着明潼的神色松了一口气，不论是真的还是假的，起码她愿意摆出个样子来，只要她愿意做这副样子，沣哥儿就能跟她亲近，宅子里的下人就不会暗地里作践沣哥儿了。

她自然知道睐姨娘叫人传了什么话回来，睐姨娘说纪氏是成心磨搓她的，直指着纪氏要害死她，这一句也不知道费了多少功夫才托人送进来，明沅都能听着，别的人自然也能听着。

　　她叹口气，对着这个亲娘半个字儿都说不出来了，鬼门关里走一遭，竟还是这个性子改不脱。知道她在庄子上头无恙，明沅放了一半的心，只管顾着沣哥儿，既然明潼都待他好起来了，那她往安姨娘院子里头走动，更不惹人眼。

　　不管明潼是真情还是假意，明沅跟沣哥儿的日子越来越好过了。

第四十七章

明沅头一回学着拿针扎花儿,就照着明潼早先给澄哥儿做的鞋样子,给沣哥儿绣了个老虎头出来。采薇勾了线描好边,花样子也剪了出来,只要拿黑白两种颜色的线来来回回地把眼睛跟胡须绣上便成。

明沅已经在写字上头出了挑,女红便做得慢些,两个老虎头的小鞋子云头绣到了冬月里,等沣哥儿能扶着床栏走两步了,她才把这东西翻出来送过去,由着明湘做了一双鞋子,用的就是明沅做的老虎头。

沣哥儿很喜欢这双鞋子,他原来就走得不稳,往前跌冲两步,低了头去看脚背上的老虎,见那黑胡须摆动,咧了嘴咯咯笑,大头往下,差点儿栽到地上。

安姨娘临了窗儿扎花绣抹额,抬头看看沣哥儿,抿了嘴儿笑一笑,这么个小人,从才会翻身养到了学步,连话都会喊了,总归一样是姨娘,就跟着明湘喊起了姨娘来,喊得纪氏面上泛笑,抬手就赏了安姨娘一对羊脂玉镯子。

金陵冬天来得早,进了秋末就打起霜来,冬衣早早做得了,发下冬衣那一日,正是下元水官节,纪氏早上起来勉强穿了大衣裳,扶了丫头的手往北府去,大伙儿一处拜先祖,纪氏持了香,只合在头顶举起来拜得一拜,由着明潼接过去插到香炉里。

她身子日渐沉重,大伯见着她举动不便,让她不必拘礼,使了下人抬了小轿送回去,纪氏也不再推,她的腿浮肿着是真的无力再走一回府里长长的廊道了。

袁氏很有些气不顺,这边都怀着要临盆了,她那屋里一堆丫头,连个想吃酸的都没有,等人一散就捞住梅氏说了两句。

梅氏实不耐烦听这么个俗人说这些俗事,耐了性子听了好一会儿,满耳朵都是纪氏长纪氏短,梅氏心里三弟妹不知道比二弟妹差出多少去,绞了帕子听不住,偏了脸儿笑一声:"隔得两日,我在院里办岁寒宴,送了帖子,你可要来?"

因着梅氏的姓氏,东府里头没少种梅花,种色各样品种齐全,细论起来只有颜顺章的岁寒斋里,有竹有松,却没种梅花,这个梅是落到了梅氏身上,这点子酸事袁氏听见就耳朵疼,立时闭了口,火急火燎地寻个事由出来,急急送了梅氏出去。

天气霎时冷了下来,回到屋里天还未大亮,厨房上了碗羊肉汤来,热气扑面,她一碗肉吃到一半儿,便觉得哆哆呢裙子里头一阵阵的湿意涌出来。

纪氏一把扶了肚皮,按住明潼的手:"大囡,娘要发动了。"

产婆自然是早早就请了回来,安置在离纪氏最近的院子里,这几日看着就要落蒂,每日都要来看一回,摸了盆骨跟肚皮,算起还得半个月才发动,哪里知道往前这许多天。

纪氏这里一觉着破了水,那边立时就从清净小院儿里领了人过来,金陵城有名的刘产婆,花了大价钱请了来,就住在府里,连着袁氏娘家的弟媳妇要生孩子想借了去使,明潼都给一口回绝了。

这事儿根本没回到纪氏面前,只要一扯着她跟她肚子里头的孩子,明潼也顾不得什么长辈什么亲眷了,当着袁氏给了她个没脸。

袁氏也不想在娘家弟媳妇面前失了脸面,预备了礼盒想过来借人,这回直接来寻纪氏,明潼长眉一竖,袁氏还没迈进大门,她就急步去求见伯祖父。

那一个生产的袁家人,这一个要生产的是颜家妇,颜家大伯立时又把颜丽章叫过来,狠狠骂了他一顿,颜丽章急急把袁氏叫回来,翻了倍地当头又骂了她。

事儿办得确是不圆滑,纪氏却也顾不得这许多,弟妹来借别个还好说,她这里说是还有二十日,可她自家觉着里头那里怕是要待不住了,说不得是今儿还是明儿,人借了去,她这里发动了又怎么办。

没想到早了这些天破水,纪氏略一慌张,看着女儿紧蹙的眉头,又还提起气来安慰她,吩咐下边预备热水,把剪子缠带俱都理出来,平姑姑那里急炖起了鸡汤来,还发了帖子去请纪氏娘家的大嫂黄氏来坐镇。

请黄氏来是明潼拿的主意,西府里边没人敢不听她的,可生孩子这样的大事,男主家不在,只好去请了大嫂来,梅氏又能当得什么事,袁氏才起了嫌隙,更怕她不尽心,思来想去,便只有去请黄氏这一个办法了。

厚毛毡羊油蜡烛早早就预备好了,地上铺了厚毛毡,屋里点起羊油蜡烛,窗户缝隙拿浆子全糊起来,连炭盆都预备好了,纪氏精神还很足,拉了女儿的手让她赶紧出去:"血房哪里是你待的地儿,赶紧出去,等你大舅母来了,你只管回去,娘这里再不必担心。"

话是这样说,明潼又岂会离开半步,纪氏不让她在房里待着,她就到堂屋坐了,也没心绪再顾及几个小的,还是喜姑姑往前去说:"姑娘,不若叫几个哥儿姐儿都回去了等消息吧,今儿饭便别往太太这里摆了。"

才只早上,到北边府里烧了香,还不曾用早饭的,纪氏吃了半碗羊肉,此时还不觉着饿,几个孩子却都在堂前等着分吃下元节的豆腐皮包子和豆泥骨朵。

明潼叫这一问扶住了头:"倒把这个给忘了,姑姑受累想着。"

喜姑姑叫她说着尴尬,自来便不是那性子,一刹那改了,到如今还只不惯,蹲了半个身,恭恭敬敬道:"哪里敢担姑娘这一句,为着主子分忧原就是该当的。"

明潼略一想,分散开来摆饭更是不便,几房还要来打点消息,不耐烦再一个个地看顾,抿了抿唇儿道:"就把饭摆在安姨娘房里,托她先照看着哥儿姐儿,娘这里有我,站个人听消息也就是了。"

一竿子把一屋子人都安排到了安姨娘的房里,连着澄哥儿也是这般,他是男娃儿更进不得产房,明潼心里焦急却还是蹲身安抚他:"你乖着些,娘在里头疼呢,带了明沅往安姨娘屋里去,等会子就在那儿吃包子。"

澄哥儿看见这么个阵仗，早就给吓住了，明潼一说他就点头，还问："弟弟甚个时候出来，别叫娘疼了，他可真是不乖的。"

明潼扯出个笑意来，使个眼色给云笺，让她跟着去安姨娘的栖月院，安姨娘一听纪氏发动了，急急就想往上房去，云笺行了礼："姨娘便不必去了，三姑娘说了，太太那儿乱着，让姨娘捎手帮着照看几位哥儿姐儿。"

明沅跟澄哥儿一来，丫头婆子一大堆，院子里连站脚的地儿都没了，两边耳房坐进去，安姨娘把东西两间的隔扇门全都打开来，一屋里烧一个炭盆，几个孩子都围在中间，沣哥儿走了两步，一只手没扶住，软了膝盖就要倒下去，嘴里叫了一声姐姐，明沅赶紧扶他起来，抱住了他拍一拍，在他额头上亲一口。

血缘真是再奇妙不过，她知道有这个弟弟，耳朵里听了那么多回，从来没觉得有什么不同，可自头一回看见便再割不断了。

沣哥儿跟明沅越长越相似，沣哥儿白胖些，脸盘却是一模一样的，大眼睛尖下巴，左边脸上也生着梨涡，所有人里，他最喜欢的就是明沅。

他哪怕吃住都在安姨娘这儿，可他看见明沅也是最高兴的，伸手就要抱，还知道能冲她撒娇，明沅给他做的虎头鞋子，日日都要穿，若是拿出去洗晒了，那他再不肯穿新鞋，安姨娘没得法子，只好又给他照着做了两对一模一样的，好调换了穿。

他叫明沅一抱，就赖在她身边，软绵绵的小身子靠在明沅身上，嘴里呜哩呜哩说些孩子话，一会儿指天一会儿指地，明沅给他念了段《三字经》，他就安静坐着听，不一会儿竟也能含含混混地说出人之初性本善来了。

明湘明沅便不做事也能坐得定，独澄哥儿一个，在屋子里来来回回地走动，一会儿就抬头看看天，皱了眉头问："小娃娃出来没有？"

"哥儿稍安，哪里这样快的，生小娃娃要整整一日呢。"安姨娘也似心神不宁，站起来坐下好几回，厨房里送了饭桌来，她也慢了一拍去吩咐赏钱，隔着窗户不住往院外头望，却又不让丫头去上房打听消息。

明沅身边只留下采薇跟采苓，她见澄哥儿是真着急，便拉了他的手去看安姨娘院子后边开着的天竺牡丹，还告诉他屋檐下边有个燕子窝，也不知道里头还有没有小燕子了。

澄哥儿跟明沅两个绕到屋后，踩着花石小道，澄哥儿也不是真的想看花，他盯着那粉色花丛看了一会子，忽地问道："我是姨娘生的。"说到"生"字，咬了重音。

明沅一怔，不知如何答他，他是在说这件事，根本就不是疑问，明沅略一思索就明白过来，澄哥儿知道自己是姨娘生的，可他不知道是怎么个"生"法。

他一向是个心善的孩子，纪氏将他养得很好，自来不曾折腾过院子里头的一朵花一只鸟的，纪氏的大嫂黄氏带了儿子来探访纪氏，纪舜华拿捞网把水池子里的锦鲤捞出来摸了玩儿，死了一条，澄哥儿还说要给那条白色锦鲤立个碑。

原来那些他不明白的，如今明白过来，便先想到程姨娘生他的时候疼不疼了，明沅半晌不说话，澄哥儿低头看看她，背了手老气横秋地道："我知道你也是姨娘生的，可是跟我不是一个姨娘。"

明沅一怔，他们俩出来摘花儿，只采薇画屏两个跟着，两个丫头立在墙根边贴了耳朵说话，倒没在意澄哥儿说了甚，明沅也不知该如何回他。

他知道自个儿是姨娘生的，却自来不把这当一回事。眼看着纪氏的肚皮渐渐大起来，到今儿纪氏在生孩子了，他好像突然开始明白起这其中的差别来了。

明沅还是头一回看见澄哥儿皱眉头，却隔得一会儿就又散开了，垂了头盯住天竺牡丹层层花瓣，伸手指着最大的一朵花："给娘摘一朵大的！"招手就把画屏叫了来，让她去拿竹剪子，要把当中最大的一朵亲自剪下来送给纪氏去。

安姨娘既接了差事，自然得把孩子看好了，看见澄哥儿捧了大朵的天竺红牡丹，赶紧劝他："太太那儿忙乱，哥儿便不必去了，这花差了人送去便是了。"

澄哥儿一向好说话，今儿却固执起来，抱了花不肯撒手，定要亲自送给纪氏去,安姨娘不答应,他就自己反身往外走,安姨娘哄不住他,又不敢强行扣住他,只好点了丫头,让云笺也一处跟了去。

澄哥儿走到门边了,又垂了头侧过脸来往回走,心里惴惴的模样儿,明沅知道自己不该去,可看见澄哥儿对着她招手,还是心软了,立起来跟着过去。

采薇上去一步就要拦她:"姑娘且坐会子,今儿有麻酱糖饼吃的,才刚出炉热着的好,凉了便不好用了。"

澄哥儿急得跺脚,明沅从她胳膊下面钻过去,一把拉住了澄哥儿的手,云笺能不拿明沅的话当回事,软话顶回来便是,可是澄哥儿提出来的,她便不敢违背了,走在花廊上头一路都在劝告:"哥儿,血房不能进,那头乱着呢,哥儿别去吧。"

澄哥儿板了小脸,走得飞快,还是明沅怕他摔了,喊了一声二哥哥等等我,他这才慢下来,瞪了云笺一眼,难得有这任性模样。

两人从花廊走回上房去,纪氏的大嫂黄氏已经来了,她还不是一个人来的,身边带了个明沅不曾见过的男孩子,看着跟明潼差不多大,正肃手立着,站在台阶下,来来往往这许多人,竟没一个请他到偏房里坐一坐。

澄哥儿倒是识得他的,叫了一声表兄,知道自个儿不能进屋,也跟他一道立在台阶下,别个不能不拿他当一回子事,立时就去报给了明潼知道,明潼拎了裙子跑出来,看见澄哥儿伸手就戳了他的额头:"怎的不听姐姐话!"

澄哥儿把一直捧着的天竺牡丹拿出来,两只手捧了托给她看,踮了脚尖儿恨不能凑到她鼻尖让她闻一闻:"给娘的。"

第四十八章

明沅分明瞧见明潼一时屏息说不出话来,隔了会子,语气神态都软了下来,伸手接过去,抱在胸前:"我寻个花瓶,就摆在娘瞧得见的地方,告诉她是澄哥儿怕她疼,摘了送她的,你领了沅丫头回去,好不好?"

澄哥儿这回高兴了,他点点头,明潼脚步如风,也顾不得什么语不掀唇动不掀裙的道理,急忙忙转身进去,还是明沅看见那个男孩还干站着等,来来往往没一个注意到他,抬头问:"表哥跟我们一起去吧。"

院子里刮了寒风,他就这么立着,若是纪氏安好,怎么也不会这样对待客人,只这会子再没人顾得他,黄氏都不理他,上房里的丫头捧着水抱着巾,吩咐吃食用具,没一个两脚沾地不动弹的,他就更没人管了。

这个男孩一直低头盯着脚尖儿,这会儿才抬起头来,眼光从明沅跟澄哥儿身上扫过,顿在澄哥儿身上,脸上跟冰刻似的,眼角眉梢俱是冷意,回身往那屋里看看,微微抿了嘴唇:"好。"

澄哥儿见着了姐姐,又把花送了出去,心里那点不安忽地就消散了,还是担心,却不再害怕了,他一手拉住纪舜英,一手牵了明沅:"表哥,安姨娘那里有麻酱糖饼吃。"

厨房在他们回来后才送了麻酱糖饼来,刚摊好的,盖在食盒里拿碟子罩着送过来,一整张圆饼里裹了满满的麻酱红糖,用刀切开,里头的糖汁儿流到白瓷盘子上。

安姨娘知道又带回来一个,看看年纪料定是纪家的哥儿,也不敢怠慢,烤上火又叫丫头点了茶来,见他一双手冻得通红,不敢拿热毛巾擦了,让他坐着搓手,搓到发红发热,这才拿热毛巾子给他擦手,再把饼儿分切了递过去。

纪舜英双手接过去点头称谢,他除了进门行了个半礼,再不曾同旁人搭过话,连澄哥儿跟他说话,他也有几句是不应的。

因着他年纪大了,明湘不好同他一处坐着,隔了帘子坐到西梢间里,明沅离得一会子,沣哥儿就发脾气寻人,等看见她进来,小尾巴似的跟着,攥着她的裙角不肯放手。

安姨娘瞧见了,坐在窗边抿了嘴儿笑,手里缝着一件冬袄,拿发下来的皮子做衬里,做一件袄子,好给沣哥儿当大衣裳穿。

沣哥儿是真把安姨娘当成母亲了,睐姨娘走的时候他还小,小人家哪里有记性,若不是明沅时常来看他,他只怕连明沅都不认,只当自个儿是安姨娘生的了。

扶他坐看他爬的全是安姨娘,那个还关在庄头上的亲娘,就是回来了,沣哥儿也不认识了,明沅不知道睐姨娘还有没有回来的那一天,可她知道,就算睐姨娘回来了,沣哥儿也是要一直待在安姨娘院里的。

她带着沣哥儿在东梢间里玩,澄哥儿跟纪舜英两个便坐在榻上饮茶,今儿的天本来就阴,太阳不曾出来,外边倒飘起雪来了,风卷着细雪拍到窗上,结出薄薄霜花。

安姨娘见天忽地冷下来,赶紧让丫头再给添上两个炭盆,早早把蜡烛点起来,放下厚帘子,抬了屏风挡到门前,几个孩子都在她这儿,若着了风寒可不好说。

澄哥儿实无聊得很了,他跟舜华是很亲近的,同舜英便是原来亲近过,几年不相处也远了起来,这会儿只有他们两个,摆开棋盘下起棋来。

澄哥儿执白,纪舜英执黑,澄哥儿托了下巴团在炕上,盘了腿一只手伸出去摸棋子,一只手拿了樱桃脯吃。

纪舜英却正襟危坐,指尖夹了棋子,手搁在膝上,明明一屋子都是孩子,他也没半刻松懈的,不说点心,连茶都少吃。

明沅带着沣哥儿绕了屋子玩耍，可眼睛却忍不住往纪舜英身上打量。她是知道这个表兄的，算起来是纪氏大哥的儿子，同明潼的关系都远了，更别说是跟明沅。

明沅知道他，实是为着曾经听见过这么一句，还是纪氏说起的，在八月十五中秋的时候预备节礼，单给纪舜英备了一套文房四宝，算是生辰贺礼，为着给他备礼，纪氏还叹息一句。

明沅占着离得近的便宜，从采薇口里听见了纪舜英的身世，若纪氏这胎生了个男娃儿，澄哥儿便同他一样了，可他的处境比起澄哥儿来，要艰难得多。

纪家这一辈儿里头，纪舜英是头一个男孩，长房长子的头生子，却是个庶出，黄氏原来把他抱到身边，一面是想着"引子"，一面是想着若将来没儿子，叫这一个承了家业去，自小养起来，往后也不怕他想起生母来。

谁知道连着四年再无所出，生纪舜英的姨娘，早早就"没了"，黄氏恨不得把宅子里知道事情的下人全都拿针绕了嘴，一个字儿都不要漏出来。

抱在跟前金尊玉贵地养到了将四岁，忽地竟又怀上了，没身孕的时候想着哪怕怀上一胎也好，便是女儿也谢天谢地谢菩萨了，等真的怀上这一胎，她又想着，若能是个儿子，才是如意。

一朝瓜熟，黄氏果然如了意，她这胎竟真是个儿子，嫡出的长房孙子，可却是次子，没占着那个长字，到底有些美中不足。

看着自家千辛万苦生下来的白胖儿子，再看纪舜英便不如意了，若是没了他，甚个好事儿不是亲生子的，哪里轮得着让个庶出争在头里。

差了近四岁，就快差着一辈儿了，先进学先读书不说，往后还能先成家先立业。黄氏心里好似烧了一团邪火，原是点火星子，天长日久，把她跟纪舜英那四年的母子之情烧得半点都不剩了。

原来那些好事，全成了坏事，识字早便是读书早，到了开蒙的年纪往学堂里一送，等学堂里边师傅一夸奖，黄氏看着亲生子还睡在悠车里晃着胖胳膊，庶子却已经能提笔习字了。

不独能写能背，丈夫跟公公还对他另眼相待，直说他是棵读书的好苗子，一目十行千字成诵，她的华哥儿可还未学话呢！

长子读书她说了不算，前边有丈夫跟公公，她怎么也插手不到前院去，可在后宅里便是由她当家了，黄氏自个儿不必抬手，下边人就先作践起纪舜英来。

那些寻常小事，全翻出来当大事体说，甚个哥儿脾气大性子急，反驳黄氏一句就是不孝，教训弟弟一句就是不悌，一桩桩一件件地压下来，不过一两年工夫，纪舜英再不似原来人人交口称赞的长房长子了，而成了长房"那个"哥儿。

这两个字大有深意，连黄氏都叫这些话给迷了眼，明明是自她这里传出去的，等那些个话返回来的时候，她便觉着，抱这个庶子过来真是一件错事，从根子上就烂坏了，待他再好，他也是条白眼狼，说不得甚时候就张口咬她了。

小孩子才最会看眉眼高低，黄氏初时还不曾到如今这模样，一日比一日坏，磨掉了母子情的不只是黄氏，纪舜英也是一般。他自来不知道自个儿是姨娘生的，记事起便养在上房里，一应吃穿用度全比着嫡出的来，哪里知道生了个弟弟出来，他立时就连站脚的地儿都没有了。

他读书是错，偷懒是错，站是错，坐也是错，说话举动样样都能叫人挑出刺来，若不是他身边还有个自小把他奶到大的养娘嬷嬷，如今还不定成了什么性子。

季嬷嬷揽了他就抹泪："哥儿不要同弟弟争，忍着些吧。"他初时不懂为了甚要忍，他知道那是他弟弟，还是娘生的弟弟，抱了他要亲一口捏捏手，丫头大惊小怪，怕他把弟弟摔着了，他还没能辩解一句，黄氏的眼睛就跟刀子似的刮了过来。

一眼就把他给看愣了，怔在当地迈不得步子，眼看着娘把弟弟抱过去，捧在怀里又是拍又是摸，就怕他那轻轻一下，真把华哥儿的骨头给捏碎了。

后来才明白了忍跟争的意思，在娘的眼里，但凡他干了一点好事，便是同弟弟在争，他便渐渐不说不动，进了上房拿自己当个木头疙瘩，想着这样母亲能念他一点好。

可这个娘，终究还是变成了"太太"。

明沅看他，他也在看明沅，他知道澄哥儿是养在上房的庶子，也知道明沅是养在上房的庶女，看着他们去给纪氏送花，心里冷笑起来，这时候再热有什么好处，越是热心热肠，将来就越是冷情冷肺。

雪越下越大，外头砖石道上积了薄薄一层，沣哥儿玩得累了，爬到榻脚上扒着床沿往上爬，明沅在后面抱住他的腰把他往上举，画屏赶紧抱了他，沣哥儿自个和团到罗汉床边上，含着指头侧卧下来，明沅坐到床上，帮他把衣裳脱了，又给他盖上厚毯子。

转身去问画屏："怎的午膳还没摆起来？奶娘嬷嬷呢？"

纪氏那里一砂锅的鸡汤面条往里送，她这胎还算顺当，可这开口也要时候，里头水汩汩流个不停，纪氏心里明白这水流尽了，孩子再不出来就是难产。

她倒是放心的，可女儿在外头却吊着心，坐都坐不住，两只手死死绞着，心里不住涌上不吉利的念头出来，原来不该有这一胎的，是不是要一命换一命？明潼才刚想到这儿，忽地又庆幸起睐姨娘还活着的消息来，她都能生出上辈子没有的人，亲娘自然也可以。

纪氏在里面一声哼哼，都叫她心惊胆战，看见黄氏坐着还能吃茶用点心，碍着是大舅母不好说什么，一口牙咬得死紧，等梅氏袁氏那里都遣了人来问，明潼更是害怕。

她是见过宫里头人生孩子的，跟她同一个房的宝林，姓徐的，人生得圆团团，笑起来两个小梨涡，性子迷糊得很，宫里许多规矩都学得不好，回回进宴，她都跟在明潼身后，学着她的模样做，就怕出了丑。

这么个女孩儿，就是在生产的时候没了的，她的儿子叫抱到了太子妃的身边养着，明潼打了一个冷颤，伸手握住椅背，脸色一片煞白，太子妃赐下来的药，是她眼看着徐宝林喝下去的，那时候她还不知是什么，等喝下去一半，猛然明白过来，喉咙口却怎么也出不得声儿。

这些个往事像潮水一样涌进来，扑得她坐不住，桌上摆的热汤热面一口也吃不进去，还是大篆附到她耳边说："纪家的哥儿也去了安姨娘院里，那头可要摆上席面？"

她说了两遍，明潼才听明白意思，她略稳一稳心神："不必，多加两个菜就是了。"这头纪氏一身身地出汗苦挣，那头还吃什么宴，想到澄哥儿又改了口："上个虾圆豆腐，一个樱桃扣肉，再加个酱烧鸭子，既是过节，总有鸭肉馄饨，余下的让厨房按着份例摆。"

天阴沉沉地下着雪，黄氏坐着也觉得困倦，不住让丫头点了茶来吃，皱了眉头忧心："但愿你娘能把这日子挨过去再生，今儿的名头可不好听呢。"下元水官节，鬼节，鬼节里头生孩子，是真个名头不好听。

明潼那凌厉的性子又冒出头来，这当口哪里还有什么好口吻，劈头便回："天官赐福，地官赦罪，水官解厄。这日子哪儿不好？"当着黄氏的面，使了人去告诉产婆，人能平安就是，可不许为了挨过这日子，折腾了纪氏。

黄氏面上讪讪的，对着个外甥女不好斥责她，到下午便推说撑不住，往厢房里头眯了眼儿小睡去了，明潼坐在椅子上怎么也不肯挪动，安姨娘那里住不得，澄哥儿又不能回来，便叫人把澄哥儿安置在回雁阁里，让他跟纪舜英一处睡。

子时未过，纪氏这里产下了一个男孩儿。

第四十九章

明沅跟澄哥儿是第二日才见着这个刚出生的哥儿的，明潼一夜未睡，却满面是笑，府里一夜之间挂起了红绸，纪氏的房门外头悬起小弓箭，整个府里都知道二太太生下个哥儿来，这是颜家第二个嫡出的儿子！

梅氏袁氏那里都送了采生礼来，两个妯娌备的东西一模一样，只梅氏那一份里，还有一件颜明蓁亲手做的婴孩童帽，额上扎了个虎头，头顶还立了一撮毛扎就的虎尾巴，尾巴尖儿还挂了个金铃铛，很是精致细巧，瞧得出是下了功夫的，这样一件活计没个一月且出不来。

袁氏看着那娃儿就差捂着心口叫肝疼了，心里泛着酸意，先是看一眼白嫩婴儿，再拿眼儿去打量澄哥儿跟沣哥儿，这一府就有三个儿子，往后还不得自这里头过继。

想到这些袁氏肠子都悔青了，早知道就该拣沣哥儿，这会儿不是一样能坐能走会叫人，养得不见生人，长个几年知道谁是亲娘？她一面忧心后院里的通房不生养，一面又想着万一领过来后又有人怀上了，心里拿不定主意，眼睛直往沣哥儿身上瞟。

明沅心头一个激灵，她知道袁氏打的什么主意，左不过是过继，可她也知道纪氏心里是个什么想头，如今有了嫡子，澄哥儿能过继才是最好的一条路，若叫沣哥儿插一脚去，明潼就先饶不了他们。

赶紧立过去掩一掩沣哥儿，引着他去看小娃娃，沣哥儿头回见着比自个儿还小的孩子，稀奇得不得了，含了手指头流了一围兜的口水，看得袁氏直皱眉。

纪氏累了一夜早早睡去，这时候还不曾醒，袁氏瞧见一盆盆的香花捧进去散血腥味儿，咬了牙笑不出来，倒是梅氏，她自个有个儿子，看别人的儿子说一声生得肥壮有福相。

　　见着那些花还道："我那边倒有腊梅开了，这花最香，叫人剪几枝开得盛的来，也不必拿这些杂味儿的摆着了。"

　　她这话还是不中听，黄氏脸上便不好看，这些个话可是她吩咐了搬进来的，可谁不知道颜家这个玻璃美人，也不反口，还是明潼谢过了她："备得急，倒不曾想着，多谢大伯母。"

　　等孩子裹了抱到堂前细看，梅氏张头一瞧，抿了嘴儿笑："生得还是像二弟妹。"

　　像纪氏那就是像明潼，明潼脸上的喜意怎么也掩不住，一叠声地吩咐了回礼，叫厨房预备红鸡蛋跟喜钱，先让黄氏带了回去报喜，那边娘家还得备百家衣作回礼送了来。

　　连袁氏那牙疼似的笑也不能叫明潼的笑意收去半分，黄氏一等着纪氏生下孩子来，分完了赏钱就急着要走，天才蒙蒙亮，就急着回去报喜，等到要走了，这才想纪舜英来。

　　纪舜英是睡在明沅房里的，按理不该这么排，可明潼不在，除了澄哥儿能安排到她屋里头，别个哪儿都不得空，一个明湘也长得知道事了，只好安排到了明沅这里的西梢间里。

　　身边竟连个侍候的丫头婆子都不带，采薇采荻哪里侍候过少爷，俱都束手束脚地干站着不知道怎么办才好。

　　明沅都已经散了头发要睡了，见几个丫头交头接耳，知道是那边事未定，没人理会，明潼又未说明纪舜英要怎么料理，只好仗着自个儿还是小娃，去照顾这个"表兄"。

　　她往那屋里去，是没人拦着的，采薇还松一口气儿，刚才是她往里屋去送茶送水的，纪舜英却板了一张脸，她说话，连应都不应一声。

　　掀了帘子出来就啐一声："还少爷呢，那张脸跟块砖头似的，刀都劈不进去。"吓得采苓九红两个端了托盘不敢进去。

　　纪舜英直了背挺坐在床沿边，只坐了半个身子，不曾挨到引枕上头松快松快，明沅知道他晚上也不曾用过多少饭食，眼睛一转，自个儿坐到他身边。

"采苓去烧热水,九红去厨房烘一副软饼来。"明沅一本正经地吩咐,又拍拍他,"你别急,等我太太生了孩子,你太太就带你回家了。"

纪舜英见着这么点子大的小娃娃似模似样地说着大人话,脸上微微显出点笑意,扭头看看她,见她腿短碰不着榻脚,伸手抱她往上坐一坐。

两个人都没甚个睡意,明沅原来也没这样早睡,安姨娘那里却不能叫他们等得太晚,摆完了晚饭就急急把他们都送回来。

"被子褥子都是干净的,你要想洗澡,我让婆子抬水。"喜姑姑不在,她就得当一面,连采薇都排到后面去,看见纪舜英拿眼打量她,也还大大方方地笑。

纪舜英看看她,又望望窗子外头明潼楼里亮起的灯,觑着无人问她:"你想你们太太生个什么?弟弟,还是妹妹?"

明沅一怔:"生弟弟。"她看见纪舜英脸上一闪而逝的冷笑:"你倒是个聪明的。"生一个弟弟,自然就没更小的来跟她争宠了,可澄哥儿的日子就难过,说着他转过脸去,不再搭理明沅。

明沅心里真希望纪氏能生个儿子出来的,若她这胎不是儿子,她跟沣哥儿依旧还是明潼眼睛里的沙子,只要这胎是儿子,所有人就都安定下来了,该做什么就做什么。

采苓拎了铜壶进来,看见两人干坐,再看纪舜英脸色不好,心里怕明沅吃亏,倒了水把毛巾子搭在铜盆上就上去哄她:"六姑娘来,咱们回去翻花绳。"

明沅只当没听见他那句话,走到门边还转脸问他:"你怕不怕黑的,要不要给你点个酥油灯?"当着丫头,纪舜英不曾说什么,摇摇头,自家脱了鞋子烫脚,吃了软饼漱过口,铺开被子躺到床上。

他身边的奶娘嬷嬷季氏,叫黄氏打发回去了,走的时候季嬷嬷拉着他的手,把忍跟让又说了一次,可他依旧不懂,要退到什么地步,太太才算是真的满意。

纪舜英屋子里原来有个季嬷嬷守着,大丫头都不敢乱来,季嬷嬷一走,黄氏把那些侍候他时候久的丫头都发落出去嫁了,又给换上一拨人来，俱是沾亲带故的，屋子里污七八糟没个正经干事的，季嬷嬷这些年帮着他攒来的私房，也是连偷带换，床底下的钱箱子，一半儿都折腾空了。

他合了眼儿只觉得眼眶发热，他原来是恨纪舜华的，若是没有他，黄氏这辈子就只会待他一个人好，可做得越是多，他就越是心惊。

若没有纪舜华，他恐怕还跟澄哥儿一样，只看见眼前是一团团的堆锦叠秀，哪里知道全是水中月镜中花呢？这个娘，哪里还是娘，倒似是志怪里，披着人皮的虎狼妖怪。

他记性最好，也因着记性好，连原先那些好也记得深切，若能忘了便又罢了，可他分明记得黄氏原先是怎么待他的。

这一回带了他来，不过为着先生说他可勉力一试童生试，算一算到二月，还有三个多月，这几个月里，屋里是绝不会消停了。

纪舜英翻身朝着床里，知道回去了又逃不脱一个贪玩耍不用功读书的恶名，眉头皱得死紧，黄氏越是想将他教成一个纨绔，他就越是不能如她的愿。

安姨娘等梅氏袁氏走了，这才往上房去请安，纪氏睡着了，安姨娘拿了自个儿做的小褂子敬上来，她嘴里除了哥儿壮实，便再无别话，心里却着实松了一口气儿，有了这个孩子，沣哥儿才算是真正养住了。

她不会讨巧宗，生得也只柔顺，比不得另两个姨娘会来事儿，并不得颜连章的喜欢，只好一味地老实听话，敬着正房太太来讨生活，这么个哥儿譬如天上掉下来的，只要养得好了，连明湘往后都不必愁。

纵有亲姐又如何，只跟他处出了母子情分，明湘就是他的亲姐姐，男娃儿能读书做官，再不济还能分得产业，只要他是个有良心的，明湘往后就亏不了。

纪氏生了个儿子，一院子没人不高兴，颜连章那里原就一船船的东西往金陵送，等生个哥儿的消息报过去，他还不知要乐成什么样。

澄哥儿扒着悠车想往里看，纪氏这时候醒转过来，知道自个儿生了个儿子，这一觉睡得又沉又香，转身就想起女儿来，里边一叫，安姨娘立时隔着帘子请了安，连沣哥儿都团着手拜了一拜。

澄哥儿跟了明潼一处进去，明潼抱了弟弟给纪氏看，纪氏侧过脸去看着儿子,澄哥儿扒着床沿也伸头去看,纪氏解开襁褓,从里头握了儿子的小手,交到澄哥儿手里:"弟弟骨头软,你可得轻着些。"

澄哥儿连呼吸都屏住了,轻轻碰一下小娃娃的手,张开自个儿的作比:"这样小,我生下来也这样小?"

"你是足月生的,比弟弟还小,弟弟早生了些,比你弱,你可得待他好。"纪氏伸手摸了澄哥儿的头,眼睛还浮肿着,面色憔悴,眼睛里却有遮不住的笑意。

澄哥儿也跟着笑了,点一点脑袋:"我待他好。"

这个孩子是由着伯祖父给起的名字,就叫颜明灏,颜大伯的字才一送来,袁氏那里就又叫了人牙子来,这回她咬了牙,也不拘什么处子良家了,只要是生养过男孩儿的,能有本事给颜丽章添个男孩儿,便悄悄买了进来。

到得洗三那一日,纪家能来的亲戚都来了,纪家的老太太原也想来,叫儿媳妇们死命拦了,再不许她动弹。

香案上设了十三尊神像,自碧霞元君到痘疹娘娘,压了黄纸元宝当作敬神钱,灏哥儿虽不是长子,却是嫡子,那香案下还摆了一只整猪。

小儿子上头摆了十来样小碟,除了一碟子铜钱,还有枣子莲子桂圆荔枝,除开时鲜的,俱是干货,还都拿红卤浸成了红色。

这些个婶娘伯母,挨着个儿地往喜盆里撒东西,抓一把莲子是连生贵子,抓一把桂圆是连中三元,样样都有口彩好讨,还有拿了金银四方如意锞子扔进去的。

淋过艾条菖蒲水,洗头洗身再拿了大葱往小娃身上拍三下,着人把葱扔到最高的屋顶上去,这才裹起来,拿金头玉身的如意筷子蘸了黄连水喂给孩子吃,等吃得苦皱了眉,再蘸蜜水给他吃,这一套礼行完了才又抱回纪氏身边。

洗婆见着满盆东西喜得合不拢嘴,除了敬神的那些个瓜果点心不曾拿去,几案上一溜儿都叫她收到,既收了东西,吉利话更是不断口,又说灏哥儿聪明又说他响盆吉利,明潼又单单赏了她一个红封。

一屋人热热闹闹,梅氏既是大嫂自然要交际,这回却不能带着女儿出来了,所幸这些个亲戚没哪个不知道梅氏的性子,这会儿就是说吉利话的当口,也没人找不自在,个个都给了喜钱又拿红蛋走。

明沅自然也收着许多东西,她跟明湘两个带了沣哥儿,这些个婶娘伯娘远房亲戚有的能喊出来,有的连明潼都要想一想才能记起来,却都发了一圈儿的金银锞子,还有往那预备好的碟子里抓出来给她们的。

得了这个弟弟,明潼看得跟眼睛珠子似的,立时就动起院子的脑筋来,她再没精力去管一个庶妹,这个弟弟跟澄哥儿都得长在她跟前才好。

纪氏院后的小院子急三赶四地理了出来,纪氏知道了却皱了眉头:"原把六丫头安排在你那儿便是想有个人看着,如今这么着,她一个人住得也太偏了些。"

回雁阁确是府里最边角的地方,明潼喜欢那儿就是喜欢那院子里的楼,重檐挂了铜铃铛,风一吹很是悠远,如今哪里还管得那些,她一沉吟:"便把绿云舫边的湖心院子给了她吧。"

第五十章

那个院落原是纪氏预备着给明潼的,东府的正中,过得一道九曲桥,就在湖心小洲之上建起来的院子,四季景色怡人,院子开阔,临水还有一间水阁,落地木门一开,对着水面既能弹琴又能垂钓,院里种的十七八种花,没一季是断了花香的,有楼有阁,倒是真正闺阁千金该住的地方。

纪氏微一怔,见女儿不似说笑,伸了指头点一点她:"又作怪,这院子给了她,便不能再收回来了,你可想好了,娘还预备着把那儿留给你呢。"

纪氏私心里最好的自然是归了明潼的,可明潼却怎么也不会再踏足那个院落,湖心院就是她生命最末两年待的地方,她是在那儿断的气装裹了抬出颜家门的。

"娘不是说我该待妹妹们好些,不过一个院子,给了就给了吧,我只同娘跟弟弟住在一处就成。"再奢华讲究的宫室她也住过了,太子宠爱她的时候,她院儿里的太湖石比太子妃的也不差什么了,碗盆勺筷,哪一样不是玉身金头的,这些东西留不住,守着亲娘弟弟才是正理。

女儿变了,纪氏自然知道,可她也知道变的是"皮",不是"里子",可纪氏却不再强求,也不是真的把她那性子拧过来,能做得个模样,大面儿上过得去便罢了。

倒是明潼让院子给明沅,只当她是真的变了,心里却又不舍得起来:"傻囡囡,要你待她们好,却也不能这样掏心掏肺,把心养大了,从院子到房子,还有哪样不要,该给,给多少却不能这么没数。"

明潼翘了嘴角笑一笑，一手托着灏哥儿，一手抚在他身上，见他睡得香，嘴巴一嚅一嚅地动，伸手点点他，脸挨过去碰碰他的嫩皮，抬起脸来甜笑："娘，我真怕把他碰坏了。"

纪氏立时就笑，女儿哪曾有过这模样，便把这事儿丢开手去，一个院子罢了，既能进去，就能出来。

搬院子的消息一送来回雁阁，采薇头一个先跳起来："真个！真个是湖心院？"她笑得眼睛都眯缝起来，看了赏急急张罗起理东西，嘴里还一叠声地点着好处："那可是好院子，往常只听说过，还没能进去瞧过呢，咱们姐儿真是有福气。"

明沅才写完一张大字，搁下笔让采苓提起来挂到衣架子晾干，听见这句先是皱了眉头，她跟这些个丫头处了快一年，藏着掖着小心翼翼地问话早就收了去，直通通问了出来："这院子一向空着？"

采薇停下脚步，手里还抱着攒心海棠盒子，扭身奇道："这院子原说是给三姑娘的，三姑娘嫌它临水，一日都不曾住过呢。"三姑娘历来有些古怪的，可她是太太的嫡亲女儿，说出来的话自然无人反驳，她说临了水不好，便不曾挪过去住。

绿云舫那一块算是院子的中段，景色最好的地方，怎么也不该归了她住的，明沅抿了嘴儿，提起笔管蘸了墨，采苓早早铺好新纸，她一笔下去，手稳当当地横直："采荻跟采薇先去瞧瞧，把主楼留出来，咱们还住在小楼里。"

采薇一怔，没想到这一茬，想来也不会把这么个好院子给了她们姑娘，定还是要等着三姑娘一道搬的，她们先去可不能大刺刺地把主楼占了，到时候再搬出来，脸上可不难看？

喜姑姑也是一样的意思，纪氏那里甩不开手，她有一半日子住到了正院，可心里还是记挂着明沅，上房里才说分派院子的事儿，她立时就知道了，赶紧差了身边侍候的小丫头过来报信，就怕屋里没个拿主意的人，叫人耻笑了去。

喜姑姑那儿的巧月一来，采薇便知是吩咐她们，听见果然如明沅说的，抓上一把果子点心给她，送了她出去，回来就叹："还是六姑娘聪明，咱们便想不着。"

采薇人有些钝，脾气还急，可这样的性子，在她身边待了没多久，便一心把她们当作一派的，明沅抿了嘴儿笑一笑："哪里有我动姐姐却留着的道理，把东西点一点，别叫喜姑姑再差人来，她的活计也不轻省的。"

明沅在回雁阁里住了快一年，这一年可实不是什么好日子，这屋子背阳，夏日里还阴气森森的，太阳落西晒，屋子里就跟蒸笼似的待不住人，蚊子还多，早早罩起了纱，夜里睡前得拿艾草熏屋子。

拿铜盆点上艾条，关门关窗里头不站人，等艾条全烧光了，开了门透透气，这样夜里才能睡一个好觉。

以为过了夏天就好了，谁知到了冬日里却又一丝太阳都不见了。更不必说落雪落雨的时候，地上铺了厚毡子也还是阴湿，墙上返潮出水，屋缝还得散上石灰粉，连被子上都是湿气。

喜姑姑怕明沅这样小受不住，日日都要把大被子抱到院子里头晒，傍晚才收进去，碰上雨雪天，被子底下架火盆儿，拿炭火熏褥子，烘得干热了才往身上盖，等纪氏那里发了皮子，干脆拿皮子作衬里缝被子给她睡，便不怕屋里太潮把被子霉坏了。

如今好容易要换屋子，哪个丫头不高兴，明沅心里长长出了口气，她每回写的字上面湿淋淋的墨意，得晾好久才能干透。

床是纪氏赏下来的，自然要带着走，余下这些个家具，却都不是她的，她这里说要挪屋子，上房又没个准信过来，少不得还得采薇走一趟，问问上边是个什么章程，里头这些东西又能怎么论。

已经给了她好院子住，家具上头便差着些了，正时兴黑漆嵌螺贴贝的，什么瓷画山水凉床，什么万字不断头的雕花五件绣墩座椅。

纪氏没工夫管得这些，由着明潼把库里的家具拣点一回，挑了成套的十三件的家什送到湖心院里，这便是给了明沅的了。

采薇跟着人去收点，一看便有些挂脸，却不敢露出来，还问那抬家具的婆子是不是弄错了，那婆子倒赔笑脸："吩咐下来就是这套，打库里出来的，咱们怎么敢乱抬呢。"

采薇摸了赏钱出来，看这一套家什，罗汉床、方角橱、长交椅、飞鱼几……样样都不少，却只两张玫瑰椅上各嵌了一块云石屏，余下的桌椅上头连个雕花都没有，过于简朴了。

咽了这口气，回去就撺掇起明沅来："姑娘说一说去，这怎么像个姑娘家的屋子，定是这起子人听见一句就借了势了。"

采菽抿抿嘴儿，等采薇出去了，借着给明沅添水，低声提了一句："既是点出来的，库里头都已经造了册了，再要换可不麻烦？太太奶着哥儿呢，姑娘使着不顺意也且忍一忍吧。"

明沅从一日三张字，写到了一日十张字，她落笔慢，一笔笔都思量好了才下手，十张字要写大半个上午，那头家具已经抬掇出来了，她才写完最后一张字，听见采菽说的，抬头冲她笑一笑："我省得，有床就是榻，已经得了便宜的，可不能没谱了。"

等纪氏问到这些，这才皱了眉头："可也太素了些，那屋子本就大，摆得这几件儿太空了，你三姐姐怕是按着自个儿喜欢的给你拣了家什，这么着，叫库房里给添一座山水的大屏风吧。"

东西也不是明潼一件件看了送过去的，库里的东西都分着等，她只说往几等的里面挑出来便是，说给一套素净些的，衬着屋子开阔，下头人便把这话办到了十分，纪氏知道是女儿没尽心，拿话给她兜圆场，却不肯说明潼办错了事。

明沅坐在榻脚上伸头去看灏哥儿，拿手摸摸他的小胖手，抬头冲纪氏笑一笑："不空呢，大屋子给姐姐，我住南边的屋，再多可挤不下了。"她是真喜欢这套家具，那一重重的雕花反而繁杂了，这样四方的家具正好，看着就大气。

她这句说了，纪氏面上更好看，却也不说破，只让她把正屋空出来，权当明潼往后还会去住，心里喜欢明沅识趣，来了这些个日子，再没甚事儿做得不得体，摸摸她的头："庄上头才送来的野鸡，叫炖了汤给沅丫头送了去。"

寒天腊月里，得这么只野鸡可不容易，明沅赶紧谢过，再去看灏哥儿，点点他的眉毛："像三姐姐。"

纪氏合不拢嘴地笑，她原来只养了明潼一个女儿，打小就懂事，再养了明沅又是个懂事知礼的，寻常小儿如何说话做事倒不分明了，连带着明沅身边的丫头，也渐渐晓得六姑娘是个有主意的，喜姑姑不在，那些丫头也不敢自个儿拿主张，有事儿还得回了她。

明沅一日比一日更显得懂事些，这一年下来，旁人只当她是真的晓了事，也不再纳罕，只说是太太这里教养不同，再比一比三姑娘七八岁跟着理家事，六姑娘这模样也只平平。

明沅要的就是不出挑，前面有明潼，她自然比不过去，安稳稳地挪了屋子，不必架屏风屋子里就暖融融的，吁出一口气，指了婆子把飞鱼几搬到临着湖的窗户下边，往后写字读书累了都能抬起头来看一看。

她在院子里逛了一圈，更加庆幸自己把主楼留了出来，景色这样好，想不通明潼为甚不喜欢，回雁阁窄小逼仄，这儿是两幢小楼，前边见山，后面倒影，两楼各有特色，隔着湖水好一番景致。

采薇虽知道主楼更好，却不再说要挪过去的话，直到安排屋子的时候，跟采荻两个商量："三姑娘的楼给空着，那几间耳房可也得空出来？左右她们又不住，咱们的东西挪起来也快些，卷了铺盖便是，白放着岂不可惜了。"

在回雁阁，明沅的屋子总归是大屋，倒还好些，下人住的屋子本来就小，再一透湿气，一股霉味儿散不去，采薇还说住的人身上长蘑菇，到了这地方自然想占好些的屋子。

里头尤其九红受不住，穗州冬日里也还暖和得很，到了金陵，九月末就打霜，十月天干脆下起雪来了，冷得冻人骨头，厚棉袄发下来之前，先穿了采苓的旧袄子，就这么着还冻得在火盆前打颤，一个冬天还没尽，人已经病了两回。

还是采荻拆了自己的一件旧袄，把两件衣裳的棉花做了一件，给九红穿到身上，才勉强得过，这会儿挪院子，她头一样高兴的就是总算有朝南的屋子好住了。

院子里架起了晒衣架，趁着天好日头足，衣裳被子全晒了出来，使了铜钱叫婆子帮着搬箱子，原来使的竹箱好些个叫湿坏了，里头的东西都铺出来晒在地上，开阔的一间院子，叫这些玩意儿塞得满当当。

既分了新院子，各处就又要补上新人了，灏哥儿的养娘丫头要添，澄哥儿这儿原来就没人，也得赶紧补上，明沅这里单开了院子，总也得补几个三等的。

　　喜姑姑抽空过来一瞧，知道这一年委屈几个丫头，拍板儿把屋子定下来，采薇采荍一间，采苓跟九红一间，她自个儿也预备一间，等采茵回来，再多留一间。

　　颜连章卸了任回来述职，穗州房子里头的东西俱都先装了船运回来，连着看守屋子的丫头婆子也一并派回来，纪氏那里的凝红才回府，还不及坐下吃茶，急忙忙赶到上房去，叫云笺一把拦住了："这一身的灰，可不能进屋子，三姑娘特地吩咐着的，赶紧把衣裳换过再去请安。"

　　凝红一跺脚，嘴巴附过去，云笺只听得一句就抽了口气，拎了裙儿跑回去，明潼许久不曾动过针线，这会儿正比着明蓁做来的婴儿帽，按花色做成配套的小衣裳，看见云笺急匆匆进门，抬首才要问，就听见她说："三姑娘，程姨娘回府了。"

第五十一章

明潼一针扎进红绫里头,云笺轻叫一声,待看见她没伤着手,又往后退了一步,犹疑道:"姑娘,可要去回太太一声?"

明潼抿了嘴巴,搁下那件小褂,拿布遮住了绣箩,立起来抻一抻衣裳:"我去,正好瞧瞧灏哥儿睡醒了没有。"说到弟弟,脸上竟还带出点笑意来。

云笺跟小篆两个一个给她披上斗篷,一个给她揣上手炉,打了伞往正院里去,原来纪氏后院的门是锁着不开的,如今女儿搬到了后头,那道门便也派了个婆子守着,远远看着明潼从院子那头走过来,赶紧把阶上的雪扫一扫,没到门边就殷勤道:"三姑娘仔细滑脚。"

明潼眼睛盯着上房,还是小篆冲那婆子笑一笑,婆子弯了身送上两步,这才退回来,把手插到袖笼里头取暖。

颜家虽在金陵住得久了,骨子里头还是江州人,男娃儿该做双满月,女娃儿才是单满月,纪氏按着丈夫老家的习俗给灏哥儿办了两个满月礼,这会儿正预备着请客单子,明沅窝在纪氏起居室里的罗汉床上扎花儿。

明潼进去先给母亲行礼,再去看一看悠车,灏哥儿醒的时候少,这会儿又在睡,明潼却还是在悠车边瞧了好一会儿才又坐到罗汉床上去,明沅便把自己扎的五瓣儿梅花拿出来给她看。

帕子边角上三朵梅花并在一处,用色简单,拿黑线勾出边来,她只在里头填上色,再拿黄线绣上几点黄蕊,一张帕子就算绣得了,明潼见了掩口一笑:"这样粗粝,可真不如明湘,她的活计倒做得好。"

明沅如今可不一味地老实不说话了，尤其是当着纪氏的面，伸手缩回来："就是四姐姐教我的，等能把梅花从三朵绣到七八朵还在这框里不出来，就绣得好了。"

纪氏自案前抬了头，笑着看了女儿一眼："又招惹她，你自家手懒，倒说道起手勤的人来了，我看六丫头就绣得很好。"

自灏哥儿出生，这个姐姐大约是真的松了弦，她这一向顾着弟弟，连明蓁那头都照管不上，明沅再去西府，她也少过问了，原来是十日里头去一日，如今倒好五日里去一日了。

明沅这个帕子就是绣了送给明蓁的，上回在她那里看见的打籽针，她没学会，回来告诉了明湘，明湘倒会了，手把手地教了一回，拿这个细密密地攒在鞋头上，不细看，还当是缀了一排米珠儿。

穿着大红绫裙子，底下拿大红光素缎子做鞋子，鞋头用三种盘金线，明湘绣了十多日才只得了半片云头，预备着给纪氏做一双软底子睡鞋的，既好看又轻巧，比那缀珠带玉的要实用软和得多。

安姨娘惯常在这些上头下功夫，纪氏身上穿的就没她没做过的，小到小衣袜子，大到裙子外裳，她时常有孝敬，明沅往栖月院里去看沣哥儿，安姨娘一多半儿工夫都用在针线上。

当娘的这么做了，女儿也跟着学，明潼知道明湘活计好，可不就为着她时常送些小玩意儿过来，前儿才刚送了一只五彩凤凰展翅的小锦枕头过来，明潼看着做得好，转手就送给了明蓁。

明沅知道明湘是想去西府的，哪怕是去瞧一瞧明蓁那儿几个嬷嬷带出来的宫花样子，可没人带了她去，她实不好张这个口，明沅心里感激她跟安姨娘尽心照顾沣哥儿，虽然知道她们未必不是抱着私心的，可沣哥儿跟着安姨娘，实比跟着眯姨娘要安生得多，便有意在明蓁那里提了一句。

明蓁是处处周到的性子，晓得那锦枕是四妹妹亲手做的，连宫嬷嬷都赞了一句，想着自来不曾请她来过，亲手写了小笺送来，办个冬宴，请一家子姐妹都去聚一聚。

"虽是办的冬宴，西府里的花儿却不少的，我倒记得库里有一对玻璃盆景，拿出来作礼送了去，大节下的，讨个喜气。"灏哥儿双满月前先是腊八节,明蓁把日子就定在腊八前,纪氏因此才有这么一说。

"我记着有一对鹅颈的花樽,里头插的水晶球白菊,跟大姐姐的屋子正相宜,怎不拿了那个去。"明潼自纪氏的绣箩里头翻出一双没做好的小儿袜子,帮手缝了两针,听见纪氏笑一声:"那个给了你六妹妹了,她那间屋子也不曾隔断,拿屏风花插挡一挡才显着实些,那一樽白的,怎么好送人。"

明沅知道明潼跟纪氏有话说,扎了三朵花借口要去给明湘看,收拾了东西出去,纪氏知道她要去安姨娘那儿,让琼珠拿红漆点心盒子装了一匣子内府造的玫瑰糖饼:"家里才送了来的,叫四丫头也尝一尝。"

安姨娘带了沣哥儿,纪氏待她是越来越看重了,连带着明湘也得了好,纪氏这里有的原只往明沅屋里送一些,如今每个屋里都送上些。

明沅系上大红斗篷,戴上风帽,由着丫头开道,一路行经花廊往安姨娘院子里去,这条花廊是府里要道,一日要扫上几回雪,撒上粗盐化雪。

一路行得顺畅,到得落月阁前,见门前积得厚厚一尺雪,都结了成冰,知道是再无人来,连扫道的丫头都不往这儿花心力了,心里叹一口气,加紧了步子往安姨娘院里去。

沣哥儿跟明湘两个临窗对坐正念《弟子规》,明湘手上做着活计,嘴上念出两句,沣哥儿手里捏了布老虎,也应和着跟着哼哼两句,他还不能说整话,可听得多了,上句一出来,下句他就知道了,只他说的少有人听得懂。

明沅一进门,沣哥儿扒着床沿下来,跌跌撞撞几步过来要她抱,明沅半是架半是抱地拖了几步,到底力气不足,放他下来牵了他的手走到床沿边坐下,见明湘手里还拿着大红光素缎子在做睡鞋,吐吐舌头:"绣了三朵花我便不成了,还是四姐姐坐得定。"

说着把纪氏给的内造玫瑰饼拿出来,上边刻着印记,确是纪府送出来的,按着纪老太太爱的宫里方子做的,也只纪氏那儿吃得到。

明沅拿了一块饼,分得一半儿喂给沣哥儿吃,明湘赶紧放下活计,倒了蜜水来,又给他围上围涎,明湘如今才是真心疼爱这个弟弟了,她不懂纪氏打一个抬一个的做法,却知道自沣哥儿来了,她跟姨娘的日子好过起来。

头一样就是银米,沣哥儿一月有八两的份例,这原该是年纪再长些的哥儿才能得着的,纪氏不欲人说她刻薄庶子,一早儿就把沣哥儿该得的份例给了他,原来他在亲娘身边,这钱就是给睐姨娘的,如今她养在安姨娘身边,这钱自然进了安姨娘的口袋。

他一个得的抵得明湘跟安姨娘两个,一年的米面炭肉更是不少,再加上没安姑姑外头里边两面跑着传话要东西,安姨娘脸上笑影都多了。

哪怕是抱来的弟弟,这母女两个也想把孩子养住了,有些个事儿不必纪氏伸手,安姨娘就先帮着挡掉一半儿。

庄头上到了年节总要送收成过来,鹿羊猪鱼这些活物不说,还有五谷干果,东西一多半儿折成现银,只略送进几车来让府里人吃用,睐姨娘使了银子让小莲蓬能跟车过来,再把睐姨娘的份例领回去。

她是发到庄子上头思过,名头上还是姨娘,那份子份例总要给她,庄户上头除开大小庄头,哪家一月能有二两银子花用?她手上银钱一多,日子也跟着好过起来。

小莲蓬既来了,自然有东西送进内宅,一件做给沣哥儿的百衲衣小袄,一件给明沅做的六幅小裙。

这两件东西若是正正经经送到纪氏面前,定然就给了,她没甚个好藏好掖的,送下去就是,也不必非说是谁给的,可睐姨娘却非要绕个弯儿,到了安姨娘这里,托她送给明沅,便一直都压在箱底下,再不曾拿出来过。

纪氏未必不知,却不说破,她心里是想叫安姨娘长久养着沣哥儿的,可安姨娘却怕哪一日睐姨娘回来,这个孩子得还回去,提着心恨不得沣哥儿只记着她。

明沅半点也不知道亲娘给送了衣裳回来,明湘却知道一些,不敢抬眼去瞧她,拿碟子接着沣哥儿吃掉下来的饼渣,把话头引到明萦那里:"大姐姐请宴呢,咱们预备些什么去好?"

"太太叫我带了红玻璃盆景去。"做客也不能空手上门,明沅想了会子,实没甚个好送的,她原来预备的绣活儿也拿不出手去,只好眼巴巴地瞧着明湘:"你送什么给大姐姐?"

明湘抿了嘴儿笑:"我前儿做了个六角宝仙花的荷包,拿这个去送给大姐姐,竖横是头一回,再不好空着手的。"

"大姐姐过几日就要做生日的,你这会儿送了,到时候送什么?"明蒅是大年初一生的,生的时候便说她是贵人相,梅氏并不拿这些当作好口彩,她身边侍候的丫头也俱都通些文墨,宅子里并不曾有人传说些甚,还是宫里头的嬷嬷们来了,这才说她生下来就该是贵人,这一回的生日想是得大办一场。

这两个小女儿凑在一处发愁送些什么礼,纪氏的上房明潼却在忧心着程姨娘回来的事,她提了这一句,纪氏先是一怔,写礼单子的手顿了一顿,一滴墨落到红笺上,再擦已是不及,这一整张都废了。

把笔搁下来啜一口茶,抿了唇儿笑一笑:"一个在家的居士,也值得你大雪天跑一回,给你弟弟那件小衣裳可有半只袖子了?"

纪氏想着磨磨女儿的性子,便叫她做衣裳做鞋子,给沣哥儿和颜连章做,字写得再好又如何,往后嫁出去看的却不是字,还得看手上的活计鲜不鲜亮。

明潼一噎,她来的一路想了七八种法子,为的就是不叫程姨娘进门,只要进了这道门,她就能生是非,把她拦在外头,再找个女尼庵堂打发了就是,要生要死只在外头,却没想到纪氏根本不拿这当一回事。

"原来她去念经就是为着祈福,如今回来,难道府里的福气就够了?把西北角的清音阁给了她,让她在那儿念经。"纪氏搁下茶盅儿,提笔蘸了墨,重又抽出一张撒金红纸,就在这上头写起礼单来,得了哥儿,娘家送了这许多东西来,她这儿的回礼也不能简薄了。

明潼只觉得一腔火气儿没处发,母亲这不动如山的模样却让她一时平静下来,打发得远远的,果然还是能起幺蛾子,就按在眼皮下边,叫人把小院团团守住,每日里青菜豆腐,她一没人,二没钱,哪里还能翻得起浪来。

明潼嘴巴一抿,露出点笑意来,她是急躁了些,原来还稳得住,到了金陵离皇城一近，心就跟吊起来似的，眼看着上辈子那些事一件不落地行进，再有亲娘生下个弟弟来，倒让她把事缓则圆的道理给忘了。

　　站起来笑晏晏道："哪儿只有一只袖子，两只上头的金边儿都绕好了。"说着又原路回去，才出了后门边，捏一捏云笺的手："请乐姑姑过来一趟。"

第五十二章

明沅房里采茵跟着船一道回来了,她拎了包袱就先来给明沅请安,见原来连话都说不囫囵的六姑娘正正经经端坐在罗汉床上,挨了绣枕扎花,见着她来搁下绣活,两手摆到膝上,笑盈盈地端问一句"路上可艰难",已是全然变了一番模样了。

采茵不由得就恭敬起来,规规矩矩磕了个头:"请姑娘的安,路上倒好,并不曾波折,房里头的东西也都跟着运了来,都记在册子上了。"

说着拿册子出来,却不是她记的,是管事给记的,原还想着要交到上房去,如今一看明沅都能独居一院了,想必是自个儿管了院中事,便把这个拿了出来。

九红急巴巴地接过去,有心想问一问采茵她那些个月钱可寄回家了,可碍着一屋子人不好急着问,册子递上去,立在明沅身边,两只手指头绞个不住。

明沅也不伸手去接,照着规矩这些个东西她是不能沾手的,只点了头:"采薇收起来吧,等姑姑回来交给她打理。"说着又指指九红:"你带了采茵下去,院子里几道门认一认,门上甚个规矩也说一说。"

九红面上发红,知道是明沅放了她问,撵在采茵后头帮着提包,没出得门就听见采茵笑:"你可真得脸,穗州宅子里哪个不晓得六姑娘好性儿,竟还帮着你捎带月钱。"

这倒是实话,买来的丫头这辈子就断了根,买人的时候给的那笔银子便是这辈子断了念想的意思,若是离得近,倒还有家人寻上门的,丫头们若不出去,也没人说道,倒是那一味给钱的还要落着同屋的耻笑。

似九红这样念着家人的更少,她买进来时,已经定了契,往后生死再不相干,生恩养恩十两银子卖断,若换个主子,她这样的丫头再不肯要,一门心思记着家里,哪里还能尽心侍候主子。

她统共三百枚大钱,攒得一季还得再多饶些才够一两银子,这点子还不够车马费用的,若不是借着主家常来常往的便利,便是把眼睛望穿了,也没人给她寄回去。

也只有明沉念着她想家,肯让她捎钱回去,心底里还有些同病相怜的意思,九红起码能画个圈,知道家在哪里,说不得往后有了个造化还能回家,她是这辈子都回不去了。

九红晓得自个这模样是不规矩的,这儿吃得好住得好穿得好,哪一样都比过去强上百倍,原来一年也吃不上一顿肉,如今顿顿都不少,那些个果子点心,每日价厨房都要送上新的来,姑娘不吃,全落进她们肚里。

打小买进来调理,当了差领起月钱来日子才算得好过,有那当了丫头一两年的,渐渐也就忘了本,有的还挑剔起吃穿来。

可她自来就想着家,便不能回去,也想让家里好过一些,一个子一个子地攒着月钱,角门口时常有货郎摇着响鼓叫卖,九红自来不去,她这个年纪的丫头,已经开始涂脂抹粉了,她用的也只有一罐子油膏。

便这些也还捡着采薇不要的,采薇见九红出去了,还点点她:"认死理儿的样子,这下子可好,再没人去穗州了,姑娘且不能再由着她。"

采薇性子躁脾气急,人却是好的,常念九红两句,可有甚个东西总也给九红捎带上一份,自家穿不了的袄子裙子,旁人一个都得不着,全给了九红,连旧些的绢花绒花也都给了她,倒把她当妹妹看待了。

嘴上不留情,心里却软和,实是怕她把手上的钱掏空了,往后过不得活,又因着打了明沉的旗号带东西,狠说过她几回。

明沉只抿嘴笑一笑,人能有个念想终归是好的。

湖心院南屋布置好了,住得很是适意,三间屋不曾隔断,显得开阔疏朗,一面临着水,下起雪来倒有些白地黑水的意思,湖旁横出几枝红梅骨朵,一点艳色染在眼中,明湘看了一回,就在手边描摹,她是学画的,这番景色在栖月院里再见不着。

明沅知道她学画也有三年了,她那儿旁的少见,画册最多,院里有些个景致她也涂抹两笔,只自来不敢拿这些呈给外人看,还是明沅同她亲近了,她这才拿了册子来同她翻看一回。

明沅见她在窗前留恋不去,拉了她的手笑:"我这儿墙都还空着,四姐姐给我画四季景色,我好轮换着挂上去呢。"

明湘的画技比绣花更出色,工笔尤其出色,却少见她拿出来,得了明沅这一句,羞得满面通红,抿了唇儿半晌不语,隔得会子,这才点头允了。

可等明沅问她为甚不送一幅画给明蓁,明湘咬了唇儿:"大姐姐画得才是真好,我怎么好在她面前现眼。"

纪氏知道了也不过当她们是孩子玩笑,便是画得好,也有限,转身就吩咐卷碧去库里拿一幅彩鸠玉兔图出来:"送出去裱了,给明沅房里挂上,可也不能太空了。"

明湘垂了眼睛,等出去了,明沅才拉她的手,用央求的口吻安慰起小姑娘来:"我还是喜欢大雪天里一枝红梅花,你画了给我吧。"明湘虽没抬头,眼睛却瞥过来看她,嘴巴一抿露出一丝笑意,头微微一点,算是应了。

既搬了院子,几个姐妹都要过来暖房,连明潼都来了,澄哥儿写了一幅大字,兴兴头头地抱来,铺在梨花木的大几案上,为着这幅字儿,他写废了一卷纸,这才把最好的一幅给挑出来。

这副楹联算是把他肚里知道的俱都翻了出来,还特意请教了师傅,挑了书里头好意头的联句,写了七八幅,还先来瞧过屋子,见着一窗水景,把最应景的那幅送了来。

"清风明月本无价,远山近水皆有情。"清风明月自有,远山近水也同在亭前圆罩门的框景中,明沅很喜欢这幅字写的意头,也不拘是从哪儿摘来的,着人裱了,当天就挂起来了,还求了纪氏想刻在柱子上。

纪氏捂了嘴儿便笑:"原是落在你这儿来,怪道他日日打转,连北边都去了一回,请教起伯祖父来。"不独明沅得了,人人都得了一幅,明沅这里裱了起来,明湘那儿也跟着裱起来挂上,澄哥儿得意极了,连颜家大伯也跟着要一幅去，真个差人拓刻了要挂在屋里。

为着这事儿，袁氏不知背后骂了几回，心里更怕纪氏是有了亲生子，要把澄哥儿塞过来了，那时候看着千般好，如今样样不如意，公公开了几回口，都叫她一把鼻涕一把眼泪给推了，万般不如意都怪起后院女人的肚皮来。

明潼送了一张金徽玉轸断纹琴，垂上丝绦或是挂或是摆都使得，明湘摸了一回就道："得亏她不在，若在还不赖在你这儿不走了。"明洛是习琴的，原来同明湘同住一院，分开得久了还有些想念。

明沅想到明洛那不让人的性子，也跟着笑起来："到时候你作画，她弹琴，我呀，就挨在绣榻上午睡！"

兄弟姊妹都送了贺礼来，明蓁那儿也预备了，她送了一对儿白兔一对儿黑兔，四只小东西一送来，头一个放不了手的竟是澄哥儿，挨着墙角给造了窝，他还怕四只兔子冻着了，捧在手里要抱它们去室内暖一暖。

明沅干脆送了他一对，连着细竹笼子都一并带走了，这一对小兔不过手掌大，生得毛团团的，还系了彩带铃铛，一动就一阵铃响，毛长得脸都瞧不见，在竹笼里头不停嚼着菜叶。

明沅把养兔子的活计交给了九红，冬日里她再派不上用场，养一对兔子倒还轻省，对她来说算是南人在北边过冬，金陵还湿冷，一入了冬雪就未曾停过，明沅还不曾穿上厚袄，她先一层层穿起来了，恨不得抱着汤婆子过。

大丫头屋里是能烧炭的，原采茵没回来的时候，几个小丫头挤在另一床上，九红抱了被子跟采薇一处睡，如今采茵回来了，她们只好睡在榻脚上，挨着个轮流早起拎热水，一早上还得送明沅去读书。

明沅自家炭分用不完，她晓得安姨娘那里是要饶出去换钱的，她这里便一块都不动，让小丫头屋子里也能烧起炭来，让采茵记数，均够一冬天用的，有多的再存起来。

湖心院离绿云舫近得多，早上好多睡一刻，这回轮到明沅等明湘了，两个约在绿云舫前那条廊道里等，牵了手一处去上学，下了学再一处去给纪氏请安，吃了茶点心，便再回去上课。

三日有一日读半天书,明沅就请教起明湘学画来,光是运墨五色就够她学的,明湘对着窗画雪景,她也跟着册子描线,天一笔地一笔地画出柳枝竹子玩。

冬至腊八转眼过去,明沅在小院里头闲适度日,过年守岁,初一拜年,还往纪家又去一回,这回却没见着纪舜英,说是病了,连年都没过成。

纪氏这回回去不可同日而语,灏哥儿裹得严严实实,只露一张白胖脸蛋儿,抱在纪家老太太手里,哼哼一声尿了老太太一身,一屋子人笑得东倒西歪,老太太还高兴,给包了个大大的红封。

明沅挨在明潼身后跟澄哥儿两个团手说吉祥话,收了满满一荷包袋的压岁钱,金银锞子都有百来个。

澄哥儿跟纪舜华两个在厅堂花织毯子上拍牌子,纪老太太笑眉笑眼儿地拉了纪氏的手,亲亲热热搂了她的肩抚着她的背,一只手还扯住明潼:"如今我可算放下心事了。"拿眼儿往澄哥儿身上一溜,捏捏纪氏的肩:"那一个,你预备怎么办?"

明潼一怔,听见纪氏笑道:"原来怎么着,如今还怎么着。"说了这一句,指了丫头:"把英哥儿那一份给他送了去,可别落下了。"

老太太安然点头:"这才好,你能这么着,我就是立时闭了眼,也没什么好挂记的了。"纪氏立时啐一口:"祖母再不能说这话,过路菩萨听见了,只当是我不孝,折我的寿数呢。"

明潼立起来就呸一声:"母亲往常教我规矩,怎的自个儿倒不守,节里说起这些个来了。"虎了一张脸把老太太逗笑了:"看看,你丫头心疼你呢。"

明沅正看着,纪舜华上来就掐了她的脸,掐得她皱眉头往后缩,这才松开,明沅捂了脸颊,澄哥儿生气了:"你做甚欺负六妹妹!"抱了手不肯再跟他玩。

纪舜华是淘气惯了,听见澄哥儿不理他,也昂了头不理人,澄哥儿拉了明沅往桌前去,拿了块栗子松仁卷儿给明沅,看她白嫩嫩的脸上红了一大块,给她吹吹气。

纪家的老太太见着重孙淘气,合了眼儿长叹出一口气来,等不听见明沅的哭声，眯眯眼睛："这个丫头，倒皮实。"

纪氏皱了眉，招手就把明沅喊过来，果真掐得不轻，伸手给她揉了，明沅心里虽不计较，到底是恼火的，偏偏黄氏当没看见，她知道不能惹事，坐着挨住纪氏。

纪家老太太见她竟不诉苦，伸手摸了摸她的脑袋："是五岁了吧，该是属羊的，玉螺，把我那只青玉羊拿了来，赏给这丫头作耍。"

老太太记错了，却没人挑她，明沅还赶紧站起来谢了赏，把老太太赏的那只玉羊双手接过来装到荷包袋里，带回去就摆到了几案上。

眼儿一瞬，立春就过了，安闲的日子过得一日便少一日，算算日子，颜连章就要回来述职了。

第五十三章

颜连章到家的头一等大事,就是带着灏哥儿行全礼,他人不在金陵,这些原该免了去,可这是盼了快十年的嫡子,颜连章接着信的时候,喜得在书房里搓了手来回打转,知道纪氏在六榕寺里求过签,真个往六榕寺去给菩萨捐了金身。

不光给菩萨贴了金,还给寺里捐了百斤香酥油,莲灯僧衣僧鞋还有素点心更不消说,这些事儿原是交给张姨娘办的,她虽不敢怠慢,却不曾办过这样的大事,略有些差错,颜连章立时申斥了她,冷了三两个月没往后宅踏。

原来澄哥儿沣哥儿时候不曾行全了礼节,此时俱都列了出来,他在船上就想着这事儿,下了船也顾不得后头的女眷,全扔给高平高安,还没往伯父那头请安,一路快步进来,就为了先看儿子一眼。

灏哥儿已经半岁大了,骨头虽还软着,翻身却很顺当,纪氏屋子里一天炭火不断,烧得一室春暖,花圃子里头的绿枝才发出细芽芽来,纪氏屋子里的惠兰花,连着一个冬日都开着花。

灏哥儿在屋里头就穿着秋天衣裳,抬头翻身俱都会了,被人扶着就能稳稳坐起来,日日都用一碗牛乳蛋,吃得白胖胖的,见着人就会张嘴咿呀。

这样的儿子抱出来,颜连章怎么不爱,上手就要抱他,叫纪氏一把拦了:"换了衣裳洗漱过再来。"

灏哥儿正坐着去抓褥子上铺开的红布老虎,听见帘子响动抬头去看,细脖子上面顶着大脑袋,穿一身百子婴戏的大红衣裳,见着颜连章,并不识得他,却冲他咧了没牙的嘴笑得眼睛都眯缝起来。

颜连章恨不得一步三回头,草草把衣裳换过,拿热巾子焐暖了手脸,一把把儿子抱起来,灏哥儿先是瞪大了眼睛,见着自个儿忽地高了起来,呀呀两声,只当是玩,咯咯咯地笑开来。

一串孩子接着了信俱都从各自院落里赶过来给颜连章请安,明潼跟澄哥儿离得最近,来得也最快,进来才要行礼,就看见灏哥儿正张了手,两条腿不住地蹬着,笑得嘴角流口水,纪氏跟在身边,生怕他把儿子摔着了。

澄哥儿牵了明潼的手,羡慕地看着灏哥儿笑,明潼眼睛落在灏哥儿身上还在笑,到看见父亲,便又把那笑收了去,领着澄哥儿往前问安。

他们俩磕过了头,明沉跟明湘才赶了来,安姨娘抱了沣哥儿跟在后头,颜连章抱了灏哥儿便没放下来,站着受了礼,几个孩子看一圈,还又落回到明潼身上:"大囡真个大了,身量高了这许多。"

"可不是,旧年斗篷都到不了脚跟了。"纪氏满眼瞧不进别个,先看女儿,再看儿子,等看到澄哥儿,招手把他拉过来:"澄哥儿也大了,曹先生说开了年就得养起马驹来,自性子温顺的先练起来。"

君子六艺,骑射也是一样,今上素喜围猎,每到秋日就要去围场上跑一回,金陵城边的丘陵山地多得是贵人的庄子,去不得远处时,便到那地方去,由着庄头上人把活物放出来,让他猎个尽兴,一票人哄着皇帝玩。

颜连章先是冲儿子点头,又去看纪氏,把要行全礼的事儿安排下去,明沉明湘磕了头,安姨娘抱着沣哥儿也跟着请过安,颜连章看过沣哥儿,心里有一瞬记起了眯姨娘,转头看看明沉:"六丫头都这样高了。"

他在女儿里头只看中明潼一个,说出来的话也没甚个分别,明湘更是没能得着问话,两个姑娘说了一回"请父亲安",便再没话好说。

张姨娘跟明洛两个却不曾过来,颜连章这时候才想起来:"五丫头病了。"只这一句便不再说,点了澄哥儿说夜里要查他的功课,澄哥儿想着这会儿念到《四书》,也不知要抽哪一段,急急回去温习。

明潼跟他一道,临出门回头一看,父亲母亲正相坐对望,好一番的柔情蜜意。她敛敛神,迈出门槛,澄哥儿直往廊道上蹿,明潼喊了他一声:"慢着些,爹才跟家来,总要吃了夜饭才考你的。"

心思在张姨娘程姨娘两个身上打了个转,见母亲腾不出空来,送了澄哥儿回去便把前头管事的叫了过来,知道后头两轿子不曾进门,分派了前院管事高平家的:"清心居士回来竟也不送个信,好再寻个庵堂安置了她,如今只往清音阁去,带的两个丫头自来不曾进过府的,带下去学了规矩再说,乐姑姑那儿已是备了人了。"

高平家的觍着脸笑,一叠声儿地应了,心里却咋舌,都说三姑娘厉害,如今一见方知道手段,进得门还摸不着北呢,连身边跟着的人都撸了去,那院子偏远得很,进去了还怎么出来。

想着前段乐姑姑调理小丫头子,没承想是为着这个,躬了身退出去,立时就吩咐了,姨娘们的轿子不能进正门,就从角门进来,程姨娘身上还穿着素衣裳,高平家的见她人消瘦了一圈儿,脸上还客套:"都是咱们想得不周,叫居士踩了俗地,太太已是安排好了,跟着我去便是。"

一左一右两个婆子架了她,她远远瞧见个眼熟的丫头,才要叫起来,就叫那婆子暗掐了一把,一路半是拖半是架地到了清音阁,才进了院落,里头已是有丫头婆子等着了,两扇门一关,往门前一坐:"居士歇一歇,里头水饭都预备得了。"

程姨娘在庄头上忍了两年,好容易纪氏回了金陵,眼看着有望回来,竟又碰上张姨娘,早先争宠时斗得乌眼鸡似的,到她占着宅子,哪里还有放自家过门的道理。

程姨娘使尽了招数不曾回来,好容易庄头上送货进府,算算日子也快到了回金陵的时候,把这些年积攒的东西俱都掏空出去,换那个小庄头问一句话。

本来姨娘的事就轮不着姨娘来管,可别个也犯不着为着她问到老爷跟前儿去,在庄头上原来日子就艰难,总算还有十来两银子,索性全给了,还放出话去若再不往上报,等船开那日她就寻死,那庄头的浑家也怕她真个狗急跳墙,捂不住了才往上报。

她又不曾真的出家,还带着发呢,颜连章听说了便许她跟着回来,安排船只却还是张姨娘能吩咐两句,安姑姑由着她们斗,晓得船上这些时候难打发,若真个粘到一处回去还不得给纪氏发作了,正苦思办法,颜连章自个儿开了口,单独一条快船,急着回去看儿子。

张姨娘跟程姨娘两个倒成了一条船,两个对面就掐,一路上就没个消停的时候,连带着明洛都受了闲气,张姨娘独一个霸着颜连章整一年,不说结果,花都没开出一朵来,程姨娘吵起嘴来便拿这个笑话她。

读了两年佛经,半个字儿也没进心里去,却是越待越戾气了,张姨娘是甚个出身,最难听的脏字儿自小听着,口上功夫最利,程姨娘是在庄上待了这许多日子,浑话听了一肚皮,一个先天占优,一个后来居上,翻着花样地吵嘴。

到进了府张姨娘听见程姨娘竟给安置到了清音阁,立时痛快起来,当着人就啐了一口:"该!"掸了衣裳角半真半假地叹一口气儿:"同船也是情分,家里有喜事怎么好穿素衣裳,等拾掇得了,理两件旧衣出来给她送去。"

明洛身上不好,一多半儿是叫亲娘气的,含着仁丹生津,嗓子全哑了,心里不舒坦也说不出来,拿帕子一遮脸儿,赌气不去看张姨娘得意的神色,一路眯了眼儿,回了远香阁,半为着羞半为着恼,索性躺到床上装出十分病来。

张姨娘料理好了女儿,这才往上房去请安,哪知道还没走到大门边就叫人给拦住了,她甫一怔,立时知道里头怎么回事,不过是小别胜新婚,扭头咬牙酸了一鼻子,只当能抱着孩子回来,再不济还能怀上一个,哪里知道竟没有,往后这宅子更是上房的天下了。

明潼澄哥儿都告辞出去,明沅几个更不能留,手牵了手出去,明湘还道:"明洛怎么病了,咱们要不要去看一看?"

一直走到廊道里,安姨娘才拉女儿:"老爷说了要全礼的,还不赶紧回去预备起来。"行生子的全礼,她们不过陪坐,可安姨娘这样说了,明湘便息了去看望明洛的心思,冲明沅歉意一笑,跟着亲娘回了栖月阁。

她都不去,明沅也不再去,知道程姨娘竟跟了来,虽知道不该多问,心里却记挂澄哥儿,回了屋子坐在罗汉床边,先吩咐采薇送一匣子糖渍樱桃去给明洛送药，落后又把采茵叫了来："我怎么听说，二哥哥的姨娘跟着回来了？"

采茵本就不欲多事，跟她们原也挨不着，听见明沅问了才道："姨娘是带发出家，咱们都走了，独留她一个没了依靠，这才一道带回来的。"里边这些一句都不提。

明沅拧拧眉头，握了茶盅儿想到了纪舜英，过年的时候不曾叫他出来，纪氏那份子礼一送了去，他立时要过来拜见，叫黄氏拦住了，纪家的老太太当着黄氏的面赏下去一碟子八珍糕。

屋里头颜连章一手抱了儿子，一手搂了纪氏："明儿开弓射天地四方。"纪氏脸上的笑意掩都掩不住，嘴上还埋怨丈夫："他都这样大了，叫人笑话。"

"哪个笑话，理旁人作甚，这是我头生嫡子，纵闹些也不妨。"他还盘算起要请了大伯过来，要在府里顺德堂前开弓。

纪氏赶紧拦了他："可不能这么着，弟妹心里原就存着事，再拿这个惹她的眼作甚，咱们一府里单过便是了。"

话越是这么说，颜连章越是想着要把伯父请了来："我不在你必是受了她的气，她虽是大房也是弟妹，倒敢给你闲气受了，往后难道不求着咱们？"

纪氏这回皱了眉头，知道丈夫说的是过继的事儿，把脸搁在他肩上："我是最好没有她求来的一天，那样的闹法，怎么受得住，不说咱们，孩子怎么办？"

颜连章却定了主意非请来不可，颜家大伯第二日就颤颤巍巍叫人扶了来，在顺德堂的大理石云屏椅子上头坐定了，两只手搭在拐杖上，看看地下一溜排开的孩子，眼睛笑得眯了起来。

一溜几个孩子都穿着大红裳子，女孩儿还戴了金饰，连沣哥儿都乖乖立着不动，自大到小，看着颜连章拉开桑木弓，往圆头箭上绑上蓬草，自东始到北终，射出四支箭去。

家里除开颜明陶，还是头一回有男孩出生行了射礼，一箭一声锣，家里下人又都发了一个月的月钱，灏哥儿还在襁褓里，就是下人口里的福气小少爷了。

第五十四章

灏哥儿周岁生日那一天，明沅才把纪家两位舅舅见齐全了，里头还有纪氏后母所出的弟弟，如今也已经讨了媳妇，只还没生下孩子来。

纪氏待这个弟弟面上笑得亲切，可她到底是在老太太身边长大的，跟继母并不多亲近，这弟弟打小还不如伯父家里的哥哥见得多，血脉虽更近，说起来话来再客套不过，倒是她弟媳妇，很有些往上凑的意思。

纪氏待她却只如常，便跟寻常官眷多几分亲近，不为旁的，只因着这个弟媳妇是继母娘家的侄女，到弟弟纪怀瑾说亲事的时候，胡氏做主，给自己的儿子配了娘家侄女。

小胡氏心里知道这个长姐因着她的出身待她淡，可她却把情面做足了十分，显得两家一向交情深厚，那些个不知道的，只当她真是纪氏的亲弟媳妇了。

这也明白得很，翻过年明蓁就十四岁了，备了两年嫁，只等着及笄就行大礼，成王再不受圣人的宠爱，到底是个亲王，已经十七岁了，在朝里领了差事，这两年同颜家越走越亲近，连着颜连章的差事，也是他帮着疏通的，沾亲带旧，又怎么会不上门巴结。

里头数纪氏的大嫂黄氏走得最近，黄氏进门的时候，纪氏还不曾出嫁，闺阁里头便有情谊，因着亲近长房的嫡出哥哥，连同这个嫂嫂看着也多了几分可亲。

黄氏初来乍到，这个妹妹是养在老太太房里的，比别个都多几分体面，她既是个好相处的，自然上赶着交际。

女儿家初嫁人，纪家又是要脸的，没得通房没得妾，这个嫂嫂很拿得出手，品性温柔，相貌亲切，行事得体，说话举动一眼看着就是大家子里出来的。

她同纪氏两个最要好，纪家上一辈儿女少，她俩便成了闺中密友，倒似小儿女般相待，相约着睡在一床，只为着等早上一道看初开的玉兰花。

春寒里头裹了薄袄，拿细竹竿儿把花打下来，拖面糊糊下锅炸着吃，沾着玫瑰蜜，呈上去送给纪老太太，老太太那时候最喜欢的就是这个孙媳妇。

后来纪氏出嫁，黄氏无孕，一年年的磨搓，明珠成了鱼眼睛，再不复闺中女儿那些闲情，往日情谊虽在，可这个堂嫂作为，惹得纪老太太不快，连带着纪氏也跟她疏远了。

纪氏晓得她艰难，没儿子的辛酸越是正室越是尝得透，她尝过这苦头，黄氏比她更盛，她不仅没儿子，连女儿也无，五六年顶着无出的帽子，好容易得了个嫡子怎么能不看重。

这番心意纪氏能够体悟，可纪舜英到底是纪家的哥儿，每每看着曾祖母叹息，她便更警醒，再不能行到那一步去。

纪怀信原来同妻子也甚是恩爱，他房里头的通房妾室只一个庶子一个庶女，那两个都是他的孩子，身上淌着他的血，当嫡母的照管不到，怎不由得他不心惊。

黄氏倒好似在丈夫面前披了一层皮，她原来那些个仁慈爱护，便全发自真心的，往回看也都成了假意。这块画皮剥落下来，黄氏自个不觉着，纪怀信却只当瞧见了妻子的真面目。

纪老太太拿这个长孙媳妇当例子摆给纪氏看，她既受教，再不能按着这条路子走，便是生了儿子，也得拿住丈夫的心。

今儿人到得齐全，纪家过年见着那些个孩子庶出的全没来，黄氏带纪舜华，夏氏带了纪舜荣，只小胡氏一人还没生养，见着灏哥儿这样白胖的孩子哪能不爱，抱在手里撒不开，搂了他一会儿，香了好几口。

小胡氏是盛妆来的，头上耳上颈上的插戴一样不少，灏哥儿被她抱在手里并不舒服,扭动着身子晃着两只胳膊,他虽不会说话,却摆明了并不喜欢小胡氏抱他。

纪氏眼睁睁看着不好伸手,明潼过去把弟弟抱了过来,她已经过了十岁生日,人抽了条,越长越像纪氏了,稳稳一伸手,面上带着浅笑:"他可敦实呢,舅母别累着了,我来抱吧。"

话还没说完,灏哥儿一巴掌抓掉了小胡氏头上的赤金分心,那金分心上头还带了几根头发,他吃得好长得壮,手上力气也不小,这么一抓,小胡氏"咝"地吸了一口气儿,才刚皱了眉头,黄氏已经挑她的刺儿:"你没带过娃儿,这样抱了他可不舒服,那些个养娘嬷嬷俱都不准戴首饰的。"

小胡氏忍了这一句,脸上笑一笑,拿手拢住了头发,她梳的牡丹头,一个圆髻乱了,余下那些俱都要重梳,里头还填着假发,看看纪氏:"倒要扰姐姐借我套梳子使使。"

灏哥儿一把扔了那个金分心,嘴里咿咿两声,很不高兴,叫姐姐抱在怀里,委屈地窝到她肩上,小手指头抓一抓头,明潼低头一看,小娃儿白嫩嫩的手指头,叫那赤金分心上头嵌住红宝石的槽子磕着了。

她心疼极了,赶紧抱了他吹气,纪氏面上不好露出来,笑盈盈地指了琼玉领她去暖阁里头梳头发,还让琼玉把专给她梳头的高升媳妇叫了来给小胡氏拆头发。

明沅翻过年按着虚岁便是六岁了,她跟在明湘后面出来,一探头瞧见纪舜华在,赶紧立在明湘身边寸步不离,回回见着明沅,他非得欺负她一回,不见着她生气,是绝不罢手的。

连黄氏都不说他,纪氏只好少带了明沅去纪家,可他上门来却拦不住,上回是扯坏了明沅颈里四季如意金锁上的丝绦,这一回又不知道要作什么鬼了。

纪舜华原是看着灏哥儿的,眼睛一瞬瞧见了明沅,立时就冲她坏笑,笑得明沅皱起眉头来,什么叫熊孩子,她可算是见识到了,这个活霸王,非得把她欺负哭了才称心,可明沅自来就不爱哭。

她越是不哭,纪舜华就越是变本加厉,自过年他掐了明沅的脸,她一声也不曾哭,倒似狗熊见着了鲜蜜,冷不丁地就要出来吓她一下,非得她害怕难受了，这才肯罢休。

明湘知道明沅上回吃了亏，可对着这么个纪家的宝贝蛋，她也没法子护着妹妹，扭头一看附到明沅耳边："你赶紧往大姐姐那儿去，他就不敢闹了。"

明湘也吃过亏，放炮的时候就炸在她脚下，可谁也不能说纪舜华是故意的，他见明湘跌了跤，还赶紧上手去扶，当着大人的面给她赔礼。

明湘裙上系的玉绦环压步叫磕掉一角，纪舜华立时就要解下他腰上的玉佩赔她，吓的明湘也顾不得脚疼，赶紧避到房里头去，吃那一吓，她的脚踝肿了一个月，天天贴着膏药。

明洛也是一样，只她会哭，受了欺负就去找纪氏告状，当着黄氏的面抹泪，黄氏心里不乐，纪氏也公道不起来，若说他故意，又抓不着实证。

手松了劲大了全是借口，他最肯认错，他先赔了不是，黄氏就帮护着，纪氏怎么好越过嫂子去管教她的儿子。

等纪舜华再来，纪氏便不叫这三个女孩儿出来了，既是过周岁，几个女孩儿都要出来，纪舜华几个月不曾见着明沅，又不知道憋了多少损招等着使出来。

明蓁如今完全是少女模样，身上穿的大红宫装便是宫里头送了来的，说是宫里，一多半儿还是成王，一身真红色罗衣大袖外裳，下边是真红色罗裙，里头是玉色纱衣，裳上裙上俱绣的金线鸾凤，身上挂珠带玉，极是华贵，这身快抵得王妃常服了。

明沅知道这一套便是出客服，明蓁寻常也穿得华贵，只平日里不好施脂粉，今儿拿胭脂点了唇，身上衣裳一压侧目微笑，便在女眷中也是头一个出挑的。

她身边总跟着四个宫里头的嬷嬷，这两年的规矩教导下来，便是宫里的娘娘也指摘不出不是。明沅拉了明湘的手，两个小姑娘撑在她身边不再离开，连后来的明洛见着纪舜华在都缩头，快步过来躬身也问了安，悄悄扯明沅的袖子："你们倒精怪。"

明蓁哪里不知，只不说破，护得几个妹妹周全，因着一屋子男眷，亲戚里见过礼便带了这一串三姐妹往暖阁里去，让她们坐定了喝茶吃点心。

明洛才坐定就呼出一口气来："得亏没叫那活霸王逮着。"说着鼓了嘴儿，明湘也抿了嘴巴笑，只明沅大剌剌说出来："大姐姐是护身符，有她在，再不敢来闹的。"

几个庶妹里边，明蓁最喜欢的还是明沅，明湘明洛两个倒有些把她当明潼看待，总归是有些怕的，只这个妹妹说实话，听了便伸手轻捏她的鼻头："你们这一向功课重了，我那儿倒少去，往后也不必拘在屋子里头不动，常来走动便是，再隔几日院里的素心开了，到我这儿来赏花。"

素心腊梅颜色纯正香味不去，明沅最爱捡了这个装在香包里头，挂在帐上一屋子都香，她立时点了头："四姐姐作画，五姐姐奏琴，我来捡梅花苞儿，拿水焯了，茶油泡了吃。"

明洛掩了口就笑，她生得似张姨娘，年纪越长，五官越是发开来，鼻高眼大，笑起来最是明艳："这东西怎么能用，还拿茶油浸，也不怕齁着。"

"本草里头都说能用，这个治咳嗽呢，我前儿才瞧见的，正巧开了花，摘些来备着，专给四姐姐留着。"明沅打趣明洛一句，说得明洛挨过来就要掐她。

明蓁翘着嘴角微微笑看着妹妹们，明潼也跟着躲了进来，外头一阵阵的喧闹，里边又是一串笑声，她指了两个妹妹虚点一点："瞧你们成什么样子了，恁般闹，吵着大姐姐。"

她笑声笑语的，明湘起身给她挪了个座出来，伸手抻抻衣裳："灏哥儿还闹不闹？我才瞧着就怕他发脾气。"

明潼刚给弟弟换了衣裳来，小人儿发了牛脾气，连养娘都沾不得手，纪氏又脱不开身，只好由着明潼抱他下去换过衣裳，头上戴着小帽，预备着抓周。

明潼知道这几个妹妹怕纪舜华，他一来，就作鸟散状，还躲到过她的小楼里来，见她们几个这模样扬一扬眉毛："哪一个都这么好性儿，怪不得非得折腾你们，但凡头一回就叫他吃个亏，他怎么再敢伸手！"

明湘明洛是不敢，明沅是没想认真跟个小孩子计较，她还真让纪舜华吃过亏的，可他记吃不记打，越是反抗越是稀罕，明沅耗不过他，只好躲着他了。

"到底是亲戚，怎么好较真儿，等再大些，两边也就隔开来了。"明蓁说得温和，可话里的意思却是纪舜华已经上了七岁，不能再直通通地往内宅里头迈，往后就得堂前待客了。

因着是纪家的亲戚，这才没把话说明白，明潼心里皱眉，她想的是澄哥儿也七岁了，得单独给他立院了，面上还笑："可不是，再长些，堂兄弟也是外男了。"

几个女儿家说得这几句话，便叫请到楼上，开了小窗格，自上往下望，灏哥儿已经叫抱到人圈中，面前的大案上摆了一圈东西，众人俱都低了头看他抓的什么，明湘明洛都挤在窗边，只有明潼立在妹妹们后面。

纪舜华一直扭头在寻她们，一抬脑袋看见窗格子里头明沅露出来的半张脸，知道自家上不去，皱了眉头仰头看着，明沅难得起了调皮心思，拿袖子掩住半边，冲他做了个鬼脸。

灏哥儿叫抱到大案上，坐了半晌不动弹，不看案上的东西，却把人都看了一回，养娘逗他，他扭过头去，叫了两声姐姐没人应，垂头生起闷气来。

丫头们只好拿话儿哄他："哥儿快抓，抓完了就去找姐姐。"

灏哥儿长眉毛一动，嘴巴噘起来，伸手就抓了官印，教了他十来日，早就记得牢了，再往下是书简，接着是笔墨，明潼嘴巴一翘，底下已是欢欢喜喜满堂吉祥话了。

第五十五章

官运亨通，才高八斗，锦绣文章，这就是明潼教弟弟要抓牢了，她深吸一口气，先退到后面去，明沅伸手点点弟弟："官哥儿好聪明。"

灏哥儿的小名就叫官哥儿，纪氏原来不肯，还是颜连章先叫了起来，江州拿小儿郎叫小阿倌，他得了这么个儿子，按着规矩还该四处敲锣喊阿倌来哉，既免了这个，便拿"官"字作了小名。

连澄哥儿都没起小名，明潼是大囡，明灏是官哥儿，却没哪个孩子吵着也要起，澄哥儿在下面看着弟弟抓住这三样，笑得嘴巴都咧开来。

抓了周就该吃长寿面，这汤底儿是拿庄头上送来的野鸡去了肉专炖骨头架子，十来只炖得一锅汤，里头的浓鲜自不必提，单用两块野鸡脯子肉切作丁子酱过爆炒，盖了满满一碗盛将出来。

颜家吃面还是江州规矩，那边的面食比金陵的精细，这一碗碗盛出来，再佐上瓜脯冬笋，外边男人家吃得满头是汗。

生灏哥儿那一日是阴天，今儿干脆下起雪籽来了，到吃面时，男女分开落座，纪氏在花厅里头摆宴，几个未出阁的女孩儿便干脆都往明沅住的湖心院去。

几个姊妹里边除开明蓁便只她的院子最大，明潼虽不住主楼，却也一样布置开来，到得三伏三九里，便在此地摆水宴吃烤肉。

明蓁却是头一回来，她一向少来，只旁人去见她，若来西府也是去纪氏院儿里，不曾来过明沅住处，抬手紧紧观音兜，掩住半张脸，笑盈盈道："这处所在，竟没起个院名儿？倒可惜了。"

院子两边都能进来,一座九曲红栏桥,一行圆形石墩,因着下雪,院里的小丫头早早出来扫道,可雪籽落得密实,哪里扫得尽,一脚下去咯咯作响。

明沅算是主人,在前边带路,听见明蓁说得这一句,抿了嘴儿笑:"我学问浅,起不出什么好听有意境的名字来,要是大姐姐肯援手,便再好不过了。"

明蓁进得院内,丫环引着她们往正楼去,堂前空荡,再看朝南那溜房子,知道明沅是住在那儿,这院子说是她的,却只做得半个主。

几个人都穿着羊皮高底儿小靴子,身上暖烘烘的进了屋,一径往内室里去,早就铺设好了厚毛毡子,解开大斗篷,脱掉小靴儿换上软底鞋,热巾子还未过手,明蓁便道:"我也没甚个学问,只叫湖心又太直白了些,大而化简也不是这化法,不若就叫香洲。"

明潼侧目瞧过去,倒觉得明沅歪打正着,让颜家这个福气最大的人给她改了院名,到底是各人命缘不同,抿唇一笑:"大姐姐金口开了,六妹妹还不赶紧谢过,等回了母亲挂上匾额才好。"

夹岸一溜红桃树,春日花开盛似红霞堆锦,夏日里湖面连片出水荷花,秋海棠冬雪梅,四季不断花香,可不是香洲。

明沅立时就笑,明洛眼现慕色,扁了嘴角:"沅丫头最悠闲,这好地方独给你一个住,不成,我跟三姐姐两个非得来蹭你的屋子,让你睡在脚跟头!"

厨房送来的野鸡丁子面还热着,开了盖儿用了一碗,一人还多得一碗野鸡瓜齑,旁的大肉蹄醉鲫鱼都只略动了动筷子,小漆盒子里头一碟糟鹌鹑腿倒让明潼起了吃酒的心思。

她吩咐云墨去取葡萄酒来,连着水晶杯水晶瓶儿一并拿来,筛过再烫,玫瑰色倾在水晶杯里,一人用得一盏,今儿家里宴饮,再没人来拘束她们,又不必做功课练女工,干脆铺开纸做起诗来。

明沅的学问在几个姊妹里边只排中游,苦练的东西她能排得上,之前接受的教育却没法抹掉,写词作诗历来就不如几个姐姐,连明洛都排在她前面。

靠着一肚子应试教育背下来的诗书词句定也能出头,不仅出头,怕还得传出才名去，可她想的就是老老实实，自来了这儿，她认识的才女便只有宋先生一个，她若是好运，也不会出来作女先生了。

就算不看现在，想想李清照朱淑真也知道才女的名头不好担，干脆息了这心思，学里要诗，就对付着作一首出来，虽有堆砌词藻的评语，却也没人指望她在这上边出头。

明沅没承想，反倒是明湘写的诗被宋先生称赞过，虽是化用也很巧妙。她自个儿是听见作诗就头疼，上一回姐妹聚首是作秋海棠诗，非得在里头嵌上一个"春"字。

拿春秋作比最易，可她见着这红团团白馥馥的花朵哪里能扯到什么秋日愁绪去。在座只她一个写的是喜庆诗句，通篇写海棠花儿如何可爱，秋色春华分不出好恶来，拿出来品评，明蓁捏了她的那张撒金笺儿笑得歪在枕上。

那一回得着魁首的却是明潼，"不借春光力，开来斗晚风。"她少有这样的句子，连明蓁都说她诗中有意，亲手把金花簪到她头上。

明蓁当了人虽笑，落后却给明沅送了一朵烧玻璃花簪子，指甲盖大小的花叶层层相叠，花间有叶，叶底藏花，含珠吐蕊煞是好看，明沅还当是这个姐姐安慰她，哪里知道只有她得了。

心里迷迷蒙蒙觉得这个才是彩头，可她写得再平常不过，便没拿这个当一回事，只亲手又做了扇套儿回礼。

明蓁私底下却拿了这些诗稿出来，把明沅的排在头一张，她身边的丫头俱是通文墨的，朱衣同她最是亲近，伸头一瞧面露奇色，明蓁嗔她一眼："莫要看她词意皆平，只这句秋色春华总相宜，便好文章，悠然自得得很呢。"

明蓁如何说，余下几个俱不知道，只明沅在湖心院中真是越住越安闲了，纪氏自有了亲生子，倒有一半心力被这个娃娃缠磨了去，说话学步，眼睛一刻离不得他；明潼更不必说，一多半精神在官哥儿身上，余下的都给了澄哥儿。

颜连章把官哥儿当作宝贝，回来半年夜夜在上房歇息，程张安哪一个都勾不起他的意头来，纪氏如今儿女双全，再不怕人说她是妒妇，留下丈夫不提让他雨露均沾的话，后院里于是一天比一天更清净。

明洛比明沅更差些，在穗州那一年里头，半年都不曾上课，先生是请着，可张姨娘后宅做主，女儿有个甚头疼脑热便干脆请一日假，明洛又不是个好学上进的，干脆三日打鱼两日晒网，连琴都疏于练习了。

　　回回问起她来，便说指节作疼，拿拇指指节去刮琴弦，琴师手上莫不生着粗厚老茧，她一双纤手，再不能因着这个变粗糙了。

　　可看见明潼送给明沅的金徽玉轸断纹琴，摸上了就不肯放手，明沅本来对琴并没甚个好恶，借了她弹，到如今还没还回来，惹得采薇啐了几回，还说明沅是"穷大方"，自家还没几样好东西，别个来伸手，恨不得掏出底儿去。

　　如今又要作诗，明沅第一个先缩了头，明洛转了眼睛赔笑："咱们还燃香，我来奏琴，六妹妹便侍候茶水吧。"

　　明蓁"扑哧"一笑，明潼推一推她："大姐姐开了口的，那香洲两个字，怎么也得写出来才是。"几个理了梨花大案，铺开宣纸，拿温水调开墨，明沅亲自磨了墨出来，拿出一支玉管笔："这是我今岁才得的生辰礼，还没写过字儿的，大姐姐来开笔，最好不过。"

　　明蓁推脱不过，到底写了，才写了一个香字儿，那寻边琼玉来请："太太请几位姑娘往前头去。"说着单给明蓁施了全礼："成亲王来了。"

　　明沅从来只听其名，未见其人，一屋子姑娘听见成王来了，头一个看的就是明蓁，明蓁叫她们看了，也只面上一红，她虽从未跟这个丈夫谋过面，可自打赐了婚，便一向都有往来。

　　年节礼盒自来不少，除开吃穿，上回重阳簪花，他就单送了一朵绿菊来，她戴了一整日，不独描画下来，还制成干花装在佩袋里。

　　明沅几个俱都咬了唇儿看她，明潼却忽地挺直了背，成王如今势微，依靠着太子过活，她还曾亲眼见过自家这对大姐姐大姐夫，在年节里头对着太子太子妃行大礼，那时候哪能知道最后坐在宝座上受万人拜的竟是这一对夫妻。

　　她稳稳心神，浅浅一笑："咱们横竖不能见着大姐夫的，怎么倒要叫咱们过去。"琼珠听这话抬手掩了口："太太叫请，外头连屏风都起来了。"

　　十二扇的山水大屏，人藏在里头不出声，远远看上一眼，没人知道，明蓁这下彻底红了面颊，到底是没出嫁的姑娘，身边跟着的朱衣卧雪抿了嘴儿笑，她见一屋子人都在瞧她，微微颔首："既是婶娘叫去，哪有推托的。"换上小靴子，罩了大斗篷，心口扑通扑通地跳着，想起嬷嬷们教导，越是急，越是要缓，一步步踩了雪珠儿，往顺德堂去。

明洛明湘明沅三个落在最后，明洛嘴里藏不住话，低了声儿问："你们说，成王生得什么样子？是不是凶得很？"

明湘轻轻一笑："他一向爱给大姐姐送礼，便是凶，也凶不着大姐姐。"两个小姑娘平素俱是大人模样，倒说起这些来，才露出稚气。

明沅看着她们笑，把两个小姑娘看得脸红起来，明湘还伸手刮她的鼻尖，笑笑闹闹了一路，画屏、丝兰跟采薇三个怕她们踩着滑了脚，一路不住提醒，走到花廊尽头，明蓁往顺德堂去，明潼脚步一顿，转了个身往另一面走。

几个小姑娘站住了，不知该跟着谁，明洛咬了唇儿："三姐姐这是怎的了？"

没人答得出来，明沅也不知她作甚走了另一条路，三人才对视一眼，前边明蓁已经进去了，明湘抿了唇儿不说话，还是明沅做了主："许是三姐姐有事儿，太太叫我们，自然该去的。"这才安心跟进了顺德堂。

只明潼自家知道她走这段路花了多少力气，成王是最后赢的那个人，却也是叫太子妃许氏咬牙痛骂的那个人，明潼知道得并不清楚，可却晓得，若不是成王最后不曾为太子剖白，他或许死得没那么冤枉。

他是她的仇人，却也算是恩人，明潼直直往兰雪阁去，绕了石子路从月洞偏门处行到了冠云峰前，小篆跟在她身后打伞，才要张口，明潼叫她退到兰雪阁前的花廊里，这儿是赏白杜鹃花儿的，这时节再没人来。

她几下解开系在颈里头的斗篷，取下观音帽："把你的脱下来。"小篆张了口说不出话来，见着那刀子似的目光，赶紧把衣裳换过。

明潼裹紧了斗篷还觉得风直往心口上刮，她快步走到冠云峰后的山石凹处，伸手掏出了石壁小洞里头的积雪，自这地方往外头瞧，堂前动静一览无遗。

可她没料到那抔雪才掬出来，对面竟出现一张人脸，寒眉冷目，眉梢高高挑起来，目光霎时就把她钉在原地，明潼一怔，还不及看那人服色，就叫他转过来堵住了，她赶紧把斗篷围住，掩住里边绣了金边的襕裙。

眼睛一溜看见他悬在腰间金嵌银丝的刀来，明潼正不知如何脱身，那人将她自上往下打量一回，他握着拳头手直直伸到明潼眼前，明潼身子一缩，就看见他露出个笑来，倏地霜消雪融，手掌心里躺了一只麻雀，毛团团一只，一见着亮光就啾啾叫个不住。

明潼微怔一下，伸手接了过来。

《网络文学名家名作导读丛书》已出版书目

第一辑：

辰东与《遮天》/ 肖惊鸿 著

骷髅精灵与《星战风暴》/ 乌兰其木格 著

猫腻与《将夜》/ 庄庸 著

我吃西红柿与《吞噬星空》/ 夏烈 著

血红与《巫神纪》/ 西篱 著

第二辑：

子与2与《唐砖》/ 马文运 著

林海听涛与《冠军教父》/ 杪椤 著

忘语与《凡人修仙传》/ 庄庸 安迪斯晨风 著

希行与《诛砂》/ 肖惊鸿 薛静 著

zhttty与《无限恐怖》/ 周志雄 王婉波 著

第三辑：

天蚕土豆与《斗破苍穹》/ 夏烈 著

萧鼎与《诛仙》/ 欧阳友权 著

耳根与《一念永恒》/ 陈定家 著

蝴蝶蓝与《全职高手》/ 张慧伦 张丽军 著

蒋胜男与《芈月传》/ 肖惊鸿 主编

第四辑：

更俗与《楚臣》/ 西篱 著

烽火戏诸侯与《剑来》/ 庄庸 著

梦入神机与《点道为止》/ 周志强 李昕 著

无罪与《剑王朝》/ 许苗苗 著

乱世狂刀与《圣武星辰》/ 房伟 著

第五辑：

任怨与《神工》/ 马季 著

唐欣恬与《恩将求抱》/ 汤俏 著

解语与《盛世帝王妃》/ 乌兰其木格 著

暗魔师与《武神主宰》/ 陈海 著

六道与《汉天子》/ 禹建湘 著

第六辑：

怀愫与《庶得容易》/ 王玉玊 著

安静的九乔与《我在红楼修文物》/ 桫椤 著

墨书白与《山河枕》/ 许苗苗 著

三水小草与《还你六十年》/ 王文静 著

关心则乱与《知否？知否？应是绿肥红瘦》/ 肖惊鸿 李伟元 著

图书在版编目（CIP）数据

怀愫与《庶得容易》/王玉王著．--北京：作家出版社，2023.5

（网络文学名家名作导读丛书）

ISBN 978-7-5212-2251-7

Ⅰ.①怀… Ⅱ.①王… Ⅲ.①网络文学–长篇小说–小说研究–中国–当代 Ⅳ.①I207.425

中国国家版本馆 CIP 数据核字（2023）第 055516 号

怀愫与《庶得容易》

作　　者：	王玉王
责任编辑：	袁艺方　王　烨
装帧设计：	天行云翼·宋晓亮
出版发行：	作家出版社有限公司
社　　址：	北京农展馆南里 10 号　邮　编：100125
电话传真：	86-10-65067186（发行中心及邮购部）
	86-10-65004079（总编室）
E-mail:	zuojia@zuojia.net.cn
http://	www.zuojiachubanshe.com
印　　刷：	中煤（北京）印务有限公司
成品尺寸：	152×230
字　　数：	330 千
印　　张：	24.25
版　　次：	2023 年 5 月第 1 版
印　　次：	2023 年 5 月第 1 次印刷
ISBN	978-7-5212-2251-7
定　　价：	48.00 元

作家版图书，版权所有，侵权必究。
作家版图书，印装错误可随时退换。